Miriam Rademacher

Ada – 1

Ada (Band 1): Die vergessenen Kreaturen

Hörst du es? Das Knacken und Rascheln in der Dunkelheit, das einsetzt, sobald du das Licht gelöscht hast? Rede dir ein, dass es ganz harmlos ist, doch Ada weiß es besser.
Denn vor vierzig Jahren, als dem Kindermädchen einer ihrer Schützlinge abhandenkam, ist sie ihnen begegnet: den vergessenen Kreaturen, die zwischen den Wänden lauern.
Ausgerechnet in dem Haus, in dem das Unglück damals geschah, verschwindet jetzt erneut ein kleiner Junge und dieses Mal will Ada bis an ihre Grenzen gehen, um das Kind zu retten. Doch manche Geheimnisse sträuben sich dagegen, gänzlich gelüftet zu werden.

Die Autorin

Miriam Rademacher, Jahrgang 1973, wuchs auf einem kleinen Barockschloss im Emsland auf und begann früh mit dem Schreiben. Heute lebt sie mit ihrer Familie in Osnabrück, wo sie an ihren Büchern arbeitet und Tanz unterrichtet. Sie mag Regen, wenn es nach Herbst riecht, es früh dunkel wird und die Printen beim Lesen wieder schmecken. In den letzten Jahren hat sie zahlreiche Kurzgeschichten, Fantasyromane, Krimis, Jugendbücher und ein Bilderbuch für Kinder veröffentlicht.

Miriam Rademacher

ADA

Band 1: Die vergessenen Kreaturen

Fantasy

www.sternensand-verlag.ch | info@sternensand-verlag.ch

1. Auflage, Januar 2020

Umschlaggestaltung: Juliane Schneeweiss
Lektorat / Korrektorat: Sternensand Verlag GmbH | Natalie Röllig
Korrektorat 2: Sternensand Verlag GmbH | Jennifer Papendick
Satz: Sternensand Verlag GmbH
Druck und Bindung: Smilkov Print Ltd.

ISBN-13: 978-3-03896-113-0
ISBN-10: 3-03896-113-0

Für Emilia.

Weil sie diese Geschichte schon immer ganz besonders gemocht hat. Vielleicht wird sie eines Tages ja doch noch verfilmt. ;-)

1

Ein Ende und ein Anfang

August 2019

ADA

Vor ihr erstreckte sich ein langer Flur, in dem es nach Bohnerwachs und Desinfektionsmittel stank. Grelles Neonlicht ließ die weißen Bodenfliesen glänzen. Ebenso weiß waren die Wände und die Gitter vor den Fenstern. Nie zuvor war Ada an einem so weißen Ort gewesen, und sie fühlte, dass dies kein guter war.

Von hinten umklammerten zwei paar Hände ihre Arme und schoben sie vorwärts. Ada hätte sich gewünscht, die Gesichter, die zu den Händen gehörten, sehen zu können, aber sie blieben stets einen halben Schritt hinter ihr und für eine Drehung des Kopfes schmerzte selbiger noch zu sehr.

Sie war diesen Leuten nicht böse. Sie wusste genau, dass sie nur ihren Job machten, aber Ada verlor hier in dieser befremdlichen Klinik wertvolle Zeit. Denn das Kind war ihr gestohlen worden und sie musste es unter allen Umständen zurückbekommen. Dieses Mal wollte sie schneller sein.

Hinter sich hörte sie jetzt eine aufgeregte und zornige Stimme, die sie ohne Probleme zuordnen konnte. Sie gehörte dem kettenrauchenden Polizisten, der in der vergangenen Stunde unentwegt auf sie eingeredet hatte. Den konnte sie nicht besonders leiden. Seine Dummheit hatte sie hierhergebracht. Ohne ihn könnte sie jetzt schon hinter den Wänden sein, um nach Paul zu suchen.

»Sie wollen diese Frau jetzt nicht einfach zu Bett bringen, oder?«, hörte sie ihn protestieren. »Ein Kind ist verschwunden. Es schwebt vielleicht in Lebensgefahr! Und so wie die Dinge liegen, ist diese alte Schachtel der einzige Mensch, der uns etwas darüber sagen kann. Ich hatte gehofft, Sie würden mir helfen, sie endlich zum Reden zu bringen.«

›Alte Schachtel‹ hatte er sie genannt. Er war also nicht nur dumm, sondern auch ungezogen, dieser Polizist. Aber in einem Punkt hatte er recht: Ada war die Einzige, die ihm etwas über den Verbleib des Kindes hätte sagen können. Doch was für einen Nutzen hatte Wissen, wenn einem niemand glaubte?

Eine zweite Stimme erklang und aus dem Augenwinkel entdeckte sie einen gut aussehenden Mann, der neben ihr herlief: groß, hager, ein wenig kurzsichtig hinter seinen runden Brillengläsern und fast so alt wie sie selbst. »Jetzt hören Sie mir mal zur Abwechslung zu, Herr Inspektor: Diese Dame ist nun meine Patientin.« Er machte einen strengen und zugleich besorgten Eindruck auf sie. »Es geht ihr offensichtlich nicht gut«, fuhr er fort. »Und meine Aufgabe ist es, ihr zu helfen. Ihre Ermittlungen werden ein paar Stunden ohne ihre Hilfe auskommen müssen.«

Ada hätte gelächelt, wenn ihre Lage ein wenig rosiger gewesen wäre. Dieser Doktor gefiel ihr. Er schien die Leitung dieses beängstigend weißen Ortes innezuhaben. Leider würde auch er ihr kein Wort glauben.

»Es könnte für das Kind aber zu spät sein, wenn die Alte aus einem künstlich herbeigeführten Nickerchen wieder erwacht«, hörte sie die eindringliche Stimme des Polizisten. »Wollen Sie diese Schuld auf sich laden?«

Ada pflichtete ihm stumm bei, diese Gefahr bestand tatsächlich. Und viel lieber hätte sie sich jetzt selbst auf die Suche nach dem Jungen gemacht, anstatt sich einem Beruhigungsmittel zu ergeben.

Doch leider war das, was sie wollte, an einem Ort wie diesem vollkommen irrelevant. Sich kooperativ zu zeigen und diesen Leuten die Wahrheit anzuvertrauen, hätte sie nur noch tiefer in Schwierigkeiten hineingeritten, in denen sie ohnehin schon steckte.

Die Stimme des netten Doktors klang verärgert, als er dem Polizisten jetzt antwortete: »Diese Frau weigert sich derzeit, mit irgendjemandem zu sprechen. Sie wurde völlig verstört und leicht verletzt im verwüsteten Vorgarten eines nicht minder beschädigten Hauses aufgefunden, und alles deutet darauf hin, dass diese Frau die Verursacherin der Schäden ist. Eine Ersthelferin aus der Nachbarschaft, die ihre Schrammen versorgen wollte, wurde von ihr angegriffen, und dann ist diese Dame hier auch noch mit der Tür eines Streifenwagens kollidiert, weil sie aufgebracht war und den Ort des Geschehens nicht verlassen wollte. Auch hier hat sie sich erst mal gegen alles und jeden zur Wehr gesetzt. Sie stellt derzeit eine Gefahr für fremdes Eigentum und sich selbst dar. Deswegen wurde sie auch in die Psychiatrie eingeliefert. In diesem Zustand kann sie Ihnen gar keine Hilfe sein. Gönnen wir ihr einfach etwas Ruhe, und morgen sieht die Welt schon wieder anders aus.«

»Morgen ist mir aber zu spät und den Eltern des Kindes auch!« Der Polizist war inzwischen so wütend, dass Ada glaubte, er bräuchte eine Beruhigungsspritze nötiger als sie. Doch das behielt sie klugerweise für sich. »Seit besagte Ersthelferin meine Leute gerufen hat, ist diese Frau hier abwechselnd apathisch und dann wieder wehrhaft und unberechenbar. Sie sagt, dass sie zurück in das demolierte Haus will, aber nicht, warum. Und solange ich nicht weiß, wo das Kind abgeblieben ist, werde ich sie nicht in Ruhe lassen.«

»Oh doch, das werden Sie«, erwiderte der Arzt gelassen. »Zumindest bis morgen früh.«

Der daraufffolgende unterdrückte Wutschrei des Ermittlers entlockte Ada ein flüchtiges Grinsen, da wurden ihre Schritte unvermittelt durch die Hände ihrer Begleiter gebremst. Sie hatten eine Tür erreicht, die jetzt für sie geöffnet wurde. Dahinter lag ein Raum mit vergitterten Fenstern und einem schlichten Krankenhausbett.

Ob es hier Überwachungskameras gab? Sicher würde man sie in den nächsten Stunden nicht aus den Augen lassen. Schließlich zweifelte man an ihrem Verstand, was, wie sie sich eingestehen musste, ihre eigene Schuld war. Doch hatte sie eine Wahl gehabt? Schweigen war das Klügste, das sie jetzt noch tun konnte. Schweigen und überlegen, wie sie wieder von hier fortkam.

Während sie zu dem nicht gerade bequem wirkenden Bett geführt wurde, gab der Polizist in ihrem Rücken noch immer nicht auf. »Morgen sieht alles anders aus, meinen Sie?«, wiederholte er entrüstet. »Was, wenn es dann noch schlimmer geworden ist? Was, wenn der Junge in der Zwischenzeit stirbt? Oder wenn er einfach nie wieder auftaucht? Sie wissen doch ganz genau, wer sie ist. Das ist nicht das erste Kind, das in ihrer Obhut verloren ging. Hören Sie, dieser Paul Dreyer ist erst anderthalb Jahre alt. Anderthalb Jahre! Wissen Sie, was seine Eltern gerade durchmachen?«

Ada konnte es sich vorstellen und vermutete, dass es dem Arzt auch so ging. Und ein weiteres Mal verfluchte sie stumm die Ausweglosigkeit ihrer Situation. Hätte diese übereifrige Nachbarin sie nicht einfach in Ruhe lassen können? Ada hatte weiß Gott nicht um Hilfe oder die Polizei gebeten.

»Dann schlage ich vor, dass Sie nun dieses Krankenzimmer verlassen und unverzüglich mit der Suche nach dem Jungen beginnen.« Der Arzt klang jetzt genauso ärgerlich wie der Polizist. »Hier ist er nicht, und Antworten haben Sie auch keine bekommen, also suchen Sie bitte woanders und verschwenden Sie nicht länger Ihre Zeit!«

Eines der Händepaare, die sie hierhergebracht hatten, drückte sie jetzt sanft auf das Bett und zog ihr die Pantoffeln von den Füßen, während das andere Lederriemen um ihre Handgelenke schnallte.

»Das ist nur zu Ihrer eigenen Sicherheit, Miss Lippnik.« Es war die Stimme des Arztes, die diese wenig beruhigenden Worte sprach. »Sobald wir uns davon überzeugt haben, dass Sie keine Gefahr für sich selbst sind, machen wir die wieder los.«

Reflexartig begann Ada, sich wieder zu wehren, doch es war sinnlos. Die Besitzer der Hände, zwei kräftige Männer, setzten sich wortlos und erfolgreich gegen ihren Widerstand durch. Sie konnte nichts anderes mehr tun, als sich ihrem Schicksal zu ergeben.

Ada schloss die Augen, um die Spritze in der Hand des netten Doktors nicht sehen zu müssen, und fühlte schon die kühle

Feuchtigkeit des Desinfektionsmittels in ihrer Armbeuge. Gleich darauf folgte der Einstich.

Einer der Männer beugte sich über sie und sprach sie an. Sein Atem roch nach Pfefferminz und Zwiebeln. »Ada? Können Sie mich hören? Es ist alles in Ordnung. Sie werden jetzt ein wenig schlafen und sich ausruhen. Neben Ihrer rechten Hand liegt ein Klingelknopf an einer Schnur. Wenn Sie Hilfe brauchen, drücken Sie kräftig drauf, ja?«

Sie reagierte nicht auf die Worte. Da war eine bleierne Müdigkeit, die langsam von ihr Besitz ergreifen wollte. Die Erinnerung an die Ereignisse des Abends schienen plötzlich weit weg.

Ja, ein wenig Schlaf würde ihr guttun. Sie konnte auch später ausbrechen und mit ihrer Suche beginnen.

Noch einmal vernahm sie die aufgeregte Stimme des Polizisten. »Herr Doktor, dies ist nicht irgendeine alte Frau. Dies ist Ada Lippnik, das berüchtigte Kindermädchen. Es ist das zweite Mal, dass ihr ein Kind abhandengekommen ist. Und das erste wurde niemals wiedergefunden.«

»Ein Grund mehr, dass sie eine Weile in meiner Obhut bleibt, finden Sie nicht?«, erwiderte der nette Arzt. »Wir werden Miss Ada Lippnik sicher verwahren und herausfinden, wie gefährlich sie wirklich ist.«

Ada dachte noch kurz, dass sie sehr wohl gefährlich sein konnte, wenn es drauf ankam, dann spülte eine schwarze Woge ihr Bewusstsein davon.

August 1979 (vor vierzig Jahren)

ADA

»Bist du mein neues Kindermädchen?«, hörte sie eine hohe Kinderstimme fragen.

Ada blickte sich suchend um, konnte aber nicht ausmachen, woher die Worte gekommen waren. Das Büro, in dem sie augenscheinlich ganz allein saß, um auf ihren potenziellen Arbeitgeber zu warten, schien menschenleer zu sein.

»Ich mag deinen Hut«, ergänzte die Stimme.

Ada fasste sich instinktiv an das kecke blaue Hütchen auf ihrem Scheitel. Sie hatte es sich von ihrem letzten Bargeld gekauft. Sollte sie diese Stelle auch nicht bekommen, würde sie bis zum Monatsende von Tütensuppe leben müssen.

Noch immer war sie unsicher, woher die Stimme kam, aber nach dem Ausschlussprinzip bot der Raum, dessen Wände größtenteils mit hohen Bücherregalen zugestellt waren, nur eine einzige Versteckmöglichkeit. Ada zögerte einen kurzen Moment lang, dann ließ sie sich vom Stuhl gleiten, kniete sich in ihrem besten blauen Kostüm auf den orientalischen Teppich und spähte unter den Schreibtisch.

Es handelte sich dabei um ein spätviktorianisches Monstrum, das diesem Raum seinen Stempel aufdrückte. Er erweckte den Eindruck, als wären an ihm schon literarische Werke von großer Bedeutung verfasst worden, doch das niedliche Geschöpf, das Ada nun unter der Tischplatte erspähte, hatte nichts Nobles an sich.

Es war ein Mädchen von etwa fünf Jahren. Die Knie der Kleinen waren zerschrammt, das kurze Kleidchen verdreckt und ihre schwarzen Zöpfe in Auflösung begriffen. Als sie lachte, sah Ada, dass dem Kind beide Schneidezähne fehlten.

Ada versuchte eine möglichst würdevolle Position einzunehmen, hockte sich auf ihre Unterschenkel und machte ein ernstes Gesicht. »Guten Tag. Mein Name ist Ada. Ich bin hier, um deine Erzieherin zu werden oder auch deine Lehrerin, ganz wie gewünscht. Aber vielleicht könnten wir beide ja auch Freundinnen werden. Meinst du, dass du eine Freundin wie mich brauchen kannst?«

Die Kleine blickte genauso ernst zurück und musterte sie aus großen grünen Augen. Dabei legte sie den Kopf schief und kaute mit den Eckzähnen auf ihrer Unterlippe. »Du kannst keine Lehrerin sein, du bist viel zu jung.«

Ada holte tief Luft. Vor genau diesen Worten hatte sie sich gefürchtet. Allerdings war sie davon ausgegangen, diese von dem Vater des Kindes zu hören.

Sie war in der Tat noch sehr jung. Erst zweiundzwanzig Jahre alt. Doch sie war klug und begabt und wie ein Wirbelwind durch ihre eigene Schul- und Lehrzeit gefegt. Sie war jetzt eine Erzieherin, ausgebildet an einer der besten Schulen des Landes. Und sie fühlte sich dieser Aufgabe gewachsen.

Während Ada noch an einer passenden Antwort herumformulierte, bemerkte die Kleine: »Du hast ein lustiges Gesicht.«

Auch das stimmte. Ada schielte ein wenig, und Wangen und Stirn waren über und über mit Sommersprossen gesprenkelt. Ihr schicker Kurzhaarschnitt erstrahlte in einem feurigen Rot.

Sie schnitt eine Grimasse. »Ich finde dein Gesicht auch lustig. Besonders wenn du lachst.«

Die Kleine zog beleidigt die Oberlippe über ihre Zahnlücke. »Ich bekomme bald neue Zähne«, nuschelte sie.

»Und es werden die allerschönsten sein«, beteuerte Ada, was die Kleine noch einmal strahlen ließ, bevor sie den Mund hastig wieder schloss.

Als Ada ein Räuspern hinter sich vernahm, sprang sie auf, als wäre ein Schuss gefallen. Sie wirbelte herum und sah sich einem schlanken Mann mit Halbglatze und Hornbrille gegenüber, der einen teuer aussehenden Rollkragenpullover trug. Er strahlte so viel Ernst und Würde aus, dass sich Ada sofort sehr klein, sehr jung und sehr unerfahren vorkam.

Sie schob sich das Haar hinter die Ohren und senkte den Blick, wie sie es immer tat, wenn sie nervös war. »Ich bin Ada Lippnik. Ihre Köchin ließ mich ein. Wir haben einen Termin für ein Vorstellungsgespräch.«

Einen kurzen Moment lang schien ihr Gegenüber Schwierigkeiten zu haben, sich zu erinnern. Dann aber leuchteten seine Augen auf. »Oh, Miss Lippnik, jetzt weiß ich es wieder. Schön, dass Sie gekommen sind. Haben Sie eine Schwäche für orientalische Teppiche?«

Ratlos sah sie ihm ins Gesicht.

»Oder war es mein Schreibtisch, dessen Schönheit Sie in die Knie zwang? Na, ist ja auch egal. Jetzt stehen Sie wieder und sollten sich setzen.«

Noch während sie auf dem bereitstehenden Stuhl erneut Platz nahm, erholte sich Ada von ihrer Verwirrung und wollte gerade zu einer Erklärung ansetzen, warum er sie auf dem Boden kniend angetroffen hatte, als der Mann auch schon weitersprach.

»Ich bin Martin Holt. Und es ist richtig, dass ich eine Dame suche, die mit Kindern umzugehen weiß.« Mit diesen Worten ließ er sich in den klobigen Ledersessel auf der anderen Seite des Tisches fallen.

Ada rechnete damit, dass er das Mädchen unter dem Tisch nun selbst entdecken würde, doch dies geschah nicht. Die Kleine verhielt sich mucksmäuschenstill.

Ada hatte das Gefühl, einen schlechten Start hinzulegen, wenn sie das Mädchen verriet. Also schwieg sie, öffnete ihre mitgebrachte Aktentasche und reichte Martin Holt ihre Zeugnisse, auf denen die Tinte kaum getrocknet zu sein schien.

Lächelnd nahm er sie entgegen, warf aber nur einen flüchtigen Blick darauf. Sein Hauptinteresse lag wohl auf ihr als Person.

»Sie sind also ein ausgebildetes Kindermädchen, Miss Lippnik?«

Ada nickte. So konnte man es auch sagen.

Er legte beide Unterarme auf die Tischplatte, beugte sich vor und sah ihr direkt in die Augen. »Ich bin mir sicher, dass Sie hervorragende Zeugnisse mitbringen. Sie scheinen mir eine aufgeweckte und zielstrebige junge Frau zu sein.«

»Danke, Mister Holt«, antwortete Ada und wartete auf das große Aber. Und da kam es auch schon.

»Aber Sie sind noch sehr jung.« Er lehnte sich im Sessel zurück und sein Blick bekam etwas Abschätzendes. »Und jetzt, da Sie hier vor mir sitzen, darf ich Ihnen sagen, Sie sehen sogar noch jünger aus, als Sie tatsächlich sind.«

Ada wusste, dass es nicht als Kompliment gemeint war. Sie drückte das Kreuz durch und streckte ihr Kinn hoch, um ein wenig größer zu wirken, als sie war. »Mister Holt, ich habe, wie Sie bereits bemerkten, hervorragende Zeugnisse und bin bestens auf meine Aufgabe vorbereitet. Ich werde auch in fünf Jahren noch klein und zierlich sein, denn ich wachse nicht mehr. Doch wenn Sie mir eine Chance geben, könnte ich vielleicht an Erfahrung wachsen, meinen Sie nicht?«

»Zweifellos.« Er schien amüsiert und wirkte nun etwas entspannter auf sie.

Ada atmete noch einmal auf. Die erste Hürde war genommen. Sie war ihm sympathisch. Damit war sie dicht dran, die erste Anstellung ihres Lebens zu ergattern. Jetzt durfte sie es nicht vermasseln.

»Haben Sie zuvor schon einmal mit kleinen Kindern gearbeitet, Miss Lippnik? Ich spreche von Kindern im Vorschulalter?«, lautete seine nächste Frage.

»Ich habe zwei jüngere Schwestern. Mich um sie zu kümmern, gehörte vom Tag ihrer Geburt an zu meinen Aufgaben. Unsere Mutter kränkelte häufig. Sie sehen, ich habe schon vor Beginn meiner Ausbildung reichlich praktische Erfahrungen sammeln dürfen«, gab sie zur Antwort.

Schon wieder gepunktet. Ihr Gegenüber blickte zufrieden drein.

»Meine Tochter wächst völlig ohne Mutter auf. Ich bin Witwer.« Er machte eine kleine Pause und schien eine Reaktion von ihr zu erwarten.

Ada murmelte ein paar Worte des Bedauerns, die er mit einem Nicken quittierte.

»Ich erzähle Ihnen das, damit Ihnen bewusst wird, dass das Kind eine große Anhänglichkeit entwickeln könnte. Ich würde es also begrüßen, wenn Sie sich für länger vertraglich binden würden.« Er lehnte sich in seinem Sessel vor und blickte sie forschend an. »Wenn Sie allerdings planen, in Kürze eine eigene Familie zu gründen, was Ihnen natürlich freisteht, dann wäre dieser Arbeitsplatz wohl nicht der richtige für Sie.«

Ada schüttelte hastig den Kopf. »Derartige Pläne existieren nicht. Wenn wir uns einig werden, brauchen Sie nicht zu fürchten, mich bald wieder zu verlieren.«

Mr Holt musterte ihr Gesicht und schien nicht ganz überzeugt. Doch dann wechselte er das Thema. »Meine Tochter Valerie ist jetzt fünf Jahre alt. Ich würde sie gern bald auf eine staatliche Schule schicken, wenn ich der Meinung bin, das Kind wäre reif dafür. Aber Valerie hat den Tod ihrer Mutter nicht gut verkraftet. Ihre Fantasie, Miss Lippnik, schlägt Purzelbäume. Sie erfindet ständig Sachen, die es nicht gibt, spielt ihren Mitmenschen hässliche Streiche, stiehlt manchmal Kleinigkeiten. Sie werden Geduld mit ihr haben, aber auch streng sein müssen. Die Kleine schleicht überall herum, steckt ihre Nase in alles und kennt keine Disziplin.«

Unter dem Schreibtisch erklang ein verärgertes Schnauben.

Ada täuschte hastig ein Hüsteln vor und fragte dann laut: »Sie sind sich sicher, dass das Kind lügt und stiehlt? Vielleicht handelt es sich auch um Missverständnisse.«

Mister Holt lächelte gnädig und faltete die Hände über dem Bauch. »Glauben Sie mir. Valerie lügt so unglaublich schlecht, dass einfach jeder Erwachsene sie durchschaut. Sie weiß genau, dass sie lügt.«

Wieder schnaubte es leise unter dem Schreibtisch.

Ada klatschte spontan in die Hände und rief: »Sie haben hier ein so traumhaft schönes Anwesen. Es fiel mir gleich auf, als ich durch

Ihre Pforte trat. Wollen Sie mir nicht bei einem Spaziergang durch Ihren Garten mehr von Valerie erzählen? Es ist ein so herrlicher Tag.«

»Aber gern«, erwiderte Mister Holt, der ein wenig überrumpelt schien, sich aber rasch erhob und ihr galant einen Arm anbot.

Als Ada an seiner Seite das Büro verließ, warf sie noch einen Blick über die Schulter und sah, wie das Mädchen aus seinem Versteck gekrabbelt kam. Sie zwinkerten einander verschwörerisch zu, dann schloss sich die Tür zwischen ihnen.

Ada fühlte sich sogleich etwas unwohl. Hier im Hause schien es mindestens zwei Fronten zu geben und sie hatte sich soeben spontan auf Valeries Seite geschlagen. Aber sollte ihre Loyalität nicht eigentlich ihrem Arbeitgeber gelten?

2

Fragen über Fragen

August 2019

ADA

»Ada? Ada, sind Sie wach?« Die fremde Stimme einer Frau drang an ihr Ohr.

Ada war sich nicht sicher, ob sie wach war. Sie fühlte sich seltsam träge, so als ob ihr Körper nicht ihr eigener wäre. Doch dann spürte sie, wie jemand an ihrem Arm rüttelte.

Nur mit Mühe konnte sie die Lider heben. Der weiße Raum um sie herum wurde nun vom Tageslicht und nicht mehr von Neonröhren erhellt.

»Ada, Sie müssen jetzt aufwachen. Da sind eine Menge Leute gekommen, die mit Ihnen sprechen wollen. Es geht um das verschwundene Kind.«

Die Stimme sprach ruhig und eindringlich und sie schien einem freundlichen Wesen zu gehören. Freundlicher als jene beiden Männer, die sie kurz zuvor ins Bett verfrachtet hatten.

Kurz zuvor? Ada fuhr hoch, wurde aber von den Lederriemen an ihren Handgelenken zurückgehalten. Sie wusste nicht, wie viel Zeit vergangen war, konnte es etwa schon zu viel sein, um Paul zu retten?

Ada spürte das Adrenalin in ihrem Kreislauf brodeln. Je länger es andauerte, umso mehr verschlechterten sich die Chancen des Kindes auf eine Rückkehr zu seiner Familie.

»Ada?« Eine Spur von Besorgnis mischte sich in die Stimme der fremden Frau. »Ist alles in Ordnung mit Ihnen?«

Ada nickte, schüttelte dann den Kopf, um die Benommenheit loszuwerden, und schluckte einige Male trocken. Ihr Hals fühlte sich rau und entzündet an.

Es schien eine Ewigkeit her zu sein, dass ihr jemand ein Glas Wasser angeboten hatte. Und die junge Krankenschwester an ihrem Bett hatte augenscheinlich auch nicht an etwas so Gewöhnliches wie Wasser gedacht. Sie hielt Adas Hand, die noch immer ans Bett gefesselt war, und sah sorgenvoll auf sie herab.

Ada sah ein, dass sie ihr beharrliches Schweigen vom Vorabend aufgeben musste, wenn sie nicht vertrocknen wollte. »Ich bin wach, Kindchen«, murmelte sie heiser und räusperte sich. »Könnte ich bitte etwas zu trinken bekommen, ehe ich vor das Tribunal gebracht werde?«

DOKTOR WARNING

Im Büro des Psychiaters Dr. Warning war es an diesem Augustmorgen sehr eng geworden. Der penetrante Kommissar, der ihm schon am Abend zuvor auf den Wecker gefallen war, hatte bei seinem Eintreffen nicht nur zwei Assistenten, sondern auch die Eltern des vermissten Jungen im Schlepptau gehabt.

Der Vater des Kindes, ein rotgesichtiger Riese mit eng beieinanderstehenden Augen, lief unruhig im Zimmer auf und ab und unterbrach Warnings Ausführungen immer wieder mit wütenden Zwischenrufen.

Die Mutter hingegen saß still und blass in ihrem Stuhl und sprach von sich aus kein Wort. Sie mochte bereits Mitte vierzig sein, kleidete sich nach der neuesten Mode und hatte ihr schwarzes Haar sogar an einem Morgen wie diesem sorgfältig frisiert. Eine späte Mutter, die nun ihr einziges Kind vermisste. Warning empfand Mitleid mit ihr.

Der Kommissar, der gemeinsam mit seinen Assistenten an der Wand nahe der Zimmertür Posten bezogen hatte, entpuppte sich zunehmend als echte Plage. Er kommentierte die Zwischenrufe des Vaters mit überflüssigen Bemerkungen, was es für Warning nicht leichter machte, mit irgendeinem der Anwesenden ein vernünftiges Gespräch zu führen.

Es reizte ihn immer mehr, den Vater und die Polizisten vor die Tür zu setzen und sich nur mit der Mutter zu unterhalten. Die schien ihm noch am ehesten kooperativ zu sein. Also konzentrierte er sich ganz auf sie und fasste die Ereignisse der letzten Stunden, soweit sie ihm bekannt waren, zusammen.

»Miss Ada Lippnik, Kindermädchen, Alter zweiundsechzig Jahre, wurde gestern Abend in diese Nervenheilanstalt eingeliefert, nachdem es an ihrem Arbeitsplatz zu merkwürdigen Vorkommnissen gekommen war.«

»Merkwürdige Vorkommnisse?«, fiel ihm auch schon der Vater des vermissten Jungen ins Wort. »›Katastrophal‹ oder ›skandalös‹ trifft es wohl eher. Meine Frau und ich waren nur für ein paar Stunden ins Theater gegangen. Als wir wiederkamen, war unser Haus komplett verwüstet und darüber hinaus auch noch unser Sohn verschwunden! Und unser Kindermädchen steht im Bademantel, mit einem Golfschläger bewaffnet, im Garten und spricht nicht mit uns. Und da reden Sie von merkwürdigen Vorkommnissen? Sie haben vielleicht Nerven.«

Warning unterdrückte ein Seufzen und wandte sich noch einmal an die stumme Mutter auf ihrem Stuhl: »Ada Lippnik kam vor einem Jahr als Kindermädchen zu Ihnen, ist das richtig?«

Die Frau öffnete den Mund, als ob sie antworten wollte, schloss ihn aber wieder und beschränkte sich auf ein kurzes Nicken. Warning konnte sehen, dass sie den Tränen nahe war.

»Sie wurde auf Ihren ausdrücklichen Wunsch hin eingestellt, obwohl Ihr Mann hinsichtlich Miss Lippniks Alter Bedenken hatte, ist das auch richtig?«

Die Frau senkte den Kopf und nickte erneut.

»Ich habe ja gleich gesagt, dass sie zu alt für eine solche Aufgabe ist. Alte Menschen sind einfach zu langsam, körperlich wie geistig, um ein Kind aufzuziehen«, fuhr der Ehemann wieder dazwischen und wischte sich mit dem Taschentuch die Schweißperlen von der Stirn.

»Dann war ich möglicherweise zu alt, um überhaupt noch Mutter zu werden, so sehr, wie mich der Alltag mit einem kleinen Kind erschöpft hat«, begehrte seine Gattin auf. »Ada meistert noch immer spielend, wozu mir manchmal die Kraft fehlt. Also führe nicht immer ihr Alter ins Feld, für mich ist ihre Hilfe ein Segen.«

»Sie hat nichts getan, was ein junges Mädchen nicht besser gekonnt hätte«, bellte ihr Ehemann zurück.

Warning wurde dieser Mann von Minute zu Minute unsympathischer. Der Drang, ihm zu erklären, dass sein Geschrei zu nichts führte, wuchs. Doch er ahnte, dass er damit nur Zeit und Energie verschwendete. Die Person, die ihm seiner Meinung nach die interessanteren Informationen über Ada Lippnik geben konnte, war die Ehefrau.

Er verließ seinen Platz hinter dem Schreibtisch, stellte sich neben sie und legte ihr eine Hand auf die Schulter. »Können Sie mir sagen, was Sie veranlasst hat, Miss Lippnik trotz der offensichtlichen Abneigung Ihres Mannes gegenüber ihrer Person einzustellen?«

Endlich hob die Frau den Kopf und sah ihn an. Ihre Stimme zitterte leicht, als sie antwortete: »Ich habe Ada voll und ganz vertraut. Sie ist doch auch mein Kindermädchen gewesen. Ich war fünf Jahre alt, als sie in unser Haus kam. Ada war vom ersten Moment an meine beste Freundin, das beste Kindermädchen, das ich mir wünschen konnte. Meine Mutter ist früh gestorben, wissen Sie? Und mein Vater hat nur für seine Arbeit gelebt. Ada war alles für mich.«

»Sie ersetzte Ihnen also die Mutter«, stellte Warning fest.

»Mehr als das.« Ein zaghaftes Lächeln huschte über ihr Gesicht. »Sie war meine ganze Familie und meine Verbündete. Bei Ada fühlte ich mich sicher und geborgen.«

August 1979

VALERIE

»Aufstehen, Valerie! Es ist ein herrlicher Morgen, die Vögel singen. Auf dich wartet das Frühstück und ein bisschen Pflanzenkunde.«

Valerie zog sich die Bettdecke über den Kopf. Sie gab sich redliche Mühe, Ada weder zu sehen noch zu hören, doch im Grunde wusste sie, dass das zwecklos war. Ada konnte sehr hartnäckig sein.

Wenn ihr Vater sie morgens wecken wollte, gab er es meist nach ein paar Minuten auf, verließ das Kinderzimmer und versuchte sein Glück in regelmäßigen Abständen erneut. Vor Ablauf einer halben Stunde brauchte Valerie bei ihm nicht einmal einen Fuß auf den Boden zu stellen.

Doch seit Ada das Kommando übernommen hatte, war alles anders. Sie blieb auf der Bettkante sitzen, erst streichelnd, dann schubsend, und wenn Valerie darauf immer noch nicht reagierte, holte Ada einen nassen Waschlappen und hielt ihn drohend und tropfend über ihren Kopf.

Ihr Kindermädchen war anstrengend. Aber sie war auch das Beste, was Valerie bisher passiert war.

Von jenem Moment unter der Schreibtischplatte an, als Ada ihre Anwesenheit gedeckt hatte, war sie in Valeries Augen eine Freundin. Und eine Freundin, fand Valerie, brauchte sie weit nötiger als eine Erzieherin.

War sie von Ada nach dem Aufstehen erfolgreich ins Badezimmer getrieben worden, dauerte es meist nicht lange, bis an der Tür gepoltert und Valerie aufgefordert wurde, sich zu beeilen.

Auch am Frühstückstisch ließ sie Valerie nicht trödeln. Wann immer sie Gabel oder Augenlider sinken ließ, pikste Ada ihr mit dem Zeigefinger in die Seite.

In solchen Augenblicken konnte Valerie ihr neues Kindermädchen nicht besonders gut leiden. Erst wenn sie gemeinsam den ersten Spaziergang durch den großen Garten machten, erwachten Valeries Lebensgeister.

Draußen war sowieso alles besser. Draußen schienen die unheimlichen Geräusche weit weg. Im Garten musste Valerie keine Angst haben. Sie war sich nicht sicher, aber irgendwie hatte sie den Eindruck, es würde Ada genauso ergehen wie ihr. Draußen war das Leben leichter und heiter.

ADA

Der Garten des alten Hauses hatte fast parkähnliche Dimensionen, einen alten Baumbestand, gepflegte Kieswege und hübsch angelegte Ecken und Winkel. Er hatte es Ada vom ersten Moment an angetan. Ganz anders als das Haus. Das finstere Gemäuer aus dunklem Backstein war so ziemlich der hässlichste Klotz, den Ada je gesehen hatte. Ihr war es unbegreiflich, wie jemand ein solch dunkles Spukhaus in einen so bunten Garten setzen konnte. Wäre es nach Ada gegangen, wäre sie dem Kasten mit einem Vorschlaghammer zu Leibe gerückt und hätte mit einem Dutzend neuer Fenster dem Haus zu mehr Luft und Licht verholfen.

Doch dort drinnen regierte Mister Holt. Ein viel beschäftigter Witwer, der sich nur selten außerhalb seines Büros zeigte und sehr erleichtert war, wenn er seine kleine Tochter in guter Obhut wusste. Ein tiefergehendes Interesse für das Mädchen hatte Ada in den vergangenen Tagen bei Mister Holt nicht feststellen können. So etwas wie Vatergefühle schien ihm die Natur vorenthalten zu haben. Alles in allem wirkten Vater und Tochter ganz zufrieden, wenn sie einander nicht über den Weg liefen. Ada war das suspekt, aber auch sehr recht, so konnte sie mit ihrem Schützling viel Zeit im sonnigen Garten verbringen.

Sie streckte sich und atmete tief ein. Die Luft roch nach Blumen, und obwohl vor dem Garten eine für ein Wohngebiet typische Straße verlief, hörte sie nur das Singen der Vögel in den Bäumen. Kein Motorengeräusch, kein Kindergeschrei, nichts drang bis an ihr Ohr. Sie fühlte sich fast wie auf dem Lande, weit weg von London. Ein Spaziergang durch diesen Garten war wie ein kleiner Urlaub.

Da hörte sie Valerie an ihrer Seite verhalten gähnen.

»Warum bist du jeden Morgen so müde, Valerie?«, wollte Ada wissen. »Schläfst du schlecht? Kannst du vielleicht abends nicht einschlafen? Du hast doch nicht etwa Kummer?«

Valerie, die neben ihr über den Gartenweg lief, kaute auf ihrer Unterlippe herum und beantwortete die Frage nicht gleich. Ada konnte sich gut vorstellen, dass Valerie in ihrem jungen Leben bereits häufig Grund zum Kummer gehabt hatte. Da waren beispielsweise der Verlust der Mutter und der distanzierte Vater, um nur zwei Punkte zu nennen. Ada rechnete daher damit, dass Trauer hinter der Müdigkeit des Kindes steckte.

»Ich habe Angst im Dunkeln«, flüsterte Valerie jetzt so leise, dass Ada sie kaum verstand. »Ich kann dann viel mehr hören, als ich sehe.«

Ada lächelte nachsichtig. »Viele Kinder haben Angst im Dunkeln. Das ist nichts Besonderes. Wir können eine Nachttischlampe brennen lassen, wenn du magst. Oder ich warte abends bei dir im Zimmer, bis du eingeschlafen bist.«

»Das würdest du tun?« Valerie klang überrascht und erfreut zugleich.

»Aber sicher«, antwortete Ada. »Ich werde gut auf dich aufpassen, wenn du die Augen schließt, und alles und jeden in die Flucht schlagen, der deinem Bett zu nahe kommt.«

»Ja.« Valerie stieß einen Seufzer der Erleichterung aus. »Das wäre toll.«

»Dann hätten wir das ja geklärt. Heute Abend wache ich bei dir. Und jetzt wollen wir uns mal einige der schönen Pflanzen um uns herum genauer ansehen, ja? Ich bringe dir etwas über sie bei. Keine Angst, das wird uns Spaß machen.«

Ada wusste viel über die heimischen Pflanzen und gab sich Mühe, interessant zu erzählen. »Das hier ist ein Rhododendron.« Sie zeigte auf den Busch voller roter Blüten, in denen Hummeln eifrig am Werk waren. »Er gedeiht hier ausgesprochen gut. Weißt du, was man sich über diesen Busch erzählt?«

Valerie schüttelte den Kopf.

»Sein Name bedeutet übersetzt Rosenbaum, doch hinter einem geschenkten Rhododendron steht die Frage: Wann sehen wir uns wieder? Unter Freunden ist er so etwas wie ein Abschiedsgeschenk mit Wiedersehensversprechen. Außerdem hilft er bei Gicht und Rheumabeschwerden. Aber vor allem ist er hübsch, nicht wahr?«

Valerie nickte. Doch ihr Blick war bereits weitergeschweift und an einer niedrigen, blassrosa Blüte hängen geblieben. »Was ist denn das?«

Ada betrachtete das unscheinbare Gewächs mit seinen aufgefächerten Blättern. »Das ist ein Dachwurz«, stellte sie fest. »Aufs Dach gepflanzt, soll er vor Blitzschlag schützen.«

»Was macht er dann hier unten im Garten?« Valerie schien verwundert.

»Er wurde vermutlich gepflanzt, um das Böse fernzuhalten. Pflanzen werden oft magische Kräfte angedichtet«, antwortete Ada leichthin und betrachtete den hübschen Dachwurz mit einem Lächeln.

Valerie besah sich die kleine Pflanze eher nachdenklich. Dann legte sich ihre Hand um den Stängel samt blassrosa Blüte. Ihre Finger gruben sich in die Rosettenblätter und mit einem Ruck riss sie den Dachwurz aus der Erde.

Einen Moment lang betrachtete sie den Strunk in ihrer Hand mit finsterem Blick. Dann ließ sie ihn auf den Gartenweg fallen.

»Valerie«, rief Ada schockiert. »Warum hast du das gemacht?«

Valerie zuckte mit den Schultern. »Er taugt nichts.«

Im nächsten Augenblick hatte sie sich umgedreht und lief den Gartenweg hinab.

Ada sah ihr fassungslos nach und beobachtete Valerie dabei, wie sie mit wehendem Kleidchen und fliegenden schwarzen Haaren hinter einer Gruppe Rosenbüsche verschwand. Kopfschüttelnd hob sie den Dachwurz vom Kiesweg auf und pflanzte ihn, so gut es eben ging, an der ursprünglichen Stelle wieder ein. Dann machte sie sich auf die Suche nach Valerie und fragte sich, was das Kind wohl mit seinen Worten gemeint haben konnte.

3

Misstrauen und Vertrauen

August 2019

ADA

Die blonde Krankenschwester mit der sanften Stimme hieß Irmgard, so viel hatte Ada bereits herausgefunden. Ein sehr hübscher, aber auch ausgesprochen altmodischer Name für einen jungen Menschen, fand sie.

Irmgard hatte ihr auf Nachfrage hin eine Zahnbürste gebracht und ein Stück Seife dazugelegt. In der durch einen Vorhang abgegrenzten Waschecke richtete sich Ada so gut wie möglich wieder her.

Der Blick in den Spiegel erinnerte sie daran, dass die Zeit nicht freundlich mit ihr umgegangen war. Das einst rote Haar war grau geworden, sie trug es kinnlang und üblicherweise hielt es ihr eine Klammer aus dem Gesicht, das noch immer sommersprossig, noch immer keck, doch schon recht faltig war. Besagte Klammer hatte man ihr allerdings aus Gründen der Vorsicht bei ihrer Einlieferung abgenommen.

Ada hatte in den vergangenen Jahren eine Vorliebe für Schokolade entwickelt, die sich denkbar ungünstig auf ihre einst drahtige Figur ausgewirkt hatte. Doch sie trug das Doppelkinn und den Hüftspeck mit Fassung.

Sie war jetzt über sechzig und sie hatte nicht vor, noch eine Modelkarriere zu starten. Und jemandem, der so viel erlebt hatte wie sie, dem mussten doch auch ein paar Schwächen gestattet sein.

Sie beendete die Morgentoilette, schob den Vorhang beiseite und trat neben Irmgard, die auf sie wartete. Trotz ihres fleckigen Morgenmantels und der ungebürsteten Haare fühlte sich Ada nun schon viel wohler.

Ihrer Meinung nach war es jetzt allerhöchste Zeit, diese Klinik wieder zu verlassen, egal ob mit oder ohne ärztliche Genehmigung. Sie musste sich schleunigst auf die Suche begeben, musste Paul vor einem grausamen Schicksal bewahren. Es würde sicher nicht einfach werden, ihn zurückzubekommen.

Schon in der vergangenen Nacht war die Gewaltbereitschaft ihrer Gegner erschreckend gewesen. Und das, vermutete Ada, sollte nur der Auftakt gewesen sein. Missbilligend betrachtete sie ihren Morgenrock: Er war voller Flecken und Risse. Kein Wunder, dass man sie weggesperrt hatte, sie sah verboten aus.

»Irmgard, Sie hätten wohl nicht zufällig Nadel und Faden für mich?«

Irmgard schüttelte ihren Pagenkopf. »Auf dieser Station bekommen Sie weder Nadeln noch Fäden. Wir wollen doch nicht, dass Sie sich selbst verletzen. Außerdem gibt es jetzt auch Wichtigeres. Da sind doch all die Menschen, die auf Sie warten und mit Ihnen sprechen wollen.«

Ada stieß einen Seufzer aus. All die Menschen, denen sie klarmachen musste, dass sie keineswegs den Verstand verloren hatte. Das aber bedeutete, dass sie die Wahrheit weiterhin verschweigen musste. Doch welche Lüge hätte ihre Situation verbessern können? Ihr fiel keine einzige ein, die sie sich selbst geglaubt hätte. So blieb ihr nur noch ein Ausweg. Der Zeitpunkt war gekommen, um Valerie ein paar Dinge ins Gedächtnis zu rufen. Die erwachsene Valerie musste nun alles erfahren, was die junge Valerie vor langer Zeit vergessen hatte.

»Ada?« Irmgards Stimme klang besorgt. »Sie sind schon wieder so abwesend. Fühlen Sie sich nicht imstande, mit den Leuten zu reden?«

Ada riss sich zusammen, brachte ein Lächeln zustande und folgte Irmgard aus dem Krankenzimmer. Sie musste darauf achten, völlig normal auf ihr Umfeld zu wirken. Sie durfte weder gar nicht noch überreagieren, ganz egal, wie ihr gerade zumute war, sonst würde es sehr lange dauern, bis sie hier wieder herauskam. Aber wie war man eigentlich völlig normal? War es nicht normal gewesen, dass sie sich gewehrt hatte, als man verhindern wollte, dass sie Paul zu Hilfe eilte? War es nicht verständlich, dass sie die Einmischung der Nachbarin, der Polizei und auch die des Arztes als Behinderung, ja sogar als Bedrohung empfunden hatte? Ohne diese Leute wäre sie jetzt schon hinter den Wänden, wäre Paul jetzt vielleicht schon wieder in Sicherheit. Stattdessen war sie hier und musste sich zusammenreißen. Konnte sie auf den Arzt auch *zu* normal wirken? Ada wusste es nicht. Sie würde sich auf ihr Bauchgefühl verlassen müssen.

DOKTOR WARNING

»Und in all den Jahren, in denen Ada Lippnik Ihnen Erzieherin und Freundin war, kam es niemals zu außergewöhnlichen Ereignissen oder Zwischenfällen?«, fragte Dr. Warning und blickte Valerie Dreyer aufmerksam an.

Diese strich sich über das kurze schwarze Haar und schien sehr ernsthaft über seine Frage nachzudenken, schüttelte aber dann den Kopf.

Warning hob irritiert die Augenbrauen. Mit einer solchen Antwort hatte er nicht gerechnet. Sie war für ihn völlig überraschend, weil er die Zeitungsberichte über die Ereignisse vor vierzig Jahren kannte. Damals war er fast selbst noch ein Kind gewesen, doch das Medienereignis des Sommers 1979 hatte sich tief in sein Gedächtnis eingegraben.

Er räusperte sich. »Ist es nicht so, dass Ihr Stiefbruder eines Tages spurlos verschwand?«

Valerie Dreyer sah ihn einen Augenblick lang verwirrt an. Danach blickte sie sich unsicher im Zimmer um, so als könnte ihr irgendwer auf die Sprünge helfen, schien sich aber dann plötzlich doch zu erinnern. »Ach, Sie meinen Sebastian? Also der war eigentlich nicht mein Stiefbruder, wissen Sie? Ich bin mir nicht einmal sicher, ob mein Vater sich ernsthaft für seine Mutter interessiert hat. Mein Vater interessierte sich eigentlich überhaupt nicht für andere Menschen. Nur für seine Arbeit und die war streng geheim. Ganz genau verstanden habe ich nie, was er eigentlich tat. Irgendein Projekt für die Regierung, glaube ich. Inzwischen ist er über siebzig und auch heute weiß ich nicht, womit er sich beschäftigt oder was ihn bewegt.«

»Aber der Junge verschwand eines Tages aus Ihrem Haus. Genau dem Haus, in dem Sie auch heute wieder leben«, beharrte Warning.

»Wie bitte?«, mischte sich ihr Ehemann ein. »Da ist schon mal ein Kind verschwunden?«

Die Ader auf Derek Dreyers Stirn begann zu pochen. Der Mann steigerte sich offensichtlich in seinen Wutanfall hinein, und der Mediziner in ihm bescheinigte diesem Kerl einen baldigen Schlaganfall, wenn er nicht lernte, seine Gefühle im Zaum zu halten.

»Aber das hatte doch nicht das Geringste mit Ada zu tun«, verteidigte jetzt Valerie Dreyer ihr einstiges Kindermädchen. Doch ihre Stimme war zum Ende ihrer Worte hin leiser geworden, ganz so, als ob sie sich selbst nicht wirklich glauben könnte.

Dabei hatte sie nicht ganz unrecht. Warning wusste, dass damals niemand das Kindermädchen Ada Lippnik ernsthaft verdächtigt hatte, doch natürlich war auch ihr Name gefallen. Die Zeitungen hatten sich damals voller Begeisterung auf die Tragödie am Rande Londons gestürzt und detailliert über all jene berichtet, die in dem Haushalt des Wissenschaftlers Martin Holt lebten und arbeiteten.

Einer Ahnung folgend, hatte Warning den Namen seiner neuen Patientin in die Suchmaschine eingegeben und war sofort auf einige alte grobkörnige Zeitungsfotos von einer zierlichen Rothaarigen mit energischem Zug um den Mund gestoßen. Zunächst hatte er eine Weile gebraucht, um in dem Abbild der jungen Frau die wesentlich ältere Ausgabe im Morgenmantel, die sich hier in seiner Klinik aufhielt, wiederzuerkennen. Dann aber, nachdem der Bezug hergestellt war, war ihm klar geworden, warum der Name Lippnik sein

Interesse geweckt hatte. Der Fall war damals wochenlang durch die Presse gegangen.

»Der Junge ist nie wieder aufgetaucht, nicht wahr?«, stellte er fest und behielt Valerie Dreyer genau im Auge.

»Ich glaube nicht, nein« war die vage Antwort. Sie machte einen zunehmend verunsicherten Eindruck auf Warning.

»Sie wissen es nicht?« Er hob die Augenbrauen. »Wie können Sie denn das nicht wissen? Oder wollten Sie nichts darüber wissen?«

Valerie Dreyer blickte ihn beklommen an. »Ich weiß es nicht, weil es mich nicht sonderlich interessiert hat. Ich war damals fünf Jahre alt.«

»Mich interessiert auch nicht besonders, was sich vor einer halben Ewigkeit in diesem Haus zugetragen hat.« Der Kommissar hatte seinen Beobachterplatz an der Wand verlassen und baute sich jetzt neben Valerie Dreyer auf. Sein verärgerter Blick ruhte auf Warning. »Ich bin heute wieder hierhergekommen, um etwas über die Ereignisse der letzten Nacht zu erfahren. Und ich habe es, ganz gegen meine Gewohnheit, Ihnen überlassen, die Fragen zu stellen. Doch bisher ist Miss Lippnik noch nicht einmal hergebracht worden, und sie unterhalten sich mit der Mutter über uralte Geschichten. So kommen wir nicht weiter.«

Warning bemühte sich, höflich und sachlich zu klingen. »Ich unterhalte mich nicht über irgendwelche Geschichten mit Misses Dreyer, sondern über einen Fall, der offensichtliche Parallelen aufweist und nie aufgeklärt wurde. Das könnte wichtig für das Gesamtbild sein, meinen Sie nicht auch? Miss Ada Lippnik werden wir noch früh genug dazubitten.«

Der Kommissar murmelte etwas Unverständliches, das Warning als Zustimmung deutete, und zog sich auf seinen Platz an der Wand zurück. Warning konzentrierte sich wieder auf die verstörte Mutter des vermissten Jungen. »Wie war das also damals, als Sie fünf Jahre alt waren? An was erinnern Sie sich noch?«

Valerie Dreyer räusperte sich. »An ziemlich wenig, wie ich zugeben muss. Miss Ada war damals der wichtigste Mensch in meinem Leben. Sie hat gut für mich gesorgt, auch noch lange nach Sebastians Verschwinden. Sie blieb in unserem Haushalt, bis ich alt genug war, um ein Internat zu besuchen. Als ich zu meinen ersten Weihnachtsferien nach Hause zurückkehrte, war sie fort. Danach habe ich jahrzehntelang nichts von ihr gehört. Und als sie sich im vergangenen Jahr auf die Stelle des Kindermädchens meines Sohnes bewarb, habe ich nicht einen Moment gezögert, sie ins Haus zurückzuholen.«

»In ebenjenes Haus, in dem Sie aufgewachsen sind. Jenes Haus, aus dem besagter Sebastian vierzig Jahre zuvor verschwunden ist«, stellte Warning noch einmal sicher und warf einen Blick auf ihren Gatten, der mit seinen Wurstfingern auf seinem Kugelbauch herumtrommelte.

Dieser bemerkte die Pause, die entstanden war, und beantwortete die im Raum schwebende Frage: »Mein Schwiegervater, Martin Holt, hat England verlassen. Er hat meiner Frau und mir das Haus vermacht und ist nach Australien ausgewandert. Es ist ein schönes, altes Anwesen mit großem Garten, und wir leben sehr gerne dort.«

Warning blickte zurück zu Valerie Dreyer und eine innere Stimme sagte ihm, dass das so nicht stimmte. Die Frau hatte bei der Erwähnung des Hauses das Gesicht verzogen. Mochte ihr überfütterter Gatte das Anwesen auch als sein Heim betrachten, so galt dies sicher nicht vorbehaltlos für seine Ehefrau.

»Misses Dreyer.« Warning wandte sich wieder Valerie zu. »Hat Miss Ada Lippnik Ihnen Zeugnisse vorgelegt? Zeugnisse ihrer

Arbeitgeber aus den letzten vierzig Jahren, in denen Sie keinerlei Kontakt miteinander hatten?«

Valerie Dreyer nickte.

»Haben Sie diese Zeugnisse gelesen oder mit einer der Personen über Ada gesprochen?«, fuhr der Arzt fort.

Valerie schüttelte den Kopf und antwortete rasch: »Das war doch gar nicht nötig. Ich kenne Ada. Sie war mein Kindermädchen, das sagte ich doch bereits. Ich wusste, dass sie absolut vertrauenswürdig ist.«

Warning rieb sich über die Stirn. Kopfschmerzen kündigten sich an. Er fragte sich, ob der Umgang mit so vielen geistig Kranken ihm nicht doch langsam zusetzte. Diese Valerie Dreyer schien ihm auch nicht ganz normal zu sein. »Ist Ihnen denn nie der Gedanke gekommen, Ihr ehemaliges Kindermädchen könnte sich in der langen Zeit entwickelt haben? Und das vielleicht nicht im positiven Sinne?«

August 1979

ADA

Langsam und ohne jede Hast schlenderte Ada zurück durch den Garten, auf das dunkle Haus zu. Sie hatte entschieden, Valerie nach dem Zwischenfall mit dem Dachwurz die Chance zu geben, allein zur Ruhe zu kommen. Die Kleine war sehr impulsiv und aufbrausend. Doch sie schien über die Gabe zu verfügen, sich selbst beruhigen zu können. Ada hatte das in den vergangenen Tagen das ein oder andere Mal beobachtet.

Fast eine Woche lang lebte sie jetzt im Haushalt der Holts. Man hatte ihr ein hübsches Gästezimmer überlassen, das ganz in Grün-

und Brauntönen gehalten war. Ada besaß kaum eigene Möbel und war über dieses Angebot sehr froh gewesen.

Sie war die einzige Angestellte, die im Haus wohnte. Ein Zimmermädchen lebte in der Nachbarschaft und sorgte an drei Tagen in der Woche für Ordnung und Sauberkeit. Die Köchin kam jeden Tag für ein paar Stunden, bereitete ein warmes Mittagessen zu und ließ kalte Speisen für das Dinner im Kühlschrank zurück. Gelegentlich brachte sie einen Kuchen für die Teezeit mit ins Haus. Ein Gärtner sah zwei Mal in der Woche vorbei.

Spätestens um fünf Uhr nachmittags waren alle diese dienstbaren Geister wieder verschwunden und Ada mit Valerie und deren Vater allein. Wenn sie das Mädchen dann gegen acht schlafen geschickt hatte, hatte Ada frei und konnte tun und lassen, was immer sie wollte. Meistens lag sie dann auf ihrem Bett und las. Manchmal gesellte sie sich auch zu Martin Holt und erzählte ihm von Valeries Fortschritten, doch der Wissenschaftler schien ihr nie richtig zuzuhören.

Schon nach wenigen gemeinsamen Tagen mit Valerie hatte Ada ihrem Vater recht geben müssen: Das Mädchen war noch nicht bereit für eine öffentliche Schule. Zu Beginn des Tages war das Kind oft müde, unkonzentriert und mürrisch, was Ada auf die Schlafstörungen der Kleinen schob. Nach einer Weile wich die Müdigkeit einer kurzen Phase der Aufmerksamkeit. Dann konnte man sie geradezu als pflegeleicht bezeichnen. Doch noch vor dem Mittagessen fiel Valerie dann in eine seltsame Lethargie, wurde wortkarg, gab kryptische Antworten auf simple Fragen und wich Adas Blick immer häufiger aus. Manchmal tat sie dann so seltsame Dinge wie gerade mit dem Dachwurz. Und je näher der Abend kam, desto unruhiger wurde sie wieder.

Ada hatte daraufhin mit Martin Holt über den Tod der Mutter der Kleinen gesprochen. Sie hatte herausfinden wollen, ob eine Art Trauma vorlag, doch Martin Holt hatte abgewunken. Misses Holt war sang- und klanglos an einer Lungenentzündung verstorben, Valerie hatte davon kaum etwas mitbekommen. Konnte es einen anderen Grund für ihr rätselhaftes Verhalten geben?

Ada blieb wachsam, doch sie kam nicht hinter Valeries Problem. Vielleicht war es wirklich nichts anderes als eine Schlafstörung, die sich mit einfachen Tricks und Hilfsmitteln beheben ließ.

In Gedanken vertieft, erreichte Ada das finstere Gebäude und schlug den Pfad zur Hintertür ein. Hier traf sie wieder auf Valerie. Diese stand stocksteif auf dem Kiesweg, die Hände in die Seiten gestemmt, und blickte auf einen etwa dreijährigen Jungen hinab, der vor der Türschwelle hockte und fasziniert den Ameisen beim Abtransport eines Brotkrümels zusah.

Ada trat näher, legte Valerie einen Arm um die Schultern und sagte in sanftem Plauderton: »Haben wir Besuch bekommen?«

Der Junge vor ihr hob den Kopf. Unter seinem dichten schwarzen Haarschopf blickten sie zwei hellwache blaue Augen aus einem pausbäckigen Gesicht an. Der Kleine grinste fröhlich zu ihnen herauf und wischte sich die klebrigen Finger an seiner kurzen Cordhose ab.

Ada hatte schon viele kleine Kinder gesehen und ihr war bewusst, dass diese einen Zauber auf alle Erwachsenen in ihrer Nähe ausübten. Es war der »Ach!«- und »Wie süß«-Zauber, doch Ada erlag ihm nur noch sehr selten. Doch von diesem hübschen kleinen Burschen war sie augenblicklich hingerissen.

»Na, kleiner Mann, wie heißt du denn?«, fragte sie und sank vor ihm in die Hocke.

»Das ist Sebastian«, antwortete Valerie, die stehen geblieben war, an seiner Stelle. »Seine Mom schreibt für Daddy. Manchmal findet sie keinen Aufpasser und bringt ihn mit her.«

»Das ist ja wundervoll«, rief Ada aus und ignorierte absichtlich den geringschätzigen Tonfall ihres Schützlings. »Da hast du ja einen Spielgefährten.«

Valerie gab ein Schnauben von sich. »Bist du verrückt? Er ist ein Junge und außerdem ein Baby.«

»Bin kein Baby!«, antwortete der Kleine prompt und krauste die Stirn.

In diesem Moment erschienen neben ihm auf der Türschwelle zwei dunkelrote Riemchensandaletten. Ada hob den Kopf. Die Dame auf der Schwelle sah ein bisschen aus wie sie selbst. Ihr Haar war rot, das Gesicht sommersprossig, die Figur in dem geblümten Sommerkleid zierlich. Doch die Gesichtszüge der Fremden waren ebenmäßiger als Adas und sie war hochgewachsen.

Ada richtete sich zu ihren vollen eins zweiundfünfzig auf und reichte der Fremden die Hand. »Mein Name ist Ada Lippnik und ich kümmere mich um diese kleine Dame hier.« Valeries Ellenbogen bohrte sich in ihre Seite. »Ich bin ihre Freundin. Manchmal aber auch Erzieherin«, ergänzte sie mit einem Lächeln.

»Ich bin Lisa Small«, erwiderte die andere. »Ich helfe Mister Holt bei den Aufzeichnungen seiner wissenschaftlichen Arbeit. Und das hier« – sie deutete auf den kleinen Ameisenforscher – »ist mein Sohn Sebastian.«

Der Junge schob sich seine rechte Faust zwischen die Milchzähne und begann zu sabbern.

Ada war von seinen blauen Augen hingerissen.

»Er ist gerade drei Jahre alt geworden und neugierig auf die ganze Welt.« Lisa Small klang, als müsste sie sich für ihren Sohn entschuldigen. »Ständig büxt mir der kleine Racker aus und ich muss ihn dann suchen. Jetzt hat er wahrhaftig die Ameisen mit seinem Frühstück gefüttert. Hoffentlich hat er ihnen keine Spur bis in die Speisekammer gelegt.«

Sebastian lutschte hingebungsvoll an seinen Fingerchen und enthielt sich jeden Kommentars. Er starrte Valerie an, die mit vorgeschobener Unterlippe zurückstarrte.

Lisa Small seufzte. »Unser Kindermädchen ist leider nicht sehr zuverlässig. Aber immer noch zuverlässiger als Sebastians Vater. Von dem haben wir schon seit Monaten nichts mehr gehört.« Sie lächelte schwach und zuckte hilflos mit den Schultern.

Da fiel Ada auf, dass Lisa Small nicht zierlich, sondern dünn war und wie dunkel die Ringe unter ihren Augen schimmerten. Sie fasste einen spontanen Entschluss.

»Machen Sie sich keine Gedanken, Misses Small. Valerie und ich werden auf Sebastian achtgeben, solange Sie und Mister Holt bei der Arbeit sind. Ich bin sicher, wir werden eine angemessene Beschäftigung für den Kleinen finden.« Sie streichelte dem Jungen über den dunklen Haarschopf und wurde dafür mit einem flüchtigen Lächeln seinerseits belohnt.

»Miss Small heißt es.« Sie hob die Hände und zeigte Ada ihre unberingten Finger. »Aber sagen Sie doch einfach Lisa zu mir. Meinen Sie das ernst? Würden Sie ein Auge auf meinen kleinen Schatz haben?«

Wieder bohrte sich Valeries Ellenbogen in Adas Seite, doch sie ging nicht darauf ein. »Aber natürlich.« Ada bot Sebastian ihre

Hand an, die dieser vertrauensvoll mit seiner feucht-klebrigen ergriff. »Arbeiten Sie ruhig weiter. Wenn es Probleme geben sollte, sage ich Ihnen sofort Bescheid. Doch ich denke, wir werden gut zurechtkommen.«

»Oh vielen, vielen Dank!« Lisa schenkte ihr ein glückliches Lächeln. Sie wirbelte herum und lief zurück ins Haus, wo ihre Schreibmaschine sicher schon auf sie wartete.

Ada blickte ihr lächelnd nach, bis Valerie sie vorwurfsvoll anstupste. »Warum hast du das gemacht? Jetzt werden wir dieses Baby nie mehr los!«

Ada warf Valerie einen strengen Blick zu. »Manche Dinge muss man tun, weil sie richtig sind. Das wirst du noch lernen, Valerie. Und wir werden den kleinen Sebastian sehr wohl wieder los, denn seine Mutter wird ihn irgendwann wiederhaben wollen.«

»Hoffen wir's«, murrte Valerie.

4

Aufwachen und Einschlafen

August 2019

DOKTOR WARNING

Ein leises Klopfen an seiner Bürotür und das Eintreten Ada Lippniks ließen Doktor Warning hoffen, dass es nun vorangehen würde.

Kaum dass die alte Frau in ihrem Morgenmantel von Schwester Irmgard in den Raum eskortiert worden war, sprang Valerie Dreyer von ihrem Stuhl auf. »Ada! Endlich! Wo ist mein Sohn? Ada, wo ist Paul? Du weißt es doch, du musst es mir sagen!« Mit zitternder Unterlippe, das Haar hastig hinter die Ohren geschoben, die Augen weit aufgerissen, bot die jüngere Frau noch immer ein Bild des Jammers.

Die letzten Minuten in seinem Büro hatten Valerie Dreyer zudem merklich verunsichert. Sie schien selbst überrascht davon, wie wenig sie sich an ihre Kindheit, an Sebastian Small und an die junge Ada Lippnik erinnern konnte.

Warning hatte sich bemüht, Details aus ihrer Erinnerung abzurufen, war aber immer wieder auf blinde Flecken gestoßen. Misses Valerie Dreyer wusste nur, dass sie Ada Lippnik seit vierzig Jahren kannte und ihr vertraute. Warum sie ihr auch jetzt noch vertraute, wo ihr eigenes Kind vermisst wurde, konnte sie selbst nicht hinreichend begründen.

Ihr ehemaliges Kindermädchen schien ihm ebenfalls nicht in bester Verfassung zu sein. Sie wirkte blass, die zahlreichen Sommersprossen hoben sich deutlich von der Haut ab. Jetzt umarmten sich die beiden Frauen und hielten sich für einen kurzen Moment aneinander fest.

Doch während Valerie Dreyer ihr Gesicht im rosa Flanell von Adas Bademantel verbarg, glitt deren Blick durch das Zimmer, fixierte erst den rotgesichtigen Dreyer und dann die finster dreinblickenden Polizisten. Die Körperhaltung der alten Dame veränderte sich sichtbar. Ada Lippnik bereitete sich innerlich auf eine Konfrontation vor. Das war Warning gar nicht recht.

Er begriff, dass Ada Lippnik in diesem Kreise nicht offen reden würde. Ihr Vertrauen und ihre Liebe galten nur Valerie Dreyer.

Prüfend betrachtete er Ada noch einmal eingehend. Nein, einen gefährlichen oder unbeherrschten Eindruck machte die Patientin an diesem Morgen nicht auf ihn. Abweisend, ja, aber das war auch schon alles. Und sie schien ganz auf ihren ehemaligen Schützling fixiert. Konnte er das für seine Zwecke nutzen? Er beschloss, ein kleines Experiment zu wagen. Warning klatschte einmal laut in die Hände, stand auf und verkündete: »Ich bitte die anwesenden Herren, den Raum mit mir zusammen zu verlassen. Geben wir den beiden Damen die Gelegenheit, ganz in Ruhe miteinander zu sprechen.«

Mister Dreyer und auch die Polizisten widersprachen ihm augenblicklich, doch Warning machte unerbittlich von seinem Hausrecht Gebrauch und wies ihnen nacheinander den Weg auf den Flur. Dann lächelte er den beiden Frauen noch einmal aufmunternd zu und schloss die Tür hinter sich. Wenn Ada Lippnik die Ereignisse der letzten Nacht mit einer Person ihres Vertrauens besprach, würden sie alle schnell und unkompliziert an die gewünschten Informationen kommen.

VALERIE

Sie ließ sich in den Stuhl zurückfallen, während Ada unschlüssig neben ihr stehen blieb.

»Was ist passiert, Ada?«, fragte Valerie besorgt. »Bitte, du kannst es mir doch sagen!« Für einen kurzen Moment glaubte sie, so etwas wie Mitgefühl in den Augen ihres alten Kindermädchens zu sehen.

»Du solltest eigentlich wissen, was passiert ist, Liebes«, antwortete Ada. »Und du hast es auch einmal gewusst. Du warst es doch, die mich zum ersten Mal hinter die Wände führte.«

Valerie spürte, wie ihr die Kinnlade herunterfiel. Und während sie den Mund hastig wieder schloss, überkam sie zum wiederholten Mal an diesem Tag ein beängstigendes Gefühl. Die Furcht, unvollständig zu sein, wichtige Ereignisse verdrängt oder vergessen zu haben. Es war, als säße sie am Spieltisch, die altvertrauten Karten in der Hand, doch die Regeln wären ihr allesamt entfallen.

Sie wusste nicht, was von ihr erwartet wurde, hatte keine Ahnung, wovon Ada sprach oder worauf Warning sie stoßen wollte, als er mit ihr über Sebastian gesprochen hatte. Schon glaubte sie, dass sie selbst noch viel mehr als Ada in diese Klinik gehörte.

»Kleines, du musst dich jetzt wieder erinnern!« Adas Stimme klang streng. »Ich weiß, dass der Biss einer Winkelnatter zu einer Art Gedächtnisverlust führt, aber irgendwo in deinem Kopf muss die Erinnerung versteckt sein. All das, was uns damals passiert ist. Das Gift dieser Nattern löscht die Erinnerung nicht aus, sie verkapselt sie nur. Man kann sie hervorholen. Träumst du denn nie von damals?«

Ratlos blickte Valerie in Adas altes Gesicht. Winkelnatter? Träume? Wovon redete sie da bloß? Natürlich träumte Valerie gelegentlich. Ziemlich heftig sogar. Aber meist völlig verrücktes Zeug. Und immer wenn sie aufwachte, dann war da die Wirklichkeit und in der gab es diese Dinge nicht, von denen Ada gerade gesprochen hatte.

»Wohin soll ich dich gebracht haben?«, fragte sie jetzt verwirrt. »Und was ist eine Winkelnatter? Spiel mir hier nicht die Verrückte vor, ja? Ich will meinen Jungen zurück, und zwar sofort!«

Ihre alte Freundin ließ sich vor Valeries Stuhl auf die Knie sinken und sah sie traurig an. »Es ist meine Schuld. Ich habe zugelassen, dass du alles vergisst. Ich war erleichtert darüber, dass dir die Erinnerung erspart bleiben würde. Ich dachte, du würdest schneller wieder in ein normales Leben zurückfinden, wenn du dich nicht erinnerst. Aber jetzt bist du erwachsen, lebst in diesem verfluchten Haus und hast selbst ein Kind.« Sie machte eine hilflose Geste. »Mich wird man hier nicht so schnell rauslassen. Diese Leute halten mich für verrückt und gefährlich und außerdem für alt. Keine Ahnung, was davon am schlimmsten ist, aber es bedeutet, dass du ohne mich auf die Suche nach Paul gehen musst, bis ich wieder zu dir stoßen kann. Ich komme hier raus, ich brauche nur etwas Zeit, doch Zeit haben wir nicht, jedenfalls weiß ich nicht genau, wie viel. Niemand weiß das.« Sie seufzte. »Erinnerst du dich denn wirklich an gar nichts mehr, meine kleine Torfinderin?«

Bei diesen Worten schlug irgendwo in Valerie eine Alarmglocke. Kleine Torfinderin? Das kam ihr bekannt vor. Wann war sie das letzte Mal so genannt worden?

August 1979

ADA

»Schlafenszeit, Valerie. Es ist bereits nach zehn!«

Ada hatte es lange genug mit Geduld versucht. Hier oben in Valeries Kinderzimmer hatte sie es sich vor mehr als einer Stunde in einem Schaukelstuhl nahe am Fenster gemütlich gemacht. Ein Kissen im Rücken, die warme Decke über den Beinen, das Märchenbuch auf dem Schoß hatte sie dem Mädchen abwechselnd vorgelesen und vorgesungen. Jetzt fiel ihr kein Lied mehr ein und das Kind lag noch immer hellwach im weißen Kinderbett und starrte mit offenen Augen an die Decke, von der ein albernes Vogelmobile herabbaumelte.

»Valerie, niemand kann einschlafen, wenn er die Augen offen hat.«

Die Kleine schloss die Lider für exakt zwei Sekunden.

»Valerie.« Ada dehnte die Vokale auf absolutes Maximum. Sie konnte ihre Ungeduld kaum noch verbergen, sehnte sich immer mehr nach ihrem Bett, ihrem Roman und einer Tasse Tee.

Doch der Versuch, Valerie zum Einschlafen zu bewegen, entpuppte sich als äußerst langwieriges Unterfangen.

»Wie wäre es, wenn du jetzt mal mit geschlossenen Augen an etwas richtig Schönes denkst?«, schlug Ada vor.

Valeries Augen klappten bereitwillig zu. »Eiscreme«, sagte sie und zupfte an der Bettdecke.

»Schön. Dann stell dir jetzt mal eine riesige Waffel vor. Du darfst dir zwanzig verschiedene Kugeln aussuchen.«

»Ich will nur Erdbeereis. Geht zwanzig Mal Erdbeereis?«

»Nein. Verschiedene Eissorten«, verlangte sie streng und hoffte sehr, dass dieses Eissortenspiel den gleichen Effekt haben würde wie Schafezählen.

»Wie viel genau sind zwanzig?«

Ada seufzte. »Fang einfach an. Nenne mir alle Eissorten, die du kennst. Vielleicht kriegen wir die Waffel voll.«

»Nuss, Schokolade, Vanille ...«

Keine Spur von Müdigkeit lag in der Stimme des Kindes. Ada konnte es einfach nicht glauben.

»Zitrone, Kirsche, Heidelbeere ...«

Ada spürte, wie ihr selbst die Lider zufielen. Sie gönnte sich einen Moment, nur einen kurzen Moment der Ruhe.

»Banane, Waldmeister, Lakritze ... Gibt es Lakritzeis?«

»Bestimmt«, antwortete Ada und riss die Augen auf. Beinahe wäre sie selbst eingeschlafen.

»Minze, Melone, Malaga, Zimt ...«

Wieder fielen Ada die Lider zu. Die Bewegungen des Schaukelstuhls ließen sie sanft hinüber ins Traumland gleiten.

Da klopfte es.

Ada öffnete die Augen und hörte auf zu schaukeln.

Valerie aber schoss wie von der Tarantel gestochen aus dem Bett heraus und rief: »Ich bin wach! Ich bin hellwach! Ihr dürft nicht zu mir kommen!«

Ada betrachtete das nervöse kleine Mädchen in dem geblümten Nachthemd misstrauisch. »Wer darf nicht kommen?«

»Hast du geschlafen? Du hast doch versprochen, dass du wach bleibst.« Valerie stemmte entrüstet die Fäuste in die Seiten.

Doch Ada ließ sich nicht beirren. »Wer darf nicht kommen, Valerie?«

Die Kleine schlug die Augen nieder und schwieg.

»Meinst du vielleicht Gespenster?«

Valerie schielte zu ihr hoch. »So etwas Ähnliches, ja.«

»Es gibt keine Gespenster«, erwiderte Ada in einem, wie sie fand, beruhigenden Tonfall.

»Hat es gerade geklopft oder nicht?«, fragte die Kleine mürrisch und schob die Unterlippe vor.

Ada zögerte. Es hatte ganz eindeutig geklopft. Oder hatte sie das nur geträumt? Doch wie könnte Valerie dann davon wissen? »Das Haus ist alt. Es ist voller Geräusche. Balken knarren, Türen quietschen …«

»Und was klopft?«, wollte das Mädchen mit skeptischem Blick wissen.

Ada überlegte. »Heizungsrohre.«

»Heizungsrohre?«, wiederholte Valerie gedehnt und blickte noch skeptischer als vorher drein.

»Jawohl, Heizungsrohre können klopfen. Richtig laut bullern oder knacken können die.« Sie stand auf, um ihren Schützling zurück unter die Decke zu verfrachten.

»Glaubst du das im Ernst?«, fragte die Kleine, als Ada ihr das Kissen aufschüttelte und ihr einen Stoffteddy in die Hand drückte.

»Ja, sicher. In alten Häusern kannst du die seltsamsten Dinge hören und keines hat etwas zu bedeuten.«

»Und auch sehen?«

Adas Misstrauen wuchs. »Was hast du gesehen?«

Das Kind biss sich auf die Lippen und schwieg. Sie schien nicht bereit, auch nur ein weiteres Wort zu sagen.

Ada versuchte es mit Einfühlsamkeit. »Willst du es mir nicht verraten? Du wirst dich sicher besser fühlen, wenn es heraus ist. Und ich bin doch deine Freundin, also kannst du mir vertrauen.«

»Du bist erwachsen«, stieß Valerie hervor. »Und Erwachsene glauben immer, ich lüge.«

»Vielleicht hast du es ihnen nur nicht richtig erklärt«, versuchte es Ada noch einmal. »Wir Erwachsenen sind manchmal etwas schwer von Begriff.« Sie lächelte entschuldigend, doch so einfach war Valerie nicht einzulullen.

»Dann ist das dein Problem«, meinte sie und steckte den Kopf unter die Bettdecke.

Ada kam zu dem Schluss, dass sie Valeries Pubertät lieber nicht miterleben wollte, wenn das Kind jetzt schon so bockig sein konnte.

Noch eine ganze Weile lang versuchte sie, das Mädchen wieder herauszulocken, doch Valerie hielt die Decke fest und kam nicht wieder darunter hervor. Irgendwann bemerkte Ada den gelockerten Griff der kleinen Finger um den geblümten Bettbezug. Sie hob prüfend einen Deckenzipfel in die Höhe und stellte fest, dass sich ihr Schützling dem Schlaf ergeben hatte.

Ada erhob sich von der Bettkante. Jetzt hätte sie gehen können. Tee und Roman waren zum Greifen nahe. Doch stattdessen setzte sie sich wieder in den Schaukelstuhl und lauschte.

Nichts war zu hören.

Es war völlig ruhig. Dieses Haus war sogar ungewöhnlich ruhig. Es knarrte und quietschte rein gar nichts. Auch von draußen drang kein Geräusch zu ihr heran. Kein vorbeifahrendes Auto, kein Flugzeug und kein Nachtvogel störte die vollkommene Ruhe dieses Hauses. Ada fand diese Stille schon fast merkwürdig.

Beinahe eine halbe Stunde lang saß Ada mit gespitzten Ohren im Schaukelstuhl und hörte absolut nichts. Dann spürte sie die Trägheit des Schlafes in ihren Gedanken. Sie ließ ihn gewähren.

Rrrummms!

Ada sprang aus dem Schaukelstuhl und sah zu Valerie hinüber, die mit schreckgeweiteten Augen in ihrem Bett saß.

»Was war das?« Ada würde keine Ausrede gelten lassen. Irgendetwas ging hier vor.

»Die Heizungsrohre vielleicht?«, schlug die Kleine vor und schlang die Arme um ihren Körper.

Ada machte eine wegwerfende Handbewegung. »Nein, ich glaube nicht, dass Heizungsrohre rumsen können. Vielleicht wenn gerade der Kessel explodiert ist, aber dafür war es zu leise. Also, Valerie, du wohnst länger in diesem Haus als ich. Sag mir, was hier rumst.«

Valerie zögerte noch immer, und Ada gab sich Mühe, finster und wild entschlossen auszusehen. Schließlich gab das Mädchen nach.

»Es rumst nicht wirklich im Haus. Das kommt aus den Wänden.« Die Stimme der Kleinen klang kläglich.

»Aus den Wänden?«, wiederholte Ada.

»Dort sind überall Gänge wie in einem Labyrinth«, beeilte sich Valerie zu versichern. »Und sie haben kein Ende. *Sie* haben sie gebaut!«

»*Sie?*« Adas Haut kribbelte. Sie spürte, dass sie eine Gänsehaut bekam. »Sind es Ratten?«

Valerie presste die Lippen aufeinander.

Rrollerrrollerrroller.

Das merkwürdige Geräusch schien aus dem Fußboden zu kommen.

Ada erschauerte. »Du hast sie doch gesehen, Valerie. Waren es Ratten? Oder Marder? Irgendein Parasit, der sich hier eingenistet hat?«

»Was ist ein Parasit?« Valerie runzelte die Stirn.

»Ein Schädling.«

Das Mädchen dachte nach, dann nickte es. »Dann ist es ein Parasit.«

»Ja, aber was für einer?«, rief Ada ungeduldig, ließ sich auf die Knie nieder und untersuchte die Fußleisten nach Löchern und Spalten.

»Ein richtig böser Parasit.«

Die Antworten dieses Kindes waren nicht sehr ergiebig, fand Ada. »Warum hast du denn deinem Vater nichts davon gesagt?«

»Das habe ich ja versucht, aber er sagt, dass ich mir das alles nur einbilde und ihn in Ruhe lassen soll.«

Ada sprang auf die Füße. »Hört er diese Geräusche denn nicht? Wie ist das möglich?«

Valerie zuckte mit den Schultern. »Er kommt ja kaum zu mir ins Zimmer. Und hier ist es eben am lautesten. Ganz besonders nachts. Dann habe ich Angst.«

»Warum ist es hier am lautesten?«

»Weil in meinem Zimmer ein sehr großes Tor ist.« Das Mädchen schien den Tränen nahe.

»Ein großes Tor?« Ada blickte wieder auf die Fußleisten und erwartete, ein Rattenloch von gigantischen Ausmaßen zu entdecken.

Ihre Ratlosigkeit vertrieb die Tränen und entlockte Valerie sogar ein Kichern. Jetzt sprang sie aus dem Bett und lief zum Puppenhaus hinüber. Das mehrstöckige Prachtstück aus bemaltem Holz maß vom Boden bis zur Decke etwa einen Meter.

Valerie warf sich mit voller Wucht gegen eine der Seitenwände und verschob es so um fast zwanzig Zentimeter. Sie wiederholte dieses Manöver mehrfach, während Ada ihr stirnrunzelnd dabei zusah. Schließlich hielt das Mädchen inne und schaute sie herausfordernd an.

»Und was sollte das jetzt?« Ada stellte sich neben die Kleine, die auf die kahle Wand deutete, welche das Puppenhaus freigegeben hatte.

»Es ist besser, wenn das Haus davorsteht.«

»Vor was steht?« Ada blickte noch immer ratlos auf die kahle Wand.

»Siehst du es denn nicht?«, fragte Valerie ungläubig.

Die Worte waren kaum ausgesprochen, da bemerkte Ada zwei blasse, senkrechte Linien in der Tapete, die in etwa einem Meter Höhe durch einen waagerechten Schnitt miteinander verbunden wurden. Es handelte sich um eine Tapetentür. Eine Tapetentür, wie es sie häufig in Wohnhäusern gab. Dahinter verbarg sich zumeist ein muffiger Wandschrank oder ein staubiger Kniestock voller Spinnweben. Da Valeries Zimmer keine schrägen Wände hatte, schied der Kniestock aus.

»Ein Wandschrank?«, riet das Kindermädchen.

Valerie verdrehte die Augen. »Das ist ein Tor. Auf diese Weise kommen sie zu uns.«

Ada hielt es für sehr unwahrscheinlich, dass diese Tapetentür von Ratten oder anderem Getier angelegt worden war. Sie suchte die Wand nach einem Griff oder etwas Ähnlichem ab. Als sie nichts fand, schob sie ihre Fingernägel in einen der senkrechten Schlitze und zog vorsichtig daran. Die Tapetentür sprang auf.

Valerie stieß einen leisen Schrei aus, und Ada blieb vor Überraschung fast das Herz stehen, als feuchter Nebel aus der Öffnung waberte. Hinter der Tapetentür leuchtete ein schwaches, blassblaues Licht in der Finsternis, und Ada glaubte, Frösche quaken zu hören. Mit weit aufgerissenen Augen blickte sie Valerie an, die voller Angst in das blaue Licht starrte.

»Es sind wohl weder Ratten noch Marder da drinnen, oder?«, vermutete Ada.

Valerie schüttelte den Kopf.

Das Kindermädchen seufzte. »Das hatte ich befürchtet.«

5
Geheimnisse

August 2019

VALERIE

»Du warst meine Torfinderin, ich war deine Kriegerin.« Ada sah Valerie mit beschwörendem Blick an. »Komm schon, denk nach. Wir beide konnten uns damals in Sicherheit bringen. Mehr als einmal. Doch als wir Sebastian retten wollten, kam unsere Hilfe zu spät.«

Valerie saß wie betäubt in einem von Warnings Bürostühlen und suchte in ihrem Gedächtnis nach irgendeinem Anhaltspunkt, einer Erinnerung, die zu Adas Worten passte.

Doch da war nichts. Und dieses Nichts schien man ihr ansehen zu können, denn jetzt trat so etwas wie Trauer in Adas Gesichtsausdruck. Trauer und auch ein wenig Zorn.

»Da war dieses Tor in deinem Kinderzimmer.« Die Stimme ihres ehemaligen Kindermädchens war auf ein Flüstern herabgesunken. »Gleich hinter dem Puppenhaus. Erinnerst du dich an den blauen Nebel? Er war kalt und klamm.«

Nebel in ihrem Kinderzimmer? Valerie war sich völlig sicher, dass es in ihrem Zimmer niemals Nebel gegeben hatte, schon gar keinen blauen. Aber in ihrem Kopf schien plötzlich Bodennebel zu herrschen. Sie fühlte fast, wie sich eine Erinnerung in ihr Bewusstsein vorkämpfen wollte, aber noch zu schwach war.

»Wir beide mussten so oft vor ihnen fliehen, Liebes«, hörte sie Ada sagen.

Fliehen? Valerie runzelte die Stirn. Sie hatte seit einiger Zeit das Gefühl, dass sie gut daran getan hätte, vor Derek Dreyer zu fliehen, als er damit begonnen hatte, ihr den Hof zu machen. Doch diese Flucht hatte sie versäumt und sich zu lange nach seinen Launen gerichtet. Derek war ein anstrengender Ehemann, aber es gab sicher auch schlechtere als ihn.

»Erinnerst du dich an den Abend, an dem ich dich Eissorten aufzählen ließ?«

Ada startete einen neuen Versuch, ihr Gedächtnis auf Kurs zu bringen, und Valerie gab sich Mühe, sich zu konzentrieren. Eissorten. Sie musste unwillkürlich lächeln. Ein Bild von der jungen Ada im Schaukelstuhl stieg in ihr hoch. Und mit ihm kam die Angst zurück, die sie als Kind so oft gequält hatte.

Die Angst vor … vor …

Mit einem Mal glaubte Valerie, etwas zu riechen. Etwas Modriges und Feuchtes. Und dann war da plötzlich ein weiteres Bild in ihrem Kopf. Eine perfekte Erinnerung, scharf und deutlich: Sie zeigte Ada, wie sie zwischen den kahlen Gerippen toter Bäume über sumpfigen Untergrund lief.

»Ein Moor?«, flüsterte Valerie. »Sind wir durch ein Moor geflohen, Ada?«

»Wir konnten uns den Fluchtweg nicht aussuchen«, erwiderte ihr altes Kindermädchen und lächelte zufrieden. »Zumindest nicht bei unserem ersten Besuch.«

Valerie fühlte sich schwindelig. Sie hatte den Eindruck, als würden die Grenzen von Traum und Wirklichkeit miteinander verschwimmen. Was war das für ein Moor gewesen und wo befand es sich? Doch nicht hier in London und schon gar nicht in ihrem Kinderzimmer. Das konnte gar nicht sein.

Da mischte sich in die verloren geglaubte Erinnerung ein wichtiger Gedanke – der Gedanke an ihren Sohn. »Und Paul? Was hat das mit Paul zu tun? Ist Paul etwa in diesem Moor?«

»Das glaube ich nicht.« Ada drückte ihr beruhigend die Hand. »Nein, er wird irgendwo im Labyrinth sein. In seinen endlosen Gängen und Höhlen.«

»Was denn für Gänge?« Valerie hatte das Gefühl, sich am Rande eines hysterischen Anfalls zu bewegen, und glaubte, ihre eigene Ahnungslosigkeit nicht länger zu ertragen.

Adas Augen waren plötzlich voller Mitleid. »Kindchen, wenn die Rückkehr der Erinnerung mit Angst verbunden ist, dann solltest du besser nicht allein aufbrechen. Du bist so gar nicht darauf vorbereitet, was dich in den Wänden erwartet.« Sie wog den Kopf hin und her. »Aber wen könnte man bitten, dich zu begleiten?«

»Aufbrechen? Wohin? In dieses Moor?« Valerie fand, dass ihre eigene Stimme sehr schrill klang.

Sie fühlte schon die kalte Umarmung der Panik. Nein, sie war sicher nicht bereit für das, was Ada von ihr erwartete. Allein auf die Suche nach Paul zu gehen, in irgendeinem Moor oder Labyrinth, erschien ihr unmöglich. Sie spürte dieselbe Furcht, die sie damals als Kind gehabt hatte. Vor was noch gleich?

Ada ließ Valeries Hand los. Sie schien einen Entschluss gefasst zu haben. »Ich muss einen Weg finden, hier herauszukommen. Ich muss. Vielleicht sollte ich einfach durch diese Tür gehen und mir den Weg freikämpfen. Zu blöd, wenn man nur die Fäuste ins Feld führen kann, ich wünschte, ich hätte meine Golfschläger.«

Entschlossen steuerte Ada auf die Bürotür zu, doch Valerie sprang vom Stuhl und hielt sie zurück. »Sie werden dich nicht gehen lassen, Ada. Sie halten dich für verrückt und gefährlich, und wenn du auf sie einprügelst, dann bestätigst du diesen Eindruck nur!«

»Mir wäre völlig egal, was diese Leute von mir denken, wenn sie mich nur gehen ließen«, murmelte Ada, ohne Valerie anzusehen. Ihr Blick war noch immer auf die Tür gerichtet, hinter der Warning und der Inspektor warteten. »Wo liegt dieses Büro überhaupt? Macht es Sinn, aus dem Fenster zu steigen?«

»Vergiss das Fenster, erzähl ihnen einfach alles!«, rief Valerie aus. »Sag uns, was in der letzten Nacht passiert ist und wer für Pauls Verschwinden verantwortlich ist.«

Jetzt hatte Valerie Adas ganze Aufmerksamkeit. Diese sah sie zuerst verblüfft an und lachte plötzlich los, bis ihr die Tränen über die Wangen rannen.

Nachdem sie sich etwas beruhigt hatte, fragte sie glucksend: »Du glaubst ernsthaft, dass man mich hier rauslässt, wenn ich die Wahrheit sage? Nein, nein. Die Wahrheit ist das Letzte, was mir jetzt weiterhilft.«

In diesem Moment wurde die Tür des Büros leise geöffnet und Warnings fast kahler Kopf erschien im Türspalt. Aufmerksam sah er die beiden Frauen an und weder Adas Lachtränen noch Valeries verzweifelte Miene schienen ihm besonders zu gefallen.

»Das hat wohl nicht so geklappt, wie ich es mir erhofft hatte. Ich denke, wir sollten hier abbrechen, Misses Dreyer. Miss Lippnik braucht Ruhe, scheint mir. Ich werde sie zurück auf ihr Zimmer bringen.«

»Nein, bitte!«, rief Valerie und fasste nach Adas Hand. »Wir haben noch viel zu besprechen, nicht wahr? Über Paul und Sebastian und das unheimliche Moor.«

Warning hob eine Augenbraue, und Valerie erkannte schlagartig, welche Wahrheit Adas Heiterkeitsausbruch zugrunde lag. Würde man *ihr* glauben, wenn sie jetzt anfing, sich an seltsame Ereignisse zu erinnern? Nein, die Wahrheit war im Moment auch nicht ihr Freund.

Da wurde Valerie plötzlich von der alten Frau umarmt, die sie zum Abschied fest an sich zog. »Ich komme bald zu dir«, versprach sie. »Unternimm nichts auf eigene Faust, solange du dich nicht voll und ganz erinnern kannst. Geh nicht allein.«

Die Finger des Arztes lösten Adas Arme von Valeries Schultern, und das Kindermädchen wurde von Warning mit sanftem Druck aus dem Raum geführt.

In der Tür drehte sich Ada plötzlich noch einmal zu Valerie um. »Sag am besten Teddy Bescheid!«

Warning warf Valerie noch einen fragenden Blick zu, doch diese zuckte ratlos mit den Schultern.

Allein im Büro überlegte sie angestrengt, was Ada ihr hatte sagen wollen. Teddy? Ging es um ein Plüschtier oder etwa um eine Person? Aber der Name Teddy sagte ihr nichts. Sie hatte noch nie zuvor von einem Teddy gehört.

Als plötzlich ihr Mann Derek zur offenen Tür hereinstürmte und ausrief: »Und? Sind wir jetzt klüger? Wo ist Paul?«, kamen Valerie die Tränen und sie brach an Ort und Stelle zusammen. Sie überließ sich ganz der eigenen Verzweiflung.

»Valerie? Valerie, hör mit der Heulerei auf. Wir werden der Alten schon noch die Daumenschrauben anlegen. Sie muss uns einfach erzählen, was sie mit unserem Kind gemacht hat. Dieser Doktor Warning wird mich jetzt mal kennenlernen!« Damit rannte Derek wieder hinaus und ließ sie allein und verzweifelt zurück.

Jetzt konnte Valerie ihren Gatten draußen auf dem Flur brüllen hören. Ihr Weinen wurde noch verzweifelter und sie hatte das Gefühl, gar nicht mehr aufhören zu können.

Erst als diese freundliche Schwester Irmgard erschien, sich neben sie auf den Teppich setzte und ihr Taschentücher und einen Becher Kaffee reichte, gewann Valerie ihre Fassung wieder.

Die Krankenschwester lächelte ihr freundlich zu. »Bisher war es kein besonders guter Tag, oder?«

»Ich kann mich an nichts mehr erinnern«, gestand Valerie ihr, als sie sich wieder in der Lage fühlte, zu sprechen.

Die Schwester sah sie mitleidig an. »Sie müssen Geduld mit sich haben. Es wird schon wiederkommen.«

Valerie brach erneut in Tränen aus. Wollte sie denn überhaupt, dass es wiederkam?

August 1979

ADA

»Hast du deinem Vater das hier schon mal gezeigt?«, fragte Ada das Mädchen und deutete auf die Tapetentür. Ein Geruch nach Moder und Fäulnis quoll daraus hervor. Und ein seltsam süßer Duft, den sie nicht einzuordnen wusste.

Valerie schüttelte den Kopf. »Ich wollte ja. Aber er hat nie Zeit. Er sagt immer, er hat zu viel zu tun. Und dass ich mir Dinge einbilde. Er will mir gar nicht glauben.«

Ada erwog einen Moment lang, Martin Holt an den Haaren hier herauf zu schleifen und ihn mit diesem Tor zur Hölle, oder was immer es war, zu konfrontieren, verschob den Plan aber auf einen späteren Zeitpunkt.

Martin Holt lebte nun einmal nur für seine Arbeit, woraus diese auch bestehen mochte. Ihre Aufgabe hingegen war es, sich um Valerie zu kümmern. Wenn sich in deren Zimmer ein Moor gebildet hatte, so würde er von Ada erwarten, dass sie es beseitigte, ohne ihn weiter damit zu behelligen.

»Wann hast du das hier entdeckt?« Sie hielt prüfend eine Hand in die Öffnung. Es war kalt hinter der Tapetentür.

»Ist schon ein bisschen her. Früher war hier eine Abstellkammer, in der mein Schlitten stand. Doch der war eines Tages weg. Stattdessen ist da jetzt das hier.« Valerie wies auf die Nebelschwaden, die aus der Öffnung waberten.

»Das ist einfach so entstanden? In einem Wandschrank?«, rief Ada überrascht.

Valerie nickte eifrig.

Ada fühlte sich an einen Bienenschwarm erinnert, der in Hohlräume von Häusern eindringen und dort etwas ganz Neues erschaffen konnte. Doch das hier war etwas anderes. Es handelte sich nicht um durch einen Bau geschützte kleine Honigwaben, die sich zu eindrucksvollen Ornamenten zusammenfügten. Nein, hier war etwas Feuchtes, Dunkles und Kaltes entstanden.

Welche Kreatur baute denn Sümpfe?

»Wollen wir mal hineinkriechen?«, fragte Valerie unvermittelt. »Wir sind doch zu zweit. Mit dir zusammen habe ich keine Angst, glaube ich.«

Nein, das wollte Ada nicht. Sie wollte lieber einen Kammerjäger rufen. Jemanden, der diesem Hausbesetzer den Garaus machte. Sie wollte gerade den Kopf schütteln, als ihr ein Gedanke kam. »Warst du etwa schon mal da drin, Valerie?«

Die Kleine nickte zögernd. »Einmal. Es ist gruselig dort. Ich bin schnell zurückgelaufen.«

Zurückgelaufen? Wie weit, fragte sich Ada, konnte man denn in einem ehemaligen Wandschrank laufen?

»Wenn wir ganz leise sind, bemerken sie uns vielleicht nicht«, wisperte Valerie, tastete nach Adas Hand und setzte einen nackten Fuß in die wabernde Dunkelheit aus Nebel und schwachem blauen Schimmer.

Sie? Ada zögerte noch immer, dann nahm sie all ihren Mut zusammen und folgte der kleinen Gestalt im Nachthemd durch das Tor. Sie wollte jetzt wirklich wissen, wer *sie* waren.

Vorsichtig richtete sich Ada wieder auf. Sie konnte an diesem eigenartigen Ort gerade stehen. Als sie den Blick hob, war über ihr nichts auszumachen, keine Zimmerdecke und auch keine Balken. Der feuchte Nebel verhüllte alle Grenzen und ließ sie verschwinden.

Feine Tropfen legten sich auf ihre Haut. Die freie Hand vorgestreckt, erwartete sie noch immer, irgendwo an eine Mauer aus Holz oder Stein zu stoßen, doch da war nichts.

Sie blickte sich um. Vor dem fahlen Blau der unbekannten Lichtquelle hoben sich die Gerippe toter Bäume ab. Um Adas Füße herum wuchsen zwischen blubbernden Schlammlöchern hohe Grasbüschel.

Direkt vor ihr schlängelte sich ein matschiger Pfad in die Finsternis.

»Das kann es doch gar nicht geben«, flüsterte Ada und ließ sich von Valerie, die voranging, über den Pfad ziehen.

Das Nachthemd des Kindes leuchtete gespenstisch vor Ada im bläulichen Dämmerlicht. Unter ihren Füßen schmatzte der Schlamm.

Ada hielt links und rechts Ausschau nach Wänden. »Valerie? Wie groß ist denn dieser Ort?«

»Ich weiß nicht. Sehr groß, glaube ich.«

»Aber das kann nicht sein«, widersprach sie. »Wenn dies eine Art Zwischenraum ist, befindet er sich zwischen zwei Dingen. Wo also sind diese zwei Dinge, idealerweise Wände, geblieben?«

Sie erhielt keine Antwort auf ihre Frage. Valerie drehte sich nicht einmal zu ihr um, sondern lief einfach weiter voraus. Plötzlich duckte sie sich und zog Ada zu sich herab. Diese fiel auf die Knie. Schlamm spritzte ihr ins Gesicht. Der modrige Geruch ließ sie würgen.

»Was ist denn jetzt los?« Ada blickte sich misstrauisch um.

Valerie deutete mit dem ausgestreckten Zeigefinger nach vorn. »Ein Parasit«, flüsterte sie, und Furcht schwang in ihrer Stimme mit.

Ada kniff die Augen zusammen. In einiger Entfernung entdeckte sie eine sich staksig bewegende Silhouette im blauen Nebel. Das Ding schien genauso groß wie Ada selbst zu sein, hatte zwei überlange, dürre Beine und einen birnenförmigen Torso. Der Schädel auf dem zerbrechlich wirkenden Hals war geformt wie der eines langschnäuzigen Hundes. Am auffälligsten aber waren die hoch am Kopf angelegten spitzen Ohren, die den Scheitel des Wesens um mehr als zehn Zentimeter überragten.

Ada spürte, wie ihr die Angst den Hals zuschnürte. Keine Ratten, keine Marder, nein, Monster hatten sich hier eingenistet. Es waren Wesen, die sie noch nie im Leben gesehen hatte und niemals hatte sehen wollen. Hier konnte mit Sicherheit kein normaler Kammerjäger helfen.

Am liebsten wäre sie weggelaufen, doch Valerie hockte bewegungslos neben ihr im Schlamm und beobachtete das Ding.

»Sie sind schwarz wie Lakritze«, wisperte sie Ada zu. »Und ihre Augen leuchten.«

Tatsächlich. Sie konnte einen gelben Lichtschein dort ausmachen, wo sie bei der Kreatur die Augen vermutete. Somit musste sie davon ausgehen, dass das Monster in diesem diffusen Nebel viel besser sehen konnte als sie selbst. Es hatte einen integrierten Scheinwerfer.

»Was ist das?«, flüsterte Ada und der Atem stockte ihr, als das Lakritzding die Ohren noch weiter aufrichtete und mit echsenartigen Bewegungen vorwärts schlich. Geradewegs auf sie und Valerie zu. Der morastige Untergrund schmatzte unter den Füßen des Wesens.

»Ich weiß nicht, was es ist. Aber ich glaube nicht, dass es nett ist«, wisperte Valerie.

In diesem Moment sprang die Kreatur mit großen Sätzen heran und stieß dabei schrille Schreie aus. Sie waren entdeckt worden.

Jetzt sah Ada, der es nur mit Mühe gelang, nicht ebenfalls zu schreien, dass es einen Gegenstand zwischen seinen langen, dürren Armen hielt, der sie an eine Sense erinnerte. Die Kreatur schien eine Art Wächter zu sein und machte den Job hervorragend.

Ada sprang auf die Füße, riss Valerie mit sich und rannte den Pfad zurück, auf dem sie gekommen waren.

Schlamm spritzte links und rechts auf, hinter ihnen kreischte das Monster und schien aufzuholen. Etwas sauste durch die Luft. Die Sense?

Sie rannte noch schneller, schlitterte und rutschte über den Morast, wenn sie nicht gerade drohte, in ihm zu versacken. Sie hatte gar nicht gewusst, dass sie auf so unwegsamem Gelände zu einem solchen Tempo fähig war, und zerrte Valerie hinter sich her. Jetzt gellten weitere spitze Schreie durch das Moor. Überall raschelte es plötzlich. Zu ihrer Linken sah Ada ein weiteres Lakritzmonster auf sich zu rennen, doch vor ihr leuchtete jetzt freundlich das gelbe Rechteck der Tapetentür.

Wenn es ihnen nur gelang, vor den Monstern dort zu sein, die Klappe zu verschließen und das Puppenhaus wieder an seinen Platz zu schieben, könnten sie dort beide in Sicherheit sein. Dort, wo Valeries Nachttischlampe so hell strahlte, war es warm und trocken. Dort gab es keine Lakritzmonster.

Nur noch wenige Meter trennten sie von ihrer Zuflucht. Doch das von links nahende Monster war schnell. Es rammte Ada von der Seite, streckte die klauenartigen Hände aus und grub seine Krallen in ihre Schulter.

Ada schrie auf, als der Stoff ihrer Bluse riss. Scharf bohrten sich die Fingernägel des Monsters in ihre Haut.

Valerie schrie jetzt ebenfalls. Ada ballte die freie Hand zur Faust und schlug sie dem schwarzen Ding mit voller Wucht auf die schwarze, glatte Hundeschnauze. Die Kreatur gab ein Fiepen von sich und lockerte den Griff.

Ada riss sich los, Valerie kreischte noch immer.

Nur noch ein paar Schritte.

In vollem Lauf warf sich Ada durch die niedrige Tapetentür, Valerie knallte ihr von hinten ins Kreuz. Ada drehte sich herum und trat die Tapetentür zu, die sich mit einem Knall schloss. Irgendwo dahinter erklang ein Heulen. Erleichtert drückte sie das Mädchen an sich.

Minutenlang lagen sie aneinandergepresst auf dem Boden des Kinderzimmers und rangen nach Luft.

Schließlich rappelte sich Valerie auf, wischte sich mit schlammigen Fingern die Haare aus dem Gesicht und sagte: »Die sind eklig, nicht?«

6

Freunde und Helfer

August 2019

VALERIE

Auf dem Heimweg in Dereks Wagen fuhr Valerie damit fort, ihr Handtäschchen zu einem unansehnlichen Klumpen zu kneten. Derek saß mit noch immer hochrotem Kopf am Steuer und fluchte erneut lautstark vor sich hin. Er schimpfte auf Doktor Warning, die Polizei und auf jeden unschuldigen Verkehrsteilnehmer, der es wagte, auch einen Teil der Straße für sich zu beanspruchen. Ganz besonders aber verfluchte er Ada.

Derek Dreyer war Valeries zweiter Mann. Ihre erste Ehe mit einem irischen Hallodri war ein Fiasko gewesen, genau wie ihr Vater es prophezeit hatte. Als Derek dann in ihr zu dem Zeitpunkt sehr chaotisches Leben getreten war, wesentlich schlanker als heute, verkörperte er alles, wonach sie sich seit Jahren gesehnt hatte. Sicherheit,

Entschlusskraft und Größe. Ja, er ließ keine Meinung neben seiner eigenen gelten und erwartete Gehorsam von seiner Gattin, aber damit hatte sie sich schon vor langer Zeit abgefunden. Inzwischen überließ sie ihm fast alle Entscheidungen und fügte sich in die Rolle der Hausfrau.

Doch Pauls Verschwinden brachte all dies ins Wanken, denn Derek erweckte nicht den Eindruck, als könnte er dieses Problem für sie lösen. Im Gegenteil. Sein Herumgebrülle und sein cholerisches Auftreten in den letzten Stunden waren in Valeries Augen ein Ausdruck von Hilflosigkeit. Und schien nicht auch Ada der Meinung zu sein, dass es diesmal nur auf sie ankam? Was für ein beunruhigender Gedanke. Valerie hatte schon lange keine eigene Entscheidung mehr gefällt und nun das.

Derek neben ihr zeterte noch, als sie in die Straße zu ihrem Haus einbogen. Sie hörte ihm nicht zu. Es waren sinnlose Schimpftiraden auf unfähige Polizisten und unverschämte Ärzte. Nebenbei lobte er sich immer wieder selbst, weil er es geschafft hatte, dass seine Freunde bei der Presse zunächst die Füße stillhalten und ihn und seine Frau nicht belästigen würden. Immerhin etwas, doch das alles brachte sie nicht weiter. Sie musste einem Teddy Bescheid geben. Genau das hatte Ada zu ihr gesagt, und Valerie hoffte inständig, dass Teddy ihr helfen konnte.

Es gab dabei nur ein Problem: Wer war denn dieser Teddy?

Valerie sah von ihrer Handtasche auf, als ihr Mann an den Bordstein fuhr und den Motor abwürgte. Hastig kletterte sie aus dem Wagen und trat durch das offen stehende schmiedeeiserne Gartentor.

Ihr einst so hübscher Garten bot im hellen Licht des Sommertages ein Bild der Verwüstung. Stauden waren samt ihren Wurzeln aus der Erde gerissen worden und im Rasen sah sie tellergroße Erdkrater. Die fehlenden Grasflecken lagen wie Geschosse auf dem Weg und in den Beeten.

Valerie hatte so etwas noch nie zuvor gesehen und auch keine Erklärung dafür. Doch sie verstand, warum ihre Nachbarn in der vergangenen Nacht die Polizei gerufen hatten. Was immer sich hier ereignet hatte, es war sicher nicht lautlos vonstattengegangen.

Sie blickte auf das Haus, das finster wie eh und je den Garten beherrschte. Ein Fenster auf der Vorderseite war beschädigt. Die Scheibe war gesprungen, ein zweites schien ihr regelrecht zerborsten. Hier hatten enorme Kräfte getobt, und das war ganz sicher nicht Ada allein gewesen.

»Eine Katastrophe«, schnaufte ihr Mann hinter ihr. »Ich bin mir nicht sicher, ob unsere Versicherung das bezahlt.«

Valerie drehte sich zu ihm um. »Hältst du es noch immer für möglich, dass eine alte Frau wie Ada die Verursacherin von alldem hier ist? Wie hätte sie das denn anstellen sollen?«

»Was weiß ich, vermutlich hatte sie eine Art Anfall. Zutrauen würde ich es ihr.« Derek wischte sich erneut über die feuchte Stirn.

»Du hast noch nie Löcher in den Rasen gesprengt und hast ständig Anfälle«, widersprach Valerie und ging voran.

Seit der letzten Nacht ließ sich die Haustür nicht richtig schließen, man brauchte sie nur leicht anzustupsen und schon schwang sie auf.

Mit klappernden Absätzen ging Valerie durch den Flur und sogleich die Treppe hinauf. Ihr Ziel war Adas Zimmer, die, wie schon vor vierzig Jahren, im grünen Gästezimmer untergebracht worden war. Mit etwas Glück würde sie dort auf eine Spur des ominösen Teddy stoßen.

Als Valerie das Zimmer betrat, bemerkte sie zuerst die Staubkörnchen, die träge in Sonnenstrahlen tanzten, welche durch ein zerbrochenes Fenster fielen. In diesem Raum hatte sich in vierzig Jahren nicht viel verändert. Ein dunkel gestrichener Holzboden und schwere Möbel aus längst vergangenen Epochen dominierten ihn. Die dunkelgrünen Samtvorhänge, die bis zum Boden reichten, bissen sich leicht mit dem giftigen Grün der auf dem Boden sinnlos verteilten Läufer. Die Einrichtung war hoffnungslos altmodisch, doch Valerie mochte es so, weil sie es zeit ihres Lebens mit Ada in Verbindung gebracht hatte.

Ada schien das Zimmer auch zu gefallen, wie es war, denn sie hatte nichts verändert. Tatsächlich waren es nur wenige persönliche Dinge, die Valerie ins Auge fielen: das Strickzeug auf dem Sofa, ein aufgeschlagenes Buch auf dem Bett und ein paar schwarze Lackschuhe darunter. Und eigenartigerweise eine Reihe von Golfschlägern, die neben dem Nachttisch lehnten. Auf selbigem lag ein schwarzes Notizbuch.

Valerie war sich ganz sicher, dieses Büchlein nicht zu kennen. Ada musste es ins Haus gebracht haben. Vielleicht konnte es jetzt hilfreich sein.

Auf der Treppe hörte sie die schweren Schritte ihres Mannes, der ihren Namen rief. Sie hatte keine rechte Lust, ihm zu antworten. Er würde sie schon finden. Es gab jetzt Dringenderes als Derek und sein großes Ego. Erwartungsvoll klappte sie das in Leder gebundene Büchlein auf und setzte sich auf die Bettkante.

Es war ein Adressbuch. Seite um Seite blätterte sie um, fuhr mit der Fingerspitze über das dünne Papier und las jeden Eintrag in Adas sauberer Handschrift auf der Suche nach einem Teddy.

Gerade als ihr Mann schnaufend im Türrahmen erschien, bohrte sich ihr Fingernagel unter einem der Namen in das Papier.

»Theodor Blunt. Na, Gott sei Dank ist Blunt weit vorn im Alphabet, sonst hätte ich noch lange suchen können.« Sie stand auf und ging zum Schreibtisch, der vor dem Fenster stand. Dort befand sich Adas eigener Telefonanschluss. Valerie griff nach dem Hörer.

»Wen rufst du an?« Dereks Stimme klang vorwurfsvoll und auch streng.

Sie konnte sich nicht mehr daran erinnern, wann er ihr das letzte Mal eine Frage in einem freundlichen Tonfall gestellt hatte.

»Ich versuche, mehr über den Verbleib unseres Sohnes zu erfahren«, murmelte sie und lauschte dem Tuten im Hörer.

»Wen, verdammt noch mal, rufst du da an? Leg auf und rede vernünftig mit mir!«

Noch vor einem Tag hätte sie brav den Hörer aufgelegt und ihm ihre Pläne zunächst mitgeteilt. Doch jetzt lagen die Dinge anders. Die Angst um Paul setzte bei ihr Energien frei, von denen sie jahrelang nicht gewusst hatte, dass sie sie noch besaß.

»Das weiß ich nicht!«, fauchte sie zurück und bedeutete ihm zu schweigen, denn in diesem Moment wurde am anderen Ende abgenommen.

»Blunt?« Eine Männerstimme, hell und freundlich, drang durch das Telefon zu ihr.

Valerie zögerte kurz. »Entschuldigung, mein Name ist Valerie Dreyer. Spreche ich möglicherweise … mit … Teddy?«

»Valerie, hallo. Wie geht's dir?«

Valeries Knie wurden weich. Hastig suchte sie an der Schreibtischplatte Halt. »Sie kennen mich?«

»Aber ja, aber ja! Natürlich nicht persönlich, doch was heißt das schon? Du warst die Heldin meiner Gutenachtgeschichten.«

Valerie musste sich setzen. Mit zitternden Beinen nahm sie auf Adas Schreibtischstuhl Platz. Schwer atmete sie in das Telefon.

»Hey, Valerie, alles in Ordnung bei euch? Geht's Ada gut? Sie ist doch noch bei dir, oder?«, tönte es aus dem Hörer, um den sich ihre Finger krampften.

»Ich will sofort wissen, mit wem du da sprichst!« Derek stand jetzt neben ihr. Seine Stimme hatte einen gebieterischen Unterton und seine Augen waren schmal geworden. Als Valerie nicht sofort reagierte, versuchte er, ihr das Telefon zu entreißen.

Augenblicklich schlug sie Dereks Hand weg, presste den Hörer fester an ihr Ohr und rief mit bebender Stimme: »Nichts ist in Ordnung! Mein Sohn ist verschwunden! Und Ada ist in einer Nervenklinik!«

Einen Augenblick lang war es still am anderen Ende der Leitung.

»Teddy? Bitte sagen Sie doch was.«

Noch immer Stille.

Endlich meldete er sich wieder und klang sehr ernst. »Ich mache mich sofort auf den Weg. Wo finde ich dich?«

Valerie spürte, wie Erleichterung sie durchflutete. Jetzt war Hilfe unterwegs. Sie würde nicht mehr allein sein. Dereks Zwischenrufe ignorierte sie und gab Teddy die Adresse ihres Hauses durch.

»Zum Tee werde ich bei dir sein. Ich liebe Scones mit viel Sahne«, waren Teddys letzte Worte, dann wurde die Verbindung unterbrochen.

Valerie legte auf, strich ihren Rock glatt und drängte sich ohne ein Wort der Erklärung an ihrem Gatten vorbei.

»Was soll das, Valerie? Wo willst du jetzt hin?«, rief Derek und versuchte, seine Frau am Arm zurückzuhalten.

Doch diese schüttelte ihn ab und erwiderte nur: »Scones kaufen.«

War Derek schon immer so unhöflich zu ihr gewesen? Warum nur hatte sie sich das so lange gefallen lassen? Nur weil es bequem gewesen war?

Einen kurzen Moment lang verabscheute sie sich selbst. Aber es war ja noch nicht zu spät, ein paar Dinge zu ändern, oder?

Dass das Decken einer Teetafel genau das Richtige für ihre zerrütteten Nerven sein könnte, hätte Valerie nicht für möglich gehalten. Aber als sie die frisch geschlagene Sahne neben die Scones stellte, fühlte sie sich tatsächlich besser.

Nachdem sie Derek über die baldige Ankunft eines Mister Blunt informiert hatte, verkündete ihr Gatte mit strenger Miene, er wolle Adas Freunde nicht in seinem Haus haben. Valerie erinnerte ihn kurz und unmissverständlich daran, dass dieses Haus auch ihr Heim war. Seitdem sprach Derek nur noch das Nötigste mit ihr und blickte sie immer wieder verwundert an.

Sollte er sich nur wundern. Sie war auf dem Weg, zu ihrer eigenen Stärke zurückzufinden, von der sie nicht einmal gewusst hatte, dass sie noch irgendwo existierte. Er würde sich daran gewöhnen müssen, dass sie wieder eigene Entscheidungen traf und völlig selbstständig handelte. Valerie verstand selbst nicht genau, was plötzlich in sie war gefahren und ihre jahrelange Lethargie vertrieben hatte. War es wirklich wegen Paul? Oder hatte es auch etwas mit dieser Erinnerung zu tun? Mit dem Moor?

Sie hatte nicht das Gefühl, dass dieser Erinnerungsfetzen sie zu jemand anderem gemacht hatte. Das Gegenteil schien der Fall: Er hat sie sich selbst wieder nähergebracht.

Da klingelte es an der Haustür.

Derek versuchte, vor ihr an der Tür zu sein, doch Valerie flitzte an ihm vorbei. Noch bevor sie nach der Klinke greifen konnte, schwang die ramponierte Tür schon auf sie zu und auf der Schwelle stand ein Mann.

»Ah, es ist schon offen, wie ich sehe. Hat hier wohl ganz schön geknallt, was?«, rief er fröhlich und machte eine allumfassende Geste.

Das war er also. Teddy Blunt, ihr Retter in strahlender Rüstung. Valerie konnte nicht verhindern, dass sich ein Lächeln auf ihre Lippen stahl, das etwas zu breit war, um noch höflich zu sein.

Teddy Blunt war ein Enddreißiger mit schütterem, blondem Haar und einem runden Gesicht mit roten Apfelbäckchen, die von viel Bewegung an frischer Luft zeugten. Sein Körper, der einen gesunden Appetit verriet, steckte vom Hals abwärts in braun kariertem Tweed und erinnerte Valerie an verarmten Landadel auf Entenjagd. Seine Kniebundhosen waren dabei das Tüpfelchen auf dem i. Er strahlte Valerie an, als wären sie alte Freunde, die einander nur lange nicht gesehen hatten.

»Valerie, du siehst genauso aus, wie ich es mir immer vorgestellt habe. Na ja, ein bisschen kleiner als erwartet vielleicht, aber das ist bei unserem Hobby ja nur von Vorteil.« Bei diesen Worten klopfte er ihr so kräftig auf die Schulter, dass sie gleich noch ein paar Zentimeter kleiner wurde.

Kein Zweifel: Dieser Mann kannte sie besser als sie sich selbst. Aber das würde sich jetzt ändern.

Und da sie für ihn anscheinend bereits eine alte Bekannte war, verzichtete auch Valerie spontan auf jegliche Höflichkeitsfloskeln. »Teddy, ich bin so froh, dass du da bist. Das ist mein Ehemann, Derek. Er ist ein bisschen laut, aber harmlos.« Hinter ihr setzte Derek zu einem Protest an, doch Valerie sprach schnell weiter. »Komm bitte ins Wohnzimmer, der Tee ist heiß und die Scones warten schon auf dich. Und wenn du dich gestärkt hast, brauche ich ein paar Antworten von dir, sonst werde ich noch verrückt.«

Valerie hatte versucht, Teddy hinter sich durch den Flur zu ziehen, doch der war schon nach wenigen Schritten wie angewurzelt stehen geblieben.

Irritiert drehte sich Valerie zu ihm um. »Alles in Ordnung?«

Teddy stand mit weit aufgerissenen Augen da und sog die Luft scharf durch die Nase ein. »Mein Gott, Valerie. Wie viele von ihnen leben denn hier? Das stinkt ja wie eine ganze Kolonie!«

Valerie schnupperte hektisch und sah dann Derek fragend an, doch der zuckte ratlos mit den Schultern.

Teddy Blunt drehte sich auf dem Absatz um und ging zurück zur Eingangstür. »Es wäre wohl klug, gleich mein Gepäck hereinzuschaffen. Dann fühle ich mich besser.«

Fassungslos sah Valerie zu, wie Teddy den Gartenweg wieder hinunterging und nur eine Minute später mit einem sehr ungewöhnlichen Gepäckstück zurückkehrte.

»Ähm, Teddy? Es tut mir leid, aber ein Golfplatz gehört nicht zum Grundstück.«

Teddy wuchtete die schwere Golftasche durch den Flur und erwiderte lächelnd: »Keine Sorge. Diese Schläger erfüllen einen anderen Zweck.«

Kurz darauf saßen sie am gedeckten Tisch, und Teddy biss herzhaft in einen vor Marmelade triefenden Scone mit extra viel Schlagsahne, während Valerie noch immer befremdet auf die Golftasche blickte, die in Griffweite neben seinem Stuhl stand.

»Also, Valerie, nun verratet mir doch einmal, wie es so weit kommen konnte. Du und Ada, ihr habt doch so viel Erfahrung mit ihnen, und trotzdem verschwindet dein Kind? Noch dazu sieht es im Haus aus wie nach einem schweren Kampfgetümmel. Die Löcher im Rasen sind sicher Adas Handschrift. Was für ein Abschlag. Aber was ist schiefgegangen?«

»Schiefgegangen?« Derek gab ein Schnauben von sich. »Na, so ziemlich alles, und zwar seit diese Ada Lippnik hier im Haus ist. Wenn Sie uns etwas darüber erzählen können, dann sagen Sie es, aber so, dass ich Sie verstehen kann.« Derek saß mit verschränkten Armen am Tisch und sah seinen Gast herausfordernd an.

Valerie räusperte sich. »Teddy, ich muss dir etwas gestehen: Es gibt da ein Problem. Ada sagt, mich hat eine Winkelnatter gebissen, und ich weiß nicht einmal, was das ist. Ich weiß eigentlich gar nichts, erst recht nicht, warum ich die Heldin deiner Gutenachtgeschichten war. Was habe ich getan? Und was hat das mit meinem Sohn zu tun?«

Während sie sprach, war immer mehr Marmelade auf Teddys Revers getropft, weil dieser ihr mit offenem Mund zugehört hatte. »Du hast alles vergessen? Alles? Das hat Ada nie erwähnt. Mein Gott, Val, wo soll ich denn bloß anfangen?«

Val? Hatte der Mann ihr soeben einen Spitznamen verpasst? Doch bevor sie auch nur entscheiden konnte, wie sie darauf reagieren wollte, bemerkte sie seinen mitfühlenden Blick und fing erneut an zu weinen.

August 1979

ADA

Ada fühlte sich unwohl. Wieder saß sie vor dem Schreibtisch ihres Arbeitgebers, und was sie ihm zu sagen hatte, würde ihm nicht gefallen. Sie verfügte über kein großes diplomatisches Geschick und versuchte es ganz, wie es ihre Art war, mit der Wahrheit. »Mister Holt, ich denke, dass Sie die Dinge falsch beurteilt haben. Valerie erfindet keine Lügen. Sie ist ein kluges und aufgewecktes Kind, das sich zu Recht fürchtet. In diesem Haus lebt etwas Seltsames, und es hat sich direkt hinter den Wänden des Kinderzimmers eingenistet.«

Mister Holt legte seine Fingerspitzen aneinander und lehnte sich in seinem Sessel zurück. Nicht nur seine Körpersprache, auch sein Mienenspiel drückte Überlegenheit und Skepsis aus. Dabei war das Wort ›Monster‹ noch nicht einmal gefallen.

»Und was soll das sein, was da in Valeries Wänden wohnt? Mäuse oder Ratten?«

Ada schüttelte den Kopf. »Nein, es ist größer. Mister Holt, es fällt mir schwer, das zu sagen, aber in Valeries Wänden haust eine

Kreatur, die meiner Meinung nach einer Fabel oder einem Märchen entsprungen ist.«

Seine Lippen kräuselten sich zu einem spöttischen Lächeln. Er schien auch ihr nicht mehr Glauben schenken zu wollen als seiner kleinen Tochter.

»Eine Kreatur, die es gar nicht geben dürfte. Ich weiß, wie sich das für Sie anhören muss, aber wenn Sie mich nach oben ins Kinderzimmer begleiten, dann zeige ich Ihnen etwas sehr Beeindruckendes.«

Das Lächeln verschwand aus seinem Gesicht. Er seufzte tief und blickte Ada nicht an, als er antwortete: »Miss Lippnik, ich bin ein viel beschäftigter Mann. Ich arbeite an wichtigen Forschungsobjekten. Ich habe keine Zeit für Marder und ich habe auch keine Zeit für Fabelwesen, unabhängig davon, ob sie der Fantasie meiner Tochter oder der ihres Kindermädchens entsprungen sind. Sie dürfen gern alles Nötige veranlassen und es ist mir egal, ob Sie einen Kammerjäger oder einen Exorzisten rufen, Hauptsache, Sie regeln diese Angelegenheit, ohne mich weiter zu behelligen. Wird das möglich sein?«

Ada erwog kurz, über den Tisch zu springen und Mister Holt am Rollkragen ins Kinderzimmer zu schleifen. Nicht nur, dass er ihr nicht glaubte, er war nicht einmal bereit, ihr eine Chance zu geben, um ihre Behauptung zu beweisen. Sie erkannte, dass sie auf verlorenem Posten kämpfte. Dieser Mann wollte gar nicht wissen, was in seinem Haus vorging. Für ihn zählte nur seine Arbeit.

Martin Holt schien Ada anzusehen, was gerade in ihr vorging. Er schenkte ihr einen freundschaftlichen Blick und klang versöhnlich, als er sagte: »Ich gebe Ihnen einen guten Rat: Bevor Sie den Kammerjäger holen, überzeugen Sie sich noch einmal davon, dass Ihre

Fantasie Ihnen keinen Streich gespielt hat. So etwas soll nämlich schon vorgekommen sein.«

Jetzt zweifelte dieser Mann auch noch an ihrem Verstand. Das war der Gipfel. Wortlos erhob sie sich und ging zur Tür.

»Miss Ada?«

Sie bemühte sich um einen neutralen Gesichtsausdruck, als sie sich noch einmal zu ihrem Arbeitgeber umwandte.

Aus seinem Gesicht war jetzt jede Freundlichkeit verschwunden. Seine kühlen Worte waren die eines Chefs an seine Angestellte. »Achten Sie auf Valerie und bringen Sie ihr etwas Benehmen und Allgemeinbildung bei. Das ist Ihr Job. Deswegen sind Sie hier.«

Statt einer Antwort ließ sie seine Tür etwas lauter als nötig hinter sich zufallen. Auf dem Flur traf sie auf Valerie, die Seilspringen übte, aber sofort stehen blieb, als Ada wütend mit dem Fuß aufstampfte.

»Und? Was wird er machen?«, fragte das Mädchen unsicher und kaute auf seiner Unterlippe.

Ada holte tief Luft. »Dein Vater, Valerie, ist der größte Ignorant von ganz London. Und außerdem ist er ein Trottel, ein Langweiler und ein Schuft!« Damit stapfte sie wütend von dannen.

Hinter sich hörte sie Valerie ein »Hab ich doch gesagt« rufen.

Dann folgten hektische Schritte und nur wenige Augenblicke später ergriff eine kleine Hand die ihre. Ada musste trotz ihres Ärgers lächeln.

Der Zorn auf Martin Holt trieb sie bis in den Garten hinaus, wo sie wütend eine Rosenblüte vom Strauch riss und ihr alle Blätter ausrupfte. Sie wusste, dass sie sich gerade wie ihr kleiner Schützling benahm, aber ihr war einfach danach, etwas kaputt zu machen. Valerie stand einen Augenblick wortlos neben ihr und sah ihr zu.

Dann fragte sie leise: »Ada? Was werden wir jetzt tun?«

Ein resigniertes Kopfschütteln begleitete ihre Antwort. »Ja, was werden wir beide also tun? Jemanden rufen, der sich damit auskennt?« Sie fuhr sich mit den Fingern durch die Haare. »Wen sollen wir denn herbitten? Einen Kammerjäger? Der könnte dann wenigstens mit schlotternden Knien unsere Geschichte bestätigen, nur ändern würde das vermutlich nichts. Und Monsterjäger? Ich weiß nicht, wo man so jemanden findet. Müssen wir nachts auf einem Friedhof nach unserem Fachmann Ausschau halten? Warum weiß ich nichts über solche Sachen?« Sie warf die Reste der Rose zurück ins Beet. »Meine Mutter hat immer zu mir gesagt, dass man sein eigener Fachmann werden muss, wenn einem niemand helfen kann. Aber wie soll ich das anstellen?«

Ada war zum Weinen zumute.

Valerie warf einen Blick zurück und erklärte: »Mama hat dieses Haus gehasst. Sie sagte immer, dass es ein finsterer Ort ist. Aber Papa liebt es. Er meint, es ist perfekt, deswegen sind wir hier. Wegen Papa. Weiß nicht, warum er sich hier wohlfühlt. Warum geht es ihm so ganz anders als uns?«

Ada zuckte mit den Schultern. »Vielleicht versteht dein Vater unter ›perfekt‹ einfach etwas ganz anderes als wir.«

Da schob Valerie ihre Hand in ihre. Mit ernstem Blick sah die Kleine zu Ada auf. »Wir schaffen das. Wir machen es so, wie deine Mutter gesagt hat. Wir lernen, was man gegen die Parasiten tun kann.«

Ada blickte auf die ernsthaft dreinschauende Valerie hinab und musste lächeln. »Vielleicht hast du recht. Wir werden unser eigener Spezialist. Es ist ein bisschen wie bei einer Krankheit, die noch nicht erforscht ist, noch nicht einmal einen Namen hat. Wir müssen selbst herausfinden, was zu tun ist.«

Valerie nickte.

»Aber ich habe keine Ahnung, wo wir anfangen sollen.« Ada wusste, dass sie so hilflos klang, wie sie sich fühlte.

Valerie aber schien angestrengt nachzudenken. Nach einer Weile sagte sie: »Wenn Papa mit der Arbeit nicht weiterkommt, geht er in die Bibliothek. Manchmal entdeckt er die Lösung in einem Buch.«

Ada überlegte. Die Idee klang gar nicht so dumm. Sie war schon lange nicht mehr in einer Bibliothek gewesen. Und auch wenn es unwahrscheinlich anmutete, dass ein Ratgeber zur Beseitigung von Monstern in Hauswänden existierte, so war es doch einen Versuch wert.

»Gut. Machen wir einen Ausflug in die öffentliche Bibliothek«, beschloss sie. »Vielleicht bekommen wir heraus, mit was wir es zu tun haben. Und wenn es erst einmal einen Namen hat, finden wir auch einen Weg, um es loszuwerden.«

Nur eine Stunde später standen sie zwischen mannshohen Regalen und drehten sich ratlos um die eigene Achse. Ada sank der Mut. Bücher über Bücher in unzähligen Abteilungen, und sie hatte keine Idee, wo sie mit der Suche beginnen sollte.

Doch Valerie war weniger leicht zu entmutigen. Das Mädchen ging tapfer auf eine rundliche Frau mit flottem Kurzhaarschnitt und geschwungener Hornbrille zu.

Die Dame lächelte freundlich. »Na, meine Kleine, du suchst sicher die Kinderbücher. Die sind ein Stockwerk höher, musst du wissen. Soll ich dich und deine Mutter hinaufbringen?«

Ada und Valerie schüttelten gleichzeitig den Kopf. Und während Ada gerade innerlich eine Frage ausformulierte, antwortete Valerie: »Meine Mama ist tot. Das ist Ada, meine beste Freundin, und wir suchen ein Buch über Geister und Monster und so'n Zeug. Aber kein Märchenbuch. Ein Buch über richtige Monster.«

Die Frau sah Ada über den Rand ihrer Brille hinweg an, und die nickte zustimmend. »Wir suchen tatsächlich ein Buch über außergewöhnliche Begegnungen und Erfahrungen dieser Art. Ihr Therapeut meint, es könnte heilende Wirkung auf das Kind haben.« Dabei deutete sie auf Valerie, die sofort verstand.

»Mama ist nämlich immer noch da. Sie kommt nachts in mein Zimmer.« Valerie klimperte mit den Wimpern.

Die Bibliothekarin schmolz dahin wie Softeis in der Sommersonne. Mit einem Lächeln sagte sie: »Ich weiß natürlich nicht, ob wir da das Richtige für Sie haben, aber Sie sollten sich mal in der Abteilung für Okkultismus und Aberglauben umsehen. Gleich neben den Weltreligionen, dahinten.«

Ada lächelte dankbar und lief mit Valerie in die angedeutete Richtung. »Gleich neben den Weltreligionen. Dass wir darauf aber auch nicht selbst gekommen sind.« Sie schüttelte ungläubig den Kopf.

Die Abteilung war recht übersichtlich. Nur wenige Autoren schienen sich auf wissenschaftlicher Ebene mit unwissenschaftlich anmutenden Themen beschäftigen zu wollen.

»Kaum zu glauben«, entfuhr es Ada, die die Titel auf den Buchrücken studierte. »Hier steht das Handbuch für den Ufologen gleich neben einem Bildband über Spukschlösser. Also wenn wir hier nicht fündig werden, dann weiß ich auch nicht.«

»Nimm das Dicke da, Ada. Das ist so schön bunt«, riet Valerie und stellte sich auf die Zehenspitzen, um Ada zu zeigen, welches Buch sie meinte.

Es war ein großformatiger Wälzer, dessen Einband in Regenbogenfarben schimmerte.

Ada zog ihn aus dem Regal und las den Titel laut vor. »Vergessene Kreaturen. Ein umfassendes Lexikon von Richard Blunt und Morten Hill. Nie gehört. Wer sind denn diese Herren?«

Valerie zuckte mit den Schultern. »Ist doch egal. Steht was über diese schwarzen Dinger drin?«

Sie setzten sich an einen abgelegenen Tisch und schlugen das Buch auf. Zu Valeries Freude war das Werk der Herren Blunt und Hill reich bebildert.

»Guck mal! Der sieht schon ganz ähnlich aus!«, rief sie und deutete auf eine Zeichnung von einem birnenbäuchigen Wesen mit dürren Beinen und Armen, dessen spitze Ohren den flachen Schädel dominierten.

Sie hatte recht, Ada hielt unwillkürlich den Atem an. Das Wesen sah dem Monster hinter Valeries Wand sehr ähnlich.

»Aber es ist nicht schwarz.« Dies war nur ein Aspekt, der mit ihrer Erinnerung nicht übereinstimmte. »Und es scheint auch nicht annähernd so groß zu sein wie unser Exemplar.«

»Aber wie heißt es denn?«, rief Valerie ungeduldig.

Ada las laut vor: »Der Hausschrat. Ein Naturgeist von freundlicher Gesinnung. Der Hausschrat sucht die Nähe der Menschen und teilt oft ihren Lebensraum. Schrate gelten als nützliche und fleißige Wesen, die Haus und Hof in Ordnung halten und vor Unheil bewahren.«

Valerie blickte Ada zweifelnd an. »Die Dinger sollen nett sein? Die rennen mit Sensen herum und haben uns gejagt. Was soll daran gut sein?«

Doch Ada las bereits weiter, während ihr kalte Schauer über den Rücken jagten.

Valerie entging ihre Bestürzung nicht. »Ada, was ist los?«

Nach einem Räuspern begann sie, laut vorzulesen: »Als Unterkategorie muss der Schwarze Schrat betrachtet werden, der ein bösartiges Wesen an den Tag legt und unbedingt aus jedem Haushalt vertrieben werden sollte. Unbekämpft erschafft sich der Schwarze Schrat einen Lebensraum von verblüffenden Ausmaßen und nimmt im Laufe der Jahre an Zahl und Stärke zu. Er respektiert keinerlei Besitzverhältnisse und eignet sich schamlos das Eigentum der Menschen an, sobald es ihm unbeaufsichtigt erscheint. Während der ordnungsliebende Hausschrat gewissenhaft aufräumt, wird sein schwarzer Bruder dabei zum Dieb. Eine besondere Gefahr besteht, wenn in einem von Schwarzen Schraten besiedelten Haus Kinder leben. Diese Wesen finden großen Gefallen am menschlichen Nachwuchs, der, einmal geraubt, in ihren Besitz übergeht. Unter dem Einfluss der Schwarzen Schrate macht das Kind bald eine sehr unerfreuliche Entwicklung durch. Für die unglücklichen Eltern sind diese Kinder verloren.«

Valeries Augen waren während dieses Vortrags immer größer geworden. »Ada?«, sagte sie mit ängstlicher Stimme und drückte sich an sie heran. »Heißt das, ich bin in Gefahr?«

»Ich bin mir nicht sicher. Was bedeutet denn ›unerfreuliche Entwicklung‹? Und inwiefern finden sie Gefallen an den Kindern? Halten sie sie für lecker oder einfach nur für hübsch?«

Valerie schlang die Arme um sich, als fröre sie.

Ada schlug das Buch zu und betrachtete den Buchdeckel. »Richard Blunt und Morten Hill. Diese Männer hätten sich ruhig klarer ausdrücken können.«

Eine kleine Auswahl an Büchern über magische Wesen, Magie im Allgemeinen und Schutzzauber wurde von Ada und Valerie zur Ausleihe geschleppt.

Die Bibliothekarin warf einen skeptischen Blick auf die Titelauswahl. »Glauben Sie wirklich, dass das die richtige Literatur für ein sensibles, mutterloses Kind ist?«

»Das lassen Sie mal meine Sorge sein«, antwortete Ada zerstreut und stopfte die Bücher in ein mitgebrachtes Einkaufsnetz. Gerade als sie sich abwandte, kam ihr noch ein Gedanke. »Haben Sie je von dem Autor Richard Blunt gehört?«

Die Bibliothekarin dachte angestrengt nach, schüttelte aber dann bedauernd den Kopf.

»Und von einem Morten Hill?« Sie deutete auf den schillernden Einband in ihrem Einkaufsnetz. »Lebt er vielleicht hier in London?«

Wieder ein Kopfschütteln.

Ada seufzte. »Wäre ja auch zu schön gewesen.«

7

Reden ist Silber Schweigen ist Gold

August 2019

VALERIE

Teddy Blunt wirkte auf Valerie sehr zufrieden, wie er da auf ihrem Sofa saß, in seiner Teetasse rührte und von früher erzählte.

»Ada trat Mitte der Achtzigerjahre in mein Leben«, sagte er gerade. »Sie stand eines Tages vor unserer Tür und wollte mit meinem Vater über seine Arbeit sprechen. Ihr Interesse daran gründete sich natürlich auf die Vorfälle in diesem Haus hier. Mein Vater hat mehrere Werke über magische Geschöpfe geschrieben. Die breite Masse hielt ihn für einen Spinner und ließ ihn das bei jeder Gelegenheit deutlich spüren. So war er von Adas ehrlicher Neugier sehr geschmeichelt.« Teddy rührte kleine Strudel in seinen Tee und lächelte versonnen vor sich hin. »Weil meine Mutter von kränkelnder Gesundheit war, stellte mein Vater Ada spontan als Kindermädchen ein. Tagsüber war sie mir Lehrerin und Spielkameradin, abends saß sie mit Vater über seinen Aufzeichnungen. Ada sog all das Wissen, das mein Vater ihr bieten konnte, auf wie ein Schwamm, und so wurde sie zu dem, was sie heute ist: eine Spezialistin für magische Wesen und vergessene Kreaturen.«

»Toll. Eine Spezialistin für Dinge, die es nicht gibt, also.« Derek verdrehte die Augen, doch Teddy reagierte nicht auf diesen Einwurf, und Valerie war zu sehr damit beschäftigt, ihren Gast ungläubig anzustarren.

Als sie sich halbwegs wieder gefangen hatte, stammelte sie: »Reden wir von derselben Ada? Und von welchen Ereignissen in diesem Haus sprichst du? Bis letzte Nacht war hier alles völlig normal, inklusive Ada. Sie hat einfach immer anderer Leute Kinder großgezogen.«

Teddy lächelte nachsichtig. »Und in den letzten vierzig Jahren waren das sehr viele Kinder. Unglückliche und verängstigte, die vorzugsweise an unheimlichen Orten aufwuchsen. Ada suchte sich ihre Arbeitsplätze nach ganz bestimmten Kriterien aus. Ähnlich wie Mary Poppins kam sie nur zu jenen, die sie wirklich brauchten. Und von diesen gibt es mehr als genug. Manchmal stieß sie dabei auf gefährliche und verstörende Dinge. Dann bat sie meinen Vater um Hilfe, die er ihr nie verwehrte.« Teddy senkte den Blick und stieß einen Seufzer aus. »Da mein Vater aber nicht mehr zur Verfügung steht, helfe ich manchmal aus, wenn Ada wieder in der Klemme sitzt. Wenn man mit Dingen arbeitet, die nicht existieren, kann alles

Mögliche passieren.« Er warf Derek einen schrägen Blick zu, den dieser ignorierte. »Aber eine Einlieferung in eine Nervenklinik ist neu, das war noch nie da. Obwohl ich mich erinnere, dass Ada so etwas stets befürchtet hat. Es gibt so viele Ignoranten.«

Jetzt gab Derek ein ärgerliches Schnauben von sich. »Das ist doch wirklich die Höhe. Sie kommen in mein Haus und erzählen uns einen derart haarsträubenden Unsinn? Man sollte Sie besser auch gleich einweisen, Mister Blunt.«

Teddy zuckte mit den Schultern und klackste sich noch einmal Sahne auf einen weiteren Scone. »Das würde Ihnen bei der Suche nach Ihrem Sohn aber nicht weiterhelfen, Mister Dreyer. Sie brauchen Ada und mich. Und wir beide brauchen Ihre Frau. Natürlich muss sie sich zuvor erinnern. Winkelnattern sind lästige Mistviecher und können großen Schaden im Erinnerungsvermögen eines Menschen anrichten.«

Valerie räusperte sich. »Ada hat mich Torfinderin genannt.«

Teddy zog die Augenbrauen hoch. »Ist das eine Frage? Natürlich bist du eine Torfinderin, was nur bedeutet, dass es dir leichter fällt als anderen Menschen, einen Zugang zu Orten aufzuspüren, die nicht für uns bestimmt sind. Ich habe übrigens auch eine nützliche Gabe. Ich bin ein Schnüffler.«

»Oh. Das klingt sehr interessant.« Valerie bemühte sich um einen leichten Plauderton, obwohl ihr dieses Gespräch zunehmend absurder erschien. »Und was erschnüffelst du so?«

»Ich bin sehr gut im Erschnüffeln von Nachtgigern und Fenixmännlein. Schwieriger sind Brownies, Spriggans und Kobolde. Aber dass dieses Haus voller Schrate steckt, würde ich sogar mit Stockschnupfen riechen.« Teddy zog die Nase kraus.

»Voller was?« Derek sah sich misstrauisch um, als erwartete er, dass es gleich um ihn herum zu rascheln und zu scharren beginnen würde.

»Schrate. Schwarze Schrate, wohlgemerkt, und zwar eine ganze Menge. Vermutlich stecken sie in jeder einzelnen Wand, im Boden und der Decke. Es ist ein sehr altes Haus und sie sind vermutlich schon ewig hier. Da werden sie auch die kleinsten Winkel für sich erschlossen haben.«

Valerie hatte das Gefühl, ihr ganzes Weltbild wollte sich gerade zur Hintertür hinausschleichen, um nur Verwirrung und Chaos zurückzulassen.

»Und mein Sohn ist bei ihnen? In den Wänden?«, fragte sie entgeistert.

In diesem Moment schlug Derek mit der flachen Hand auf den Tisch, dass es klatschte. »Jetzt reicht es mir aber! Dieses Haus mag alt sein, aber irgendwelche Viecher in den Wänden haben wir nicht. Und ganz sicher steckt mein Sohn nicht darin! Wie sollte das überhaupt möglich sein?«

»Das Innere kann manchmal bedeutend größer sein als das Äußere«, antwortete Teddy gelassen.

Derek hielt kurz inne und tippte sich dann an die Stirn. »Wissen Sie eigentlich, was Sie da sagen?«

Valerie versuchte noch immer, die Bedeutung der Worte zu erfassen. »Mein Sohn ist also wirklich noch hier im Haus? Er wurde von Monstern entführt?« Sie konnte das Zittern in ihrer Stimme nicht ganz unterdrücken.

Teddy legte den Kopf schief und blickte sie besorgt an. »Du bist wirklich überrascht? Hast du denn in diesem Haus nie seltsame Geräusche gehört? Klopfen, Rascheln und Ähnliches?«

Derek machte eine wegwerfende Handbewegung: »Das Haus ist, wie bereits erwähnt wurde, sehr alt. Alte Häuser machen eben Geräusche, daran ist nichts Besonderes. Und ganz sicher bedeutet es nicht, dass hier Zwerge oder Elfen leben.«

»Schrate«, verbesserte Teddy ihn freundlich.

»Mir doch egal, wie Sie Ihre Halluzinationen nennen!«

Während Derek stritt, war Valerie still geworden. Seit ihrer Rückkehr in das Haus ihrer Kindheit war keine Nacht ohne Geräusche vergangen und nicht für alle hatte sie eine Erklärung finden können.

Teddy riss sie aus ihren Gedanken. »Würde es dir leichter fallen, all das zu akzeptieren, wenn ich dir etwas demonstriere?«

Noch bevor sie antworten konnte, sprang er auf die Füße und zog Valerie von ihrem Stuhl hoch. Einen Arm um sie gelegt, führte er sie in die Mitte ihres Wohnzimmers und deutete auf eine Wand, in der ein offener Kamin die Blicke auf sich zog. »Sieh dir das mal genau an. Den Kamin, meine ich. Fällt dir etwas auf oder ein?« Seine Augen ruhten erwartungsvoll auf ihr.

Unsicher schaute sie erst Teddy und dann die Wand mit dem Kamin an. Ihr Blick glitt über den Sims, vollgestellt mit allerlei Nippes, und blieb am Kaminbesteck aus Gusseisen hängen. Alles erschien ihr extrem unauffällig und gewöhnlich.

Ratlos sah sie wieder Teddy an, der die Nase in die Luft reckte und schnüffelte wie ein Hund. »Du schaust nicht richtig hin, Val. Ich kann ihre Nähe riechen, doch für das Aufspüren eines Zugangs bist du zuständig.«

»Okay, das reicht jetzt«, hörte Valerie die energische Stimme ihres Mannes hinter sich. »Ich will von diesem ganzen Unsinn nichts mehr hören. Wenn du wieder normal bist, Valerie, und diesen Verrückten vor die Tür gesetzt hast, dann sag mir einfach Bescheid.«

Derek stampfte mit schweren Schritten durch den Raum, dann knallte eine Tür. Einen Augenblick später ächzten im Flur die Treppenstufen unter seinem Gewicht.

Im ersten Moment wollte Valerie ihm nachlaufen, um ihn milder zu stimmen – so hätte sie es bis gestern noch getan. Doch jetzt entschied sie sich dagegen. Derek und sein übergroßes Ego sperrten sich zu sehr gegen all das Neue, das hier auf sie einstürzte. Und mochte er auch davor davonlaufen, sie würde es nicht tun. Nicht solange Paul nicht wieder bei ihr war.

Dafür war sie bereit, ihr Weltbild von einem Fremden erschüttern zu lassen, denn es ging um den süßen, kleinen Paul, das wunderbare Kind, das sie sich so lange gewünscht hatte. Pauls blonder Haarschopf und sein unwiderstehliches Lachen kamen ihr in den Sinn. Sie musste ihn einfach finden. Konzentriert starrte sie wieder auf die Wand vor ihrer Nase und sah doch nichts außer Wand.

Teddy neben ihr seufzte. »Wir versuchen es einfach mal mit einer anderen Wand, ja?«

ADA

Doktor Warning seufzte ein paar Kilometer entfernt ebenfalls. »Miss Ada, so kommen wir nicht weiter. Sie müssen mit mir reden.«

»Aber das tue ich doch, hören Sie mich denn nicht, Doktor? In diesem Falle sollten Sie mal selbst einen Arzt aufsuchen.« Sie lächelte ihn unschuldig an und klimperte mit den Wimpern.

Doktor Warning erwiderte das Lächeln nicht. »Sie antworten ausführlich auf jede Bagatellfrage, aber wann immer ich Sie nach dem gestrigen Abend frage, weichen Sie aus oder schweigen mich an.«

Ada lächelte beharrlich weiter und strich ihren Bademantel glatt. »Es liegt einzig und allein an Ihren Fragen, Doktor Warning. Sie sind für eine Beantwortung ganz und gar ungeeignet. Formulieren Sie sie doch einmal anders, vielleicht kommen wir beide dann zusammen.«

Sie versuchte, souverän und gelassen zu wirken, dabei tobte in ihrem Innern ein Sturm. Seit über einer Stunde führte sie hier mit diesem Doktor einen Eiertanz auf, bei dem er versuchte, ihr Informationen zu entlocken, die sie in eine Zwangsjacke bringen würden, wenn sie diese nicht geschickt genug verpackte. Allmählich fühlte Ada, dass sie an ihre Grenzen kam. Sie war eine alte Frau und das Spielespielen leid. Außerdem war sie in Gedanken bei Paul und natürlich auch bei der armen, verstörten Valerie.

Warning holte gerade tief Luft. »Gut. Ich versuche mal, meine Fragen ganz simpel zu halten: Was ist in der letzten Nacht geschehen?«

»Das ist etwas zu simpel für mich. Geht es ein wenig genauer?«

»Miss Ada, ich bitte Sie!«

»Ja, worum denn bitte?«

»Sagen Sie mir doch offen und ehrlich, was aus Paul Dreyer geworden ist.«

Ada schüttelte den Kopf. »Wissen Sie, mit dieser Art von Ehrlichkeit habe ich schlechte Erfahrungen gemacht.«

Warning nahm seine Brille ab und legte sie vor sich auf die Arbeitsplatte. »Ich bin hungrig und genervt. Ich bemühe mich, mit Ihnen ein vernünftiges Gespräch zu führen, doch Sie begegnen mir nur mit Misstrauen. Dabei bin ich auf Ihrer Seite. Ich möchte ja glauben, dass Sie gestern zwar die Kontrolle verloren haben, jetzt aber keine Gefahr mehr für sich und andere darstellen. Ich würde Sie gehen lassen, wenn ich mir meiner Einschätzung nur sicher sein könnte. Aber dafür wüsste ich gern noch mehr über die Ereignisse der letzten Nacht.«

»Wie nett von Ihnen, dass Sie mich nicht für völlig verrückt halten.« Ihre linke Augenbraue schnellte in die Höhe. »Eine ganze Reihe Leute sind derzeit anderer Ansicht.«

»Dann erzählen Sie doch mal von diesen anderen Leuten: Wie sind sie zu ihrer Meinung gekommen?«, schlug Warning vor.

Ada hob auch die andere Augenbraue. »Wo soll ich da anfangen?«

»Am besten, nachdem das Ehepaar Dreyer gestern das Haus verlassen hat.« Der Doktor stützte die Ellenbogen auf die Tischplatte und legte die Fingerkuppen aneinander.

Ada tat so, als müsste sie überlegen, bevor sie ihm eine Antwort gab. »Ich habe dem Jungen sein Abendbrot gemacht. Es war ein so schöner Abend, dass wir das Essen in den Garten verlegten. Paul aß zwei Käsebrote.«

»Und dann, was passierte dann?« Warnings Stimme verriet seine Anspannung.

»Tja, dann geschahen eine ganze Menge Dinge gleichzeitig.« Sie machte eine hilflose Geste. »Am Ende stand ich allein im Garten. Es war dunkel, ich hielt einen Golfschläger in der Hand und mein Morgenmantel war zerrissen. Urplötzlich erschien eine Nachbarin an meiner Seite und stellte eine Menge Fragen. Sie wollte wissen, ob es mir gut gehe und was mit den Fensterscheiben passiert sei. Ob ich ein paar Abschläge versaut hätte. Weil ich mich nicht mit ihr unterhalten wollte und wohl einen leicht erregten Eindruck auf sie machte, wuchs ihre Besorgnis und schließlich fragte sie nach Paul. Tja, und dann kamen die Polizei und ein Krankenwagen und plötzlich war ich hier.« Ada schloss ihren Bericht und faltete die Hände über ihrem Bauch.

Warning knirschte mit den Zähnen. »Können wir jetzt vielleicht noch einmal zu dem Teil der Geschichte zurückkommen, den Sie gerade übersprungen haben?«

»Ach, das sind nur bedeutungslose Kleinigkeiten, Herr Doktor.« Sie zwinkerte ihm zu. »Übrigens sehen Sie wirklich müde aus. Sie sollten uns beiden eine Pause gönnen, meinen Sie nicht?«

Warnings Augen schrumpften hinter den Brillengläsern zu kleinen Schlitzen zusammen. »Gut, Miss Ada. Machen wir eine Pause. Eine Pause, in der Sie noch einmal darüber nachdenken, ob Sie mir nicht doch vertrauen möchten.«

Ada atmete innerlich auf. »Aber ich vertraue Ihnen doch. Sie sind ein netter und anständiger Mann, Herr Doktor.«

»Ein netter und anständiger Mann, den Sie versuchen, an der Nase herumzuführen«, widersprach Warning und warf seinen Kugelschreiber auf die Schreibtischplatte.

Ada verspürte leichte Kopfschmerzen. Reden, ohne etwas zu sagen, war eine schwierige und anstrengende Sache. Schwester Irmgard, die sie zurück durch die weißen Gänge zu ihrem Zimmer geleitete, sah sie besorgt von der Seite an, schwieg aber, was Ada sehr rücksichtsvoll fand.

In ihrem Zimmer angekommen, roch sie es sofort. Sie war kein so guter Schnüffler wie Teddy, doch wenn sich eine vergessene Kreatur in einem Raum aufhielt, dann erkannte Ada dies ohne jeden Zweifel. Jedes Wesen hatte seinen eigenen Duft.

Teddy besaß die seltene Fähigkeit, diese Düfte auseinanderhalten zu können, doch das vermochte Ada nicht. Für sie rochen sie alle nach Staub und reifem Obst.

Etwas war hier eingedrungen, doch was war es?

Sie betrachtete die Wände, die sie umgaben, noch einmal eingehend, konnte aber keine senkrechten oder waagerechten Linien entdecken. Wie am Abend zuvor machte alles einen soliden Eindruck auf sie. Trotzdem stimmte etwas nicht.

»Soll ich Ihnen noch etwas bringen?«, fragte Schwester Irmgard und sah Ada, die starr vor ihrem Krankenbett stand, unsicher an.

Diese lauschte angestrengt auf jedes Geräusch im Raum und schnupperte noch einmal ein wenig in der Luft herum. Als sie die fragenden Augen der Schwester bemerkte, antwortete sie hastig: »Nein danke. Ich denke, ich werde ein kleines Nickerchen machen. Ich bin doch recht erschöpft.«

Schwester Irmgard wartete, doch als Ada keine Anstalten machte, sich ins Bett zu legen, hakte sie noch einmal nach: »Sie kommen also ohne mich zurecht?«

Ada nickte. Noch immer rührte sie sich nicht von der Stelle.

Die verwirrte Krankenschwester trat schließlich den Rückzug an. Und kaum war die Tür leise ins Schloss gefallen, da riss Ada ihr Kopfkissen mit einem Ruck vom Bett und blickte ernst in zwei kinderfaustgroße Augen. »Na, Kleiner? Nicht mehr rechtzeitig in dein Versteck zurückgekommen? Dumme Sache.«

August 1979

ADA

»Hier steht, dass Schrate ihre Bauten und Gänge nur selten verlassen. Vorzugsweise, wenn die Menschen schlafen oder nicht im

Raum sind. Dann durchsuchen sie alles nach Liegengelassenem oder Vergessenem. Haben sie den Eindruck, dass etwas von seinem bisherigen Besitzer nicht mehr gebraucht oder nicht gewürdigt wird, nehmen sie es an sich. Egal, ob es sich um Essen oder Gegenstände oder Lebewesen handelt.« Ada ließ das schillernde Buch sinken. »Herrje. Auf diese Art kann man leicht ein Haustier oder den Familienschmuck einbüßen.«

Sie saßen auf einer steinernen Bank im Garten.

Valerie, die sich an sie schmiegte, malte mit den Spitzen ihrer Sandalen kleine Kreise in den Kies. »Das habe ich alles schon gewusst. Ich lasse nie etwas auf dem Boden liegen, sonst ist es am nächsten Morgen weg. Aber solange ich Lärm mache, machen sie keinen und lassen sich auch nicht blicken. Deswegen singe ich viel, wenn ich in meinem Zimmer spiele, oder rede ganz laut mit mir selbst.«

»Dann sollten wir vielleicht einfach Tonbänder mit Stimmen laufen lassen, wenn du schlafen gehst. Dann kommen sie nicht in dein Zimmer«, schlug Ada vor.

Valerie sah zweifelnd zu ihr hoch. »Du glaubst, die Schwarzen Schrate fallen darauf rein? Ich glaube, die klauen dann das Tonbandgerät.«

Sie zuckte mit den Schultern. »Einen Versuch ist es wert. Wir können schließlich nicht immerzu wach bleiben. Nicht jede Nacht jedenfalls.«

Valerie verschränkte die kleinen Arme und schob die Unterlippe vor. »Aber wie werden wir die Schrate denn los? Steht darüber nichts im Buch?«

Ada schüttelte den Kopf. »Die Autoren schreiben, ihre Forschungen über Schrate seien noch nicht abgeschlossen und sie wüssten nicht, warum manche Gemäuer immer oder immer wieder von

Schraten besiedelt werden und andere nie. Auch zu ihrer Vertreibung können sie keine Vorschläge machen. Sie glauben jedoch, dass sich ihr Atemsystem von unserem unterscheidet und die Luftzusammensetzung in den Gängen eine andere ist. Ich weiß nicht, ob diese Information für uns von Nutzen sein kann.«

Valerie runzelte die Stirn. »Die Luft soll anders sein? Also ich habe davon im Moor nichts gemerkt, du etwa?«

Ada musste Valerie beipflichten. »Es roch moderig, aber das war auch schon alles.« Sie ließ die Erinnerung an das Moor und die Ereignisse der letzten Nacht Revue passieren. »Wie lange wohnt ihr schon in diesem Haus?«

Valerie machte einen ratlosen Eindruck. »Ich kann mich nicht genau erinnern, aber Papa sagt, dass ich woanders geboren wurde und wir dortblieben, bis ich drei war. Und dann kamen wir hierher.«

»Womöglich waren die Schrate schon vor euch im Haus. Sicher bauen sie schon lange an ihrem Lebensraum.« Ada überlief ein Schaudern bei diesem Gedanken.

Knirschende Schritte auf dem Kiesweg ließen sie verstummen und Valerie hob neugierig den Kopf.

Lisa Small bog um einen großen Buchsbaum. Sie trug ein buntes Sommerkleid und sah aus wie das blühende Leben. An ihrer linken Hand tapste Sebastian in kurzen Hosen und Turnschuhen selig sabbernd über den Kiesweg, während er an einer Lakritzstange kaute.

»Was für ein herrlicher Sommertag. Lest ihr hier draußen Kinderbücher?«, fragte Lisa heiter.

»So in etwa«, erwiderte Ada und schob das Buch rasch zwischen sich und Valerie. Hätte Lisa den Titel des Werkes gelesen, wäre sie wohl sehr überrascht gewesen. »Hat Sebastians Babysitter wieder kurzfristig abgesagt?«

»So ist es.« Lisa verdrehte die Augen und blickte dann auf ihren Sprössling herab. »Und ausgerechnet heute plant Mister Holt einen wichtigen Besuch bei einem seiner Arbeitskollegen. Ich soll ihn dabei begleiten. Es wird wohl jemand gebraucht, der während des Gesprächs Notizen macht. Doch wo soll ich mit Sebastian hin? Es kann länger dauern, hat Mister Holt gesagt. Womöglich kommen wir erst im Laufe des Abends zurück.«

Ada bemühte sich um ein sorglos wirkendes Lächeln. »Sebastian kann uns heute Gesellschaft leisten. Es ist ein so wunderbarer Sonnentag. Da werden wir, so lange es geht, hier draußen im Garten bleiben. Sicher findet sich auch eine Beschäftigung für ihn.«

Valerie zog einen Flunsch, doch die junge Mutter war sichtlich erleichtert und lächelte Ada dankbar an. »Das ist so lieb. Jetzt kann ich ganz beruhigt den Tag in einem stickigen Büro über einem Notizblock verbringen. Vielen, vielen Dank! Dabei fällt mir ein, ich vermisse einen hübschen, roten Kugelschreiber mit Gravur. Sie haben ihn nicht zufällig irgendwo gesehen?«

Ada schüttelte den Kopf.

»Zu dumm. Seit ich hier arbeite, verliere ich dauernd irgendetwas. Ich werde wohl schusselig.«

Valerie und Ada warfen sich einen bedeutungsvollen Blick zu und schwiegen.

Lisa ließ sich auf die Knie nieder und umarmte ihren Sohn liebevoll. Sebastian legte seinerseits die strammen Ärmchen um ihren Hals und drückte sein Gesicht an den Kragen ihres Kleides. »Sei schön brav, mein Kleiner, und tu, was Ada dir sagt.«

Der Junge nickte, nahm sein Gesicht aber nicht aus dem Kleiderstoff.

»Heute Abend bin ich wieder da, in Ordnung?«

Der Junge nickte wieder, ohne seine Mutter loszulassen.

Lisa lächelte Ada ein wenig hilflos zu, die sofort reagierte. »Sebastian, magst du eigentlich Frösche? Hinten am Tümpel habe ich welche entdeckt. Wollen wir sie mal besuchen?«

Augenblicklich hatte Ada die gesamte Aufmerksamkeit des Kleinen, der jetzt vertrauensvoll nach ihrer Hand griff und sich den Gartenweg hinunterführen ließ. Ada blinzelte der erleichterten Lisa noch einmal im Weggehen zu. Lisa zwinkerte zurück, drehte sich um und eilte zum Haus.

Valerie trottete hinter Ada und Sebastian her in Richtung Tümpel und schmollte dabei vor sich hin. »Toll. Den ganzen Tag babysitten.«

Ada warf Valerie über die Schulter einen strengen Blick zu, doch noch bevor sie etwas sagen konnte, krähte Sebastian: »Bin kein Baby!«

»Sicher bist du das. Ein dummes kleines Baby, das allen auf die Nerven fällt.« Valerie hopste auf einem Bein über den Weg und sang ›dummes kleines Baby‹ vor sich hin.

»Valerie.« Ada gab sich Mühe, streng zu klingen.

»Stimmt doch.«

»Gar nicht wahr!«, kreischte Sebastian und trat wütend mit seinen kleinen Turnschuhen in den Kies. Staub wirbelte auf.

Ada verdrehte die Augen. Das versprach, ein anstrengender Nachmittag zu werden.

Den Fröschen gelang es jedoch, Valerie und Sebastian zumindest für kurze Zeit miteinander zu versöhnen. Adas Dankbarkeit galt zwei besonders dicken Exemplaren, die die Zuwendungen der Kinder geduldig ertrugen, dazu quakten und nur halbherzige Fluchtversuche unternahmen. Das schenkte ihr ein paar ruhige Minuten, in denen sie sich lang im Gras ausstreckte.

Den Blick auf die spielenden Kinder gerichtet, bemerkte sie den Umschwung des Wetters erst, als ihr ein dicker Tropfen auf die Stirn klatschte. Regenwolken zogen auf.

Ada sah ärgerlich zu ihnen hinauf. Der Tag hatte so vielversprechend begonnen und jetzt würde das Wetter sie und die Kinder zurück ins Haus treiben. In das Haus, das Ada am liebsten ausgeräuchert hätte, wenn sie nur gewusst hätte, womit.

»Es regnet«, stellte nun auch Valerie fest.

»Ich weiß, Herzchen. Setzt die Frösche zurück ans Ufer, wir wollen reingehen.« Ada erhob sich aus dem flach gedrückten Gras, klemmte sich das Büchereibuch unter den Arm und wiederholte ihre Aufforderung, da sie von den beiden Jungforschern bewusst ignoriert worden war. »Bitte alle Frösche zurücksetzen und mitkommen. Wir gehen in die Küche und machen uns einen Kakao.«

Das Zauberwort ›Kakao‹ gab den Ausschlag. Zustimmendes Gejohle erklang und die Frösche wurden zurück in die Freiheit entlassen, in welche sie erleichtert hineinsprangen.

Immer mehr Tropfen fielen, Wind kam auf und Ada trieb die Kinder noch einmal zur Eile an. Beide liefen Hand in Hand der Hintertür entgegen und Valerie schien ihre anfängliche Ablehnung gegenüber Sebastian völlig vergessen zu haben. Was so ein paar Frösche doch vermochten.

Der Regen war jedoch schneller als ihre kurzen Beine. Als sie im Haus ankamen, lief ihr das Wasser aus den Haaren bereits in den Blusenkragen. Auch die Kinder waren völlig durchweicht. Schnell trieb Ada beide ins Bad, hüllte sie in Frotteetücher und kümmerte sich um den versprochenen Kakao.

Bald trug sie drei dampfende Tassen ins Wohnzimmer, wo die Kinder einträchtig auf dem Fußboden vor dem Nachschlagewerk der Herren Blunt und Hill hockten und sich die bizarren Darstellungen längst vergessener Kreaturen ansahen. Ada war zunächst wenig angetan von dieser Beschäftigung. Sie fürchtete, dass Sebastian Albträume von den Zeichnungen bekommen könnte. Doch als sie die Faszination in seinen Kinderaugen sah, ließ sie die beiden gewähren. Die Schrate konnten auf den Jungen auch nicht verstörender wirken als Hexen oder Riesen in einem Märchenbuch.

Valerie setzte gerade zu einem längeren Vortrag über die Schrate an. »Sooo groß sind die, mit gaaanz langen Ohren! Und sie sind schwarz wie Lakritze!«

Sebastian zeigte sich gebührend beeindruckt. Seine blauen Augen wurden kugelrund und der kleine Mund stand ihm offen.

»Darf ich auch mal Schrate gucken?«, fragte er Valerie und die tat, als müsste sie ganz genau überlegen.

Ada fand, dass es an der Zeit war einzugreifen. »Das halte ich wirklich für keine gute Idee, Sebastian. Aber ihr könntet ja Bilder von den Schraten malen.«

»Und vom Moor«, ergänzte Valerie begeistert und sprang auf, um Stifte und Papier herbeizuholen.

Wieder zurückgekehrt, teilte sie ihre Malsachen großzügig mit Sebastian, hockte sich auf den Boden, schob die Zungenspitze durch die große Zahnlücke und konzentrierte sich auf ihr Kunstwerk.

Auch Sebastian versank ganz in seine bunte Kritzelei. Ada, die sich tiefer in das gemütliche Sofa kuschelte, spürte, wie ihr die Augen zufielen. In der letzten Nacht hatte sie einfach zu wenig Schlaf bekommen.

Monoton klopfte der Regen an die Scheiben. Das Letzte, was sie spürte, war ein schweres Gewicht, das sich auf ihren linken Oberschenkel legte. In dem Glauben, das zwei erschöpfte Kinder sich gerade an sie kuschelten, glitt sie in einen traumlosen Schlaf hinüber.

Ada konnte später nicht mehr sagen, was sie geweckt hatte. Draußen vor dem Fenster war es Abend geworden und im Wohnzimmer herrschte Dämmerlicht.

Noch immer klopfte der Regen an die Scheiben. Valerie lag schlafend auf Adas linkem Bein, ihr schwarzes Haar verdeckte das Gesicht. Ada seufzte behaglich und drehte sich vorsichtig in eine andere Position, aber nicht vorsichtig genug.

Valerie gab ein leises Grunzen von sich, öffnete die Augen und ließ sich halb über die Sofakante hängen. »Wo ist denn Sebastian hin?«

Ruckartig war Ada wach. Auch sie blickte auf den Fußboden hinab, doch außer einer halb fertigen Kinderzeichnung und einer Handvoll Buntstifte gab es dort nichts zu sehen.

»Sebastian?«

Keine Antwort.

Ada spürte, wie die Angst in ihr hochkroch. Sie schob Valerie von sich, sprang vom Sofa und blickte sich suchend um. »Sebastian?«

»Vielleicht musste er mal«, schlug Valerie vor, doch ihre angsterfüllten Augen verrieten, dass sie die gleiche Befürchtung hatte wie Ada.

»Valerie, hast du ihm was von dem Tor in deinem Zimmer erzählt?«

Valerie schüttelte zögernd den Kopf.

Ada starrte sie an. Sagte das Kind die Wahrheit?

Valerie wirkte ein wenig schuldbewusst, doch Ada hatte keine Zeit für ein Verhör, sie musste handeln. Von bösen Ahnungen getrieben, rannte sie die Treppe in das obere Stockwerk hinauf und stürmte in das Kinderzimmer. Valerie folgte ihr, so schnell sie konnte.

Sofort sah Ada, dass das Puppenhaus noch vor der niedrigen Tür stand, genau so, wie sie es in der vergangenen Nacht hinterlassen hatte.

»Ins Moor ist er schon mal nicht gegangen«, stellte sie fest, doch sie verspürte keine Erleichterung. »Sebastian?«

Sie erhielt wieder keine Antwort.

»Sebastian, du Blödmann!«, schrie jetzt auch Valerie, doch alles blieb still.

»Wir müssen ihn einfach finden, Valerie. Lass uns das ganze Haus absuchen. Vielleicht liegt er nur schlafend in einem der anderen Zimmer und hat uns nicht gehört.«

»Vielleicht sucht er ja die Schrate im Keller oder auf dem Dachboden«, schlug Valerie vor.

Ada dachte nicht gern daran, die finstersten Winkel dieses Hauses erkunden zu müssen, aber alles schien ihr besser, als sich mit der Alternative befassen zu müssen: Was, wenn die Schrate gekommen waren und Sebastian zwischen den Buntstiften am Boden gefunden hatten? Was, wenn er von ihnen ›aufgeräumt‹ worden war?

»Ada, komm, wir fangen mit dem Dachboden an.«

Valerie lief voraus und Ada folgte ihr.

Eine Viertelstunde später kehrten sie ins Wohnzimmer zurück, wo noch immer die Buntstifte einsam auf dem Fußboden lagen. Ada war den Tränen nahe. Nirgendwo hatten sie eine Spur von Sebastian entdeckt. Sie hatten seinen Namen wieder und wieder durch das Haus gebrüllt, unter jedes Bett gesehen, sogar in der Badewanne hatten sie nachgeschaut, erfolglos.

Adas Blick blieb am Fenster hängen. »Draußen ist es schon fast dunkel. Sicher wird dein Vater bald mit Lisa zurückkehren. Was soll ich ihr bloß sagen? Wie soll ich ihr erklären, dass ihr Sohn verschwunden ist, während wir beide auf dem Sofa geschlafen haben?«

Adas Verzweiflung wuchs von Minute zu Minute. Sie hatte ein Kind, das ihr anvertraut worden war, verloren. Dafür gab es keine Rechtfertigung und kein Verzeihen.

Was würde jetzt aus ihr werden? Und was aus Sebastian?

Sie ließ sich auf das Sofa sinken und vergrub das Gesicht in den Händen. Da krallten sich plötzlich und ohne Vorwarnung Valeries kleine Fingernägel in ihren Arm.

»Was ist los? Was hast du denn?«, fragte Ada, nahm die Hände vom Gesicht und blickte dem Mädchen in die schreckgeweiteten Augen.

Wortlos deutete die Kleine auf den gemauerten Kamin, der jetzt im Sommer nicht in Betrieb war.

Zunächst wusste Ada nicht, was das Mädchen ihr damit sagen wollte. Der Kamin mit einer Einfassung aus gelbem Sandstein, auf der eine Reihe Fotos standen, sah aus wie viele andere auch. Doch dann sah sie, was Valerie längst entdeckt hatte: In der offenen Feuerstelle lag, wie achtlos weggeworfen, ein kleiner blauer Turnschuh.

Ada sprang auf und lief auf den Kamin zu. Valerie, die sich noch immer an ihre Hand klammerte, kam widerwillig und mit zitternden Knien mit. Zaghaft, als hoffte sie noch immer, es könnte nicht wahr sein, griff Ada nach dem Schuh.

»Ada?« Valerie klang ängstlich.

»Das muss nichts bedeuten. Vielleicht hat Sebastian den Schuh selbst hierhingeworfen.« Ada versuchte, sich ihre eigene Panik nicht anmerken zu lassen.

»Ada?« In Valeries Stimme mischte sich ein Schluchzen.

»Er wird sich gelangweilt haben, weil wir eingeschlafen sind.«

»Ada!« Valerie hieb ihr mit der Faust gegen den Ellenbogen und begann dann zu weinen.

Sie wollte offensichtlich nicht von Ada belogen werden, nicht einmal zum Trost. Sie wussten es beide besser. Sebastian war irgendwo hinter den Wänden dieses Hauses.

8

Sichtbares und Unsichtbares

August 2019

ADA

Es war ein Brownie, was da vor ihr auf dem Krankenhausbett hockte und zu ihr aufblickte. Der kleine Kerl, mit Augen, die wie runde Bälle aus seinem Gesicht herausstanden, war kaum länger als ihr Arm, hatte einen fast schwarzen Haarschopf, kaffeebraune Haut und trug eine Art Nachthemd der gleichen Farbe aus grobem Leinen. Und er hatte fürchterliche Angst. Bebend saß das Kerlchen auf ihrem Laken und seine spitzen Zähnchen schlugen klappernd aufeinander.

Ada spürte, wie sie innerlich dahinschmolz.

Mit freundlicher Stimme fragte sie: »Du weißt schon, dass man dich eigentlich nicht erwischen darf, nicht wahr?«

Der kleine Brownie schniefte, rieb sich mit dem Handrücken den Rotz von der Nase und nickte.

»Du bist noch ein bisschen jung und unerfahren, hm?«, hakte Ada nach.

Der Brownie nickte noch einmal und dicke Tropfen fielen aus seinen Kulleraugen.

Sachte ließ sich Ada neben dem unglücklichen Geschöpf auf der Bettkante nieder. »Wie alt bist du denn?«

»Vie-vielleicht tausend?«

Ada lächelte. Brownies hatten kein Zeitgefühl. »Nun, ganz so alt dann wohl doch nicht. Wie bist du denn hier hereingekommen?«

Der Brownie streckte sein dünnes Ärmchen aus und deutete mit dem langen Zeigefinger auf das Gitter eines Lüftungsschachtes gleich über der Tür.

»Oh!« Adas Lächeln wurde breiter. »Was für ein wunderbares Brownieversteck. Von dort aus kommst du vermutlich in fast jeden Raum hinein, richtig?«

Der Tränenstrom des Kerlchens nahm zu und ein leises Schluchzen drang aus seiner Kehle. »Ich hatte ein gutes Heim. U-und jetzt muss ich fortgehen«, jaulte er und drückte die Nase ins Bettlaken.

Ada streichelte dem Kleinen sacht über den Rücken. Sie wusste, dass ein Brownie nicht im Haus bleiben durfte, nachdem man ihn entdeckt hatte. Wurde er von einem Menschen erwischt, musste er weiterziehen und sich ein neues Zuhause suchen. Das war sowohl für den Brownie als auch für den Menschen traurig, denn diese Geschöpfe waren unglaublich nützlich, mit einem sehr ausgeprägten Ordnungsfimmel. Ada mochte die kleinen Putzteufel sehr gern und es tat ihr ein bisschen leid, dieses Exemplar beim Bettenmachen aufgespürt zu haben. Aber es hätte ja auch etwas anderes unter ihrem Kissen liegen können. Etwas Heimtückisches und Bösartiges.

Der Brownie schmierte gerade seinen Rotz in ihrem Laken ab, was ihn noch unglücklicher machte. Verzweifelt rieb er an dem nassen Fleck herum und seine Tränen tropften unablässig auf das Leinen.

Ada tippte ihm vorsichtig auf die Schulter, woraufhin sich der Kleine umdrehte und sie mit leidendem Gesichtsausdruck ansah. »Hör mal, Bursche. Vielleicht musst du doch nicht umziehen. Es ist nämlich so: Das hier ist nicht mein Zuhause. Ich bin eine Art … Gast. Ich werde hoffentlich bald wieder fortgehen. Also könntest du doch hier wohnen bleiben, denn dann gibt es im Haus niemanden mehr, der von deiner Existenz weiß. Wäre das nicht eine gute Lösung?«

Der Brownie blinzelte eine Träne aus dem Augenwinkel weg. »Dies ist nicht dein Haus?«

Ada schüttelte den Kopf.

»Du gehst ganz bestimmt weg?« Seine Stimme hatte eine unangenehm hohe Tonlage, die Ada Zahnschmerzen verursachte, doch sie lächelte tapfer und nickte.

»Wann gehst du weg?«

Ada zuckte mit den Schultern. »In tausend Jahren?«, antwortete sie und lächelte etwas gequält.

»Du musst bald gehen!«, quietschte der Brownie eifrig und sprang vom Bett. »Ganz bald, denn sonst muss ich fort.«

Ada sah auf die geschlossene Zimmertür und seufzte. »Das ist nicht so einfach, weißt du? Ich darf nicht selbst entscheiden, wann ich gehe. Wenn ich könnte, würde ich mich sofort auf den Weg machen, aber man lässt mich nicht.«

Der Brownie sah irritiert aus. »Wer lässt dich nicht?«

»Andere Menschen.«

»Menschen sperren Menschen ein?«

Ada wurde klar, dass sie es hier mit einem besonders jungen und unerfahrenen Brownie zu tun hatte. Sie gab ihm das feierliche Versprechen, fortzugehen, sobald es ihr möglich war.

Der Brownie nickte bedächtig. »Dann werde ich alle fünf Jahre nachschauen, ob du auch schon weg bist.«

Alle fünf Jahre. Na wunderbar. Ada schloss daraus, dass der kleine Kerl jetzt mehrmals am Tag seinen Kopf aus dem Lüftungsschacht stecken würde, um zu kontrollieren, ob sie sich auch Mühe gab zu verschwinden. Nun ja, das würde wenigstens für ein bisschen Abwechslung sorgen.

»Hast du denn einen Namen, mein kleiner Freund?«

»I-ich bin Moffat.«

»Und ich bin Ada. Hallo, Moffat. Es freut mich, dich kennenzulernen, auch wenn es für dich Unannehmlichkeiten bedeutet.« Sie hielt ihm die Hand hin, die der kleine Kerl nicht ergriff. Brownies kannten die Sitte des Händeschüttelns nicht.

Stattdessen versuchte er ein schiefes Lächeln und zeigte dabei seine spitzen Zähnchen. »Hallo, Ada. Es freut mich, dich kennenzulernen, obwohl du mir Unannehmlichkeiten bereitest.«

Jetzt lachte Ada laut auf. Wie wunderbar, einmal so richtig befreit lachen zu können.

Moffat beobachtete sie und versuchte dann seinerseits ein kleines Kichern. Für einen kurzen Moment erfüllte Leichtigkeit den Raum.

Bis Ada zu sich selbst sagte: »Hier stehe ich nun, eine alte Frau, und unterhalte mich in einer Nervenklinik mit einem Brownie. Vielleicht sollte ich doch hierbleiben.«

Abrupt verstummte Moffats Kichern und der Schreck weitete seine Augen.

VALERIE

»Ada hat immer gesagt, wir sind nur in der Lage zu sehen, was wir uns auch vorstellen können«, erklärte ihr Teddy und versuchte wohl, sie mit diesen Worten zu ermuntern.

Er hatte Valerie in den Hausflur geführt, und gemeinsam betrachteten sie eingehend die dunkel vertäfelte Wand und die dort aufgehängten Drucke.

Sie repräsentierten ausschließlich Dereks Geschmack. Valerie wurde bewusst, dass sie sich kaum Mühe gegeben hatte, dieses Haus zu ihrem Heim zu machen.

Vom langen Starren hatte sie schon ganz trockene Augen, doch alles, was sie sah, war eine Wand.

Sie blinzelte. »Das klingt für mich ein bisschen nach einer Weisheit aus Peter Pan. Jedes Mal, wenn ein Mensch behauptet, dass es keine Elfen gibt, fällt irgendwo eine Elfe um und ist tot. Und ich bin also nur in der Lage zu sehen, was ich mir vorstellen kann zu sehen?«

»Sei nicht albern, Val.« Teddy gab ein Glucksen von sich. »Keine Elfe fällt tot um, nur weil ein Mensch nicht an sie glaubt. Es läuft genau andersrum. Wenn der Mensch sich nicht vorstellen kann, eine Elfe zu sehen, wird es für ihn auch keine geben. Der Elfe selbst ist das schnurzpiepegal.«

Valerie wandte ihr Gesicht Teddy zu, der noch immer Sahne von den Scones in einem Mundwinkel hatte. »Teddy, willst du etwa andeuten, dass es Elfen gibt?«

Teddys Lächeln war nachsichtig. »Ich will damit sagen, dass ich mir nicht mehr das Recht herausnehme, die Existenz von irgendetwas oder irgendjemandem anzuzweifeln. Ich könnte dadurch zu viel verpassen, verstehst du?«

Valerie erwiderte nichts. Seine Worte hatten sie nachdenklich gemacht. Entschied denn wirklich jeder Mensch selbst, wie viel Zauber er in seinem Leben zulassen wollte? War es ihre eigene Schuld, dass Wände für sie Wände blieben? Ärgerlich schlug sie mit der Faust gegen die Vertäfelung. »Ich versuche ja etwas zu sehen, aber hier ist einfach nichts!«

»Das ist, ohne dich beleidigen zu wollen, sehr unwahrscheinlich. Hab Geduld und such weiter. Du bist eine Torfinderin, du bist nur aus der Übung.«

Valerie verschränkte die Arme vor der Brust. »Ada hat immer gesagt: Geduld ist etwas für Langweiler.«

Teddy nickte. »Ja, das behauptet sie gern. Ich weiß aber nicht, ob sie damit richtigliegt.«

Zum wiederholten Male schritt Valerie die Wand ab, betrachtete eingehend Zentimeter für Zentimeter und spürte dabei, wie ihre innere Unruhe stetig wuchs.

»Das bringt nichts«, fauchte sie schließlich. »Das bringt mir mein Kind nicht zurück. Ich will Paul endlich wieder bei mir haben!«

»Das hier« – Teddy deutete auf die Wand – »ist der direkte Weg zu deinem Paul. Jetzt streng dich halt mal an.«

Valerie wollte ihm gerade eine passende Antwort an den Kopf werfen, als sie es sah. Eine feine, dünne Linie, die mitten durch das Landschaftsbild über dem Telefon verlief. Es wäre ihr nicht aufgefallen, wäre ihr nicht das linke Ohr der glotzenden Kuh auf den walisischen Hügeln plötzlich breiter erschienen als das rechte. Einmal entdeckt, konnte ihr Blick der Linie folgen. Sie sah, wie sie sich im

Holzrahmen fortsetzte und in die Wandvertäfelung einfügte. Nach einer Weile bog die Linie in einem scharfen Winkel nach links ab und knickte einen halben Meter später nach unten.

»Ich habe es«, flüsterte sie und streckte ihre Hände nach dem Bild aus. »Ich kann das Tor sehen.«

»Na endlich«, rief Teddy und klatschte in die Hände. »Wo ist es?«

Valerie deutete auf die Kuh, und mit einer plötzlichen Entschlossenheit, die sie so lange an sich selbst vermisst hatte, grub sie ihre Fingernägel in die dünne Linie und versuchte, das Tor aufzureißen.

Teddy schüttelte den Kopf und griff nach ihren Händen. »Doch nicht so. Da haben sich die Schrate so viel Mühe mit der Schadensbegrenzung gegeben und jetzt zerstörst du das schöne Bild. Lass mich mal versuchen.«

Valerie machte Teddy unwillig Platz und fuhr sich mit den Fingern durch die Haare, bis sie wild vom Kopf abstanden. Dies war der Weg zu Paul, sie musste nur noch dieses Tor öffnen und hindurchgehen. Hätte man ihr vor Pauls Verschwinden gesagt, dass es solche Durchlässe in ihrem Haus gab, hätte sie es niemandem geglaubt, aber jetzt waren sie real geworden. Sie hatte ein Tor entdeckt.

Teddy stellte sich derweil direkt vor die glotzende Kuh und klopfte ein paar Mal mit dem Zeigefinger auf die Leinwand. Nichts tat sich. Er drückte energisch auf den Rahmen, doch auch das bewirkte nichts.

Fast zehn Minuten vergingen, in denen Valerie wie ein Schulmädchen vor einer verschlossenen Klotür herumtrampelte und leise Flüche ausstieß, von denen sie gar nicht gewusst hatte, dass sie sie kannte.

»Nun gut, ich gebe zu, dass es nicht immer auf die sanfte Tour geht«, bemerkte Teddy schließlich. »Das Bild ist sowieso nicht so toll.«

Er drehte sich abrupt um und ging zurück ins Wohnzimmer. Valerie blickte ihm irritiert nach, doch keine Minute später war Teddy schon wieder da. In der Hand hielt er einen Golfschläger.

Noch bevor Valerie fragen konnte, was er damit wollte, hatte ihr neuer Bekannter ausgeholt und die Kuh in ein schwarzes Loch verwandelt. Beherzt steckte er die Hand hinein und riss ein gutes Stück Gemälde und Wandvertäfelung entlang der Linie aus der Wand heraus. Das Tor schwang in den Flur und gab den Blick in die dahinterliegende Finsternis frei.

Valerie verspürte das Gefühl, im wahrsten Sinne des Wortes hintergangen worden zu sein. »Ein Geheimversteck in meinem Haus. Was für eine Unverschämtheit«, murmelte sie.

Teddy warf ihr einen schrägen Blick zu. »Der Satz hätte auch von deinem Gatten stammen können.«

Diese Bemerkung überging Valerie. Die letzten Stunden hatten ihr gezeigt, dass sie mit ihrem Mann nicht viel gemein hatte und es von nun an auch noch immer weniger zu werden drohte. Und ähnlich wollte sie ihm schon gar nicht sein.

»Paul? Paul, Schätzchen, bist du da drin?« Kurz entschlossen kletterte sie auf das fragile Telefontischchen, das unter dem Gemälde seinen festen Platz hatte, und schob den Kopf durch die Öffnung. Links und rechts sah sie, soweit das Flurlicht reichte, einen hohen und schmalen Gang zwischen unverputzten Backsteinwänden verlaufen.

Sie versuchte es noch einmal. »Paul?«

Teddy tippte ihr von hinten auf den Rücken. »Wir wissen nicht, wie viele Gänge, Labyrinthe und Höhlen hinter dieser Wand ihren Anfang nehmen. Rufen erscheint mir völlig zwecklos.«

»Dann geh ich mein Kind eben suchen.« Sie zog sich hoch und krabbelte in den Gang hinein.

»Val, lass das. Du bist nicht gut gerüstet für eine Expedition ins Dunkel. Da drin könnte es beispielsweise Winkelnattern geben. Und wir beide wollen doch nicht noch mal ganz von vorn anfangen, oder?«

Valerie reagierte nicht auf seinen Einwand. Sie hatte in den letzten Jahren viel zu viel auf Einwände anderer gegeben, ganz besonders auf die Dereks.

Sich vorsichtig im Gang aufrichtend, sah sie sich um. »Woran erkenne ich Winkelnattern, Teddy?«

»Das sind pelzige, graue Würmer von der Länge eines Kugelschreibers, die sich lautlos an dich heranpirschen und ihre kleinen, spitzen Zähne in deine Haut graben«, hörte sie Teddy vom Tor aus rufen. »Komm da raus, Valerie. Die Schrate könnten dir den Schädel spalten oder Schlimmeres, wenn sie dich in ihren Gängen finden. Verglichen mit Schraten sind die Winkelnattern noch freundlich. Wir besorgen uns Taschenlampen und andere nützliche Dinge und gehen dann gemeinsam.«

»Hol du eine Taschenlampe. Ich geh zu meinem Kind. Nimm die aus der Küchenschublade und komm mir nach.« Valerie war bereits losmarschiert. Einfach hinein ins Dunkel, die Hände links und rechts an die Wände gelegt. Sie spürte sandigen Mörtel unter ihren Fingerkuppen und etwas, das sich wie Spinnweben anfühlte an ihrem Hals und ihrem Gesicht. Valerie wedelte sie fort, sie hatte keine

Zeit, um sich über solche Dinge Gedanken zu machen. Sie musste Paul finden.

Wie hoch der Gang war, ließ sich wegen der Dunkelheit nur schwer schätzen. Doch wenn seine Höhe Rückschlüsse auf die Größe der Schrate zuließ, mussten diese größer sein als sie selbst. Valerie spürte, wie der Staub sie in Nase und Rachen zu kitzeln begann, doch was sie überraschenderweise nicht spürte, war Angst, und das gefiel ihr. Wenn Paul hier war, dann würde sie ihn herausholen, koste es, was es wolle.

Gerade noch rechtzeitig, bevor sie vor die Wand prallte, registrierte sie, dass der Gang in einem scharfen Winkel nach rechts abknickte. Sie wandte sich einmal kurz um und sah ein paar Meter hinter sich den hellen Ausschnitt des Tores. Von dort hörte sie Teddy erneut rufen.

»Val, so warte doch. Nur Dummköpfe gehen völlig unvorbereitet in ein Abenteuer. Du hast ja nicht einmal einen Golfschläger dabei!«

Valerie zögerte kurz. Ein Golfschläger erschien ihr ein schlagkräftiges Argument zu sein. Ja, vielleicht sollte sie einen Golfschläger mitnehmen, um sich notfalls den Weg zu Paul freizuschlagen. »Dann hol mir doch auch einen Golfschläger und die Taschenlampe«, rief sie Teddy zu. »Ich warte hier drinnen.«

»Warte lieber hier draußen.«

Valerie stieß ein genervtes Stöhnen aus. Gleich darauf bemerkte sie etwas Eigenartiges: Vor ihr im Gang, in unbestimmbarer Ferne, leuchtete es rot in der Dunkelheit. Es erinnerte Valerie an zwei winzige, rote Kontrollleuchten irgendeines technischen Gerätes. Was konnte das sein?

Sie lauschte angestrengt, froh darüber, dass auch Teddy einen Augenblick schwieg. Lauschte er ebenfalls? Außer ihrem eigenen Atem hörte sie jetzt deutlich noch etwas anderes. Ein Tappen wie von Füßen. Und das Geräusch kam näher. Mit ihm näherten sich ihr die roten Punkte, und zwar erstaunlich schnell!

Jetzt spürte Valerie die Angst, die sie zuvor vermisst hatte. Sie kroch ihr heiß und kalt zugleich den Rücken hoch und trocknete ihren Mund aus. Instinktiv begann sie rückwärts zu gehen.

»Teddy!«, rief sie und schluckte trocken. »Was bedeutet es, wenn man hier drinnen zwei Lichter sieht?«

»Zwei Lichter? Oh mein Gott, raus da! Komm zurück!«

Valeries Körper machte ganz von allein eine Kehrtwende, wobei sie sich die Oberarme an den rauen Wänden schrammte. Dann rannten ihre Füße los. Sie eilte zurück, dem Lichtausschnitt entgegen, wo Teddy wartete. Hinter sich hörte sie die schneller werdenden Schritte von jemandem oder etwas, das sie verfolgte. Es war jetzt dicht hinter ihr.

Sie konnte Teddy rufen hören. »Schneller, Val, schneller! Nicht umdrehen!«

Da sprang sie mit dem Kopf voran durch die niedrige Luke, stützte sich mit den Händen ab und fiel zusammen mit dem Telefontischchen krachend auf den Fliesenboden.

Kaum gelandet, drehte sie sich auf den Rücken, um zu sehen, ob etwas hinter ihr aus dem Tor sprang, doch da stand Teddy schon breitbeinig über ihr, den Golfschläger im Anschlag.

Sekundenlang starrten sie beide schwer atmend auf die dunkle Öffnung, doch nichts geschah. Schließlich ließ Teddy den Schläger sinken und drückte das Tor, so gut es ging, wieder zu.

»Wenn sich dir zwischen den Wänden gelbe Lichter nähern, dann handelt es sich dabei um die Augen eines Schrates.« Seine Stimme klang vorwurfsvoll. »Warum musstest du denn so leichtsinnig sein? Es hilft deinem Kind nicht weiter, wenn dir etwas zustößt.«

»Aber die Lichter waren gar nicht gelb. Sie waren rot«, widersprach Valerie vehement.

Teddy erstarrte und Valerie glaubte, es hinter seiner Stirn arbeiten sehen zu können.

»Unter diesen Voraussetzungen halte ich es für keine gute Idee, ohne Ada hinter diese Wände zu gehen.« Er reichte ihr eine Hand und half ihr, aufzustehen. »Komm mit, Val. Lass uns mal in Erfahrung bringen, ob es einen Weg gibt, unsere Spezialistin aus ihrer misslichen Lage zu befreien.«

Val. Schon wieder dieser neue, ein wenig ungewohnte Name. Überrascht stellte sie fest, dass er anfing, ihr zu gefallen.

August 1979

ADA

Ada drehte den kleinen Turnschuh in ihrer Hand hin und her, während Valerie verängstigt zusah.

»Sie haben ihn sich geholt, genau wie es im Buch steht«, stellte die Kleine entsetzt fest. »Die Schrate haben Sebastian einfach … aufgeräumt!«

Ada gab Valerie im Stillen recht. Die Vorder- und Hintertür waren verschlossen gewesen und bildeten somit unüberwindliche Hindernisse für einen kleinen Jungen. Sie hätten Sebastian im Haus finden müssen. Selbst wenn er irgendwo eingeschlafen wäre, hätte ihr Rufen den Kleinen längst geweckt! Der Junge war verschwunden und dieser Turnschuh die einzige Spur, die er hinterlassen hatte. Und nach allem, was sie jetzt über dieses Haus wusste, gab es dafür nur eine schreckliche Erklärung.

»Was werden wir jetzt tun?« Valerie klang weinerlich.

Ada richtete sich auf, legte den kleinen Schuh auf den Kaminsims und schob Valerie sachte von sich. »Du wirst hier auf dem Sofa auf deinen Vater warten. Ich werde in das Moor hineingehen und hole Sebastian zu uns zurück. Seine Mutter hat ihn mir anvertraut, es ist meine Pflicht.«

»Ich will aber nicht allein hierbleiben«, schluchzte Valerie. »Lass mich mitgehen.«

Ada streichelte dem Mädchen über den schwarzen Haarschopf. »Nun gut. Du darfst mich bis zum Tor begleiten, aber ins Moor gehe ich allein. Hast du verstanden? Du wirst mir nicht folgen.«

Valerie nickte zögernd und biss sich auf die zitternde Unterlippe. Ada nahm ihre Hand, und gemeinsam stiegen sie die Treppe zum Kinderzimmer hinauf.

Dort angekommen, schob Ada entschlossen das Puppenhaus zur Seite. Sie holte tief Luft. Dann riss sie die kleine Tür auf und erstarrte in der Bewegung, während Valerie hinter ihr einen Schrei ausstieß. Ada ließ sich mutlos auf den Boden sinken und blickte auf die leeren Holzregale, die jemand lieblos an die rückwärtige Wand des staubigen Schrankes geschraubt hatte. Davor stand ein verstaubter Schlitten. Der Zugang zum Moor war verschwunden.

»Sie haben uns ausgeschlossen.« Ada war fassungslos. »Sie haben einfach den Zugang dichtgemacht.«

Ungläubig tastete sie den Wandschrank ab, drückte energisch gegen den Stein, doch nichts bewegte sich. Schließlich riss sie sich ihren linken Schuh vom Fuß und schlug mit dem Absatz auf das Mauerwerk ein. Putz bröckelte, doch das Hindernis blieb bestehen. Von hier aus führte kein Weg zu den Schraten oder zu Sebastian.

»Was machen wir denn jetzt, Ada?« Valerie heulte erneut los.

»Sei mal bitte still.« Ada ließ ihren Schuh fallen und presste sich die Fingerkuppen gegen die Schläfen. »Ich muss nachdenken.«

Sie dachte noch nach, als sie draußen vor dem Haus Motorengeräusche hörte. Erst das Zuschlagen der Wagentüren brachte sie zurück in die Gegenwart. Valerie saß mit erschrockenem Blick neben ihr und starrte sie an. Eine halbe Minute verging, dann hörten sie, wie die Haustür geöffnet wurde.

»Sebastian? Ada? Valerie!«, rief eine fröhliche Frauenstimme.

»Ich glaube«, murmelte Ada, »jetzt kommt der schlimmste Moment meines ganzen bisherigen Lebens.«

Schnelle Schritte auf der Treppe und auf dem Flur, dann flog die Kinderzimmertür auf und Lisa erschien auf der Schwelle. Sie sah gut gelaunt aus.

»Es ist viel später geworden als vermutet. Ich bin euch ja so dankbar. Hat er sehr gequengelt?« Sie blickte sich suchend im Zimmer um. Dann blieb ihr Blick einen Moment lang an Valeries erschrockenen Augen hängen und wanderte weiter zu Ada, die reglos dastand und sie anstarrte. »Wo ist Sebastian?«

Valerie weinte noch immer und Ada verspürte eine nie gekannte Hilflosigkeit. Sie wusste weder, was sie tun, noch, was sie sagen sollte.

Schließlich brachte sie hervor: »Lisa, wir haben ein Problem.«

Lisas Lächeln erlosch, und Angst flackerte in ihrem Blick auf. Sie spürte wohl, dass gleich etwas über sie hereinbrechen würde, für das sie ihre ganze Kraft bräuchte. Instinktiv stellte sie die einzig relevante Frage: »Wo ist mein Sohn?«

Die Reporter trafen zeitgleich mit der Polizei und dem Arzt ein, der der völlig hysterischen Lisa eine Valiumspritze verpasste. Danach hörte sie zwar auf zu schreien, weinte aber unaufhörlich vor sich hin.

Die Aufgabe, die Fotografen mit ihren riesigen Kameras und die Journalisten mit ihren Stenoblöcken am Gartenzaun abzuwimmeln, wurde Ada zuteil. Sie war sehr froh darüber, der Atmosphäre im Haus entfliehen zu können.

Schlimmer als die Schrate, schlimmer als die Selbstvorwürfe war für Ada allerdings das Leid in Lisas Augen. Es schien nichts und niemanden zu geben, der sie trösten konnte. Sie war völlig verzweifelt.

»Können Sie uns sagen, ob es schon ein Erpresserschreiben gibt? Wie heißt der Junge, der heute hier verschwunden ist, und in welchem Verhältnis steht er zu Ihnen?«

Solche und ähnliche Fragen prasselten auf Ada ein, noch bevor sie auch nur Luft geholt hatte, um den Aasgeiern der Presse mal so richtig die Meinung zu geigen.

Am liebsten hätte sie einfach auf dem Absatz kehrtgemacht und die Reporter an Ort und Stelle versauern lassen. Doch im Haus würde sie nur wieder auf Lisa treffen.

Nicht auf Martin Holt, denn der hatte sich bereits Minuten nach seiner Rückkehr in seinem Arbeitszimmer verschanzt, als gäbe es keine besonderen Vorkommnisse. Er hatte lediglich darauf bestanden, dass dieses unerwünschte Reporterpack nicht ins Haus gelassen wurde. Viel ausrichten konnte Ada allerdings nicht gegen die Vertreter der Presse, aber immerhin wagten sie sich noch nicht aufs Grundstück.

Erst einem jungen Inspektor mit strengem Blick, der aus seinem Wagen stieg und sich im Laufschritt Ada und der neugierigen Meute näherte, gelang es, die richtigen Worte zu finden.

»Sie gefährden unsere Ermittlungen! Warten Sie bitte die offizielle Stellungnahme ab und respektieren Sie die Privatsphäre der Hausbewohner. Nein, diese Dame hat keine Informationen für Sie. Bitte gehen Sie und warten Sie auf offizielle Nachricht! Wir informieren Sie, sobald wir mehr wissen«, schrie er in die Menge und zeigte seine Dienstmarke.

Es dauerte trotzdem noch eine ganze Weile, bis auch der letzte Fotograf aus dem Baum geschüttelt worden war und am Zaun wieder Ruhe einkehrte.

Der junge Inspektor wandte sich an Ada. »Mein Name ist Bob Flemming. Und wer sind Sie?«

»Ada Lippnik. Ich bin das Kindermädchen.«

»Die Miss Lippnik, die auf den Jungen hätte aufpassen sollen?«

Sie biss sich auf die Lippen und nickte.

»Ich muss Ihnen eine ganze Reihe von Fragen stellen. Wollen wir vielleicht hineingehen? Sie sehen aus, als könnten Sie einen Kaffee gebrauchen.«

Ada nickte ergeben und überlegte, was sie dem freundlichen Inspektor sagen sollte. Ob er schon einmal von Schwarzen Schraten gehört hatte? Sie warf ihm von der Seite einen Blick zu. Er war sehr groß, sehr ernst und ging sehr aufrecht. Er schien mit beiden Beinen im Leben zu stehen. Bestimmt hatte er noch nie von Schraten gehört.

Ob er auch Valerie befragen wollte? Warum hatte sie sich nicht mit dem Kind abgesprochen, als noch Zeit dafür gewesen war? Jetzt war es zu spät. Sie würde improvisieren müssen.

Vor dem Haus hielt ein Einsatzwagen, und eine Vielzahl Uniformierter sprang heraus. Auch zwei Suchhunde hüpften aus der Heckklappe eines Autos. Die Jagd nach Sebastians möglichen Entführern lief auf Hochtouren.

Inspektor Flemming legte Ada eine Hand auf die Schulter und führte sie zurück zum Haus. Er schob sie durch den langen Flur geradewegs bis in die Küche, als kenne er sich aus.

»Kümmern wir uns mal zuerst um den Kaffee«, schlug er vor.

Ada nutzte die Gelegenheit, die sich ihr bot. Sie nickte hastig und griff nach einer Dose Kaffeepulver. Während des Kaffeekochens würde ihr vielleicht doch noch eine Gesprächsstrategie einfallen.

Umständlich füllte sie Wasser und Kaffeepulver in die Maschine, suchte zwei Tassen, Milch und Zucker zusammen und trug alles zum Tisch hinüber, wo Flemming auf einer Bank saß. Sie bemerkte, dass ihre Knie leicht zitterten, als sie ihm gegenüber Platz nahm.

»Dann erzählen Sie mal. Was hat sich heute in diesem Haus ereignet? Wie ist der Junge verschwunden?«, fragte er und holte Notizbuch und Bleistift aus seiner Hemdtasche.

»Gleich nach dem Aufwachen war er weg. Ich war eingenickt«, erwiderte Ada und begriff schlagartig, dass dies die Lösung ihrer Probleme war. Kein Wort von Schraten und Ähnlichem durfte über ihre Lippen kommen, wenn sie sich nicht umgehend in einer Klapsmühle wiederfinden wollte. Sie hatte die geheimnisvolle

Entführung des Jungen einfach verschlafen, und das stimmte ja auch. Den Teil mit den Schraten würde sie erst mal auslassen, es waren ja sowieso nur Vermutungen. Alles andere würde sich finden.

9

Auswege und Einlässe

August 2019

DOKTOR WARNING

»Sie haben also die Entführung verschlafen. Schon wieder? Genau wie vor vierzig Jahren?« Doktor Warning kannte Adas Darstellung der Ereignisse von damals aus den Presseberichten, die er im Netz gefunden hatte, und glaubte sie auch jetzt nicht, wo sie hier vor ihm saß und ihre Worte wiederholte. »Ada, Ihre Ausreden sind mit der Zeit nicht besser geworden.«

Doktor Warning hatte seine Kaffeepause beendet und sofort wieder nach Ada schicken lassen. Irgendetwas hielt die alte Frau vor ihm geheim und zum Wohle des verschwundenen Dreyer-Kindes musste er herausfinden, was es war.

Seine Patientin spielte mit den Knöpfen ihres Bademantels und bemühte sich, ausgesprochen harmlos auszusehen. Warning war sich inzwischen sicher, auf eine gut überlegte Fassade zu blicken.

Die Ada Lippnik, die sich ihm präsentierte, hatte sich selbst erfunden. Die Frau, die hinter der Rolle des unwissenden Kindermädchens steckte, hatte Warning noch immer nicht sehen dürfen.

»Ada, ich will Ihnen doch helfen«, versuchte er es noch einmal.

Die alte Dame legte den Kopf schief und sah ihn herausfordernd an. »Geholfen wäre mir, wenn ich diesen Ort bald verlassen dürfte, Doktor Warning. Ich bin da draußen wesentlich nützlicher als unter Ihrem Dach.«

»Da werden Sie noch etwas Geduld haben müssen, fürchte ich.«

Ada schnaubte. »Geduld ist etwas für Langweiler.«

Warning musste lächeln.

VALERIE

Teddy Blunt hob den Teelöffel in die Höhe, als wollte er sich auf diese Weise zu Wort melden. »Ich schlage vor, wir besorgen einen Hubwagen, sägen die Gitter vor Adas Fenster durch, ziehen sie raus und fahren wieder weg.«

Sie waren zum Kaffeetisch zurückgekehrt. Sogar Derek hatte sich wieder bei ihnen eingefunden. Auch wenn sein Gesichtsausdruck noch immer Ablehnung verriet, so hielt er sich jetzt zumindest mit Kommentaren und Wutausbrüchen zurück.

Valerie, die nervös mit ihrer Tasse spielte, sah Teddy kopfschüttelnd an. »Wenn du nicht zufällig Stuntman oder Einbrecher von Beruf bist, dann klingt das für mich nicht nach einem guten Plan. Bist du etwa ein Stuntman?«

Ihr semmelblonder Gast ließ den erhobenen Löffel sinken. »Ich? Natürlich nicht. Mein Beruf ist darauf ausgelegt, meiner wahren Berufung dienlich zu sein, genau wie es auch bei Ada der Fall ist. Also arbeite ich für eine Versicherung. So komme ich in Häuser, in denen sich seltsame Unfälle ereignet haben. Gerade letzte Woche entdeckte ich beispielsweise einen Feuerputz in einem Heizlüfter, der einen Zimmerbrand ausgelöst hatte, und machte ihn unschädlich. Den Feuerputz natürlich. Meine Versicherung zahlt den Brandschaden, den Feuerputz glaubt mir im Büro sowieso keiner.«

Derek gab ein verächtliches Schnauben von sich. »Feuerputz, so ein Blödsinn. Als ob es so ein Wesen wirklich geben würde. Ich möchte mal wissen, warum ich überhaupt wieder heruntergekommen bin.«

»Aber Feuerputze sind in England sehr verbreitet«, widersprach Teddy. »Etwa die Hälfte aller Brandschäden in Wohnhäusern sind auf diese kleinen Kerlchen zurückzuführen. Sie machen das natürlich nicht absichtlich. Ein Nieser und schon brennt der Küchenschrank. So ist das eben mit Feuerputzen.«

Valerie wandte sich an ihren Mann. Einen kurzen Augenblick zögerte sie, dann sprach sie aus, was sie dachte, ohne Rücksicht auf seine Gefühle oder sein Temperament. »Ehrlich gesagt, Derek, glaube ich nicht, dass deine ablehnende Haltung uns weiterbringt. Wenn du uns bei der Suche nach Paul nicht helfen und dich lieber auf die Polizei verlassen willst, dann kannst du auch genauso gut ins Schlafzimmer oder in deinen Pub gehen und uns weiter Pläne schmieden lassen.«

Valerie war nicht weniger als ihr Mann über sich selbst erstaunt. Vermutlich war es das erste Mal, dass sie so mit ihm sprach. Aber es fühlte sich richtig an, denn Derek weigerte sich, die Dinge so zu sehen, wie sie waren. Valerie tat das nicht mehr. Nicht, nachdem sie das Tor über dem Telefontischchen entdeckt hatte, das Derek nicht einmal hatte ansehen wollen.

Sie wandte sich wieder Teddy zu. »Wie wäre es mit einer eher klassischen Methode der Täuschung? Wir besorgen uns weiße Kittel, geben uns als Ärzte aus und entführen Ada einfach durch den Haupteingang. Macht man das nicht üblicherweise so in Filmen?«

»Ja, genau. Und deswegen ist die Nummer auch nicht sehr vielversprechend. Pförtner sehen nämlich auch fern«, erwiderte Teddy kopfschüttelnd.

»Und wenn wir Doktor Warning einfach reinen Wein einschenken würden?«, schlug Valerie weiter vor. »Wenn wir ihm erzählen, wer meinen Sohn wirklich entführt hat? Der Mann hat eigentlich einen sehr netten Eindruck auf mich gemacht.«

Derek quittierte diesen Vorschlag mit einem fiesen Lächeln. »Sehr gute Idee. Geht doch alle beide zu diesem Seelenklempner und erzählt ihm von Schraten, Feuerputzen und ähnlichem Schwachsinn. Der setzt euch sicher gern unter Drogen und wenn ihr ihn freundlich bittet, bekommt ihr hübsche Zimmer auf dem gleichen Flur wie dieses verrückte Kindermädchen.«

»Sie ist nicht verrückt, sondern unsere letzte Hoffnung«, widersprach Valerie und fragte sich, ob ein paar Drogen jetzt nicht genau das Richtige für Derek wären. Die könnten ihn vielleicht ein wenig entspannen. »Also? Wollen wir es einmal mit der Wahrheit versuchen?«, fragte sie und blickte dabei nur Teddy an.

Dieser sah ein wenig unglücklich drein, ganz so, als würde er Dereks Einschätzung der Situation teilen. »Ich schlage vor, dass wir

Ada selbst entscheiden lassen, auf welche Weise sie von uns befreit werden will.«

»Ada selbst entscheiden lassen?« Valerie hob eine Augenbraue. »Wie sollen wir das anstellen? Ich weiß nicht, ob Warning mich noch einmal mit ihr allein lässt. Und in seinem Beisein können wir einen Fluchtplan wohl kaum offen besprechen.«

»Wir fahren in diese Klinik und werden improvisieren.« Teddy schien von seiner eigenen Idee immer mehr angetan zu sein. »Lass uns gleich aufbrechen. Ohne Ada kommen wir hier sowieso nicht weiter.«

»Wenn du meinst.« Valerie schob ihren Stuhl zurück und stand auf.

Derek griff nach ihrem Arm und hielt sie zurück. »Hör endlich auf, dich lächerlich zu machen, Valerie. Es gibt keine Monster. Unser Sohn ist vermutlich in der Hand von Verbrechern und das ist die Wahrheit. Sicher geht bald eine Lösegeldforderung bei uns ein. Überlass die ganze Angelegenheit der Polizei und die irre Ada ihrem Schicksal. Bei diesem Doktor Warning ist sie gut aufgehoben. Und ein Bett für diesen Herrn Blunt hier wird er sicher auch noch auftreiben.«

»Sie müssen ja eine fürchterliche Angst davor haben, dass die Welt nicht so sein könnte, wie Sie sie gerne haben wollen«, bemerkte Teddy.

Valerie lächelte schwach. »Das ist es, nicht wahr, Derek? Teddy hat den Nagel auf den Kopf getroffen. Du hast nur Angst. Deswegen willst du dir das Tor, das ich entdeckt habe, nicht einmal ansehen. Deswegen willst du nicht hören, was Teddy zu sagen hat, deswegen willst du Ada nicht hierhaben. Du hast Angst vor Dingen, die es deiner Meinung nach überhaupt nicht geben darf. Angst davor, dass es wahr sein könnte. Dass es mehr Dinge auf der Welt gibt, als dein Verstand begreifen und deine Augen sehen können.« Sie sah ihn fast mitleidig an. »Willst du deine Ängste nicht über Bord werfen und dich dieser Herausforderung stellen? Der Lohn dafür könnte unser Sohn sein.«

Derek bedachte sie mit einem seltsamen Blick. »Ich erkenne dich nicht wieder. Wer bist du eigentlich, und wo ist die kluge und zarte Frau, die ich geheiratet habe?«

»Die ist gerade aufgewacht«, erwiderte Valerie. »In einer anderen Welt. Und wenn du mir dahin nicht folgen kannst, muss ich ohne dich gehen.«

DOKTOR WARNING

»Sebastian.« Warning sprach den Namen langsam und überdeutlich aus. »Reden wir beide einmal über Sebastian Small.«

Ada zeigte keinerlei Reaktion, doch er gab sich nicht so leicht geschlagen.

Ruhig zählte er die ihm bekannten Fakten auf. »Die Polizei durchkämmte damals alle umliegenden Gärten und Häuser. Man ermittelte in alle Richtungen. Jeder Teich und jedes Kellerloch wurden abgesucht, um einen Unglücksfall auszuschließen, jeder Anwohner verhört und jeder noch so kleinen Spur nachgegangen. Genau wie es sich auch jetzt im Falle von Paul Dreyer abspielen wird. Doch wenn man die Vorkommnisse von damals mit den aktuellen

Ereignissen vergleicht, fällt einem ein ganz entscheidender Unterschied auf.«

Warning unterbrach sich selbst, um seine Worte wirken zu lassen. Sorgfältig rieb er seine Brillengläser an seinem Kittel sauber. Die Methode hatte Erfolg.

Ada, die vorher gelangweilt aus dem Fenster gestarrt hatte, sah ihn jetzt neugierig an. »Ach ja? Verraten Sie mir, worauf Sie hinauswollen, Doktor?«

Warning setzte die Brille wieder auf und lächelte Ada freundlich an. »Aber gern. Vor vierzig Jahren nahmen weder Haus noch Garten Schaden. Es gab keine Löcher im Rasen, keine zerstörten Scheiben oder Türen. Der Junge verschwand einfach. Spurlos, wie wir heute wissen. Was, glauben Sie, ist aus ihm geworden? Ist er tot? Und was war letzte Nacht anders als damals?«

Ada lächelte, schwieg aber hartnäckig.

»Also, bitte! Ein paar einfache Antworten, und ich bin bereit, Ihnen entgegenzukommen.«

»Das bedeutet hoffentlich, dass ich gehen darf, wenn ich Ihnen antworte?«

Warning seufzte. »Das kann ich Ihnen noch nicht versprechen. Aber wie wäre es mit einem hübscheren Zimmer ohne Gitter vor den Fenstern und mit einem Balkon? Wir haben Stationen mit deutlich mehr Komfort und mehr Freiheiten.«

Ada verdrehte die Augen. »Ihr hübsches Zimmer interessiert mich nicht. Aber wie wäre folgendes Angebot: Ich beantworte Ihnen zwei Fragen, so gut ich kann, und Sie versprechen mir im Gegenzug, dass Sie mir heute Nacht keine Schlaf- oder Beruhigungsmittel spritzen lassen.«

Warning tat so, als müsste er überlegen. Dann nickte er bedächtig. »Einverstanden. Und jetzt meine zwei Antworten bitte. Was, glauben Sie, wurde aus Sebastian Small und Paul Dreyer? Sind die Kinder tot?«

Ada zuckte mit den Schultern. »Ich habe Sebastian Small seit vierzig Jahren nicht gesehen. Vierzig Jahre sind eine sehr lange Zeit, ich kann nicht mit Sicherheit sagen, dass er heute noch am Leben ist. Aber ich weiß, dass er damals nicht gestorben ist. Genauso wenig wie Paul Dreyer in der vergangenen Nacht sein Leben verloren hat.«

Warning glaubte ihr. Ada Lippnik hatte keines der beiden Kinder sterben sehen. Das gab Anlass zur Hoffnung. »Und warum war der Sachschaden in der vergangenen Nacht so hoch? Was war anders als vor vierzig Jahren?«

Jetzt grinste Ada breit und strich sich über das graue Haar. »Ich bin anders als vor vierzig Jahren, Doktor Warning. Ich habe dazugelernt, unter anderem habe ich das Golfspiel trainiert. Seit vierzig Jahren habe ich keinen meiner Schützlinge mehr kampflos abgegeben.«

Warning zog die Augenbrauen zusammen. »Golf? Was soll denn das damit zu tun haben? Wissen Sie, ich habe auch mal Golf gespielt, aber als besonders nützlich habe ich es nie empfunden.«

»Sie irren, Doktor. Golf kann Leben retten. Und es erklärt den Zustand des Gartens. Und noch einiges mehr, fürchte ich.«

Ein Klopfen unterbrach ihr Gespräch.

Warning hatte eigentlich keine Lust, sich von wem auch immer stören zu lassen, rief aber: »Herein!«

Die Tür wurde geöffnet und die Mutter des verschwundenen Kindes, Valerie Dreyer, erschien in Begleitung eines Unbekannten in aufdringlichem Tweed, Kniebundhosen, grünen Wollsocken und Wanderstiefeln. Die Frau wirkte auf Warning wesentlich gefasster als noch vor ein paar Stunden.

»Misses Dreyer! Hat sich etwas Neues ereignet?«, fragte Warning und warf dem pausbäckigen Herrn einen neugierigen Blick zu.

»Nicht wirklich. Paul ist immer noch verschwunden. Aber ich habe einen guten Freund hinzugezogen: Mister Theodor Blunt. Er ist Adas ...«

»Golflehrer«, fiel Ada ihr ins Wort.

Warning krauste die Stirn. Sollte hier etwas vor ihm verborgen werden? Der Mann sah nicht aus wie ein Golflehrer, eher wie ein Mann, der auf Entenjagd gehen wollte.

Da ergänzte Ada: »Und er ist ein langjähriger Freund von mir.«

Sie lächelte Doktor Warning bei diesen Worten freundlich an, was ihn noch misstrauischer machte.

»Sie sind wirklich Golflehrer, Mister Blunt?« Warning betrachtete den verlegen wirkenden Mann eingehend. »Mit welchem Kaliber spielen Sie den Ball denn am liebsten? Bringt Ihnen ihr Jagdhund die Bälle zurück?«

»Ähm ...«

Der Fremde schien um eine Antwort verlegen. Gut improvisieren konnte er anscheinend nicht.

Warning verschränkte die Arme vor der Brust und kniff die Augen zusammen. »Darf ich erfahren, was Sie in mein Büro führt?«

Der Mann wirkte noch unsicherer. »Ja, also, ich denke, Sie und Ada könnten meine Hilfe gebrauchen. Sehen Sie, meine alte Freundin ist manchmal ein bisschen störrisch, wenn es um Menschen in weißen Kitteln geht. Ich könnte ihr vielleicht gut zureden, sie von der Notwendigkeit einer Zusammenarbeit überzeugen, falls sie nicht bereit ist, Ihnen Antworten auf Ihre Fragen zu geben.«

»Antworten?«, wiederholte Warning übertrieben heiter und beobachtete, wie Blunt noch nervöser wurde. »Antworten wären wirklich ganz wunderbar. Miss Ada scheint niemals eine klare Antwort geben zu wollen. Mir nicht und der Polizei auch nicht. Und Sie meinen, dass Sie Ihre Golfschülerin dazu bewegen können, mit mir zu kooperieren? Das wäre ja großartig.«

Warning sah, wie sich die Miene von Ada Lippnik verfinsterte, und es gefiel ihm. Er zweifelte keinen Moment daran, dass man gerade versucht hatte, ihm eine Komödie vorzuspielen, doch so schnell ließ er sich nicht aufs Glatteis führen.

»Ich habe einen ganz besonderen Draht zu Ada.« Der angebliche Golflehrer versuchte ein Lachen. Es misslang. »Wenn Sie mich und Misses Dreyer vielleicht einen Augenblick mit Ada allein sprechen lassen würden, dann denke ich, wir könnten sie zur Mitarbeit überreden.«

Doktor Warning lehnte sich in seinem Sessel zurück und betrachtete eingehend die drei Menschen vor seinem Schreibtisch. »Also darum geht es Ihnen? Und was haben Sie und Misses Dreyer mit Miss Ada zu besprechen, wovon ich nichts erfahren soll?«

Blunt öffnete und schloss den Mund wieder, ohne etwas zu erwidern. Ihm waren wohl die Ideen ausgegangen.

Er war wirklich ein ganz schlechter Lügner, der schlechteste, den Warning je gesehen hatte. Auch Valerie Dreyer schien mit ihrem Latein am Ende.

Da lehnte sich unerwartet Ada Lippnik in ihrem Stuhl zurück und begann eine Melodie zu pfeifen. Warning sah seine Patientin irritiert an. Als sein Blick von ihr wieder zurück zu Mister Blunt glitt, konnte er beobachten, wie sich dessen angespannte Miene zu einem erleichterten Lächeln verzog.

Warnings Misstrauen wuchs. Irgendetwas ging hier direkt unter seinen Augen vor sich.

August 1979

ADA

Vier Tage waren vergangen. Vier Tage, angefüllt mit Fragen von Polizisten, herumstreunenden Reportern und Lisas Tränen. Haus, Garten und die ganze Umgebung waren immer wieder auf den Kopf gestellt worden, ohne auch nur die geringste Spur von Sebastian zu finden.

Was die Ermittler allerdings entdeckten, waren die Bücher aus der Bibliothek, die Ada auf ihrem Nachttisch hatte liegen lassen. Sie erstarrte fast, als Inspektor Flemming mit der auffälligen Ausgabe von ›Vergessene Kreaturen‹ unter dem Arm in die Küche kam und sie ihr neben die Kaffeetasse legte.

»Ich will die Wahl Ihrer Nachtlektüre nicht kritisieren, aber wundern darf ich mich in Anbetracht der Umstände schon. Glauben Sie etwa an derartigen Blödsinn?« Er tippte mit dem Zeigefinger auf den Titel des Buches. »Sie gehen doch wohl nicht davon aus, dass der Junge von Monstern entführt wurde, oder?«

Ada saß stocksteif auf ihrem Stuhl und konnte kaum einen Gedanken fassen. Auf keinen Fall würde sie diese Frage mit einem klaren Ja beantworten.

Wer, der nicht das Moor hinter den Wänden gesehen hatte, könnte ihr glauben? Was würde die Polizei schlussfolgern, wenn ein Kindermädchen von Schwarzen Schraten faselte? Würde man sie für schwachsinnig oder sogar gefährlich halten? Wie schnell konnte ihr Gesicht dann auf der Titelseite der Tageszeitungen erscheinen, mit wenig schmeichelhaften Bildunterschriften, die sie zum verrücktesten Kindermädchen des Landes stempeln würden?

Ada schloss kurz die Augen und versuchte, seiner Frage mit einer schwammigen Aussage zu entkommen. »Kinder haben zuweilen Ängste. Manchmal werden diese gelindert, indem man sich näher damit befasst. Gibt man dem Schrecken einen Namen oder ein Gesicht, kann das Kind besser damit umgehen.«

Inspektor Flemming runzelte die Stirn und begann in dem Buch herumzublättern. »Das glauben Sie wirklich? Ist es nicht eher so, dass Abbildungen dieser Kreaturen Kinder noch mehr verstören könnten, als ihre eigene Fantasie es ohnehin schon tut?«

Ada versuchte es mit einer Spur von Überheblichkeit in der Stimme. »Das kommt wohl ganz auf das Kind an und wie einfühlsam man mit ihm umgeht. Ich weiß, was ich tue. Schließlich bin ich hier das Kindermädchen und Sie nur Polizist. Vor was haben Sie sich denn als Kind gefürchtet?«

»Vor Quallen«, gab er freimütig zu und grinste dabei.

»Ein gutes Beispiel.« Ada faltete die Hände im Schoß und sah den Mann aufmerksam an. »Hätte man Ihre Angst ernst genommen und Sie sich mit dem Thema Quallen befassen lassen, wären Sie vermutlich schon vor der eigenen Einschulung ein großer Quallen-Fan gewesen.«

Sie konnte ihm seine Zweifel ansehen, aber ihre Erklärung hatte den gewünschten Erfolg. Er schenkte den Büchern keine weitere Beachtung und fragte auch nie wieder danach.

Martin Holt blieb die meiste Zeit über unsichtbar. Er hatte Lisa gestattet, für die Dauer der Untersuchung im Haus zu bleiben, was diese dankbar angenommen hatte, da ihre eigene Wohnung ebenfalls von Journalisten belagert wurde. Er selbst jedoch vergrub sich wie stets in seine Arbeit und trat nur in Erscheinung, wenn es sich überhaupt nicht vermeiden ließ.

Ada tröstete Lisa, so gut sie eben konnte, und bemühte sich, ihre Schuldgefühle zu verdrängen.

Am seltsamsten verhielt sich Valerie: Sie ging wie eine Schlafwandlerin durch das Haus und starrte mit leerem Blick auf die Wände. Manchmal bewegte sie sich minutenlang nicht, bevor sie schließlich ihren Rundgang wieder aufnahm. Nur um kurze Zeit später erneut innezuhalten und vor sich hinzustarren. Ada hatte es aufgegeben, sie nach ihren Gründen zu fragen, denn Valerie schwieg eisern und starrte einfach weiter auf Wände.

So auch an diesem warmen Augusttag. Im Garten sangen die Vögel und auf dem Sofa heulte Lisa. Polizisten hatten sich heute noch keine blicken lassen und auch die Zahl der Neugierigen am Gartenzaun nahm rapide ab.

Die Welt machte Anstalten, sich ohne Sebastian weiterzudrehen, doch Ada wollte das noch nicht akzeptieren. In den letzten Nächten hatte sie das Buch über die vergessenen Kreaturen wieder und wieder zur Hand genommen und studiert. Gleichzeitig hatte sie nichts unversucht gelassen, um herauszufinden, wo die Autoren Richard Blunt und Morten Hill lebten. Bisher erfolglos.

Dabei hätte sie den beiden Herren so gern ein paar Fragen gestellt. Fragen, auf die ihr Werk keine Antworten gab. Weder gab es darüber Auskunft, was nun zu tun war, um den Jungen zurückzuholen, noch wurde deutlich, was die Schrate eigentlich mit dem Kind vorhatten. Ada hoffte sehr, dass Kinderfleisch unter Schraten nicht als Delikatesse galt. Wenn aber der Junge noch lebte, dann musste sich doch ein Weg hinter diese Mauern finden lassen, dann musste es eine Chance geben, Sebastian einfach zurückzustehlen. Nur wie sollte sie zu ihm gelangen? Es war zum Verrücktwerden.

Wenn es nachts im Haus still wurde und auch Lisa im Nebenzimmer nicht mehr wimmerte, lauschte Ada. Sie horchte auf jedes Geräusch im Haus, hoffte auf ein Weinen, ein Lachen, irgendein Lebenszeichen von Sebastian, das durch Stein und Mörtel bis zu ihr durchdringen würde. Doch nichts geschah. In dem finsteren Haus war es mit einem Male so still wie nie zuvor. Jede Nacht vergingen Stunden, ohne dass Ada Schlaf fand. Und wenn vor dem Fenster die ersten Vogelstimmen den neuen Tag ankündigten, fühlte sie sich ausgelaugt und erschöpft.

Doch an diesem Morgen mischte sich das leise Quietschen ihrer Zimmertür unter die Vogelstimmen, und eine zarte Gestalt in einem rosafarbenen Nachthemd erschien an ihrer Bettkante. Es war Valerie.

»Hallo, kleine Maus, kannst du auch nicht schlafen?«, fragte Ada und hob den Zipfel ihrer Bettdecke an, damit das Mädchen darunterschlüpfen konnte. Doch es blieb vor dem Bett stehen und wippte ungeduldig auf den Zehen.

»Ist alles in Ordnung?« Ada sah die Kleine besorgt an.

»Ich habe sie entdeckt«, brach es aus ihr heraus. »Die Tore. Es sind ganz viele. Fast in jedem Zimmer ist eines. Sie sind gut versteckt, aber ich habe sie gefunden. Ich weiß nur nicht, wie sie aufgehen. Ich habe schon an so vielen gezogen und geklopft, aber ich krieg sie nicht auf. Dabei müssen wir doch rein und Sebastian suchen.«

Valerie war während ihres Vortrags immer lauter geworden, weshalb sich Ada rasch den Zeigefinger an die Lippen legte.

»Tore?«, flüsterte sie. »Du meinst solche wie die Tür zum Moor? Zeig sie mir, Valerie. Schnell.«

Rasch schlüpfte sie aus dem Bett, warf sich den Bademantel über den Schlafanzug und zog sich dicke Socken an. Stirnrunzelnd blickte sie auf Valeries nackte Füße. »Besonders gut bist du aber nicht für eine Expedition gerüstet«, bemerkte sie, doch Valerie grinste frech und hielt eine schwere Taschenlampe in die Höhe.

»Bin ich wohl«, erwiderte sie und ließ das starke Licht der Lampe aufblitzen.

Ada lächelte und nahm Valeries Hand. Es war Sommer, das Kind würde sich schon nicht erkälten, nur weil es barfuß auf Monsterjagd ging.

Leise liefen sie die Treppe ins Erdgeschoss hinunter. Valerie führte Ada ins Wohnzimmer und zum Kamin, wo sie Sebastians Schuh gefunden hatten.

»Zuerst bin ich immer dran vorbeigelaufen. Dann habe ich das Erste gefunden und dann noch eins, und dann wurde es immer einfacher.« Valerie richtete den Lichtkegel der Taschenlampe in den Kamin und sah Ada erwartungsvoll an.

Diese hockte sich vor die Feuerstelle und starrte auf die verrußte Ziegelwand der Rückseite. Nach ein paar Augenblicken gab sie auf.

»Ich kann da nichts entdecken, Valerie. Was meinst du denn?«, flüsterte sie der Kleinen zu.

Das Mädchen deutete mit der Hand in den Kamin hinein. »Das ist kein Kamin, Ada. Das ist ein Tor.«

Ada kniff die Augen zusammen und gab sich redliche Mühe, doch sie wusste einfach nicht, was Valerie meinte. Dann aber entdeckte sie eine feine senkrechte Linie, die einen Ziegel teilte. Darüber verlief eine waagerechte Einkerbung.

»Das ist einfach unglaublich«, flüsterte sie und streckte die Hand aus. »Wie ein Schnitt, der durch den Stein geht.«

Vorsichtig drückte sie mit den Fingerkuppen gegen das Mauerwerk. Es schien stabil zu sein.

»Und du bist ganz sicher, dass das ein Tor ist?« Für diese Frage kassierte sie einen unwilligen Blick von Valerie, der so viel bedeutete wie: ›Was soll denn das wohl sonst sein?‹

Ada drückte noch einmal gegen die Steine. Noch immer rührte sich nichts. Suchend blickte sie sich um und entdeckte das Kaminbesteck zu ihrer Linken. Beherzt griff sie nach dem Schürhaken und schlug gegen die Rückwand des Kamins. Der Lärm hätte Tote wecken müssen, doch als Ada innehielt und mit angehaltenem Atem lauschte, blieb alles ruhig. Da holte sie erneut aus und schlug ein weiteres Mal zu. Die Steine erzitterten und wichen plötzlich zurück. Ada und Valerie blickten in ein schwarzes Loch.

»Ist es wieder ein Moor?«, fragte Valerie.

Ada nahm ihr die Taschenlampe ab und kletterte in den Kamin hinein. Zaghaft steckte sie den Kopf in die neu entstandene Öffnung.

»Nein, hier gibt es kein Moor. Nur einen gemauerten Gang, schmal und hoch.«

Nichts für Klaustrophobiker, dachte Ada und leuchtete einmal nach rechts und nach links. Der Gang war leer und bog auf beiden Seiten nach wenigen Metern ab. Ada zögerte, aber nur für einen kurzen Moment. Jetzt, da sie einen Weg zu den Schraten gefunden hatten, musste er auch gegangen werden. Oder Sebastian würde in seinem Leben nie wieder Tageslicht sehen.

»In Ordnung, meine kleine Torfinderin. Ich gehe jetzt da rein, und du wartest hier auf mich«, verkündete sie ihrem Schützling.

»Nö.« Valerie schüttelte energisch den Kopf. »Ich bin eine Torfinderin. Ich kann sie alle finden und du nicht. Ohne mich kommst du dort nie mehr raus.«

Ada suchte nach einem Gegenargument, aber im Grunde wusste sie, dass Valerie recht hatte. Ohne ihre Hilfe hätte sie diesen Zugang niemals entdeckt. Und wenn die Ausgänge aus den Wänden ähnlich schwer zu finden waren wie die Eingänge, konnte Ada vielleicht den Rest ihrer Tage dort zubringen, ohne jemals wieder zurückzufinden.

»Dann gehen wir also zusammen«, stimmte Ada zu. »Du gehst voran und trägst die Lampe. Und ich laufe hinter dir her. Das hier nehme ich vorsichtshalber mit. Ich werde die Kriegerin unseres Teams sein.« Ada schwang den Schürhaken in ihrer Hand wie einen Hammer.

Valerie grinste und packte den Griff der Taschenlampe fester. »Dann los. Vorwärts, zu den Schwarzen Schraten.«

Ihre freie Hand tastete nach Adas und dann tauchte Valerie als Erste ein in das Dunkel hinter dem Kamin.

10

Ausbrecher und Eindringlinge

August 2019

VALERIE

»Zu sagen, dass wir nichts erreicht haben, wäre die Untertreibung des Jahrhunderts«, flüsterte Valerie kläglich, während sie durch die Gänge der Klinik dem Ausgang entgegenstrebten. »Ich glaube, dass Doktor Warning jetzt erst so richtig misstrauisch geworden ist.«

Teddy lief grinsend neben ihr her und sagte nichts.

»Der Mann hat uns regelrecht rausgeworfen«, fuhr sie fort und Entrüstung schlich sich in ihre Stimme. »Dabei wollten wir ihm doch nur klarmachen, wie wichtig es ist, dass wir mit Ada unter sechs Augen reden können. Jetzt stehen wir da, noch immer völlig planlos. Wie sollen wir Ada hier herausbekommen?«

Sie passierten den Ausgang und ignorierten den grüßenden Pförtner, während Valerie mit den Augen schon das Taxi suchte, mit dem sie hergekommen waren.

Teddy schwieg noch immer und lächelte zufrieden.

»Was gibt es denn da zu grinsen?«, murrte Valerie unwillig. »Wir haben versagt. Eigentlich hast *du* versagt, denn ich habe bestimmt weniger unglaubwürdig gewirkt als du.«

Valerie hatte das Taxi inzwischen entdeckt und steuerte auf den Wagen zu, dessen Fahrer rauchend am Kotflügel lehnte. Unter seinem Arm klemmte eine Tageszeitung. Als er Valerie heranstürmen sah, trat er die Zigarette aus und öffnete eine der hinteren Türen.

Valerie nickte ihm kurz zu, ehe sie sich an Teddy wandte: »Wir fahren jetzt wieder zu mir und legen uns eine bessere Strategie zurecht. Doktor Warning kommt uns jedenfalls keinen Schritt entgegen, wenn wir nicht mit der ganzen Wahrheit rausrücken. Vielleicht versuchen wir es doch mit deiner Hubwagennummer.«

Sie war in schlechter Stimmung, seit sie das Büro Doktor Warnings verlassen hatten. Seltsamerweise schien Teddy ihre Enttäuschung nicht zu teilen und das machte sie noch ärgerlicher.

»Wir werden nicht zurückfahren. Wir werden hier auf Ada warten«, beschloss dieser gerade und öffnete gelassen die andere Hintertür, um einzusteigen.

Valerie hielt inne und sah ihm dabei zu, wie er es sich auf der Rückbank des Wagens gemütlich machte.

Teddy lehnte sich zum Fahrer, der bereits seinen Platz hinter dem Lenkrad eingenommen hatte. »Darf ich auch einen Teil Ihrer Zeitung haben, guter Mann? Das hier könnte etwas dauern.«

Valerie setzte sich neben ihn und schlug die Tür zu. »Was könnte dauern? Warten wir wirklich auf Ada? Wie kommst du darauf, dass sie es ohne Hilfe aus der Klinik schafft?«

»Haben wir genug Geld dabei?«, fragte Teddy sie. »Ich möchte unseren Fluchtwagen ungern davonfahren lassen müssen.«

»Okay. Was habe ich nicht mitbekommen?« Valerie gab sich keine Mühe, ihre Verwirrung zu verbergen.

»Ada wird in Kürze ausbrechen. Und dann werden wir mit ihr zum Schrathaus fahren und deinen Sohn befreien. Ganz einfach. Habe ich etwas vergessen, zu erwähnen?« Teddy sah sie fragend an und griff gleichzeitig nach dem Teil der Zeitung, den ihm der Taxifahrer von vorn reichte.

»Ja, woher du das alles weißt, Teddy!«

Der Taxifahrer räusperte sich. »Hören Sie, Lady, ich warte gern mit Ihnen, solange ich es bezahlt bekomme, aber bitte brüllen Sie nicht so herum, ja?«

Valerie atmete ein paar Mal tief durch, entschuldigte sich beim Fahrer und sah Teddy aus zusammengekniffenen Augen an. »Woher willst du wissen, dass Ada bald kommt?«

»Sie hat mich wissen lassen, dass sie heute Abend ausgeht, also wird sie die Klinik verlassen.« Teddy klang heiter, lehnte sich zurück und schloss die Augen. »Entspann dich, Valerie, jetzt wird alles gut.«

»Was?« Valerie verlor die Geduld. »Ada hat nichts dergleichen gesagt! Meine Ohren funktionieren ganz wunderbar und in diesem Fall weiß ich sehr genau, was ich nicht gehört habe.«

Teddy faltete die Hände im Schoß und pfiff eine Melodie.

Valerie stutzte. Es war dieselbe, die Ada zuvor in Warnings Büro gepfiffen hatte. Langsam dämmerte ihr, dass die Antwort auf das Rätsel die Melodie selbst war. »Okay. Ihr habt also auf eure eigene Weise miteinander kommuniziert, mit einer Art Code. Ist das ein Spiel aus Kindertagen? Was bedeutet diese Melodie denn genau?«

Teddy öffnete die Augen und sah Valerie überrascht an. »Das ist doch kein Code, das ist eine völlig klare Aussage. Du siehst wohl niemals alte Filmklassiker, oder?«

Valerie schüttelte den Kopf. »Die fallen nicht in mein Ressort.«

Teddy seufzte. »Das ist ein Song von Fred Astaire. Und wie es der Zufall will, heißt er: *Stepping out*.«

»*Stepping out?*«

»Der Text besagt, dass sie mit ihrem Liebsten ausgehen und dabei nichts schiefgehen wird. Und ich vertraue Ada.«

Valerie runzelte die Stirn. »Und wer ist ihr Liebster? Heißt das, dass sie noch jemanden mitbringen wird?«

Teddy zuckte mit den Schultern. »Das weiß ich doch nicht. Die Zeile gehört nun mal zum Lied. Vielleicht hat sie aber auch einen Verbündeten gefunden, der ihr bei der Flucht helfen wird. Auf jeden Fall hat Ada einen Plan ausgeheckt, um die Klinik zu verlassen.«

Valerie blickte zu dem weißen Klinikgebäude hinüber, das sich wie eine sterile Festung am Ende des Parkplatzes erhob. Fast erwartete sie zu sehen, wie sich eines der Fenster öffnen und eine schwarz gekleidete Ada sich abseilen würde.

Gab es für diese alte Frau etwa keine *Mission Impossible?*

ADA

Ada war inzwischen von Doktor Warning auf ihr Zimmer zurückgeschickt worden. Hier hatte Schwester Irmgard eine Schale mit undefinierbarer Pampe serviert. Ada betrachtete sie traurig und malte lustlos mit dem Löffel Muster in die Masse.

»Ada, das ist Porridge. Das ist gut für Sie und belastet den Magen nicht.« Schwester Irmgards Stimme klang mahnend.

Ada seufzte. »Wissen Sie, ich belaste meinen Magen ab und zu ganz gern einmal. Haben Sie nicht vielleicht so etwas wie einen Schokoriegel in Ihrer Kitteltasche?«

Schwester Irmgard schüttelte den Kopf. »Nein, tut mir leid. Das Porridge oder gar nichts.«

»Dann doch lieber gar nichts«, erwiderte Ada und schob die Schüssel fort.

Die Schwester nahm sie mit einem Schulterzucken an sich. »Heute hat meine Kollegin Rose Nachtdienst. Wenn Sie noch etwas brauchen, klingeln Sie einfach. Sie wird sich um Sie kümmern.«

Ada nickte und wartete, bis Irmgard gegangen war. Dann sprang sie von der Bettkante, schlüpfte aus ihrem linken Hausschuh, nahm ihn in die Hand und stellte sich unter die Tür.

Ein paar Mal sprang sie in die Luft und versuchte, mit dem Schuh gegen das Lüftungsgitter zu schlagen, erreichte es aber nicht. Sie war einfach zu klein. Unter Mühen schob sie schließlich das sperrige Krankenhausbett unter die Tür und kletterte auf die Matratze. Jetzt konnte sie das Lüftungsgitter erreichen.

Mit dem Hausschuh in der Hand trommelte sie drauflos. »Moffat! Moffat!« Sie betete, dass sich draußen auf dem Flur niemand in der Nähe ihrer Tür befand und sie rufen hörte, sonst würde sie vielleicht doch noch ein Schlafmittel verabreicht bekommen. Sie trommelte noch ein bisschen fester ans Gitter, das sich plötzlich löste und neben ihr auf die Bettdecke fiel.

Moffat streckte seinen Kopf aus dem Schacht, die kleinen Hände fest auf die kugelrunden Augen gepresst. »Ich sehe dich nicht, dann kannst du mich auch nicht sehen«, fiepte er.

Ada verdrehte die Augen. Brownies waren eben nicht die Hellsten.

Vorsichtig spreizte Moffat die Finger und linste hindurch. »Gehst du jetzt?«, fragte er hoffnungsvoll.

Ada wies mit dem Zeigefinger auf ihn. »Genau dafür brauche ich deine Hilfe, Kleiner. Man will mich einfach nicht fortlassen. Also werde ich mich heute hier rausschleichen und du sollst mir dabei helfen.«

Der Brownie ließ die Hände sinken, riss seine großen Augen noch weiter auf und begann zu zittern. »Aber mich darf doch niemand sehen.«

»Und mich auch nicht. Deswegen werden wir beide das perfekte Team sein: Miss Lautlos und Mister Ungesehen. Letzterer bist du. Du schleichst voraus und winkst mir, wenn die Luft rein ist. Ich nehme doch an, dass du alle Ein- und Ausgänge dieses Gebäudes genau kennst. Es wäre sinnvoll, wenn ich nicht einfach zur Vordertür hinausspazieren würde. Wie steht es mit geheimeren Wegen?«

Moffat nickte zaghaft. »Ich kann dich vielleicht zu einer Hintertür bringen. Aber ich habe immer noch Angst, dass man mich sehen könnte.«

Ada hob zwei Finger zum Schwur und machte ein ernstes Gesicht. »Niemand wird dich sehen, weil die meisten Menschen nur das sehen, was sie sich auch vorstellen können. So etwas wie du liegt jenseits ihrer Vorstellungskraft. Sie werden dich einfach nicht wahrnehmen, weil sie nicht glauben, dass es dich gibt.«

Der Brownie war noch nicht überzeugt. Nachdenklich rieb er sich die Nasenflügel. »Und wenn wir auf einen Menschen treffen, der sich mich vorstellen kann? So wie du?«

Ein berechtigter Einwand.

Sie ließ die Finger wieder sinken und verlegte sich aufs Betteln. »Moffat, es ist der einzige Weg, mich schnell loszuwerden. Wenn du mir nicht hilfst, sitze ich hier vielleicht noch Tage oder Wochen fest.«

Und mit Hinblick auf das schlechte Zeitgefühl des Brownies ergänzte sie: »Oder Jahrhunderte.«

Moffat zeigte sich beeindruckt von den vielen Zeitangaben. »Dann müssen wir es wohl versuchen. Wann soll es losgehen?«

»Sofort. Ich fürchte, je später wir uns auf den Weg machen, umso mehr verschlossene Türen werden auf unserem Weg liegen.«

Ada sprang vom Bett und drückte erwartungsvoll die Klinke ihrer Tür herunter. Sie ließ sich zunächst nicht öffnen. Schon wollte Ada einen Fluch ausstoßen, da fiel ihr ein, dass die Tür nach innen aufging. Vorsichtig zog sie sie auf und spähte hinaus. Moffat, der mit einem leisen Plumps neben ihren Füßen landete, tat es ihr gleich.

»Vielen Dank, Doktor, dass Sie mir keine Schlafmittel gegeben haben, und auf Wiedersehen. Jetzt haben Sie etwas gut bei mir«, flüsterte Ada, als sie und Moffat aus dem Zimmer schlüpften.

Der erste Flur war bei Weitem nicht so schwer zu durchqueren wie vermutet. In dem Schwesternzimmer, am Ende des Ganges, saß zwar hinter einer gläsernen Wand eine Nachtschwester, doch diese war in ihr Buch vertieft.

»Die liebe Rose scheint den Schlafmitteln der Patienten sehr zu vertrauen und keinen Ausbruch zu erwarten. Sie wird aber sofort aufmerksam werden, wenn sich diese Tür dort öffnet«, flüsterte Ada Moffat zu und deutete auf ein zweiflügeliges Hindernis aus Glas und Stahl, das wohl das Ende dieser weniger komfortablen Abteilung darstellte.

Sie ging in die Hocke. Auf Händen und Knien robbte sie hinter einen Tablettwagen. Moffat folgte ihr. Jetzt schielte der Brownie vorsichtig um den Wagen herum, während sich Ada an die Wand lehnte und sich bereits jetzt fragte, was sie sich bei diesem Plan eigentlich gedacht hatte.

»Ich habe eine kluge Idee«, flüsterte Moffat neben ihr in diesem Moment und huschte davon.

Unbemerkt von der Krankenschwester erreichte er die mächtige Stationstür, die sich sogleich per Bewegungsmelder öffnete. Das Gerät konnte sich einen Brownie offenbar gut vorstellen.

Die Schwester hinter ihrer Glaswand hob augenblicklich den Kopf und sah den Gang hinauf und hinunter. Den Brownie, der sich direkt unter ihrer Scheibe platt wie eine Briefmarke an die Wand drückte, bemerkte sie nicht. Die Schwester nahm kopfschüttelnd Platz und griff wieder nach ihrem Buch.

Moffat schlich sich jetzt lautlos vor bis zur Türangel, und Ada beobachtete aus ihrer Deckung heraus, wie er geschickt ein Schräubchen herausdrehte und es an einer anderen Stelle, wo es bestimmt nicht hingehörte, platzierte. Dann zischte er wie ein geölter Blitz zurück zu Ada hinter den Tablettwagen.

Mit einem elektronischen Seufzer wollte sich die Tür jetzt wieder schließen, stoppte aber bereits nach wenigen Zentimetern und verharrte dort. Stirnrunzelnd legte die Nachtschwester ihre Lektüre zur Seite und trat auf den Gang hinaus. Mit klackenden Absätzen ging sie zur Tür, betrachtete sie argwöhnisch, rüttelte einmal kurz daran und zuckte dann mit den Schultern. Sekunden später saß sie wieder auf ihrem Platz, und ihre spitze Nase verschwand in ihrem Buch.

»Vorzügliche Arbeit«, flüsterte Ada und grinste den Brownie an, der stolz lächelte. »Das hast du wohl nicht zum ersten Mal gemacht, oder?«

Moffat senkte schuldbewusst den Kopf und antwortete nicht.

Ada lächelte milde. »Ich wollte dich nicht in Verlegenheit bringen, Moffat. Ich begrüße deine besonderen Talente. Dann lass uns mal loskriechen.«

Eine alte Frau, gekleidet in rosa Frottee, die über einen leeren Flur kroch, konnte man nach Adas Einschätzung nur schwerlich übersehen, doch die Faszination des geschriebenen Wortes schien Schwester Rose alles um sie herum vergessen zu lassen. Ada und Moffat verließen unbemerkt den von ihr eigentlich zu überwachenden Bereich und gelangten in einen schmalen Flur. Bei der nächsten Tür auf ihrem Weg, einer fensterlosen Stahltür, hatte Ada Glück. Schon von Weitem sah sie, dass im Schloss ein Schlüssel steckte.

»Das ist aber nett«, stellte Ada fest. »Wer da wohl nicht aufgepasst hat?« Prüfend las sie den Namen, der auf dem Messinganhänger des Schlüssels eingeprägt war: Irmgard. Ada schlussfolgerte, dass die nette Schwester auf dem Weg in den Feierabend aufgehalten und abgelenkt worden war, und dankte dem Himmel für diese kleine Unachtsamkeit. Rasch schlüpften Moffat und sie hinaus, bevor jemand kam und sie bemerken konnte.

Ungesehen verließen Ada und Moffat die Station über eine Treppe, der sie bis ins Erdgeschoss folgten.

»Jetzt da lang und immer weiter«, kommandierte Moffat. »Dort geht es zur Küche. Da kann man nach draußen. Leute bringen Essen herein und manchmal rauchen dort Menschen ihre stinkenden Zigaretten.« Der Brownie wedelte mit den Händen wild in der Luft herum und verzog das Gesicht, um deutlich zu machen, was er von Zigarettenrauch hielt.

»Du bist großartig, Moffat«, flüsterte Ada und wuschelte dem Zwerg durch den dunklen Haarschopf.

»Nicht anfassen«, rief dieser und erinnerte Ada daran, wie eigen Brownies waren. »Wir müssen jetzt nach links weitergehen«, sagte er und versuchte sein Haar zu glätten.

Hoffentlich konnte der Kleine rechts und links auch wirklich auseinanderhalten.

Auch im nächsten Flur war niemand zu sehen. Ada wagte sich aufrecht hindurch. Sie war etwa bis zur Mitte des nur schwach beleuchteten Ganges gekommen, als der Brownie an ihrer Seite plötzlich einen Warnschrei ausstieß und auf die Metalltür am Ende des Ganges deutete, die langsam aufschwang.

Spontan wandte sich Ada nach links und riss die nächstbeste Tür auf. *Lass es eine Besenkammer sein. Lieber Gott, bitte lass es eine Besenkammer sein,* dachte sie.

Moffat folgte ihr und drückte sich beim Betreten des Raumes sofort ängstlich an die Wand.

Es war keine Besenkammer. Es war ein Zimmer, in dem ein einziges Bett stand. Darauf lag, bekleidet mit einem grauen Jogginganzug, ein etwa sechzehnjähriges Mädchen mit raspelkurzem Haar und blickte sie aus glanzlosen Augen an.

Ada trat näher und versuchte einen unverfänglichen Eindruck zu machen. »Hallo. Ich bin Miss Ada. Und ich bin auch gleich wieder weg, in Ordnung?«

Die Kleine reagierte nicht. Sie starrte an Ada vorbei, ohne eine Miene zu verziehen. Ada betrachtete die Gestalt auf dem Bett genauer. Sie war dünn, Ada konnte sehen, wie sich die Schlüsselbeine und Schulterknochen unter der Jacke abzeichneten. Das kurze Haar hatte einen fettigen Schimmer und ihre Lippen schienen blutleer.

»Armes Ding«, flüsterte Ada. »Was ist es denn? Magersucht? Depressionen?«

Das Mädchen antwortete nicht.

Ada spürte, wie Mitleid sie überkam. »Nimm immer schön deine Tabletten, hörst du, Kleine? Sie können dir das Leben retten.«

Statt einer Antwort streckte die dürre Gestalt einen Arm aus und deutete auf etwas hinter Ada.

»Was ist das?«, flüsterte sie kraftlos.

Moffat stieß einen spitzen Schrei aus. »Du hast gesagt, sie können mich nicht sehen, weil die Menschen sich mich nicht vorstellen können! Jetzt muss ich doch noch fort von hier!« Seine Augen füllten sich mit Tränen, während er das Mädchen auf dem Bett anstarrte.

Ada drehte sich nach dem Brownie um. »Das tut mir sehr leid. Aber vielleicht ist sie ja gar kein Mensch. Ganz sicher ist sie es nicht. Sie kann sich vorstellen, dass es so etwas wie dich gibt. Sie muss ein ganz besonderes Kind sein.«

Die Gestalt setzte sich wie in Zeitlupe in ihrem Bett auf. »Ist das vielleicht ein Kobold oder so etwas?«

Moffat heulte jetzt richtig los und dicke Tropfen fielen auf seine Fußspitzen.

Anstatt sich um ihn zu kümmern, nahm Ada neben der Fremden auf der Bettkante Platz. Ganz nah an deren Ohr flüsterte sie: »Er ist ein Brownie und heißt Moffat. Und er kann nur unerkannt und ungesehen unter den Menschen und in ihren Häusern leben. Wenn ein Mensch ihn entdeckt, muss er sein Heim verlassen und woanders eine Bleibe finden, wo ihn auch wieder niemand sehen darf. Wie bei einem Heinzelmännchen, verstehst du?«

Sie nickte bedächtig.

»Heinzelmännchen?«, zischte Moffat verärgert, der sehr gute Ohren hatte. »Ich bin doch kein blödes Heinzelmännchen!«

Ada und auch das fremde Mädchen betrachteten den schniefenden Brownie nachdenklich.

Ada beugte sich noch ein bisschen dichter an das Ohr der anderen. »Könntest du ihm vielleicht erzählen, dass du kein Mensch bist? Du würdest ihm einen riesigen Gefallen tun.«

Sie riss die Augen auf. »Aber was bin ich denn dann?«, flüsterte sie zurück.

Moffat runzelte ebenfalls die Stirn und spitzte die Ohren.

Adas Lippen formten tonlos die Worte ›Elfe‹ und ›Vampir‹, dabei zuckte sie mit den Schultern, was so viel bedeuten sollte wie: *Such dir was aus.*

Die Fremde überlegte einen Moment lang und wandte sich dann wieder Moffat zu. »Ich bin eine Elfe«, sagte sie schließlich und streckte ihre Hand erneut aus. »Hallo, Moffat.«

Moffat betrachtete die Teenagerin unschlüssig. »Und wo sind deine Flügel?«

»Verloren.« Sie bemühte sich zu lächeln. Es misslang. Vermutlich hatte sie es lange nicht versucht.

Ada konnte ihr nur zustimmen. Diese traurige Gestalt, egal ob Elfe oder Mädchen, hatte zweifellos ihre Flügel verloren.

Der Blick aus Moffats Kulleraugen aber war voller Zweifel und ganz offensichtlich glaubte er kein Wort. Er wandte sich Ada zu und sagte entschieden: »Sie muss gehen. Nimm sie mit.«

»Auf keinen Fall.« Ada schüttelte den Kopf. »Ich kann sie doch nicht einfach mitnehmen, Moffat. Die Elfe ist Patientin in dieser Klinik. Sie ist krank.«

»Das stimmt. Ich höre Stimmen«, sagte die Fremde mit zitternder Stimme. »Meine Eltern sagen immer, dass sie nichts hören, aber ich höre sie laut und deutlich, seit wir in unser neues Haus gezogen sind. Ich bin wohl verrückt oder so etwas Ähnliches.«

Sie schlang die dünnen Arme um den Oberkörper, als wollte sie sich selbst trösten.

Ada hielt inne, blickte von Moffat auf und sah das Mädchen ernst an. Auf ihrer Stirn hatte sich eine steile Falte gebildet. »Kannst du die Stimmen auch an anderen Orten hören? Hier in der Klinik zum Beispiel?«

Die Teenagerin schüttelte den Kopf. »Nur wenn ich zu Hause bin.«

»Und was sagen sie?«, bohrte Ada nach.

»Dass sie hungrig sind, zum Beispiel. Oder frieren. Manchmal kreischen sie auch einfach nur herum. Das finde ich besonders schlimm.«

Ada spürte, wie Übelkeit und Zorn in ihr hochstiegen. Ein gesunder Mensch hörte Stimmen, die sonst niemand hören konnte, und sofort stand die Diagnose Schizophrenie im Raum. Natürlich. Eine andere Möglichkeit gab es ja auch gar nicht.

»Hast du deinem Arzt erzählt, was die Stimmen zu dir sagen?«

Das Mädchen nickte.

»Und er fand es gar nicht ungewöhnlich, dass die Stimmen sich nur um ihre eigenen Belange kümmerten, anstatt sich auf deine Situation zu beziehen?«, bohrte Ada nach und verschränkte die Arme vor der Brust.

»Doch. Er nannte es sehr ungewöhnlich.«

Aber die richtigen Schlussfolgerungen konnte er nicht ziehen, dachte Ada bitter. Dass es sich dabei nämlich keinesfalls um Schizophrenie handeln konnte. Dass dieses arme Ding einfach nur über ein ungewöhnliches Talent verfügte und tatsächlich Stimmen hörte, die andere nicht wahrnahmen.

Ada hätte diesem Seelenklempner gern mal die Meinung gegeigt und hoffte, irgendwann die Gelegenheit zu bekommen. Verärgert sagte sie: »Du hast recht, Moffat. Ich sollte sie wirklich mitnehmen.«

Moffat klatschte begeistert in die kleinen Hände, doch die Fremde sah entsetzt aus. »Ich muss aber hierbleiben! Da draußen sind die Stimmen.«

»Da draußen ist dein Leben«, antwortete Ada, ging zu einem schmalen Spind, riss die Tür auf, griff nach zwei ausgetretenen Leinenturnschuhen und warf sie dem Mädchen zu. »Deine Stimmen werden von Wiedergängern stammen, die schon vor dir und deinen Eltern in dem Haus wohnten. Sind deine Eltern glücklich in ihrem neuen Heim?«

Sie schüttelte den Kopf.

»Das liegt am Gejammer der Wiedergänger. Selbst wenn man es nicht hören kann, schlägt es einem aufs Gemüt.« Mit einer schnellen Handbewegung hielt sie Moffat davon ab, in das chaotische Schrankfach zu klettern, um darin für Ordnung zu sorgen. Dafür war jetzt wirklich keine Zeit. »Sag deinen Eltern, sie sollen umziehen, dann geht's euch allen besser. Aber jetzt kommst du erst einmal mit. Damit du einsiehst, wie kerngesund du bist.«

Die Fremde zog mit zitternden Händen ihre Turnschuhe an. »Was sind Wiedergänger?«, fragte sie, ohne aufzublicken.

»Verstorbene«, erklärte Ada knapp.

»Geister?«

»Wenn du so willst. Aber wenn dir das Wort Geister Angst macht, dann verwende es einfach nicht. Nenne sie Wiedergänger. Das klingt doch eigentlich ganz nett.«

Diese Ansicht schien die andere nicht zu teilen. »Ich kann die Stimmen von Toten hören?«

Ada seufzte und schlug die Spindtür zu. »Spielt doch gar keine Rolle. Du hörst auf jeden Fall etwas, was wirklich da ist. Nicht du hast ein Problem, sondern jene, die sie nicht hören können, verstanden?«

Sie schüttelte den Kopf.

Ada fasste ihre Hand und zog sie vom Bett hoch. »Das wird schon noch. Jetzt begleitest du mich erst mal.«

»Und was ist, wenn ich wieder Stimmen höre?«

»Dann kannst du mal ganz fest davon ausgehen, dass zu der Stimme auch ein Sprecher gehört.« Sie hakte sich bei dem Mädchen unter und zog es mit sich. »Komm, Kleine. Und wenn du nicht ›Kleine‹ genannt werden willst, dann sagst du mir besser deinen Namen.«

»Jig. Ich heiße Jig.«

»Das ist doch kein Name«, rief Ada aus.

»So heiße ich aber nun mal.«

Ada zuckte mit den Schultern. »Also, Jig, dann lass uns mal aufbrechen. Und egal, was passiert, keine Panik, okay?«

Jig nickte unsicher.

Ada beugte sich zu dem Brownie hinunter, der noch immer sehnsüchtig auf den jetzt geschlossenen Spind starrte. »Moffat, wie sieht's draußen aus? Noch irgendwelche Besserwisser in weißen Kitteln unterwegs?«

Moffat riss sich mühsam vom Anblick des geschlossenen Schrankes los, hinter dem ein herrliches Chaos darauf wartete, aufgeräumt zu werden, sprang an der Zimmertür hoch und bekam die Klinke zu fassen, woraufhin die Tür einen Spalt aufschwang. Vorsichtig steckte er die Nase hinaus.

»Die Luft ist rein und riecht nach Zigarettenrauch«, quiekte er.

Ada grinste. »Also von hier aus immer der Nase nach. Los geht's!«

Ada und Jig folgten dem Brownie, der zur Tür hinaussprang und den Gang hinunterlief. Auch Ada begann während der letzten Meter zu rennen und überholte Moffat sogar. Jig beschleunigte nur widerstrebend. Sie war sich anscheinend immer noch nicht sicher, ob sie gerade das Richtige tat oder einen großen Fehler beging.

Ada stieß eine Metalltür auf, die in einen Küchentrakt führte, und rannte schwer atmend auf die schmale Tür am Ende des Korridors zu. Sport war ihr von jeher ein Gräuel gewesen, auch als sie noch schlanker gewesen war. Diesen Sprint empfand sie als Zumutung. Doch er schien sich zu lohnen, denn niemand hielt sie auf. Kein Arzt, keine Nachtschwester, kein Küchenpersonal stand ihrer Freiheit im Wege. Es war niemand mehr unterwegs. Perfekt.

Hoffnungsvoll drückte Ada die Klinke der Hintertür hinunter und prallte gegen das Türblatt. Auch Moffat konnte nicht mehr rechtzeitig bremsen und klatschte gegen Adas Wade.

»Verschlossen«, presste Ada hervor. »Sieht so aus, als hätte uns das Glück verlassen, Moffat.«

Hinter einer Tür zu ihrer Rechten wurde mit Tellern und Besteck geklappert. Frauenstimmen plapperten fröhlich durcheinander.

»Hier können wir nicht bleiben. Wohin jetzt?«, wollte sie von dem kleinen Kerlchen wissen, das durch den Anblick einer herumliegenden Serviette abgelenkt worden war.

Der Brownie drehte sich daraufhin einmal ratlos um die eigene Achse und deutete schließlich auf eine weitere Metalltür zu ihrer Linken.

»Was ist hinter der Tür?«, fragte Ada, doch als sie hörte, wie sich von der anderen Seite der Küchentür klappernde Absätze näherten, beeilte sie sich, den Flur zu verlassen.

Jig und Moffat folgten ihr. Alle drei polterten die Stufen einer schmalen Treppe hinunter.

»Das ist eine Kellertreppe«, stellte Jig fest und sah schon wieder ängstlich drein.

»Ja. Gut gemacht, Moffat. Mit etwas Glück können wir den Keller auf einem anderen Weg wieder verlassen.«

»Und wenn das hier der einzige Weg aus dem Keller ist?«, fragte Jig.

»Dann haben wir schlimmstenfalls Zeit verschwendet.«

August 1979

ADA

»Es riecht eigenartig hier, findest du nicht? Ein bisschen wie fauliges Obst«, flüsterte Ada Valerie zu und schnupperte hörbar.

Sie hatte das Gefühl, schon seit einer Ewigkeit zwischen den Wänden herumzulaufen. Auf Gang folgte Gang und die meisten dienten irgendeinem Ungeziefer als Lebensraum. Ada hatte die Ratten, die ihr raschelnd um die Füße rannten, als Zumutung empfunden, während Valerie den Schwarm Nachtfalter, der plötzlich aufstob und sie umflatterte, mit einem Kreischen quittierte. Die schlafenden Fledermäuse, die sie kurz darauf an der Decke entdeckten, fanden sie beide hingegen ganz niedlich.

Nach jeder Biegung, jeder Kreuzung wechselte der Gang sein Erscheinungsbild. Manchmal war er breit und niedrig und ließ sich nur gebückt passieren. Dann wieder hoch und so schmal, dass sie sich nur seitwärts voranschieben konnten. Gelegentlich führten krumme Stufen hinauf oder hinab, sodass Ada nicht mehr sagen konnte, in welchem Stockwerk des Hauses sie sich jetzt befanden.

Einmal glaubte sie, Wasserrauschen neben sich zu hören. Waren sie gerade hinter einem Badezimmer? Oder in der Nähe der Küche?

»Das alles dürfte überhaupt nicht hier sein, es dürfte nicht einmal genug Platz für einen Bruchteil dieser Wege innerhalb der Hauswände geben«, flüsterte Ada.

»Es ist Zauberei«, antwortete Valerie, ebenfalls im Flüsterton. »Genau wie das Moor. Sie machen sich ihre Welt, wie sie sie haben wollen, glaube ich.«

»Unabhängig von den Gesetzen der Physik und allen Regeln, die für einen gesunden Menschenverstand gelten?« Ada überfiel ein Frösteln. Es war ein gruseliger Gedanke, dass irgendeine Lebensform in ihrer Welt nicht deren Gesetzen unterworfen sein sollte. Wenn das stimmte, bedeutete es dann nicht, dass quasi alles möglich war?

Auch das Material um sie herum wechselte. Von Holzpaneelen, nacktem Stein bis hin zu Dämmmaterial aus Strohmatten war alles vertreten. Manchmal führte ihr Weg über lehmigen Boden und gleich drauf wieder über Pflastersteine. Nur eines war allen Gängen gemein: Sie lagen in völliger Finsternis. Ohne Valeries Taschenlampe wären sie beide völlig aufgeschmissen gewesen.

»Wie kann man in dieser vollkommenen Dunkelheit nur existieren?«, flüsterte Ada. »Nicht nur, dass ich ständig gegen Wände laufen würde, es würde mich auch noch unheimlich deprimieren.«

»Aber die haben doch leuchtende Augen«, erinnerte sie Valerie und ließ den Lichtkegel über die Wände tanzen.

Ada musste Valerie recht geben. Wozu hätten die Schrate ihren Lebensraum mit Lichtquellen ausstatten sollen? Lediglich das Moor schien diesbezüglich eine Ausnahme gewesen zu sein. Dort hatte dieses seltsame blaue Licht vorgeherrscht. Vielleicht war das Moor ein ganz besonderer Ort für die Schrate? Dann war es mehr als verständlich, dass sie den Weg dorthin umgehend verschlossen hatten, nachdem sie Eindringlinge darin bemerkt hatten. Oder verschlossen sie jedes Tor, von dem sie glaubten, dass es entdeckt und somit nicht mehr sicher war?

Bei aller Faszination der ungewohnten Umgebung vergaß Ada keinen Moment lang, warum sie gekommen waren. Immer wieder lauschte sie, ob sie irgendwo eine Kinderstimme hörte, doch von Sebastian fehlte weiterhin jede Spur.

»Valerie, hast du in diesem Gang schon einen Ausgang erkennen können?«

»Zwei« war die knappe Antwort, und Ada war ein wenig erleichtert.

Der Weg zurück war da, auch wenn er für sie selbst nicht einsehbar war. Dieser Gedanke gab ihr ein gutes Gefühl.

Plötzlich blieb Valerie vor ihr stehen und richtete den Strahl der Taschenlampe auf den Boden. »Meine dicken Wintersocken! Sieh mal, Ada! Wie kommen die denn hierher?«

Ada hob missbilligend eine Augenbraue und betrachtete die verdreckten, roten Kindersocken auf dem Boden des Ganges. »Na wie schon? Du hast sie herumliegen lassen.«

»Ja, aber doch nicht hier«, protestierte Valerie und griff nach den Socken. Nach einem kurzen Schnuppern ließ sie sie angeekelt wieder fallen. »Das sind jetzt nicht mehr meine Socken.«

Ada lächelte. »Die Schrate haben sie dir weggenommen, weil sie dachten, dass du sie nicht mehr brauchst oder willst. So machen die Schwarzen Schrate das eben. Im Buch über die vergessenen Kreaturen stand übrigens auch etwas über Hausschrate, also die freundlicheren Verwandten der Schwarzen Schrate. Erinnerst du dich, dass Hausschrate enorm nützlich sind? Ungesehen schleichen sie des Nachts durch die Wohnräume der Menschen, reinigen Böden und Schränke, flicken kaputte Kleidung, kurz, sie sind sehr fleißige und friedliche Zeitgenossen. Viele Hausgeister sind nützlich. Brownies zum Beispiel. Die Schwarzen Schrate allerdings, die haben irgendwie im Laufe der Zeit Eigenarten entwickelt.«

»Diebische Eigenarten.« Valerie stieg über die Socken hinweg.

»Die Schwarzen Schrate scheinen es nicht als Diebstahl zu begreifen. Sie behalten alles, was sie aufräumen, flicken oder reinigen. Sie betrachten es als ihr Eigentum, wenn sie sich, im Gegensatz zum letzten Besitzer, gewissenhaft um den Gegenstand kümmern.«

»Daher auch die vielen Tore. So können sie jederzeit und überall im Haus unsere Sachen einsammeln.«

»Nicht nur Sachen«, ergänzte Ada finster. »Sie klauen tatsächlich Kinder, wenn sie der Meinung sind, dass sich keiner um sie kümmert. So wird es auch am Abend des Gewitters gewesen sein. Wir beide lagen schlafend auf dem Sofa, und Sebastian lümmelte auf dem Fußboden zwischen den Stiften herum. Sie müssen geglaubt haben, wir hätten vergessen, ihn in sein Bett zu räumen. Also haben sie ihn aufgeräumt und behalten.«

Valerie schwieg einen Moment. Der Gang machte eine weitere Biegung und wurde wieder breiter.

»Ich kann verstehen, dass sie Socken und Kugelschreiber einsammeln, aber was wollen die Schrate denn mit Sebastian?«, fragte Valerie und folgte dem Gang in eine scharfe Rechtskurve. »Er ist ein dummes Baby. Wozu soll das gut sein? Und warum habe ich sie so oft in meinem Zimmer rumpeln gehört?«

Ada wollte darüber gar nicht so genau nachdenken. Wie oft war Valerie vielleicht nur knapp einer Entführung durch die Schrate entgangen? »Die hat wahrscheinlich der Kram in deinem Kinderzimmer ganz wuschig gemacht. So viele schöne Dinge, wie geschaffen zum Aufräumen.«

»Ich räume immer selbst auf«, protestierte Valerie.

»Dein Glück.«

Wieder blieb Valerie abrupt stehen, und Ada lief fast auf sie auf. »Sieh mal.«

Ada hielt den Atem an. Im Schein der Taschenlampe stand ein echsenartiges schwarzes Wesen von erschreckender Größe. Seine spitzen Ohren berührten fast die Decke des Ganges. Gelb glomm das Licht seiner Augen.

Weder Ada noch Valerie rührten sich.

Auch der Schrat verhielt sich abwartend und starrte auf die beiden Eindringlinge. Einen Augenblick später drehte er sich plötzlich um und floh den Gang hinunter. Im ersten Moment war Ada verblüfft darüber, dass das Wesen vor ihnen davonlief, dann aber gab es ihr ungekannten Mut.

»Ihm nach!«, schrie sie.

Ihr war nicht entgangen, was der Schrat in seinen klauenartigen Händen gehalten hatte. Es war ein Apfel gewesen. Ein frischer, rotbackiger Apfel, wie Ada gestern selbst erst einen aus der Vorratskammer genommen und auf ihren Nachttisch gelegt hatte. Vielleicht war es sogar derselbe Apfel und der Schrat hatte ihn dort *gefunden* und *aufgeräumt*.

Konnte der Apfel für Sebastian gedacht sein?

Valerie rannte dem Schrat auf ihren kurzen Beinen nach und Ada folgte ihr.

Der Schein der Taschenlampe huschte zitternd über die Wände des Ganges, die sich erneut verändert hatten und jetzt mit einer teerartigen Substanz bestrichen zu sein schienen. Traf sie das Licht, glänzten sie in tiefem Schwarz, fast wie die Haut der Schrate.

Ada hatte das Gefühl, immer tiefer in die Welt dieser Kreaturen vorzudringen. Befanden sie sich überhaupt noch im Haus von Martin Holt? Es war ein großes Gebäude, ja, aber es hatte Grenzen. Konnten seine Zwischenräume dann endlos sein? Ada war sich nicht sicher, aber das Moor, das sie noch gut in Erinnerung hatte, nährte ihren Verdacht, dass hier das Innere tatsächlich größer war als das Äußere.

Der Gang bog nach rechts ab und mündete unverhofft in einer Art Kammer. In ihrem hinteren Teil taten sich drei neue Gänge auf, doch der Weg dorthin war ihnen durch zwei Schrate versperrt, die vor ihnen auf einer zerlumpten Decke lagen. Einer von ihnen schien zu schlafen, die Augen des zweiten leuchteten gelb im hundeähnlichen Gesicht.

»Das ist Papas alter Morgenmantel«, stellte Valerie fest, welche die Decke als Kleidungsstück identifiziert hatte. »Er hat geglaubt, ihn in einem Hotel vergessen zu haben.«

Da öffnete der zweite Schrat seine gelben Augen, und beide Kreaturen richteten sich gleichzeitig vor ihnen auf. Vom Schrat, der den Apfel bei sich getragen hatte, fehlte jede Spur. Er musste in einem der drei hinteren Gänge verschwunden sein.

Ada griff nach Valeries Hand und betrachtete die Wesen, unsicher, wie sie sich jetzt verhalten sollten. Die Kreaturen schienen unbewaffnet zu sein und wirkten trotzdem Furcht einflößend.

Ada packte den Schürhaken in der anderen Hand fester. Dann rief sie lauter als nötig: »Ich will das Kind, das ihr gestohlen habt! Ihr könnt alles andere behalten, aber das Kind müsst ihr uns zurückgeben!«

Die beiden Schrate legten die Köpfe schief und blinzelten. Ada fragte sich, ob die Wesen sie überhaupt verstanden hatten. Und wenn ja, konnten die Schrate ihr auch antworten?

»Der da trägt eines meiner Glitzerarmbänder am Bein«, rief Valerie empört und machte einen Schritt nach vorn.

Ada hielt sie zurück. Nicht auszudenken, wenn diese beiden ihr auch noch das zweite Kind abnahmen, weil es sich zu weit von ihr entfernte und aus Versehen einen vergessenen Eindruck machte.

»Ich brauche Sebastian«, versuchte sie es noch einmal. »Bitte.«

Langsam setzten sich beide Schrate in Bewegung und näherten sich ihnen. Ada konnte ihren Atem riechen. Er roch seltsam fruchtig. Irgendwie nach Orangen, fand sie.

Da schoss eine schwarze Hand mit einer überraschenden Geschwindigkeit vor und griff nach der Taschenlampe. Valerie quiekte wie ein erschrockenes Ferkel, presste die Lampe an ihre Brust und stolperte rückwärts gegen Ada.

Die hob den Schürhaken schlagbereit über ihren Kopf. »Du kannst die Lampe haben, wenn du uns dafür das Kind gibst!«, rief sie. »Wir können tauschen!«

Der Schrat starrte auf den Schürhaken, als wollte er seine Gefährlichkeit einschätzen, und trat zögernd einen Schritt zurück. Ihren Tauschvorschlag schien er nicht verstanden zu haben, was sie nicht allzu traurig stimmte. Ada hätte sich nur sehr ungern von ihrer einzigen Lichtquelle getrennt.

Sie versuchte es noch einmal. »Ihr habt ein Kind mitgenommen und wir wollen es wiederhaben. Dann verschwinden wir von hier.«

Aus den Gängen hinter den beiden Schraten drangen Geräusche an ihr Ohr, die langsam näher kamen. Viele tappende Schritte.

Ada fragte sich alarmiert, wie viele Schrate in diesen Gängen hausten? Waren es zehn? Oder zehntausend? Worauf hatte sie sich da nur eingelassen?

Panik überfiel sie. Was, wenn sie sich und Valerie in eine tödliche Situation gebracht hatte?

»Könnt ihr mich überhaupt verstehen?«

»Ada?«, flüsterte Valerie und presste sich fest an ihren Oberschenkel. »Ich glaube, da kommt was. Da kommt was aus den Gängen heraus …«

»Ich weiß«, flüsterte Ada zurück. »Ich höre es auch.«

»Was sollen wir jetzt tun?« Valerie begann zu zittern.

Ihre Schultern bebten, und auch Ada spürte die Angst durch ihren Körper rasen.

»Was hältst du von Weglaufen?«, flüsterte sie Valerie zu und auch wenn sie das heftige Nicken des Kindes nicht sah, weil sie noch immer wie gebannt auf die beiden Schrate starrte, so konnte sie es doch deutlich spüren.

»Okay, dann halt dich bereit.« Ihre Stimme wurde noch etwas leiser. »Bei drei läufst du rechts um die Schrate herum und in den rechten Gang hinein, alles klar?«

Valerie nickte gehorsam.

»Eins.« Ada packte den Schürhaken fester.

Die Augen der beiden Schrate verengten sich zu schmalen Schlitzen.

»Zwei«, flüsterte Ada unter den forschenden Blicken der Schrate.

Immer lauter wurden die Geräusche, doch sie kamen aus dem mittleren der drei Gänge. Im rechten, den Ada für ihre Flucht auserkoren hatte, schien alles ruhig zu sein. Hoffentlich rannte sie nicht in ihr Unglück. Sollte sie nicht einfach Valerie am Arm packen, auf dem Absatz kehrtmachen und den Weg nehmen, den sie gekommen waren? Dann aber war Sebastian für immer verloren.

»Drei!«, schrie Ada.

Valerie sprang zur Seite und umrundete ihre Gegner, während Ada den Schürhaken in einem tiefen Halbkreis durch die Luft sausen ließ und den Schrat, der Ada am nächsten war, von seinen dünnen Beinen holte.

Der Getroffene jaulte auf und wälzte sich wimmernd auf dem Boden, während der zweite Schrat, der nun mit einem grellen Kreischen auf Ada zusprang, vom Schürhaken mitten in die Brust getroffen wurde. Sein Schrei erstickte zu einem atemlosen Keuchen, doch seine Krallen griffen im Fallen nach Ada und rissen den Stoff ihres Bademantels in Streifen. Ada rannte jetzt ebenfalls auf den rechten Gang zu, in welchem Valerie bereits verschwunden war.

Bevor sie ihn erreichte, traf etwas ihre Wange. Hinter sich hörte sie das Schreien und Fauchen der verwundeten Schrate. Ada rannte weiter.

Fast zwanzig Meter vor sich konnte sie Valerie und den Schein ihrer Taschenlampe erkennen. Sie lief noch schneller.

Auf keinen Fall durften sie einander in diesem Labyrinth verlieren.

Da gabelte sich vor Valerie der Gang.

»Wohin jetzt?«, schrie sie, ohne sich umzudrehen.

»Egal, ich weiß sowieso nicht, wo es langgeht!«, schrie Ada zurück.

Valerie wählte den linken Weg, und Ada folgte ihr. Sie spürte, wie etwas an ihrer Wange hinablief und auf ihre Brust tropfte, doch sie hatte keine Zeit, sich darüber Gedanken zu machen.

Wenige Meter später gabelte sich der Gang erneut.

Es ist wirklich ein Labyrinth, viel schlimmer hätte es nicht kommen können!

Endlich wurde Valerie langsamer, und Ada schloss zu ihr auf.

»Weiter«, mahnte sie. »Wir sollten uns noch nicht sicher fühlen.«

»Folgen sie uns denn?« Valerie hielt sich keuchend die Seiten.

Ada versuchte, leise zu atmen, um zu lauschen, was sich hinter ihnen tat. Doch da war nichts. Kein Geräusch war zu hören.

»Sind wir ihnen wirklich davongelaufen?«, fragte Valerie.

»Es sieht so aus.«

Das Mädchen ließ sich auf den Boden des Ganges sinken. »Was machen wir jetzt? Dein Plan hat nicht geklappt.«

»Mein Plan? Ich hatte überhaupt keinen Plan.« Sie ließ sich neben Valerie nieder. »Aber vermutlich brauchen wir einen, wenn wir

Sebastian wiederfinden wollen. Lass uns mal nachdenken, Valerie. Wie können wir vorgehen?«

Ein Tropfen fiel von ihrem Gesicht auf Valeries nackten Fuß. Er war von dunkler Farbe.

Valerie leuchtete Ada mit der Lampe ins Gesicht. »Ada, du blutest!«

Sie hatte es befürchtet. Das, was ihr über das Gesicht gelaufen war, war ihr eigenes Blut gewesen. Entweder war sie beim Verlassen der Höhle von der Kralle eines Schrates gestreift oder von einem gut gezielten Wurfgeschoss getroffen worden.

Ada wischte sich über die Wange und betrachtete das Blut an ihren Fingerkuppen. »Es ist nicht so schlimm, glaube ich«, murmelte sie, um Valerie zu beruhigen.

Da knipste Valerie ihre Taschenlampe aus und schon saßen beide in völliger Dunkelheit. »Wir sollten Batterien sparen«, bemerkte sie und Ada nickte anerkennend, auch wenn die Kleine das nun nicht mehr sehen konnte.

»Du bist wirklich ein kluges Kind«, schickte sie hinterher. »Solange wir hier nur herumsitzen und zu Atem kommen, brauchen wir das Licht nicht.«

»Schade, dass wir keine Leuchtaugen haben wie die Schrate«, meinte Valerie.

Ja, schade. Doch auf der anderen Seite verrieten die gelben Augen jeden Schrat, lange bevor er sie erreichen konnte. Das war zweifellos als Vorteil zu sehen.

Und prompt blitzte ein gutes Stück vor ihnen ein Lichtkegel auf, kreuzte ihren Tunnel und verschwand wieder.

Ada hielt erneut den Atem an.

»Das war jetzt aber kein Schrat«, hörte sie Valerie flüstern. »Oder gibt es Schrate mit nur einem Auge?«

Das Kind hatte recht. Was sie da gerade gesehen hatten, hatte deutlich mehr Ähnlichkeit mit dem Lichtkegel einer weiteren Taschenlampe gehabt als mit den leuchtenden Augen eines Schrats.

11

Von Katzen und anderen Haustieren

August 2019

TEDDY

Schon zweimal hatte der Taxifahrer ihn auf das kletternde Taxameter hingewiesen und schon zweimal hatte Teddy ihm mit einem Schulterzucken geantwortet. Er würde nicht wegfahren, bevor Ada hier bei ihnen im Taxi saß, das stand für ihn fest.

Die Sonne sank tiefer und tiefer. Längst war das Blau des Himmels einem zarten Violett gewichen.

»Bist du sicher, dass du Adas Lied richtig interpretiert hast?« Valerie wippte ungeduldig mit den Knien.

»Wie sollte man es wohl sonst interpretieren?«, verteidigte er seine Theorie und hoffte, dass ihr seine verstohlenen Blicke auf die

Armbanduhr entgangen waren. In Wahrheit stellte er sich seit geraumer Zeit dieselbe Frage.

»Keine Ahnung. Ich kenne ja die anderen Strophen des Liedes nicht«, fauchte Valerie und riss ein unschuldiges Papiertaschentuch in kleine Fetzen.

Teddy fasste einen Entschluss und öffnete die Wagentür. »Vielleicht ist etwas schiefgegangen. Ich geh mich mal ein bisschen umsehen.«

»Und wenn Ada gerade jetzt angerannt kommt, Doktor Warning dicht auf ihren Fersen?«, fragte sie ihn und sah sorgenvoll drein.

»Ich bin gleich wieder da, vertrau mir.« Teddy ließ die Wagentür zufallen.

»Das tue ich«, hörte er Valerie noch sagen, bevor sich die Tür schloss.

Teddy musste unwillkürlich lächeln. Valerie war so, wie er sie sich all die Jahre vorgestellt hatte: mutig und offenherzig. Natürlich war sie durch die jüngsten Ereignisse und auch durch ihren engstirnigen Gatten ein wenig verunsichert worden, doch die alte Valerie, das Mädchen, von dem Ada ihm so oft erzählt hatte, war immer noch da. Und irgendwo in ihr waren auch die Erinnerungen, die sie jetzt noch verloren glaubte, da war er sich sicher.

Teddy näherte sich in unauffälligem Schlendergang der Klinik. Allerdings nicht dem Haupteingang, wo der Pförtner Wache hielt. Es kam ihm unwahrscheinlich vor, dass Ada diesen Weg wählen würde, also hielt er sich abseits des Hauptweges, wo das Hospital von alten Bäumen beschattet wurde. In den meisten Fenstern des Gebäudes brannte noch Licht. Bestimmt lasen die Patienten oder sahen fern. Oder sie ließen sich von ihren Gedanken quälen.

Teddy vermutete, dass es hinter diesen Mauern jede Menge Leid gab, egal wie viel Mühe sich Menschen wie Doktor Warning auch gaben. Die Krankheiten der Seele waren heimtückisch.

Er stellte sich auf die Zehenspitzen, um in eines der Fenster blicken zu können, und fand alles, wie er es erwartet hatte. Laufende Fernseher und blicklose Augen, die darauf gerichtet waren. Doch nirgends eine Spur von Ada.

Teddy schritt weiter am Gebäude entlang, da hörte er ein seltsames Knarren und gleich darauf ein Klopfen. Er sah sich suchend um. Das Geräusch schien von unten zu ihm heraufgedrungen zu sein. Prüfend betrachtete er das Kellergitter zu seinen Füßen. Darunter glaubte er hinter der staubigen Scheibe des Kellerfensters eine Bewegung auszumachen. Und jetzt hörte er eine dumpfe Stimme.

»Schlag noch mal zu, mach schon.«

Teddy ließ sich auf die Knie nieder. »Ada? Bist du das?«

Eine kurze Stille trat ein, dann rief eine unsichere Stimme: »Teddy?«

Er musste unwillkürlich grinsen. »Wer sonst? Was machst du denn dort unten?«

»Ausbrechen, natürlich, was für eine Frage.« Ada klang jetzt ärgerlich. »Aber es läuft nicht besonders gut für uns. Kannst du uns helfen?«

Bereitwillig riss Teddy das Kellergitter in die Höhe, warf es ins Gras und stieg in den Schacht, der die Größe einer Kühltruhe hatte. Er ließ sich in die Hocke hinunter und rieb mit den Handballen über die verdreckte Scheibe.

Adas vertrautes Gesicht tauchte dahinter auf.

»Teddy, diese Kellerfenster sind mit Vorhängeschlössern gesichert, was sollen wir tun?«, rief sie.

Er fragte sich nur ganz kurz, wer eigentlich die anderen waren, die dort mit Ada im Keller festsaßen, dann konzentrierte er sich auf das Problem. Die Fenster waren einfach verglast, der Rahmen war aus Holz. Mochte das Vorhängeschloss auch noch so modern sein, was es zusammenhielt, bot nur wenig Widerstand.

»Geh weg vom Fenster! Ich trete es ein!«

Es rumpelte. Ada und wer immer da unten bei ihr war kletterten von irgendetwas hinunter. Teddy zählte leise bis drei. Dann trat er mit voller Wucht zu.

Glas und Holz splitterten. Noch zwei weitere gezielte Tritte und das Kellerfenster brach samt Rahmen aus dem Mauerwerk und fiel nach innen.

»Erinnere mich dran, Doktor Warning den Schaden zu bezahlen«, rief Teddy hinunter und streckte die Hände in das Loch.

Zarte Mädchenhände ergriffen sie.

Irgendwo im Keller hörte er Ada murmeln: »Auf Nimmerwiedersehen, Moffat. Ich wünsche dir, für immer unentdeckt zu bleiben.«

Er verzichtete darauf, Fragen zu stellen, und zog das Leichtgewicht, das sich an seine Hände klammerte, zu sich herauf.

Ein blasses Mädchen, dünn wie ein Zahnstocher und mit Sträflingsfrisur, klammerte sich an ihn und zitterte dabei wie Espenlaub.

»Hallo, kleine Prinzessin, wer bist du denn?«, fragte Teddy so freundlich wie möglich, um sie nicht noch mehr zu verschrecken.

Da erschien Adas Kopf im Kellerloch. »Das ist Jig und sie hat sogar Angst vor ihrem eigenen Schatten. Sie kommt mit uns, und jetzt zieh mich hier raus.«

ADA

Ada ließ sich von Teddy drücken und genoss die Kühle des Abends. Sie war frei. Nun würde nichts und niemand sie mehr davon abhalten können, Paul zu retten.

»Und jetzt erzähl mir mal, wie du in diesen Keller gekommen bist«, forderte Teddy und bedeutete ihr, ihm zu folgen.

Ada ergriff Jigs Hand und lief Teddy nach. Der Gedanke, dass ihre Flucht im letzten Moment doch noch entdeckt werden und scheitern könnte, trieb sie zur Eile.

»Ein unvorsichtiger Brownie namens Moffat, der mich nur allzu gerne loswerden wollte, war uns eine große Hilfe.« Sie musste unwillkürlich lächeln.

»Ein Brownie? Wie niedlich. Ich habe schon seit Jahren keinen mehr zu Gesicht bekommen.« Teddy klang ein bisschen neidisch. Dann wandte er sich an Jig. »Und du hast den Brownie auch gesehen? Du musst ja ein Glückskind sein.«

Jigs Blick verriet jedem, dass sie da ganz anderer Meinung war.

Teddy wechselte rasch das Thema: »Ein Taxi wartet auf uns. Folgt mir.«

Der Parkplatz war kaum in Sichtweite, als ihnen Valerie schon entgegengelaufen kam.

»Ada!« In Valeries Augen standen die Freude und die Erleichterung über ihre geglückte Flucht geschrieben.

»Valerie!«

Sie fielen einander in die Arme und hielten sich einen Augenblick lang aneinander fest, bevor Ada das Wort ergriff. »Es tut mir so leid, Valerie. Ich bin eingeschlafen, noch bevor ich Paul in sein Bett gelegt hatte. Es war fast genau wie damals. Ich werde doch langsam zu alt für diesen Job.«

»Aber so etwas kann doch passieren«, flüsterte Valerie, drückte ihr liebevoll die Hand und zog sie sanft, aber bestimmt mit sich.

»Kann, darf aber nicht. Vor allem nicht an einem solch gefährlichen Ort. Als ich erwachte, hielt einer von ihnen Paul schon in seinen Krallen.« Ada überlegte kurz, ob sie Valerie wirklich alle Details zumuten konnte, doch schließlich warf sie alle Bedenken über Bord und erzählte weiter. »Ich schlug auf sie ein und es gelang mir, den Jungen wieder an mich zu bringen, doch die Schrate tobten wie wild. Sie betrachteten Paul als ihr Eigentum, denn sie hatten ihn ja in einem Moment meiner Unachtsamkeit gefunden. Ich verteidigte ihn, so gut ich konnte, glücklicherweise hatte ich meine Golfschläger griffbereit am Bett deponiert. Ein paar Schrate habe ich mit dem Putter ganz schön verbeult und zwei von ihnen sind durch geschlossene Fenster in den Garten gestürzt. Das haben die Fenster leider nicht gut überstanden.«

»Ich pfeife auf die Fenster.« Valerie drückte ihre Hand noch fester.

Ada entdeckte das angekündigte Taxi und dessen Fahrer, der ihnen, an der Wagentür lehnend, misstrauisch entgegensah. Ein wenig atemlos fuhr sie fort: »Ich floh mit Paul aus dem Haus bis in den Garten, aber es waren zu viele.« Bei der Erinnerung überlief sie ein Schauder, doch jetzt, da sie einmal angefangen hatte, wollte sie Valerie einen vollständigen Bericht der Ereignisse geben. »Einige konnte ich mit gut gezielten Schlägen von den Füßen holen, doch ich stand allein gegen ihre Übermacht. Sie haben mir Paul einfach abgenommen, Valerie. Aber ich verspreche dir, wir holen ihn uns zurück. Gemeinsam können wir es schaffen.«

Teddy riss bereits die Beifahrertür auf und bedeutete Ada einzusteigen, was diese unter dem prüfenden Blick des Taxifahrers tat.

Auch Jig, die sich zögernd zu Valerie und Teddy auf den Rücksitz gesellte, schien das Misstrauen des Mannes zu befeuern. Doch er schwieg, stieg ebenfalls ein und startete den Motor. »Wohin möchten die Herrschaften gebracht werden?«

VALERIE

Nachdem Valerie dem Fahrer ihre Adresse genannt hatte, setzte sich das Taxi in Bewegung und rollte langsam vom Platz. Schon verschwand die Klinik aus ihrem Sichtfeld.

Valerie war glücklich, endlich Antworten auf alle ihre Fragen bekommen zu können. »Ada, sag mir doch bitte, was jetzt mit Paul passiert. Was für ein Interesse haben die Schrate an ihm? Was machen sie mit meinem Kind?«

Sie war zwischen dem rundlichen Teddy und der Wagentür eingepfercht worden und konnte sich kaum noch rühren. Jig hatte sich auf der anderen Seite von Teddy zusammengekauert und beobachtete still, was vor sich ging.

Ada wandte ihnen vom Beifahrersitz aus den Kopf zu und bedachte Teddy mit einem fragenden Blick. Es war die Art wortloser Kommunikation, die Valerie schon als Kind gehasst hatte, die Art, die Unwissende ausschloss.

Doch noch bevor sie aufbegehren konnte, nickte Teddy wohlwollend. »Valerie macht gute Fortschritte. Sie hat heute ganz allein ein Tor gefunden.«

Ada schien erleichtert. »Das ist gut. Wir werden ihre Fähigkeiten brauchen, wenn wir Paul retten wollen. Es ist ja nicht so, Valerie, dass Teddy und ich überhaupt keine Tore finden können, aber es mangelt uns einfach an deinem unbestrittenen Talent. Wir würden an mindestens vier Zugängen vorbeirennen, bevor wir endlich einen fünften erkennen könnten. Und das ist in einem Augenblick der Flucht schon ein großer Nachteil.«

Valerie wurde ungeduldig. »Erzähl mir von Paul. Was machen die Schrate mit ihm?« Ihre Stimme bekam einen schrillen Unterton.

Ada schien einen Augenblick lang um Worte verlegen, dann fragte sie: »Hast du schon mal ein Haustier besessen?«

Valerie war irritiert, antwortete aber: »Während des Studiums hatte ich eine Katze. Aber sie fing an, herumzustreunen, und wurde überfahren.«

»Und welchem Zweck diente die Katze? Hattest du irgendeinen Nutzen von ihr?«

Valerie zögerte. »Es war schön, dass sie da war, wenn ich nach Hause kam. Ihr Fell zu streicheln, hatte was Beruhigendes.«

Ada grinste. »Du hast dir also ein Haustier zugelegt, damit es da ist und du ihm über das Fell streicheln kannst. Du hast nichts davon gehabt, keine Eier, keine Milch, und essen wolltest du deine Katze auch nicht. Du wolltest sie einfach haben.«

»Sie war eine ausgesprochen niedliche Katze«, protestierte Valerie. Dann wurde ihr klar, worauf Ada hinauswollte. »Du meinst, die Schrate wollten Paul einfach haben? Sie haben ihn sich ausgesucht wie ein Kätzchen oder ein Meerschweinchen? Aber er ist ein Kind! Ein Kind kann doch kein Haustier sein, ein Junge wächst heran, wird zum Mann. Sie können ihn doch nicht einfach so behalten, als ob er keinen eigenen Willen hätte!«

Ada nickte zustimmend. »Glaubst du denn, dass deine Katze keinen eigenen Willen hatte? Was meinst du, warum sie bei dir blieb? Und wie, meinst du, hat deine Katze sich gesehen?« Ada lehnte sich zurück, sah für einen Moment durch die Frontscheibe hinaus auf die Straße und murmelte: »Ja, wie sieht die Katze eigentlich sich selbst?«

»Interessante Frage«, meinte auch Teddy. »Wenn das Kätzchen zur Katze wird, hält sich die Katze dann einen Halter oder der Halter eine Katze? Und wer entscheidet darüber?«

Valerie blickte Teddy irritiert an und versuchte, in eine bequemere Sitzhaltung zu kommen. »Worüber reden wir denn jetzt? Paul ist ein Kleinkind. Ich will ihn wiederhaben, bevor er erwachsen ist.«

»Ja, Paul ist ein Kleinkind«, bestätigte Ada. »Ein Kätzchen, wenn man so will. Ich frage mich, wie eine ausgewachsene Katze reagiert, wenn ein neues Kätzchen ins Haus kommt.«

»Ich will sofort wissen, worüber ihr eigentlich sprecht. Und kommt mir bloß nicht mehr mit Kätzchen«, entfuhr es Valerie ungeduldig.

»Geht mir ganz genauso«, murmelte der Taxifahrer und wechselte die Fahrspur, ohne den Blinker zu benutzen, was ihnen ein Hupkonzert bescherte.

Ada klatschte in die Hände. »Alles zu seiner Zeit. Wir wollen unseren Chauffeur nicht zu sehr ablenken, nicht wahr? Dies hier ist übrigens Jig, die auch nicht überfordert werden darf. Sie weiß es noch nicht, aber sie ist ein sehr begabtes Mädchen.«

Jig öffnete den Mund und sprach zum ersten Mal, seit sie ins Taxi gestiegen war. »Sind Schrate so etwas Ähnliches wie Wiedergänger?«

Ada antwortete in beruhigendem Ton: »Nein, mein Kind. Schrate sind ganz anders. Schrate sind lebendig.«

Als das Taxi vor ihrem Zuhause vorfuhr, war die Zeit, Valerie umfassend über Katzen und Kätzchen aufzuklären, anscheinend noch immer nicht gekommen, und das verärgerte sie. Weder Ada noch Teddy waren bereit, diese Metapher näher zu erörtern, sosehr sie sie auch drängte. Und Jig hatte die ganze Zeit stumm mit dem Kapuzenband ihrer Jacke gespielt.

Die Stimmung war angespannt, als sie aus dem Taxi stiegen, bezahlten und das Haus durch die noch immer nur angelehnte Tür betraten. Die Nacht war hereingebrochen und das Licht der Straßenlaternen zauberte lange Schatten auf den Vorgarten.

Im Haus steuerte Valerie auf das Gemälde über dem Telefontisch zu und grub ihre Fingernägel in die Kante des von Teddy geschlagenen Loches.

»Dies ist ein Tor, Ada. Mit einem Mal konnte ich es sehen. Ist das nicht unglaublich? Es war …« Valeries Stimme erstarb, als das Tor aufschwang und den Blick auf eine graue Steinmauer frei gab.

Teddy hinter ihr gab ein widerwilliges Brummen von sich.

Ungläubig starrte sie auf Mörtel und Backsteine. »Aber es war hier. Ich bin doch nicht verrückt geworden. Ich bin sogar hineingeklettert!«

»Und das entgegen meinem ausdrücklichen Rat.« Teddy trat neben sie und klopfte gegen das Mauerwerk. Es klang massiv. »Die Schrate legen keinen Wert auf Besuch. Sie haben den Gang verschlossen, damit wir ihn kein zweites Mal benutzen können. Du erinnerst dich noch an die Lichter, die du im Dunkeln gesehen hast?«

Valerie beantwortete Teddys Frage mit einem Nicken.

»Den gelb leuchtenden Augen der Schrate bleibt nicht viel verborgen. Dein Eindringen ist von ihnen bemerkt worden und sie haben dafür gesorgt, dass es dir auf diesem Weg nicht noch einmal gelingt. Die Schwarzen Schrate können ganz schöne Spielverderber sein.«

Auch Ada blickte bedauernd auf die Mauer. »Das ist schade. Dann werden wir mit unserer Suche nach einem Tor wohl noch einmal beginnen müssen.«

»Es waren aber doch rote Augen«, stieß Valerie trotzig hervor.

»Wie bitte?« Ada zog die Augenbrauen hoch und sah Teddy überrascht an.

»Es waren rot glühende Augen in diesem Gang. Keine gelben«, wiederholte Valerie. »Und das habe ich Teddy auch gesagt.«

Teddy verzog das Gesicht. »Das ist der Grund, warum ich keinesfalls ohne dich dort hineingehen wollte«, erklärte er Ada. »Mir ist die Sache zu heikel. Natürlich besteht eine Chance, dass sich Valerie geirrt hat, aber wenn nicht …«

Ada schnalzte mit der Zunge und wandte sich Valerie zu. »Bist du dir da ganz sicher?«

»Ich werde ja wohl noch Rot und Gelb auseinanderhalten können!«, fauchte Valerie, der langsam der Geduldsfaden riss. Ihrer Meinung nach gab es gerade Wichtigeres als Farben.

Teddy wirkte verunsichert. »Ich bin mir nicht ganz sicher, ob ich das glauben kann. Ich meine … nach so vielen Jahren?«

Ada machte eine wegwerfende Handbewegung. »Du wirst es wohl glauben müssen, Teddy. Rote Augen. Valerie hat nicht den Weg des Halters gekreuzt, sondern den der Katze.«

Valerie knallte das Tor zu, das sofort wieder aufschwang. »Ich habe diese Katzengeschichte jetzt aber wirklich satt«, rief sie.

Schritte, die die Treppe heruntergeeilt kamen, verhinderten, dass Valerie ihrem Ärger weiter Luft machte. Es war ihr Mann, der sich vor ihrer kleinen Truppe aufbaute und mit anklagendem Blick auf das verschwundene Tor deutete. »Vandalismus! Was zum Teufel ist mit meinem Gemälde passiert? Und wer ist dieser Zombie hier?« Jetzt deutete Derek auf Jig, die an der Wand lehnte und alles stumm verfolgte.

»Ich bitte dich.« Valerie gingen seine cholerischen Auftritte mehr und mehr auf die Nerven.

»Die Vertäfelung ist auch hinüber!« Derek hob einen Holzsplitter vom Boden auf und hielt ihn in die Höhe, als wäre er ein wichtiges Beweisstück. »Das wird ein Nachspiel haben. Und wie kommt dieses verrückte Kindermädchen wieder hierher? Du willst mir doch nicht ernsthaft erzählen, dass man die wieder rausgelassen hat. Valerie?«

Doch diese war entnervt in die Küche geflohen, wo sie die Tür schwungvoll hinter sich zuwarf. Ihr reichte es. Sie wollte nichts mehr von Katzen und Kätzchen hören, sie wollte sich nicht länger für die Launen ihres Gatten entschuldigen müssen. Sie wollte einzig und allein ihr Kind zurück.

Ihre Wut entlud sich über einem von Derek dreckig auf der Spüle zurückgelassenen Pizzateller. Als sie ihn mit Wucht zu Boden warf und die Scherben durch die Küche spritzten, fühlte sie sich besser. Sie hatte ganz vergessen, wie wohltuend das Geräusch zerspringenden Porzellans sein konnte, wenn sie sich hilflos fühlte. Mit einem grimmigen Lächeln öffnete sie den ersten Hängeschrank.

TEDDY

Zuerst hatte Teddy ihr nachlaufen wollen, doch dann hörte er das Klirren von zerbrechendem Geschirr. Da das Klirren nicht von Hilfeschreien begleitet wurde, vermutete er, dass Valerie nicht in Gefahr schwebte, sondern der alleinige Verursacher der Geräusche war. Er hielt inne und reichte Jig galant die Hand. Langsam flanierte er mit ihr auf die Küchentür zu.

»Wir sollten uns Zeit lassen. Die Hausherrin muss sich abreagieren, bevor sie sich auf die Suche nach einem neuen Zugang machen kann«, sagte er zu Jig.

Diese schien ziemlich verstört. Es war ganz offensichtlich, dass sie nicht nachvollziehen konnte, was um sie herum vorging. Doch sie hielt seine Hand ganz fest, was er für ein gutes Zeichen hielt.

Hinter sich hörte Teddy Ada in ihrem strengsten Kindermädchen-Tonfall mit dem Hausherrn sprechen. »Mister Dreyer, ich wünschte, es würde mir leidtun, Ihnen das sagen zu müssen, aber wir können Sie mit Ihrer unbeherrschten Art hier beim besten Willen nicht brauchen.«

»Hört, hört. Da will mir eine entflohene Irre in meinem eigenen Haus Vorschriften machen. Da werde ich doch besser mal die Polizei verständigen.« Seine Worte klangen jetzt nicht mehr wütend, sondern höhnisch.

Teddy warf einen Blick über seine Schulter und sah, wie Derek Dreyer nach dem schnurlosen Telefon auf dem Tischchen griff, doch Ada war schneller. Schwungvoll warf sie den Apparat an die gegenüberliegende Flurwand. Das, was kurz darauf auf den Fliesen aufschlug, konnte nicht mal mehr piepsen.

»Oha.« Teddy blieb stehen, um die Szene weiterzuverfolgen. »Ob er wohl so dumm sein wird, jetzt sein Handy aus der Hosentasche zu ziehen?«

Er war so dumm. Und weil er Adas Schnelligkeit unterschätzt hatte, schlug sie es ihm aus der Hand, noch bevor er es auch nur entsperrt hatte. Es gesellte sich zu dem bereits am Boden liegenden Telefonschrott und sah ähnlich lädiert aus.

»Sie verrückte Alte! Wissen Sie, was das gekostet hat?« Einen Moment lang sah es so aus, als wollte der Mann ihr an die Gurgel gehen, doch er hielt sich gerade noch zurück.

»Wissen Sie, wie egal mir das ist?«, antwortete das Kindermädchen und es klang fast liebenswürdig.

Derek Dreyer hockte sich, rot vor Wut, vor die Überreste seiner Telefone. Er klaubte ein paar Bruchstücke vom Boden auf und ließ sie wieder fallen, als er die Sinnlosigkeit seines Handelns erfasste. Dann wandte er sein hochrotes Gesicht Ada zu. »Es gibt noch mehr Telefone in diesem Haus! Ich werde telefonieren und dafür sorgen, dass Sie wieder eingesperrt werden!«

»Wir werden sehen.« Ada wandte sich ab und ging auf Teddy zu, der ihr leise applaudierte.

Jig hingegen sah ernst aus. »Wir werden nicht verhindern können, dass er jemanden herbeiruft.«

»Nein, das können wir vermutlich nicht.« Ada schüttelte den Kopf. »Aber wir könnten ein wenig Zeit gewinnen.«

Als sie die Küchentür aufschoben, schrammten Porzellansplitter misstönend über die Steinfliesen. Beim Anblick des mit den Überresten einiger Teller gesprenkelten Bodens, fürchtete Teddy einen

Moment lang, die Situation doch falsch eingeschätzt zu haben. War Valerie hier drinnen das Opfer eines Schratangriffs geworden? Doch sie stand unversehrt vor einer Essecke, die hervorragend mit der seelenlosen Hightech-Küchenzeile hinter ihr harmonierte. Ihr Gesicht wirkte erhitzt, ihre Schultern bebten noch leicht, aber um ihre Mundwinkel herum lag ein äußerst zufriedener Zug. Anscheinend hatte sie sich erfolgreich abreagiert. Jetzt starrte sie auf die über einer Bank angebrachten Stillleben. Drei Bilder zeigten Obst in Schalen. Eines erschien Teddy fürchterlicher als das andere und war gewiss kein Kunstgenuss.

Ada gab Teddy einen Wink, die Küchentür zu verschließen. Dieser gehorchte sofort, drehte den kleinen Schlüssel im Schloss und zog ihn auch noch ab, wobei er Jig kurz zuzwinkerte.

»Ich halte nur den lauten, bösen Mann von uns fern«, erklärte er ihr. »Wir sind nicht eingeschlossen, er ist ausgeschlossen, ist das in Ordnung?«

Ihre Antwort bestand aus einem zaghaften Nicken. Es genügte Teddy. Er spürte, dass dieses Mädchen begann, ihm zu vertrauen.

Valerie stand noch immer vor der Sitzecke. »Ich bin mir fast sicher, dass hier ebenfalls ein Tor sein muss. Es wäre doch nur logisch, wenn es auch in der Küche eins geben würde, oder? Ich meine, müssen Schrate nicht auch essen? Sie leben wohl kaum von Staub und Spinnweben.«

Teddy stellte sich neben Valerie und studierte ebenfalls die Küchenwand. »Schrate essen, so viel ist sicher. Das wissen wir aus den Aufzeichnungen meines Vaters und auch aus den Notizen von Morten Hill. Sie essen unregelmäßig und brauchen nicht viel, aber sie nehmen Nahrung zu sich. Gut möglich, dass sich hier in der Küche ein verstecktes Tor befindet.«

Valerie zog den Esstisch beiseite und kletterte auf die dahinterstehende Sitzbank. Mit ihren Fingerknöcheln klopfte sie auf den Obstbildern herum. »Paul? Paul, bist du da drin? Kannst du mich hören, mein Kleiner?«

Teddy warf Ada einen Blick zu. Diese nickte, und Teddy legte Valerie von hinten die Arme um die Taille. Sanft hob er sie von der Bank und stellte sie zurück auf den Boden.

»Der Gedanke an Paul regt dich auf, und wenn du dich aufregst, ist es schwieriger, die Tore klar zu erkennen«, sagte er in ruhigem Tonfall. »Nervöse Menschen würden ein Tor nicht einmal sehen, wenn die Schrate es mit einer blinkenden Lichterkette dekoriert hätten. Du musst ruhig und konzentriert bleiben.«

Valerie schüttelte den Kopf. »Es ist doch wohl natürlich, dass es mir schwerfällt, ruhig zu bleiben, oder? Gibt es denn keinen anderen Weg, ein Tor freizulegen, außer auf Wände zu starren wie ein buddhistischer Mönch? Ich weiß nicht, ob ich es noch einmal schaffe.«

»Tja, dann wird es das Beste sein, wenn Ada und ich einen alten Trick anwenden.«

Ada gab ein zustimmendes Brummen von sich und öffnete eine der Küchenschubladen. Prüfend betrachtete sie den Inhalt und entschied sich schließlich für eine Eieruhr und ein Küchensieb. Beides platzierte sie mitten in der Küche auf dem Fußboden, zwischen den Scherben.

Teddy öffnete nun seinerseits einen Schrank und stieß sofort auf eine Tüte Schokoriegel. Mit einem Ruck riss er sie auf und warf die Riegel quer durch den Raum.

»Was soll das denn? Ist das so eine Art Ritual?«, fragte Valerie, während Jig einen der Riegel aufhob, ihn auspackte und zu essen begann.

Teddy ließ sie gewähren. Das Mädchen konnte es gebrauchen.

»Wir legen Köder aus«, erklärte Ada und nahm auf einem der Küchenstühle Platz. »Dieser Raum hat sich gerade in ein Paradies für Schrate verwandelt. Sie werden nicht widerstehen können, hier aufzuräumen und alles Brauchbare für sich zu beanspruchen.«

Teddy nickte zustimmend und lehnte sich neben dem Kühlschrank an die Wand. »Wir werden auf sie warten. Mach das Licht aus, Valerie, und verhaltet euch alle still. Wenn die Schrate den Eindruck bekommen, dass dieser Raum von Menschen verlassen wurde, werden sie kommen.«

Valerie gehorchte und drückte alle Schalter neben der Küchentür, sodass es im Raum dunkel wurde. Teddy stand still und lauschte. Eine Weile hörte er nichts außer seinem eigenen Atem, dann raschelte es irgendwo in der Dunkelheit.

»Wer war das?«, raunte er.

»Ich, mein Lieber«, hörte er Ada sagen. »Ich genehmige mir einen Schokoriegel. Meine letzte Mahlzeit liegt schon lange zurück.«

»Lass den Schraten ein paar übrig«, flüsterte Teddy.

Die Minuten verstrichen, bevor ein Scharren nahe der Sitzecke erklang. Genau dort, wo Valerie das Tor vermutet hatte. Ein gelbes Leuchten erhellte kurz darauf Teile des Raumes. Das Licht wanderte über den mit Scherben und Ködern übersäten Boden.

Leise klappte eine Schranktür und das wandernde Licht hielt kurz inne, ehe es sich weiterbewegte. Teddy hielt den Atem an.

August 1979

ADA

Eine Weile hatten Ada und Valerie still in der Dunkelheit des Schratganges ausgeharrt. Ada hatte ihrem Schützling zugeflüstert, dass sie wieder zu Atem gekommen sei und Herumsitzen sie wohl nicht weiterbringe. Und selbst wenn zwischen den Wänden außer den Schraten noch etwas durch die Gänge schleichen würde – schlimmer als die schwarzen Wesen konnte es nicht sein. Valerie hatte zugestimmt.

Zunächst versuchten sie, sich ohne das Licht der Taschenlampe voranzutasten, doch nachdem Valerie eine Stufe hinuntergestürzt war und sich den Knöchel verletzt hatte, schalteten sie die Taschenlampe wieder ein. Ada, die sich mehr und mehr durch den Schürhaken in ihrer Hand behindert fühlte, band ihre einzige Waffe mit einer Schlaufe an ihrem Bademantelgürtel fest.

Valerie grinste. »Jetzt sieht er aus wie ein Degen.«

»Und ich finde, er steht mir ausgezeichnet«, bestätigte Ada.

Der Gang vor ihnen wurde niedriger, seine Wände waren aus Backstein und von Spinnweben überzogen.

Valerie schüttelte sich vor Ekel. »Ada? Kannst du jetzt vorgehen? Ich meine nur wegen der großen Spinnweben. Die könntest du mit deinem Schürhaken zerreißen.«

Ada nickte und zog den Feuerhaken wieder aus seiner Schlaufe. Vorsichtig schob sie sich an dem Mädchen vorbei und übernahm die Führung. Valerie übergab ihr die Taschenlampe. Den Schürhaken in der einen, die Lampe in der anderen Hand ging Ada voran.

»Ich habe nachgedacht«, sagte sie nach einer Weile. »Unsere einzige Chance besteht vermutlich darin, Sebastian zu entführen. Diese kreischenden Monster können oder wollen nicht verhandeln. Ich bin mir nicht mal sicher, ob sie uns überhaupt verstehen. Gegen sie zu kämpfen, ist sicher keine gute Idee, da wir nicht wissen, mit wie vielen Gegnern wir es hier drinnen zu tun haben. Wir werden also anders zu Werke gehen müssen. Heimlich und im Verborgenen müssen wir agieren, verstehst du? Wir kundschaften aus, wo sich Sebastian aufhält, und holen ihn uns in einem günstigen Moment zurück. Was hältst du davon?«

Sie erhielt keine Antwort. Als sie sich umwandte, lag der Gang in der Dunkelheit einsam und verlassen da.

»Valerie? Valerie!«

Alles blieb still.

Ada machte eine Kehrtwende und rannte den Gang zurück, den sie gekommen war.

War Valerie irgendwo falsch abgebogen? Sie erinnerte sich aber nicht an eine Weggabelung oder einen abzweigenden Gang.

»Valerie!«

Wie konnte ein Kind auf gerader Strecke verloren gehen? Sie rannte schneller, fand aber keine Spur von Valerie. Als ihr die Puste ausging, die Seitenstiche zunahmen und von ihrem Schützling noch immer jede Spur fehlte, ließ sie einen anderen, sehr beängstigenden Gedanken zu.

Valerie hatte sich nicht verlaufen. Das war in einem Gang ohne Abzweigung gar nicht möglich. Also hatte sie ein weiteres Kind an die Schrate verloren.

Tränen der Verzweiflung brannten in ihren Augen, doch Ada wischte sie fort. Sie hatte keine Zeit zum Weinen, denn sie war jetzt Valeries und auch Sebastians letzte Chance.

VALERIE

Als sich die kalten schwarzen Finger auf ihre Lippen gepresst hatten, war Valerie der Schreck in die Glieder gefahren. Sie hatte versucht, zu schreien, versucht zu beißen, doch etwas zog sie in atemberaubendem Tempo rückwärts durch die Dunkelheit und fort von Ada, die den Lichtkegel der Taschenlampe über die Wände zucken ließ und laut redend weiterlief.

Schon verschwand ihre Gestalt mit der nächsten Biegung aus Valeries Sichtfeld. Der Gang um sie herum wurde in blassgelbes Licht getaucht.

Valerie versuchte, nach hinten auszukeilen, traf etwas Hartes, vielleicht ein Schratbein.

Plötzlich entdeckte sie neben sich einen schmalen Spalt in der Wand. Sowohl sie als auch Ada mussten daran kurz zuvor achtlos vorbeigelaufen sein, er fiel auch jetzt fast nicht auf. Selbst wenn ihr Kindermädchen ihr Verschwinden inzwischen bemerkt hatte und umgekehrt war, würde sie möglicherweise den Spalt in der Wand erneut übersehen, jenen Spalt, durch den Valerie jetzt gezerrt wurde.

Dieser Gang war schmaler als alle Gänge zuvor und ihre Schultern schrammten links und rechts an rauem Stein. Noch einmal versuchte Valerie, sich aus dem Griff zu befreien, doch vergebens. Die Klauen des Schrates waren fest und unnachgiebig.

Angst ließ ihre Knie zittern. Was würde der Schrat mit ihr machen?

Ein Schrei entfuhr ihr, als sie unvermutet losgelassen und zu Boden gestoßen wurde. Doch statt mit den Knien schmerzhaft auf harten Boden zu prallen, fiel sie weich in ein Nest aus Kissen. Es roch muffig und im Schein der Schrataugen erkannte Valerie zerschlissene geblümte Gartenstuhlpolster. Sie hob den Blick und sah den Schrat an, der mit geneigtem Kopf über ihr stand, als erwartete er eine Reaktion von ihr.

»Wo bin ich?« Es war die erste Frage, die ihr in den Sinn kam.

Eine Antwort erhielt sie nicht, aber der Schrat ging vor ihr in die Hocke und betrachtete sie eingehend mit seinen gelben Augen.

Valerie nahm all ihren Mut zusammen. »Kannst du sprechen? Sag mir bitte, dass das nicht deine Speisekammer ist.«

Der albtraumhafte Gedanke, dass Schrate vielleicht Kinder fraßen, verfolgte sie schon seit Tagen. Wieder erhielt sie keine Antwort.

Zaghaft wanderte ihr Blick umher. Das Lager aus Sitzkissen erinnerte sie an ein Nest, und es schien noch weitere ähnlicher Machart zu geben. Sie waren über den Boden des breiter werdenden Ganges verteilt worden.

Waren das die Schlafplätze der Schrate?

Valerie versuchte es mit einer anderen Frage. »Warum hast du mich hierhergebracht?«

Der Schrat wippte ein wenig vor und zurück und betrachtete sie neugierig. Valerie rutschte vorsichtig ein paar Zentimeter von ihm weg und spürte jetzt die kühle Wand des Ganges in ihrem Rücken. Sie hatte etwas Tröstliches.

Da bemerkte sie am Fußgelenk des Schrates ein schwaches Glitzern und erkannte ihr Spielzeugarmband wieder. Langsam dämmerte ihr, dass dieser Schrat einer von denen war, die Ada kurz zuvor mit dem Schürhaken vermöbelt hatte.

Valerie zog die Knie dicht an den Körper heran und schlang die Arme um ihre Beine. Bestimmt war dieser Schrat jetzt stinksauer und sann auf Rache. Sie begann vor Angst am ganzen Körper zu zittern.

»Wir wollten euch nicht wehtun«, flüsterte sie leise.

Der Schrat streckte eine seiner klauenartigen Hände nach ihr aus und Valerie drückte sich noch stärker gegen die Wand.

»Du kannst das Armband behalten, ich habe noch viele davon!« Ihre Stimme wurde schrill.

Die Hand mit den dünnen schwarzen Fingern kam immer näher, berührte jetzt fast ihr Gesicht, hob sich leicht und legte sich sanft auf ihren Scheitel.

Valerie wagte kaum zu atmen. Sie war so voller Angst, dass sie zunächst gar nicht verstand, was sie da fühlte. Die Finger des Schrates strichen ihr unbeholfen über das Haar, hielten kurz inne und wiederholten die Bewegung dann. Die Kreatur streichelte ihr über den Kopf, während Valerie dasaß, ohne sich zu rühren.

Die Minuten vergingen. Unermüdlich fuhr ihr der Schrat über die Haare, den Kopf schief gelegt, und starrte sie an.

Valerie versuchte ein Lächeln, aber der Schrat reagierte nicht.

»Du bist eigentlich ganz lieb, oder?«

Keine Antwort.

Valeries Lächeln erlosch. »Oder etwa doch nicht?«

ADA

Ada rannte keuchend die engen Gänge entlang. Der Schweiß lief ihr über den Rücken, ihre Füße in den dicken Socken brannten wie Feuer, doch der Gedanke an Valerie trieb sie voran.

Manchmal rief sie verzweifelt nach ihr, doch niemand antwortete, und schließlich erinnerte sich Ada an ihren eigenen Gedanken, wonach ein Überraschungsangriff den größten Erfolg versprach. Sie gab das Rufen auf.

Immer wieder weitete sich der Gang zu Höhlen, wo er sich gabelte. An solchen Kreuzungen fanden sich Spuren der Schrate. Ada sah Nester aus Decken und menschlicher Kleidung, in denen kleinere und größere Gegenstände, die aus der Welt jenseits dieser Wände stammten, fein säuberlich platziert waren. Über einem der Nester bemerkte sie eine Art Mobile aus Kugelschreibern und Gabeln.

Sie folgte den Gängen wahllos und hatte längst jede Orientierung verloren, während sie versuchte, sich die Gegenstände in den Nestern zu merken, um wenigstens zu erkennen, ob sie im Kreis herumlief. Als ihr klopfendes Herz damit drohte, ihren Brustkorb zu zersprengen, lehnte sie sich an eine Wand und rang nach Luft.

Langsam, Atemzug für Atemzug, wurde sie ruhiger und in dieser Ruhe drang ein Laut an ihre Ohren. Ein lang gezogener wimmernder Ton, der entfernt an Gesänge fremder Kulturen erinnerte.

Ada stand ganz still und lauschte.

Das Wimmern veränderte sich, schwoll an, wurde wieder leiser, wechselte die Tonhöhe. Ada wollte versuchen herauszufinden, woher der Ton kam, und nahm ihren Lauf wieder auf. Tatsächlich wurde der Klang lauter.

Dem Gang folgend, gelangte sie erneut an eine Kreuzung, von der weitere Tunnel abzweigten. Lauschend hielt sie vor jeder Tunnelöffnung inne, bis sie den richtigen Weg gefunden hatte. Sie schob sich zwischen zwei Wänden hindurch, deren Zwischenraum nicht einmal schulterbreit war. Direkt vor ihr musste jetzt die Ursache des Wimmerns zu finden sein.

Ada löschte das Licht ihrer Taschenlampe und schob sich im Dunkeln voran. Auf keinen Fall wollte sie sich zu früh verraten.

Da bemerkte sie ein gelbes Leuchten. Die Augen eines Schrates glommen vor ihr in der Dunkelheit und erhellten ein Nest, das mit Dämmwolle und Decken ausgepolstert worden war.

Das schwarze Wesen hockte in der Mitte dieses Lagers auf dem Boden, hielt ein Bündel an sich gepresst und hatte die Lippen gespitzt. Ada begriff, dass das seltsame Wimmern ein Pfeifton gewesen war.

Sie presste sich an die Wand und rührte sich nicht.

Der Schrat pfiff seelenruhig weiter seine Melodie und strich dabei mit dürren Fingern immer wieder über das Bündel aus Decken in seinem Arm. Als es darin kurz zappelte, machte Adas Herz einen Satz.

Dieser Schrat hielt etwas Lebendiges an sich gedrückt.

Sie kniff die Augen zusammen, um besser sehen zu können, erkannte aber nicht, was der Schrat festhielt. Um Valerie handelte es sich jedoch auf keinen Fall, dazu war das Bündel zu klein. Aber einen kleinen Jungen wie Sebastian in Decken einzurollen, ja, das war denkbar.

Ein Kreischen unterbrach die fast anrührende Szene und von irgendwoher war der Ruf eines weiteren Schrates zu vernehmen. Der sitzende Schrat verstummte und betrachtete das Etwas in seinen

Armen eingehend. Dann holte er tief Luft und blies seinen Atem auf das Bündel. Vorsichtig wurde es nun auf die Dämmwolle am Boden gelegt, ehe sich die Kreatur erhob und das Licht der Augen sich über die Wände bewegte.

Schnell trat Ada zwei Schritte tiefer in den Gang hinein. *Jetzt bloß nicht entdeckt werden,* dachte sie. *Bitte, bitte.*

Das Licht der Schrataugen streifte für einen kurzen Moment ihre Socken, dann wanderte sein Blick weiter.

Die Hand um den Griff des Schürhakens gelegt, wartete Ada in der Dunkelheit.

Doch weder das Licht noch die Kreatur näherten sich dem Gang, in dem sie stand und auf ihre Chance wartete.

Vorsichtig schlich Ada vorwärts und fand die Höhle verlassen vor. Der Schrat musste sich durch einen der anderen Tunnel entfernt haben. Vermutlich war er dem Rufen seines Artgenossen gefolgt. Das Bündel hatte er netterweise zurückgelassen.

Ada kniete sich auf den Boden und schlug einen Zipfel der grauen Decke zurück. Sie presste die Hand vor den Mund, um nicht vor Erleichterung laut aufzuschreien, als sie Sebastians schwarzen Haarschopf freilegte.

Der Junge schlief. Die Augen geschlossen, den Daumen im Mund, lag er fest in die Decke gewickelt vor Ada und schmatzte leise. Sie konnte ihr Glück kaum fassen.

Entschlossen hob sie ihn auf und knotete sich zwei Zipfel der Decke wie einen Handtaschenriemen um die Schulter. Sebastian schlief weiter. Gerade hatte sie ihre Wahl getroffen, welchen Gang sie nun nehmen würde, als sie hinter sich einen schrillen Schrei vernahm.

Ada verschwendete keine Zeit damit, sich umzudrehen, sie wusste auch so, dass der Schrat zurückgekehrt war. Sie rannte los.

12

WAHL DER WAFFEN

August 2019

DOKTOR WARNING

Doktor Warning gab sich redliche Mühe, seinen Feierabend zu genießen. Seine Frau hatte ihm das Essen in den Kühlschrank gestellt, bevor sie mit ihren Freundinnen ins Theater gegangen war, und vor dem Fernseher stand noch eine halb volle Flasche Rotwein. Im Grunde die perfekten Bedingungen für einen perfekten Abend, ganz egal, was das Fernsehprogramm zu bieten hatte.

Doch Warning hatte noch nicht lange auf dem Sofa Platz genommen und an seinem Glas genippt, als das Schlimmste aller denkbaren Ereignisse eintrat.

Das Telefon auf dem Beistelltisch klingelte.

Warning stellte das Glas ab und warf dem Störenfried einen finsteren Blick zu. Vielleicht würde es wieder aufhören, wenn er sich ganz still verhielt.

Nach dem achten Klingeln gab Warning auf und hob ab.

Sofort drang ihm eine empörte Männerstimme ins Ohr. »Dreyer hier! Hören Sie mich? Meine Güte, ist das schwer, Ihre Nummer rauszukriegen. Gut, dass Sie genau wie ich Mitglied im Rotary-Club sind. Die verrückte Kindesentführerin ist wieder in meinem Haus und sie hat meine Telefone zerstört!«

»Unmöglich. Sie telefonieren ja gerade mit mir«, antwortete Warning so ruhig wie möglich, obwohl es hinter seiner Stirn augenblicklich zu arbeiten begann.

»Nicht dieses Telefon, Mann! Ist ja auch egal, ich will, dass Sie die Irre wieder abholen und dieses Mal richtig wegschließen, kapiert?«

Die Verbindung wurde unterbrochen und Warning hielt einen Augenblick inne, bevor er die Nummer der Nachtschwester wählte.

Schon nach dem ersten Klingeln wurde abgenommen. »Schwester Rose, ist Ihr Liebesroman fesselnd geschrieben? Wenn Sie ihn kurz aus der Hand legen könnten, um im Zimmer von Ada Lippnik nachzusehen, ob Ihnen vielleicht etwas Wichtiges entgangen ist? – Ja. Ich warte hier.«

Warning hörte, wie der Hörer zur Seite gelegt wurde. Absätze klapperten zielstrebig davon und verhallten.

»Wir haben auch eine Warteschleife, Schwester Rose«, flötete Warning überflüssigerweise in den Apparat und stieß einen kleinen Seufzer aus. Die Nachtschwester war nicht die hellste Kerze auf der Torte. Warning war sich ziemlich sicher, dass sogar ein Nilpferd seine geschlossene Abteilung verlassen konnte, ohne dass Rose es auch nur bemerkte. Aber das musste noch lange nicht bedeuten, dass diesem Kindermädchen heute Abend die Flucht geglückt war.

Im Hörer kehrten die Absätze in hektischem Stakkato zurück.

»Mist«, entfuhr es Warning.

Irgendwie hatte er gehofft, dass Derek Dreyer lediglich an Wahnvorstellungen litt. Aber sein Wunsch wollte sich nicht erfüllen. Er lauschte Schwester Rose' aufgeregten Entschuldigungen und Beteuerungen nur wenige Sekunden. Dann versorgte er sie mit ein paar freundlichen Floskeln, die die Unglückliche beruhigen sollten, und legte auf.

An der Garderobe nahm er den Autoschlüssel vom Haken und rief sich die Adresse der Dreyers ins Gedächtnis. Als er im Wagen saß und aus der Auffahrt rollte, war er in Gedanken schon bei Ada Lippnik.

Vom ersten Moment an hatte er gespürt, dass an dieser Geschichte etwas Besonderes war. Zwei verschwundene Kinder im Abstand von vierzig Jahren, und das ereignete sich zufällig im selben Haus unter den Blicken desselben Kindermädchens.

Doktor Warning war gespannt, was er im Hause der Dreyers vorfinden würde. Konnte es sein, dass es dort nicht mit rechten Dingen zuging? Aber nein, als seriöser Mediziner vermied Warning üblicherweise Mutmaßungen dieser Art. Doch er hatte viele Formen geistiger Gesundheitsstörungen kennenlernen dürfen und hielt es nicht mehr für völlig ausgeschlossen, dass einige seiner Patienten die Wahrheit sagten, wenn sie ihm ihre fantastischen Geschichten auftischten.

Im Gegensatz zu vielen seiner Kollegen war er übernatürlichen Phänomenen gegenüber im Laufe der Jahre nicht skeptischer, sondern aufgeschlossener geworden.

Was, wenn sie wahr wären, die geisterhaften Stimmen, die Befehle erteilten? Was, wenn es sie wirklich gäbe, die schimpfenden Männer auf der Gardinenstange und die fliegenden rosa Elefanten? Was, wenn er im Fall Lippnik zu ganz neuen Erkenntnissen gelangen würde?

An der ersten Ampelkreuzung fiel Warning ein, dass er seiner Frau keine Nachricht hinterlassen hatte. Und wenn schon. Er würde sicher nicht allzu lange wegbleiben.

VALERIE

Valerie hockte in einer Ecke neben dem Kühlschrank und lauschte, wie die Kreatur die verstreuten Köder in der Küche einsammelte. Doch der Schrat, der vor lauter Gier zunächst keinen seiner Beobachter bemerkt hatte, hielt plötzlich inne. Als sich Valerie vorwagte, sah sie im Halbdunkeln seine spitzen Ohren vibrieren. Das Licht seiner Augen glitt durch den Raum und blieb an ihr hängen. Einen Augenblick lang starrten sie einander an, dann sprang der Schrat flink wie ein Gecko durch die Küche und ehe es Valerie richtig begriff, war das Licht seiner Augen verschwunden.

Hastig richtete sie sich auf und drückte die Lichtschalter.

»Wo ist er hin?« Valerie blickte abwechselnd nach links und rechts auf der Suche nach einer Spur des Schrates.

Da öffnete sich die Schranktür unter der Spüle, und Jig kroch hervor. Sie wirkte verschreckt und zitterte wieder. Teddy ging rasch zu ihr und legte ihr einen Arm um die Schulter.

»Habt ihr das auch gesehen?«, fragte das Mädchen und seine Zähne schlugen bedenklich laut aufeinander.

»Aber natürlich.« Teddy gab sich betont heiter. »Wir haben es auch gesehen, weil es solche Dinge tatsächlich gibt. Aber du brauchst dich nicht zu fürchten, wir haben alles im Griff. Wir kennen uns damit aus.«

Jig klapperte weiter mit den Zähnen und insgeheim fand Valerie es nicht schlau, dass Ada sie mitgenommen hatte. Es gab sicher einfachere Wege zu mehr Selbstvertrauen als eine Begegnung mit Schraten.

Ada kroch derweil unbeholfen, aber fröhlich grinsend unter dem Tisch hervor, richtete sich auf und deutete auf die Wand mit den drei Stillleben, die Valerie bereits auf ein Tor hin untersucht hatte. »Dein Instinkt hat dich mal wieder nicht getrogen, Kindchen. Du warst ganz dicht dran. Der Weg zu den Schraten muss durch diese Wand führen, doch leider konnte ich das Kommen und Gehen unseres Besuchers von meinem Platz aus nicht genau beobachten. Versuch es noch einmal. Es ist hier.«

Valerie kniff die Augen zusammen und starrte erneut auf die grob gepinselten Kunstwerke. Keine Linie und kein Spalt verrieten ihr, wo sich das Tor befand.

»Konzentrier dich, Valerie«, wisperte Ada ihr ins Ohr.

Wieder und wieder wanderte ihr Blick über die gleichen Stellen. Dann sah sie es plötzlich.

Aufgeregt deutete Valerie auf eine waagerechte Linie zwischen Chrom und Leder. »Es ist nicht in den Bildern versteckt. Es ist die Sitzbank.«

»Du kannst es noch immer!«, rief Ada und strahlte über das ganze Gesicht.

Valerie hockte sich auf die Sitzfläche und grub ihre Fingernägel zwischen das Leder der Rückenlehne und den glänzenden Rahmen. Mühelos klappte die gepolsterte Fläche auf und fiel auf ihre Knie.

Jetzt klaffte ein Loch im Metallrahmen, ein tiefes, dunkles Loch.

»Oh nein«, stöhnte Teddy und hielt sich den Bauch. »So ein niedriges Tor. Das ist wirklich nicht sehr menschenfreundlich angelegt worden.«

»Aber es fügt sich perfekt in seine Umgebung ein.« In Adas Stimme schwang Bewunderung mit. »Wir hätten es nie entdeckt, wenn der Schrat uns nicht selber die Stelle gezeigt hätte, an der wir suchen mussten.«

Valerie wollte sich nicht länger mit Diskussionen aufhalten. Sie hatte bereits den Kopf in die Öffnung geschoben und machte Anstalten, hineinzukriechen, doch Ada hielt sie an der Schulter zurück.

»Was denn noch?«, fragte Valerie ungehalten und tauchte wieder aus dem Loch auf. »Mein Kind ist da drin, wir haben es jetzt wirklich eilig.«

»Das weiß ich, Kleines. Ein paar nützliche Dinge sollten wir aber mitnehmen. Hast du in einer deiner Küchenschubladen vielleicht eine Taschenlampe?«

Valerie nickte, sprang von der Sitzbank, lief zur Küchenzeile und förderte eine schmale, aber teuer wirkende Taschenlampe zutage.

»In jedem Raum dieses Hauses gibt es Taschenlampen«, erklärte Valerie und ließ die Lampe kurz aufblitzen. »Ein Tick meines Vaters. Als er nach Australien ging, hat er sie alle dagelassen.«

»Das wundert mich gar nicht«, brummelte Ada.

Teddy hatte sich derweil mit einem Fleischklopfer, einem Nudelholz aus Marmor, einem Mörser und einem Pürierstab bewaffnet.

»Was soll das denn?« Valerie war irritiert.

»Meine Golfschläger stehen noch im Flur und solange dein cholerischer Ehemann da draußen wartet, gehe ich nicht dort raus.«

Teddy hob abwehrend beide Hände. »Da sind ja die Schrate freundlicher. Das Zeug hier wird uns eine Hilfe sein.«

Tatsächlich hörten sie, wie Derek draußen auf dem Flur Selbstgespräche führte, und es waren keine freundlichen.

Valerie schämte sich für ihren Mann. Sie wusste, dass auch er unter Pauls Verschwinden litt, doch sein Verhalten der letzten Stunden war damit nicht zu rechtfertigen. Und ihr war jegliche Nachsicht abhandengekommen. Zum ersten Mal seit Jahren sah sie sich selbst, wie andere sie sehen mussten: als die gefügige Frau an der Seite eines ungehobelten Cholerikers. Dieses Bild gefiel ihr gar nicht. Wenn all das hier ein gutes Ende genommen hatte, würde sie ein paar Dinge in ihrem Leben ändern müssen.

»Valerie? Ist alles in Ordnung?« Ada sah sie besorgt an und holte sie zurück in die Gegenwart.

»Alles in Ordnung«, bestätigte sie. »Ich möchte nur bemerken, dass ich auch einen ganz hervorragenden Messerblock habe. So ein Fleischermesser erscheint mir wesentlich effektiver als ein Nudelholz. Und ein Taschenmesser liegt hier auch noch irgendwo herum.«

Ada schüttelte den Kopf. »Schrate sind ein bisschen wie Nüsse. Ihre harte Schale eignet sich nicht für einen Angriff mit Klingen. Oder hast du schon einmal versucht, eine Schildkröte aufzuspießen? Schlag im Notfall lieber hart zu und ziele auf Kopf und Knie. Das sind ihre Schwachstellen. Der Kopf ist eine gute Wahl, wenn man ihn erreichen kann. Ihre Schädel sind zwar recht stabil, aber der Inhalt reagiert empfindlich auf Erschütterungen …«

»Wird es denn wirklich nötig sein? Gibt es keinen besseren Weg als Gewalt?« Valerie missfiel der Gedanke, hart zuschlagen zu müssen. Sie musterte erneut Teddys Auswahl an Küchengeräten.

Da rief Ada: »Zeig mir doch einmal das Taschenmesser. Es könnte vielleicht nützlich werden.«

Gehorsam zog sie das elfenbeinfarbene Klappmesser aus einer mit Krimskrams gefüllten Schublade und reichte es Ada. Diese wog es prüfend in der Hand und zog die Klinge hervor. Dann nickte das Kindermädchen und schob das wieder zusammengeklappte Messer in die Tasche ihres Bademantels.

»Was hast du damit vor, wenn Messer für Schrate ungeeignet sind?«, fragte Valerie.

»Das Messer ist nicht für die Schrate. Das Messer ist für die Katze, falls sie uns kratzen will.«

Valerie wollte gerade noch eine Frage zum leidigen Katzenthema stellen, doch Ada reichte ihr bereits den Pürierstab. Sie betrachtete das schwere Stahlende eingehend und fragte sich, ob sie in der Lage sein würde, mit einem Pürierstab auf einen Schrat einzuschlagen. Hoffentlich blieb ihr diese Erfahrung erspart.

Ada ihrerseits entschied sich für das Nudelholz und reichte den schweren Mörser an Jig weiter, die ihn zögernd entgegennahm.

»Wir haben also eine Taschenlampe und können uns notfalls verteidigen.« Ada griff nach einem Netz Orangen, das auf der Arbeitsfläche lag. »Und jetzt haben wir auch noch Tauschware, falls die Schrate doch mit sich handeln lassen. Das hat bisher zwar nur ein Mal geklappt, aber man soll nichts unversucht lassen. Fehlen also nur noch die Pfeifen, und die habe ich immer bei mir.«

Sie griff in die Tasche ihres Bademantels und zog die zur Faust geballte Hand langsam wieder hervor. Als sie sie öffnete, lagen darin zwei silberne Hundepfeifen. »Eine ist für dich, Valerie. Teddy trägt seine eigene bei sich, und auf Jig werden wir achtgeben müssen …«

Valerie nahm den kleinen Gegenstand mit spitzen Fingern und drehte ihn hin und her. »Wozu soll die gut sein?«

»Solltest du eine Winkelnatter entdecken, dann blase in die Pfeife«, klärte Teddy sie auf. »Du kannst auch präventiv pfeifen, falls du dich unsicher fühlst und meinst, es könnte eine im nächsten Winkel auf dich lauern. Der Rest erklärt sich dann von selbst.«

Valerie blickte von Teddy zu Ada und wieder zurück. »Das waren die pelzigen Kugelschreiber, richtig?«

August 1979

VALERIE

Der Schmerz kam so plötzlich und unerwartet, dass Valerie aufschrie. Augenblicklich wich der Schrat von ihr zurück und hob abwehrend die Hände, als wollte er seine Unschuld beteuern.

»Etwas hat mich gebissen«, rief sie und hob ihren nackten Fuß in die Höhe.

Im Schein der gelben Schrataugen sah sie eine graue Fellwurst, die sich oberhalb des Knöchels in ihrer Haut verbissen hatte. Das Ding war so lang wie ein Kugelschreiber und genauso dick. Valerie verzog angeekelt das Gesicht. Dieses Wesen an ihrem Bein war tausendmal schlimmer als der Schrat vor ihrer Nase, denn es tat ihr weh.

»Nimm es weg! Oh bitte, bitte! Nimm es weg!«, forderte sie den Schrat auf, der sie aufmerksam beobachtete.

Jetzt öffnete er den Mund, stieß einen schrillen Laut aus, der die Trommelfelle in Valeries Ohren zum Flattern brachte und ihr die

Tränen in die Augen trieb. Augenblicklich sträubte sich das Fell des seltsamen Wurms und verdoppelte so sein Volumen. Das machte das Ding zwar niedlicher, aber den Biss nicht weniger schmerzhaft.

Valerie schüttelte energisch ihr Bein, um das Vieh loszuwerden. Da fiel das Tier, das nun einer Flaschenbürste mit Knopfaugen und sehr spitzen Zähnen glich, lautlos zu Boden. Ein schmatzendes Geräusch jagte Valerie Schauer des Ekels über den Rücken, als der Schrat den Fellwurm kommentarlos zertrat. Was blieb, war ein matschiger Fleck am Boden des Ganges und der brennende Schmerz in ihrer Wunde.

Valerie biss sich auf die Lippen, um nicht in Tränen auszubrechen. Sie wollte nur fort von hier, fort von dem Schrat und raus aus diesen finsteren Gängen.

Was ging Sebastian sie überhaupt an? War dieses dumme Baby etwa ihr Problem?

Da spürte sie erneut die Hand des Schrates auf ihrem Haar. Wieder strich die Klaue beruhigend über ihren Scheitel, wieder wurde sie sanft angepustet. Zuerst empfand Valerie es als unangenehm, den Atem des Schrates in ihrem Gesicht zu spüren, doch bald schien ein Duft nach Zitrusfrüchten sie einzuhüllen und der Schmerz in ihrem Bein ebbte ab. Ihre Verzweiflung wich einem Gefühl der Geborgenheit, fast als würde sich eine warme Decke um ihre Schultern legen. Alles war gut, sie war in Sicherheit.

Fast wäre sie eingeschlafen, als sich irgendwo in ihrem Innersten Widerspruch meldete.

Nichts war gut. Sie saß mit einem Schwarzen Schrat irgendwo hinter den Wänden und hatte ihre Freundin verloren. Sie durfte jetzt nicht schlafen, sie musste Ada wiederfinden. Aber vielleicht sollte sie so tun, als ob sie schliefe?

Valerie ließ sich zur Seite fallen und presste ihr Gesicht in die Kissen am Boden, während sie versuchte, ruhig und regelmäßig zu atmen. Prompt hörte der Schrat auf, sie anzupusten, und Valerie spürte, wie das Gefühl der Geborgenheit von ihr wich. Es erschien ihr traurig und richtig zugleich.

Weiter lag sie still da und rührte sich nicht, während die Minuten verstrichen. Da nahm sie die Berührung des Schrates an ihrem verletzten Knöchel wahr. Fast wäre Valerie zurückgezuckt, doch sie beherrschte sich mühsam. Die flinken Finger des Schrates schienen etwas um die Wunde zu wickeln, dann wurde es still, und sie hatte das Gefühl, allein gelassen worden zu sein.

Vorsichtig öffnete Valerie ein Auge. Dunkelheit umgab sie. Entweder hatte der Schrat seine leuchtenden Augen geschlossen oder er war tatsächlich fort.

Sie streckte die Hände aus und tastete blind in der Dunkelheit herum. Als sie auf nichts stieß, beugte sie sich immer weiter vor. Da war kein Schrat mehr.

Sie war allein gelassen worden. War das jetzt gut oder schlecht? Valerie entschied, dass es sich schlecht anfühlte, und machte sich ganz klein. Die Arme um die Knie geschlungen, saß sie in völliger Finsternis.

»Ada?«, rief sie leise.

Keine Antwort.

»Ich bin hier«, versuchte sie es noch einmal und erschrak über ihren eigenen jammervollen Tonfall.

ADA

Sebastians kleinen Körper fest an sich gepresst, rannte Ada um ihr Leben. Aus dem einzelnen Schratschrei hinter ihr war eine Kakofonie von Schreien geworden. Sie schätzte, dass die Zahl ihrer Verfolger stetig wuchs. Und sie holten auf. Sie sah das gelbe Licht ihrer Augen über die Wände tanzen und glaubte ihren Atem im Nacken zu spüren. Wenn sie nicht bald einen Ausgang fand, eines dieser Tore, dann würde sie dieses Rennen verlieren.

»Valerie!«

Auch wenn es nicht sehr wahrscheinlich war, hoffte Ada noch immer, dass das Mädchen plötzlich einfach vor ihr auftauchen konnte. Valerie würde mühelos ein Tor in die Wirklichkeit für sie alle finden.

In der nächsten Kurve geriet Ada ins Rutschen, verlor fast das Gleichgewicht und konnte einen Sturz gerade noch verhindern.

»Valerie!«, rief sie noch einmal verzweifelt.

Und für einen kurzen Moment bildete sie sich ein, eine Antwort gehört zu haben. Doch ihr eigener Atem ging so laut, und ihr Blut rauschte in ihren Ohren, dass sie sich nicht sicher war.

Noch ein atemloser, eher gekeuchter als gerufener Versuch: »Valerie!«

Wieder glaubte Ada, irgendwo eine Antwort gehört zu haben.

Da legte sich von hinten eine knochige Hand auf ihre Schulter und krampfte sich schmerzhaft um ihr Schlüsselbein. Die Schrate hatten sie eingeholt.

Ada folgte einer plötzlichen Eingebung. Sie legte eine Vollbremsung hin und warf den Kopf so schwungvoll, wie sie konnte, in den Nacken.

Blitze zuckten vor ihren Augen, als ihr Hinterkopf auf eine harte Fläche prallte, die ein knackendes Geräusch von sich gab. Ein Schmerzenslaut erklang, dem weitere folgten.

Ada hatte in dem engen Gang eine Massenkarambolage verursacht. Leider war auch sie selbst dabei ins Straucheln gekommen, doch sie rappelte sich auf, umklammerte das Kleinkind vor ihrem Bauch und rannte weiter. Bald blieben die Schreie der Schrate hinter ihr zurück. Sie hatte sich mit diesem für alle schmerzhaften Manöver einen kleinen Vorsprung erkämpft. Doch wie lange würde er halten?

»Valerie!« Sie musste es einfach weiter versuchen.

Und dieses Mal war sie sich sicher, dass noch jemand außer ihr hier in den Gängen rief.

Valerie? Sie musste es einfach sein. Die Hoffnung mobilisierte ihre letzten Kraftreserven. Den Jungen noch immer fest an sich gedrückt, spurtete sie in den nächsten Gang.

VALERIE

»Valerie!«

Sie hob den Kopf und lauschte in die Dunkelheit. Das war Adas Stimme gewesen, die nach ihr rief. Und sie schien nicht weit entfernt zu sein.

Valerie atmete tief ein und brüllte eine Antwort. »Ich bin hier!«

Sofort erkannte sie, dass das eine dumme Antwort gewesen war. Wo sollte denn dieses ›hier‹ sein?

Sie richtete sich in ihrem Schratnest auf und tastete sich voran. Einen Augenblick später stürzte sie der Länge nach zurück in die

Kissen. Etwas hielt sie zurück. Valerie untersuchte das Etwas mit ihren Fingern. Es war eine dünne, aber stabile Schnur, die an ihrem Knöchel begann und irgendwo im Dunkel endete.

Der Schrat hatte sie nicht verbunden, er hatte sie angebunden, bevor er sich davonmachte. Verzweifelt versuchte sie, sich zu befreien, spürte aber nur, wie das Band ihr tief in die Haut schnitt. Da hörte sie einen erneuten Ruf von Ada. Valerie musste sich beeilen.

So schnell sie konnte, folgte sie mit den Fingern der Paketschnur bis zu ihrem Ende und ertastete ein Rohr, das an der Wand entlanglief.

Noch einmal zerrte sie an ihrer Fessel. Vergeblich.

13 Risiken und Nebenwirkungen

August 2019

ADA

Ada stand im Schratgang hinter der Küche und blickte auf Teddy hinab, der eine Diät augenscheinlich noch viel nötiger hatte als sie selbst.

»Du hast recht, Valerie, eine Winkelnatter sieht in etwa aus wie eine Blindschleiche im Pelzmantel«, bestätigte er deren Worte über das Aussehen dieser ungewöhnlichen Wesen, während er sich bemühte, seine Leibesfülle durch das mickrige Küchentor zu quetschen. »Es handelt sich um einen Parasiten, der sich vom Blut seiner Opfer ernährt. Ihr Speichel enthält eine Komponente, die sich nachteilig auf das Gedächtnis des Opfers auswirkt. Der Betroffene vergisst den Biss der Natter und alle Ereignisse, die damit in Verbindung stehen. Wie groß die Erinnerungslücke genau wird, hängt von Größe und Statur des Opfers ab. Je kleiner der Mensch, desto stärker die Wirkung auf das Gedächtnis. Aber nach allem, was wir wissen, kann die Erinnerung zurückkehren, wenn das Gedächtnis entsprechend stimuliert wird.«

Teddy hatte Fortschritte gemacht. Aktuell befanden sich sein Kopf und seine Arme bei Ada, Jig und Valerie im Gang, während sein Hinterteil samt Beinen noch in der Küche baumelte.

Valerie, welche die Taschenlampe hielt, blickte Ada vorwurfsvoll an. »Warum hast du das nicht getan? Mein Gedächtnis stimuliert, meine ich.«

Ada rollte die Augen. »Du wirst es vielleicht nicht glauben, Valerie, aber ich hatte kein Verlangen danach, Erinnerungen in dir aufzufrischen, von denen ich glaubte, dass sie sowieso nicht gut für ein Kind seien.«

Valerie schien mit dieser Antwort nicht zufrieden.

Ada spürte, dass sie eine Entschuldigung erwartete. »Heute weiß ich es natürlich besser. Du warst auf dieses Leben hier nicht gut vorbereitet, weil ich geschwiegen habe. Es tut mir leid. Aber wie hätte ich ahnen können, dass es dich als verheiratete Frau tatsächlich in dieses Haus zurücktreibt? Ich an deiner Stelle hätte diesen Kasten verkauft und mir mit dem Geld ein unbelastetes Häuschen geleistet. Ein schratfreies Heim, verstehst du?«

Valerie nickte und sah auf den stöhnenden Teddy hinab, der nicht mehr vor- und zurückkam. »Und wie war es, als ich alles vergaß? Geschah das schlagartig? Direkt nach dem Biss?«

»Nein, es war ein schleichender Prozess, der sich über Tage hinzog. Es wurde einfach immer weniger.« Ada schaute versonnen in die Ferne und versuchte, sich alles ganz genau in Erinnerung zu rufen. »Eines Morgens schautest du mich nur verständnislos an, als ich dich nach versteckten Toren fragte. An diesem Tag habe ich unser Abenteuer hinter den Wänden dir gegenüber zum letzten Mal erwähnt. Ich hatte zu dem Zeitpunkt gar keine Erklärung für dieses rätselhafte Vergessen. Erst Teddys Vater erzählte mir Jahre später von den Winkelnattern und erklärte mir die Wirkung ihres Giftes.«

Endlich gelang es Teddy, auch den Rest von sich in den Gang zu ziehen.

Mit schmerzverzogenem Gesicht nahm er seinen Bericht wieder auf. »Die Winkelnatter ist ungemein geräuschempfindlich, insbesondere bei hohen Tönen und solchen im Ultraschallbereich. Der Pfiff einer Hundepfeife sorgt dafür, dass sich ihr Fell sträubt. Ebendies macht sie für mehrere Minuten bewegungsunfähig, weil eine Winkelnatter mit gesträubtem Fell nicht mehr kriechen kann. Sieht eigentlich ganz lustig aus. Leider bemerkt man sie nicht immer, bevor sie zubeißt, ein bisschen Glück gehört also dazu.«

Ada deutete einen Applaus an. »Du warst deinem Vater ein guter Schüler.«

Teddy klopfte sich den Staub aus den Kleidern und grinste sie schief an. »Erst durch dich habe ich mich für seine Arbeit interessiert. Die Geschichten von dir und Valerie, die du mir auf meiner Bettkante erzähltest, haben mein Leben verändert.«

»Aha!« Valerie schürzte die Lippen. »Teddy konntest du also von den Schraten erzählen, aber mir nicht.«

»Teddy war älter als du, als ich zu ihm kam«, rechtfertigte sich Ada, die sofort wieder den dicklichen Jungen von damals vor ihrem inneren Auge sah. »Aber mach mich nicht für dein Leben verantwortlich, Teddy. Aus dir hätte immer noch etwas Anständiges werden können.«

»Ich *habe* einen anständigen Beruf. Ich arbeite für eine Versicherungsgesellschaft«, rief dieser entrüstet.

Ada zwinkerte ihm zu und erwiderte nichts.

Teddy errötete. »Und da stößt man eben manchmal auf seltsame Hausbewohner. Eigentlich mehr zufällig.«

»Ja, sicher. Rein zufällig.« Sie lächelte nachsichtig und klopfte ihm auf die Schulter. »Ich bin ja ganz froh, dass es noch ein paar Leute außer mir gibt, die sich mit diesen Dingen auskennen. Sonst stünde ich manchmal ganz allein da. Jetzt zum Beispiel.«

Teddy nahm Valerie die Taschenlampe ab und sah sich in dem Gang, in dem er stand, um. »Na dann los. Viel Kopffreiheit und keine Fledermäuse, was will man mehr?«

Alle setzten sich gleichzeitig in Bewegung, alle außer Jig, die Ada am Ärmel zurückhielt.

Diese bemerkte sofort, dass das Mädchen wieder mitleiderregend zitterte.

»Ich will nicht mitgehen.« Jigs Stimme klang weinerlich. »Ich habe heute schon genug gesehen und gehört. Ich will hierbleiben, dieser Ausflug ist nicht gut für mich.«

Ada war nicht ihrer Meinung. »Es wäre besser, wenn du uns begleiten würdest. Du könntest viel lernen. Wissen ist ein gutes Mittel gegen Furcht, weißt du?«

Sie sah Jig eindringlich an, doch diese fuhr sich wieder und wieder über ihre Haarstoppeln und brachte schließlich hervor: »Ich will mich nicht mit Nattern herumplagen und auch nicht gegen das Vieh mit den gelben Augen kämpfen. Ich kann das nicht.«

Ada zögerte. Sie ließ Jig nur sehr ungern allein in der Nähe des wütenden Derek Dreyer zurück, aber sie wollte sie auch nicht zu etwas zwingen, mit dem sie sich völlig überfordert fühlte. »Na gut. Warte in der Küche auf uns und hüte dich vor Mister Dreyer. Zeig ihm auf keinen Fall das Tor in der Küchenbank. Nicht auszudenken, wenn der Mann auf die Idee käme, uns zu folgen.«

Jig schien erleichtert und glitt mühelos durch das schmale Tor zurück in die Küche.

»Jung müsste man sein«, murmelte Teddy.

»Schlank müsste man sein«, korrigierte ihn Ada und wusste, dass sie etwas neidisch klang. »Obwohl ich Jigs Diät lieber nicht ausprobieren möchte. Ich wette, sie hat aus lauter Angst aufgehört zu essen.«

»Sie hatte eben keine Ada als Kindermädchen, sonst wäre das nicht passiert.« Teddy grinste breit.

»Ich hatte Ada als Kindermädchen und bin auch nicht gerade frei von Angst«, widersprach Valerie. »Wenn ich es recht überlege, habe ich mir wohl einen Kerl wie Derek ausgesucht, damit er mich vor der Welt beschützt.«

Ada legte Valerie liebevoll eine Hand an die Wange. »Es wäre sicher anders gekommen, wenn dein Vater nicht ein Idiot gewesen wäre, Liebes.« Sie hatte den Satz kaum beendet, da konnte sie sehen, wie es hinter Valeries Stirn zu arbeiten anfing.

Schnell wechselte sie das Thema. »Paul wartet hier drinnen irgendwo auf uns. Hattest du es nicht gerade noch eilig, ihn wiederzufinden?«

»Das ist wahr«, bestätigte Valerie und marschierte augenblicklich los.

»Dann wollen wir hoffen, dass wir noch rechtzeitig kommen«, murmelte Ada und blickte verstohlen auf ihre Armbanduhr.

Wie viel Zeit war vergangen, seit die Schrate Paul an sich gebracht hatten? Schon fast ein ganzer Tag, wenn sie sich nicht täuschte. Es wurde allerhöchste Zeit, den Jungen wiederzufinden.

Schon nach wenigen Metern mündete der Schratgang in einer Höhle, deren Ausstattung Ada hier nicht erwartet hatte.

Teddy neben ihr pfiff anerkennend durch die Zähne. »Ich habe ja schon ein oder zwei Schratnester gesehen, aber dieses hier ist sehr eindrucksvoll. Es erinnert an eine Bibliothek.«

Ada stimmte ihm in Gedanken zu. Ihre Taschenlampe erhellte einen Raum, dessen Wände mit Regalkonstruktionen voller Bücher zugestellt worden waren.

»Das sind alles Vaters Bücher«, brach es aus Valerie heraus. »Sie waren fort, als Derek und ich hier einzogen. Wir dachten, er hätte sie mit nach Australien genommen.« Ihre Hand strich über die Lehne eines Ohrensessels, neben dem ein Tischchen mit Häkeldecke stand. »Und das ist Vaters Lieblingssessel. Ich wusste nicht, dass er ihn auch zurückgelassen hat.«

»Gibt es viele Dinge wie diese, von denen du nur glaubst, sie seien nach Australien mitgenommen worden?«, fragte Ada und betrachtete einen antiken Säbel, der an der Wand hing. »Wenn ja, sollten wir vielleicht doch umkehren und die Fleischmesser holen.«

Auch Teddy schien jetzt beunruhigt. »Hat dein Vater auch Schusswaffen gehabt, die die Schrate nach seinem Auszug gefunden und aufgeräumt haben könnten, Valerie? Dann könnte es sich hierbei um ein Himmelfahrtskommando handeln.«

Valerie schüttelte den Kopf und strich über die Buchrücken. »Nein, das glaube ich nicht. Vater verabscheute Schusswaffen.«

Ada nahm einen roten Kugelschreiber vom Tischchen und drehte ihn in der Hand. Eine Sekunde später hätte sie ihn vor Überraschung fast fallen gelassen. Lisa Smalls Name war in das glänzende Metall eingraviert worden.

»Ich bezweifle, dass diese Höhle ein Schratnest ist«, flüsterte sie, legte den Kugelschreiber zurück und wandte sich einem der Bücherregale zu. Ihr Blick fiel auf ein vergilbtes Blatt Papier, das senkrecht an den Buchrücken lehnte. »Valerie, komm bitte einmal zu mir und sieh dir das an.«

Als die jüngere Frau neben sie trat, deutete Ada auf die krakelige Kinderzeichnung. Sie zeigte ein dürres, schwarzes Wesen mit gelben Augen, dass eine Art Sense in den Händen hielt. Das Bild war mit einem kleinen Kürzel versehen, ein ungelenkes V und ein krakeliges H.

»Das habe ich gemalt«, entfuhr es Valerie. »Ja, es fällt mir wieder ein. Ich saß mit Sebastian auf dem Boden und habe ihm dieses Bild gemalt.«

»Das war der Tag, an dem Sebastian den Schraten in die Hände fiel«, stellte Ada fest.

Valerie griff sich an die Stirn. »Unglaublich, wie klar ich mich plötzlich wieder daran erinnere. Wie wohl dieses Bild hierherkommt?«

»Möglicherweise hat der Schrat von damals es zusammen mit Sebastian an sich genommen«, erwiderte Ada zögernd.

»Und es ist immer noch hier in den Wänden. Was wohl aus dem armen Jungen von damals geworden ist?« Valerie strich über das Papier.

Ada erschauerte. »Ich bin mir nicht sicher, ob ich das wissen will.«

Valeries Aufmerksamkeit wechselte von der Zeichnung zurück zu ihrem alten Kindermädchen. »Warum konnten wir Sebastian damals nicht retten? Du hast in der Klinik zu mir gesagt, unsere Hilfe kam für ihn zu spät. Wie hast du das gemeint?«

Ada dachte nicht gern an diesen Moment des Scheiterns zurück und der Gedanke, dass es heute wieder einmal so weit sein konnte, beunruhigte sie noch immer. Die Zeit arbeitete gegen sie, und das bedeutete, dass sie langwierige Erklärungen auf einen späteren Zeitpunkt verschieben musste.

»Wir haben damals alles versucht, Valerie. Mich damit abzufinden, dass ich nichts mehr für ihn tun konnte, war einer der schwersten Momente meines Lebens. Jetzt lass uns nach Paul suchen.«

»Ja, aber *warum* konnten wir nichts mehr für ihn tun?«, bohrte Valerie nach.

Ada antwortete nicht auf ihre Frage, stattdessen begann sie, nach einem zweiten Ausgang aus dieser Bücherhöhle zu suchen, und besah sich eines der Regale genauer. Als sie sich dagegen lehnte, fühlte sie, wie es ganz leicht zur Seite glitt. Hatte sie es doch geahnt. Gleich hinter den Bücherregalen begann eine andere Welt. Eine dampfende Welt, die in ein blassblaues Licht getaucht vor ihnen lag. Der Anblick entlockte Valerie neben ihr ein überraschtes Keuchen.

»Das Moor«, flüsterte sie und strich sich das schwarze Haar nervös hinter die Ohren.

Teddy trat vor und setzte probehalber einen Fuß auf den matschigen Pfad, der sich in einem blau schimmernden Nebel verlor. »Wunderbare Wesen, diese Schrate, nicht wahr? Sehr talentierte Baumeister. Wenn sie nicht so diebisch wären, könnte man es glatt mit ihnen aushalten.«

»Das Moor«, wisperte Valerie noch einmal und rieb sich die Augen.

»Nass, neblig und unheimlich wie eh und je«, bestätigte Ada und setzte sich in Bewegung. »Zu jeder Schratkolonie gehört ein Ort wie dieser.« Sie blickte über ihre Schulter und sah Valerie noch immer wie angewurzelt neben dem Regal stehen. »Komm schon. Wir müssen weiter.«

»Und wir müssen sehr wachsam sein«, murmelte Teddy. »Wenn sie uns hier erwischen, können sie sehr böse werden.«

Ada nickte. »Hier werden sie nicht zögern, uns anzugreifen.«

»Ist das eine Art Todesstreifen?«, fragte Valerie und folgte Ada zaghaft.

Ada ließ den Blick schweifen. »Es ist ihr Friedhof und hat einen besonderen Stellenwert für sie. Irgendwo in diesem Nebel patrouillieren Wachposten. Wir müssen sehr vorsichtig sein.«

»Können wir das Moor nicht umgehen?« Valerie blickte suchend nach rechts und links.

»Wir haben es eilig«, erinnerte sie Ada. »Umwege können wir uns nicht leisten.«

August 1979

VALERIE

Erneut hörte Valerie Adas Stimme. Sie schrie eine Antwort und zog verzweifelt an der Schnur, doch diese hielt all ihren Bemühungen stand.

Viel zu hastig ertastete sie den Knoten an ihrem Fußknöchel. Sie zwang sich zur Ruhe. Jeder Knoten ließ sich öffnen, wenn man es ohne Eile anging, das hatten sie ihre Turnschuhe gelehrt.

Langsam und konzentriert erfühlte sie jetzt seine Windungen und stellte sich vor, dass es nur ein verknoteter Schnürsenkel war. Sie war recht gut im Aufknoten von Fäden aller Art. Im Dunkeln war es natürlich schwieriger und sie hatte ihn durch ihr Reißen bereits unnötig stramm gezogen, aber es war nicht mehr als ein kniffliges Rätsel, das sie lösen konnte.

Sie bohrte ihre kleinen Fingernägel in den Knoten und versuchte, ihn zu lockern. Dann setzte sie neu an und wiederholte ihren Versuch. Der Knoten war jetzt nicht mehr ganz so stramm wie zu Beginn. Da hörte sie Ada wieder ihren Namen rufen.

»Ich bin hier!«

Sie durfte jetzt nicht zappeln. Da lockerte sich die erste Schlaufe.

ADA

»Valerie.«

Ada ging jetzt wirklich die Puste aus und noch immer reihte sich Gang an Gang. Wie sollte sie ohne Valeries Talent jemals wieder aus diesem Labyrinth herausfinden?

Sebastian an ihrer Brust gab noch immer keinen Mucks von sich. Was war los mit ihm? War Sebastian bewusstlos oder sogar tot?

Lass ihn bitte nicht tot sein!, flehte Ada zu irgendeiner göttlichen Macht, die sich hoffentlich gerade zuständig fühlte, und presste das Bündel fester an sich.

In der nächsten Kurve schlug ihr der Schürhaken an ihrem Gürtel schmerzhaft gegen die Waden. Den hatte sie fast vergessen. Mit einer Hand löste sie ihn aus seiner Schlaufe und begann, während sie lief, gegen die Tunnelwände zu schlagen. Vielleicht konnte man ein Tor ja hören. Vielleicht klang es hohl.

VALERIE

Valerie hatte es geschafft. Der Knoten war gelöst und die Schnur zu Boden gefallen. Sie sprang auf die Füße und lief los. Nichts hielt sie mehr zurück. Wie eine Schlafwandlerin streckte sie die Arme vor, um nicht unvermutet mit einer Mauer zu kollidieren. Schon bald fühlte sie ein Hindernis mit ihren Fingerspitzen und folgte der Wand, ohne zu wissen, ob sie das näher zu Ada brachte.

Da hörte sie noch einmal, wie ihr Name gerufen wurde.

»Ich bin hier!«

Valerie lief schneller, trat ins Leere, fiel ein paar Stufen hinab und rappelte sich wieder auf. Ihre aufgeschlagenen Knie brannten wie Feuer.

»Ich bin doch hier«, brachte sie unter Tränen hinaus und wankte weiter vorwärts.

Endlich hörte sie Schritte, die sich ihr näherten und von einem Hämmern begleitet wurden.

»Ada? Ada, bist du das?«

Sie wischte sich den Rotz mit den Handballen aus dem Gesicht und versuchte, etwas in der Finsternis vor sich zu erkennen. Plötzlich wurde es heller und im Schein eines gelben Lichtes kam eine

Gestalt um eine Ecke gebogen. Es war kein Schrat, das erkannte sie sofort.

»Ada!« Valerie konnte ihr Glück kaum fassen und wollte ihrer Freundin schon entgegenlaufen.

Doch diese rief: »Wir brauchen einen Ausgang! Sie sind mir auf den Fersen!«

Da sah Valerie auch schon die Schwarzen Schrate hinter Ada auftauchen.

Mit einem Schrei des Entsetzens drehte sie sich um und lief jetzt vor Ada her. Sie rannten einem bläulichen Licht entgegen, das ihr sehr bekannt vorkam. So schnell sie konnte, lief sie in das Licht hinein und wäre fast wieder gestürzt, als der Boden unter ihr plötzlich nachgab und sie sich bis zu den Knöcheln in einem Loch, angefüllt mit braunem Wasser, wiederfand. Sie stand im Moor. Sie hatten es wiedergefunden.

»Schneller, wir müssen raus hier«, hörte sie Ada keuchen, die sie jetzt fast eingeholt hatte.

Valerie zog die Füße aus dem schlammigen Untergrund, der sie nur widerwillig freigab, und rannte mit nackten Sohlen durch stacheliges Gras, wobei sie sich hastig umblickte. Doch sie sah nichts außer dem Nebel, der zwischen Baumskeletten wallte.

»Hier gibt es keine Tore«, rief sie verzweifelt aus und stolperte über eine Baumwurzel.

»Es muss einfach eines geben. Such es!« Adas Stimme klang, als wäre sie kurz davor aufzugeben.

Angstvoll suchte Valerie weiter den Nebel ab. Da tauchten in ihrem Blickfeld unvermutet zwei niedrige Felsen auf, hinter denen ein toter Baum aufragte.

Sie war sich nicht ganz sicher, aber es erschien ihr der beste Platz für einen möglichen Ausgang zu sein. Musste ein Tor denn zwangsläufig in einer Mauer stecken?

Sie drehte sich zu ihrem vorwärtstaumelnden Kindermädchen um und wies mit dem Finger auf die schwarze Baumgruppe.

Über Adas Gesicht huschte ein hoffnungsvolles Lächeln.

Als sie den Baum erreichten, entdeckte Valerie sofort, was sie sich von diesem Ort erhofft hatte: Den Baum durchzog vom Stamm bis in die Astgabel eine senkrechte Linie, die sie Ada zeigte. Während hinter ihnen die Schrate herankamen und wütend kreischten, warf sich Ada gegen das tote Holz, das plötzlich nachgab.

Innerhalb eines Wimpernschlages verschwand das Kindermädchen in dem schmalen Spalt, der sich geöffnet hatte, und Valerie sprang ihr nach. Fast wäre sie auf Ada gefallen, die auf dem grünen Teppich ihres eigenen Zimmers lag. Doch kaum spürte Valerie den weichen Flor unter ihren schlammigen Füßen, da drehte sie sich herum und schlug das schmale Tor zu, das sich direkt neben dem Kamin geöffnet hatte.

Erst danach sank sie zu Boden und rang nach Luft, wie auch Ada es tat. Valerie hatte das Gefühl, noch nie zuvor so viel gelaufen zu sein.

»Ich gehe da nie wieder rein. Egal, was die Schrate uns noch stehlen werden«, stieß sie hervor, als sie wieder zu Atem gekommen war.

»Ich bin ganz deiner Meinung.« Ada setzte sich auf. »Das machen wir definitiv nie wieder.«

Jetzt löste sie den Knoten der Decke an ihrer Schulter und schlug das Bündel auseinander. Und da lag Sebastian. Ganz still, die

Daumen in den Mund geschoben, und starrte sie beide an. Valerie und Ada starrten ungläubig zurück.

»Ob das seiner Mama gefallen wird?«, fragte Valerie, die sich als Erste wieder gefasst hatte. Sie deutete auf Sebastians Augen, die in einem feurigen Rot glühten. So stellte sie sich Monster vor, echte Monster, die unter Betten und in Schränken wohnten.

»Was ist denn mit ihm passiert?«

Valerie erhielt keine Antwort. Ada saß wie erstarrt auf dem Fußboden und konnte den Blick nicht von Sebastians glühenden Augen wenden.

Valerie kroch vorsichtig näher und kuschelte sich an sie. »Geht das irgendwann wieder weg?«

»Ich weiß es nicht.« Ihre große Freundin klang mutlos. »Aber es darf doch nicht alles umsonst gewesen sein. Es darf einfach nicht«, hörte Valerie sie wispern und spürte plötzlich, wie sich Adas Arm um ihre Schultern legte und sie festhielt.

Träge blinzelte Sebastian in die Welt, drehte sacht den Kopf und blickte Valerie an.

»Das sieht echt eklig aus. Aber vielleicht ist es Lisa ja egal«, flüsterte sie Ada ins Ohr.

Diese schloss die Augen und schüttelte mutlos den Kopf. Dumpf hörte Valerie sie murmeln: »Ich denke, in Anbetracht der Umstände sollten wir noch etwas warten, bis wir Lisa ihren Sohn zurückgeben. Vielleicht hast du ja recht und es geht wirklich wieder weg.«

14

Große Hoffnungen und große Enttäuschungen

August 2019

DOKTOR WARNING

Die Nacht war längst hereingebrochen, als der Wagen von Doktor Warning vor dem Haus der Dreyers hielt. Das Licht aus den Fenstern des Gebäudes warf gelbe Vierecke auf den Rasen.

»Eindrucksvoll«, murmelte der Arzt, nachdem er die Verwüstungen im Vorgarten genauer in Augenschein genommen hatte. Sie erinnerten ihn tatsächlich an schlechte Golfabschläge, bei denen ein Teil des Rasens abgehoben hatte und davongeflogen war. Ada Lippnik hatte einen guten Schlag.

Das Haus selbst wirkte trotz des Lichts in den Fenstern finster und bedrohlich auf Warning. Er konnte nicht sagen, ob es am dunklen

Backstein oder an den langen Schatten der spitzen Giebel lag. Eventuell war es eine Mischung aus beidem. Oder es war noch mehr als das.

Aus reiner Höflichkeit wollte Warning an die nur angelehnte, demolierte Haustür der Dreyers klopfen, doch die Schimpftirade, die er schon auf den Stufen der Eingangstür vernahm, brachte ihn davon ab. Er wäre sowieso nicht gehört worden. Stattdessen trat er einfach in den langen Hausflur, an dessen Ende Derek Dreyer stand und mit den Fäusten eine weitere Tür bearbeitete.

»Das hier ist mein Haus! Aufmachen, und zwar sofort!«

Derek Dreyer machte eine kurze Atempause, in der sich Doktor Warning vernehmlich räusperte.

Der Mann fuhr herum. »Ach, da sind Sie ja! Schneller als die Polizei, wer hätte das gedacht? Kommen Sie her und helfen Sie mir! Die Irren haben sich dort drinnen verbarrikadiert!«

»Von welchen Irren sprechen Sie?«, fragte Warning und hegte plötzlich den Verdacht, den Irren in diesem Haus bereits vor sich zu haben.

»Von meiner Frau, ihrem verrückten Kindermädchen, dem Idioten mit den Golfschlägern und dem Skelett mit dem fast kahlen Schädel!«

Jetzt war sich Warning annähernd sicher, dass Dreyer den Verstand verloren hatte. »Aha. Und welcher Raum befindet sich hinter dieser Tür?«

»Die Küche!«

»Natürlich. Nicht dumm, sich in einer Küche zu verbarrikadieren. Da gehen einem zumindest nicht die Vorräte aus.«

»Wollen Sie sich über mich lustig machen?« Wenn Dreyer eben schon rot gewesen war, so nahm er jetzt eine erschreckend dunkle Schattierung an.

Himmel, dachte Warning, *der Mann bekommt gleich einen Herzinfarkt.*

Beruhigend legte er Dreyer eine Hand auf die Schulter. »Haben Sie schon versucht, vernünftig mit Ihrer Frau zu reden?«

»Die antwortet nicht mehr! Keiner von denen! Ich stehe hier und schreie mir die Seele aus dem Leib und da drinnen bleibt alles still!«

»Ja, das ist unbefriedigend, das verstehe ich.« Er verfiel in den beruhigenden Tonfall, den er üblicherweise bei stark erregten Patienten einsetzte.

»Unbefriedigend? Unbefriedigend?« Dreyer sah ihn an, als wollte er ihm gleich eine verpassen.

»Höchst ärgerlich, ja.« Warning war fest entschlossen, sich nicht aus der Ruhe bringen zu lassen. »Haben Sie einen zweiten Schlüssel zu Ihrer Küchentür?«

Dreyer verneinte und Warning betrachtete das schon stark demolierte Türblatt. Ohne Schlüssel schien es tatsächlich nur einen Weg zu geben, hineinzugelangen.

»Also, Mister Dreyer, dann legen Sie mal richtig los!«, feuerte Warning den Hausherrn an. »Treten Sie Ihr Hindernis aus den Angeln. Auf eine kaputte Tür mehr oder weniger kommt es in diesem Haus sowieso nicht mehr an.«

Dreyer zögerte kurz. Dann nickte er, trat drei Schritte zurück, schnaufte wie eine Dampflok und warf sich mit seinem gesamten Lebendgewicht gegen die Tür, die sofort bereitwillig nachgab.

Dreyer und die Tür stürzten krachend auf den Küchenfußboden.

»Ich hatte von Eintreten gesprochen, nicht von Dagegenwerfen.« Doktor Warning schritt über den Hausherrn hinweg, der sich mühsam aufrappelte, und hielt überrascht inne, als sein Blick auf die einzige Person im Raum fiel.

»Jennifer!« Verdutzt starrte er auf das Mädchen, von dem er angenommen hatte, dass es sich in seiner Klinik befand. »Was hast du hier zu suchen? Und wo sind Miss Lippnik und Misses Dreyer?«

Jennifer sah verängstigt von Warning zu Dreyer, der sich stöhnend die Schulter rieb. »Ich bin Jig«, flüsterte sie. »Das wissen Sie doch. Der Name Jennifer passt schon lange nicht mehr zu mir.«

»So. Man kennt sich also. Das war ja zu erwarten«, ächzte Derek Dreyer und kam mühsam wieder auf die Beine. »Wie ist das bei Ihnen, Doktor? Können die Irren Ihrer Klinik einfach so rein- und rausmarschieren, ja?«

Warning drehte sich zu dem Mann um und wechselte bewusst in einen bedrohlich klingenden Tonfall, als er erwiderte: »Ich führe eine Klinik und kein Gefängnis. Möchten Sie mich einmal für eine Weile besuchen? Sie scheinen mir ein wenig unausgeglichen.«

Doch so leicht war Derek Dreyer nicht einzuschüchtern. »Nun, ich führe hier keine Klinik und auch kein offenes Haus für Schwachsinnige. Also sagen Sie Ihrer kleinen Freundin, sie soll wieder gehen. Und wo ist die andere Verrückte – und meine Frau?«

Warning atmete tief ein und schloss für einen Moment die Augen. Er würde sich von diesem Mann nicht provozieren lassen. Zwar konnte er sich inzwischen gut vorstellen, dass die Provokation seiner Mitmenschen für Dreyer etwas Selbstverständliches war, aber er würde sich nicht darauf einlassen.

An Jig gewandt, die laut ihrer Akte eigentlich Jennifer Simpson hieß, flüsterte er: »Nur keine Sorge. Mister Dreyer ist ein wenig nervös, aber harmlos.«

»Harmlos?« Dreyer schien ernsthaft schockiert über diese Äußerung und rang für einen kurzen Moment um seine Fassung.

Jig kauerte auf einem der Küchenstühle und biss an ihren Fingernägeln herum. Sie hatte offensichtlich vor irgendetwas Angst, doch das war nichts Neues. Warning wusste, dass Jig Angst vor sich selbst und der ganzen Welt hatte. Sogar vor dem Essen auf ihrem Teller und vor jedem Getränk, das über ihre Lippen kam. Jig war die Furcht in Person. Umso erstaunlicher schien es, dass es Ada Lippnik gelungen sein sollte, Jig zu überreden, sie in dieses Haus zu begleiten.

Warning sprach leise und einfühlsam, um sie nicht noch mehr zu verschrecken. »Kannst du mir erklären, was passiert ist und wie du hierhergekommen bist?«

Jig sah wieder zu Derek Dreyer hinüber. »Miss Ada hat gesagt, ich soll nicht mit diesem Mann reden.«

»Aber du redest ja gar nicht mit ihm, sondern mit mir«, widersprach Warning. Und an Dreyer gewandt setzte er hinzu: »Warten Sie doch bitte einen Augenblick in Ihrem Wohnzimmer auf mich und schenken Sie uns beiden einen Sherry ein. Das ist gut für die Nerven. Ich werde bald nachkommen.«

Zuerst schien der Hausherr protestieren zu wollen, doch die Aussicht auf einen Sherry änderte wohl seine Meinung.

»In Ordnung.« Er nickte so kräftig, dass sein Doppelkinn erbebte. »Ich erwarte Sie in fünf Minuten in meinem Wohnzimmer. Dies ist nämlich mein Haus und hier bestimme ich, was getan wird.«

Warning verkniff sich eine Bemerkung, die ihm auf der Zunge lag, und beobachtete Dreyer, wie dieser über seine Küchentür hinwegstieg und in einem angrenzenden Raum verschwand.

Der Arzt stieß einen Seufzer der Erleichterung aus. »Jetzt sind wir beide also allein.« Er lächelte dem Mädchen aufmunternd zu. »Verrate mir, warum du hier in dieser Küche sitzt und wo sich Miss Lippnik aufhält.«

»Sie hat mich einfach mitgenommen. Sie kam in mein Zimmer zusammen mit diesem …« Jig verstummte so plötzlich, wie sie zu sprechen begonnen hatte.

»Oh nein, bitte nicht schon wieder ein Gespräch mit halben Sätzen«, stöhnte Warning. »Kann mir nicht irgendjemand mal offen und ehrlich sagen, was hier los ist? Wie heißt das Spiel, das hier gespielt wird? ›Gebt dem Onkel Doktor bloß keine klare Antwort?‹«

Warning konnte seinen Ärger nicht länger unterdrücken. Ada Lippnik hatte ihn im Laufe des Tages schon viele Nerven gekostet und nun machte Jig Anstalten, ihn ebenfalls im Ungewissen lassen zu wollen.

Jig, die seine Stimmung zu spüren schien, sah plötzlich ebenfalls verärgert drein. »Ich bin nicht verrückt, Doktor Warning, im Gegenteil. Miss Ada sagt, ich hätte ein besonderes Talent. Deswegen würde ich mehr hören als andere Menschen.«

Warnings Wut verschwand so rasch, wie sie gekommen war. »Natürlich bist du nicht verrückt, Jig. Das sage ich dir seit Monaten. Wenn man Stimmen hört, ist man doch nicht verrückt.«

»Aber schizo… schizo-irgendwas, oder wie Sie das nennen! Aber das bin ich auch nicht!« Das Mädchen hatte sich vom Stuhl erhoben und näherte sich ihm händeringend. »Ich habe es gesehen. Das schwarze Ding, hinter dem Miss Ada und die anderen her sind. Es war plötzlich da und schlich durch diese Küche. Riesengroß, mit spitzen Ohren und leuchtenden Augen! Und es bewegte sich wie eine Eidechse. Da bin ich vor Angst in den Schrank gekrochen.« Sie deutete auf die Klappe unter der Küchenspüle.

Warning lauschte Jigs gestammelten Worten und spürte, wie ein nie gekannter Jagdinstinkt von ihm Besitz ergriff. Er war dem Unbekannten ganz nah. Etwas Fremdartiges war in dieser Küche gewesen, etwas, das es eigentlich gar nicht geben konnte.

»Was hat diese Echse gemacht?«, drängte er Jig zum Weitererzählen. »Und was haben die anderen getan? Wer sind die anderen überhaupt?«

Am liebsten hätte er Jig jetzt geschüttelt, damit sie ihm schneller erzählte, was er wissen musste. Doch er beherrschte sich, schob die Hände in die Hosentaschen und ballte sie zu Fäusten.

Das Mädchen sah ihn nicht an, als es antwortete. »Sie heißen Valerie und Teddy und haben mich und Miss Ada hierhergebracht. Sie wollten mit ihr zwischen die Wände gehen und ich sollte sie begleiten. Miss Ada meinte, das sei gegen meine Angst. Aber ich konnte einfach nicht dort hineingehen. Also sind sie ohne mich aufgebrochen, um diesen Jungen zu finden.« Jig atmete schwer, als hätte sie gerade einen Marathonlauf hinter sich gebracht. »Jetzt tut es mir leid, dass ich sie nicht begleitet habe. Wenn Wissen wirklich meine Angst besiegen könnte und das Wissen dort zwischen den Wänden auf mich wartet … wäre das nicht großartig, Doktor Warning?«

Er war sich da nicht ganz so sicher. Seiner Meinung nach sollte man sich eine gesunde Portion Angst stets erhalten, damit man nicht zu leichtsinnig wurde. Doch in diesem Moment war ihm selbst mehr nach Leichtsinn als nach Vorsicht zumute. »Wohin sind sie gegangen, Jig?«

»In die Wand hinein. Dort gibt es einen Gang. Er führt zu diesen schwarzen Biestern. Es ist Valeries Kind, das sie dort suchen.«

In die Wand hinein? Warning fragte sich einen Moment lang, ob es an der Zeit wäre, Jigs medikamentöse Einstellung mal wieder zu überprüfen, doch dann fiel sein Blick auf die Sitzecke und das gähnende Loch in der Rückenlehne der Bank.

»Ist das der Weg, den sie genommen haben?«, fragte er und deutete auf das dunkle Loch.

Jig nickte heftig.

Der Arzt trat dicht an die Öffnung und schob probehalber den Kopf hindurch. Finsternis. Er zog den Kopf wieder heraus und blickte sich um. »Ich brauche eine Taschenlampe.«

»Die haben die anderen mitgenommen. Zusammen mit einem Sack Orangen und ihren Waffen.« Jig machte den Eindruck, als ob sie plötzlich fröre.

Auch Warning lief es kalt den Rücken herab. »Waffen? Was denn für Waffen? Pistolen, Messer oder Handgranaten?«

»Lauter Sachen aus den Küchenschubladen, weil Teddy nicht an seine Golfschläger herankam. Vor der Tür tobte doch dieser dicke Mann.«

Bei dem Gedanken an Derek Dreyer schien Jig erneut von Angst ergriffen zu werden.

Warning dachte einen Moment nach. »Nun, das Pech des einen ist das Glück des anderen«, meinte er schließlich. »Wir kommen jetzt an die Golfschläger heran. Und eine weitere Taschenlampe sollte auch noch aufzutreiben sein. Ich will diese Riesenechse mit eigenen Augen sehen.«

VALERIE

Valeries Haar ringelte sich bereits vor Feuchtigkeit. Das Moor, durch das sie schlichen, war so schlammig, dass sie sich fragte, warum nicht sämtliche Wände ihres Hauses von Schimmelpilz befallen waren. Ein intensiver Geruch von Fäulnis und nasser Erde hing in der Luft.

»Wie machen die Schrate das?«, fragte sie Teddy, der sich dicht neben ihr hielt.

»Moore anlegen?« Der semmelblonde Mann reagierte mit einer vagen Handbewegung. »Vor einigen Jahren fiel mir eine bisher unveröffentlichte Studie in die Hände, der Experimente in einem von Schraten besiedelten Haus zugrunde lagen. Der Leiter dieser Forschungen vertritt darin die Meinung, dass sich die Moore durch einen herbeigeführten Zerfall der Bausubstanz entwickeln. Ich weiß nicht, was ich davon halten kann.«

»Und es ist wirklich ihr Friedhof?« Valerie ließ den Blick schweifen, aber sie konnte keine Grabmale entdecken und fragte sich, ob die Schrate ihre dahingeschiedenen Angehörigen einfach in sumpfige Löcher warfen.

Teddy bestätigte ihre Frage mit einem energischen Nicken. »Die Studie besagt, dass Schrate geboren werden und sterben, genau wie Menschen auch. Schratbabys sollen aggressiv und unberechenbar sein. Von ihren Eltern werden sie deshalb die ersten Jahre weggesperrt. Sie erhalten Nahrung, aber keinerlei Zuwendung. Irgendwann legt sich die Angriffslust und die jungen Schrate werden integriert.«

»Vielleicht sind sie deshalb so scharf auf niedliche Menschenbabys«, mutmaßte Valerie. »Sie suchen sich einen Kuschelersatz.«

»Darüber kann man nur spekulieren«, erwiderte Teddy und zuckte mit den Schultern. »In der Studie werden einige Thesen zu ihrer sozialen Struktur aufgestellt, aber es gibt dazu noch immer zu viele Fragen und nur wenige Antworten. Mein Vater hat sein ganzes Leben den Schraten gewidmet, aber auch er bekam nur wenig heraus.«

»Dein Vater ist tot?«, fragte Valerie mitfühlend.

Teddy zog eine Grimasse. »Das weiß niemand. Vielleicht läuft er auch gerade durch ein Moor wie dieses und sucht den Ausgang. Vielleicht haben einige Schrate ihn mit einem niedlichen Kind verwechselt und ihn einfach behalten. Nein. Das ist nicht sehr wahrscheinlich, vergiss es.«

»Dein Vater wird also vermisst?« Valerie hielt kurz inne und zog den Absatz ihres linken Schuhs aus einem Erdloch, das sich sofort mit Wasser füllte.

»Ich vermisse ihn.« Auf Teddys rundem Gesicht breitete sich der Ausdruck eines großen Schmerzes aus. Er legte den Kopf in den Nacken und sah einen Augenblick hinauf in den Nebel über ihren Köpfen, bevor er weitersprach: »Die Welt hält ihn für tot. Wer recht hat, konnte ich bisher leider nicht in Erfahrung bringen. Er ist mir irgendwo in seiner Welt der vergessenen Kreaturen verloren gegangen. Auch sein Kollege Morten Hill ist verschwunden. Der allerdings so gründlich, als hätte es ihn nie gegeben.«

»Vergessene Kreaturen?«, wiederholte Valerie. Irgendwie kamen ihr die Worte bekannt vor. Sie lösten eine Erinnerung an ein farbenprächtiges Buch in ihr aus.

»Morten Hill kam früher häufig zu meinem Vater, um seine Forschungen mit denen meines Vaters abzugleichen. Ihm verdanken wir auch die Studie, die ich eben erwähnt habe. Ich kann mich recht gut an ihn erinnern.« Teddy lächelte kurz, zuckte dann mit den Schultern und wurde wieder ernst. »Aber er wird wohl nicht wirklich Morten Hill geheißen haben. Zumindest konnte ich ihn unter diesem Namen nicht ausfindig machen. Er schrieb vermutlich unter einem Pseudonym. Allerdings gebe ich die Suche nach ihm und meinem Vater noch nicht auf.«

»Solltest du aber, Teddy«, mischte sich Ada unvermittelt ein, die bisher schweigend hinter ihnen her getrottet war. »Ich habe es dir schon oft gesagt: Morten Hill ist ein totes Gleis. Vergiss ihn.«

»Vielleicht weiß er etwas über den Verbleib meines Vaters. Vielleicht ist er mit ihm zusammen verschwunden.« Teddys Mundwinkel hatten einen energischen Zug angenommen, der ihn bitter aussehen ließ. Jetzt sah er Valerie ins Gesicht. »Ich kann gut verstehen, dass du alles tust, um deinen Sohn wiederzufinden. Ich suche meinen Vater schon so lange. Ich hoffe, dass wir bei der Suche nach Paul mehr Glück haben.«

»Dazu müssen wir erst einmal aus dem Moor heraus und in die Gänge zu ihren Nestern kommen«, erwiderte Ada und blickte sich um. »Hast du hier irgendwelche Tore entdeckt, Valerie?«

»Tore mitten in einem Moor?« Zweifelnd sah sie sich um. »Wie sollte das zugehen?«

»Nicht alles ist so, wie es zu sein scheint.« Ada machte eine ausladende Geste. »Auch hier verbergen sich Tore, die entweder zurück ins Haus oder in die Tunnel der Schrate führen. Für die Schrate gelten nicht dieselben physikalischen Gesetze wie für uns Menschen. Das vermute ich zumindest seit langer Zeit.«

»Aber wo sollte sich hier ein Tor verbergen?« Valerie drehte sich um sich selbst und suchte vergeblich nach Mauern und Wänden.

»Achte auf Bäume und Felsen«, riet ihr altes Kindermädchen.

Valerie entdeckte nichts dergleichen. Die zwei schwarzen Gestalten mit den erhobenen Sensen, die sich vor ihnen aus einer Nebelbank lösten, bemerkte sie allerdings sofort.

Auch ihre Begleiter entdeckten die Schrate.

»Willst du ihnen die Orangen anbieten?«, raunte Teddy Ada zu.

Diese schüttelte den Kopf. »Das sind Friedhofswächter. Meiner Erfahrung nach sind sie unbestechlich. Sie gehen auf alles los, was nicht in diesem Moor sein darf.«

Die Schrate in der Ferne hatten zu rennen begonnen und hielten direkt auf sie zu.

»Und was macht man, wenn man im Moor von ihnen entdeckt wird?« Valerie wich instinktiv ein paar Schritte zurück.

»Laufen, Valerie! Such uns ein Tor, dann können wir sie vielleicht abhängen«, rief Ada und sprang überraschend flink über ein Wasserloch.

Teddy tat es ihr nach. Valerie aber, die sich tapfer bemühte, ebenfalls über das Wasserloch zu springen, hatte die Entfernung bis zum trockenen Rand falsch eingeschätzt und stürzte der Länge nach in die braune Brühe. Spuckend zog sie sich an den scharfblättrigen Gräsern aus dem Morast, mit der entsetzlichen Furcht im Nacken, hier auf Nimmerwiedersehen zu versinken und irgendwo zwischen den modrigen Überresten längst verstorbener Schrate zu ertrinken.

Die Gräser zerschnitten ihre Finger, doch Valerie ließ sie erst los, als sie festeren Boden unter sich spürte.

Sich aufrichtend, sah sie Ada und Teddy gerade noch im Nebel verschwinden. Die zwei Schrate waren ihnen dicht auf den Fersen. Valerie in ihrem Wasserloch war ihrer Aufmerksamkeit offensichtlich entgangen.

»Ist das jetzt Glück oder Pech?«, fragte sie sich und begann in Ermangelung eines besseren Planes den Schraten hinterherzulaufen.

Doch ihre Absätze versanken immer wieder im weichen Boden, bis sie die Schuhe schließlich von den Füßen zog und den ersten einfach in die Landschaft warf. Ihr war elend zumute. Sie stand allein im Nebel und hatte keine Ahnung, wohin sie sich wenden sollte.

Sie warf den zweiten Schuh fort, so kräftig sie konnte, und beobachtete verdutzt, wie er zwischen zwei Baumstümpfen hindurchflog und verschwand. Sie hatte ihn nicht aufschlagen sehen.

Ein Tor, dachte sie. *Ich glaube, ich habe wieder ein Tor gefunden.*

Auch dieses sah gar nicht aus wie ein Tor. Wäre ihr Schuh nicht von der Bildfläche verschwunden, hätte sie Stein und Bein geschworen, dass sich das Moor auch hinter den beiden Stümpfen immer weiter erstreckte.

In Gedanken schon bei Paul rannte sie zwischen den Überresten der Bäume hindurch und befand sich von einer Sekunde zur anderen in einem dunklen Gang.

Valerie drehte sich um. Hinter ihr, im Tunneleingang, schimmerte noch das blassblaue Licht des Moores. Sie hatte es in die Gänge geschafft. Leider ohne Ada und Teddy und auch ohne Taschenlampe, doch sie besaß immerhin einen Pürierstab, dessen Plastikgriff sie jetzt fest umklammert hielt. Einen Augenblick lang erwog sie, umzukehren und nach ihren Freunden zu suchen. Dann entschied sie sich anders. Sobald Ada und Teddy ihre Verfolger losgeworden waren, würden sie nach ihr Ausschau halten. Also brauchte sie ihnen nur einen Wegweiser zu hinterlassen, damit sie ihr in diesen Gang folgen konnten. Doch wie sollte dieser Hinweis aussehen?

Suchend wanderte ihr Blick über die Wände des Ganges. Der Boden unter dem dünnen Nylon war kühl und sandig und nicht weit von ihren Füßen entfernt entdeckte sie einen vertrauten Gegenstand. Valerie bückte sich und hob ihn auf. Es war ihr Schuh. Zweifellos der perfekte Wegweiser für ihre Freunde. Schnell lief sie zurück und platzierte den Schuh gut sichtbar auf einem der beiden Baumstümpfe, die das Tor flankierten. Dann brach sie auf, ohne sich noch einmal umzusehen.

Doch schon nach der ersten Biegung des Ganges war sie ganz von Finsternis umgeben. Am liebsten wäre sie wieder umgedreht. Mochte Ada auch der Meinung sein, dass diese Gänge sicherer waren als das Moor, allein und ohne Lichtquelle fühlte sich Valerie hier unwohler als zwischen den Wasserlöchern.

Sie zog die Hundepfeife aus der Blusentasche und blies sicherheitshalber einmal kurz und kräftig hinein. Wenigstens vor den Winkelnattern konnte sie sich schützen. War ihr kleiner Paul wirklich irgendwo hier im Dunkeln bei Schraten und anderem Getier? Dann würde sie den Mut aufbringen, nach ihm zu suchen, auch wenn sie sich durch die Finsternis tasten musste. Mit einer Hand an der Tunnelwand lief sie langsam weiter.

Als sich unvermutet von hinten eine Hand auf ihren Mund legte, erinnerte sie sich plötzlich ganz genau daran, dass sie das schon einmal als kleines Mädchen erlebt hatte.

DOKTOR WARNING

»Ja, eine Taschenlampe, Mister Dreyer. Haben Sie eine Taschenlampe für mich?«

Warning war im Türrahmen des Wohnzimmers erschienen, machte aber keine Anstalten, sich zu Derek Dreyer auf die Ledergarnitur zu setzen, obwohl auf dem Glastisch ein eingeschenkter Sherry für ihn bereitstand.

»Hier sind überall Taschenlampen«, antwortete Derek mit schwerer Zunge.

Warning vermutete, das Dreyer das erste Glas ohne ihn geleert und zügig zum zweiten übergegangen war. Jetzt hatte der Alkohol das Gehirn erreicht und machte es sich im Sprachzentrum gemütlich.

»Mein Schwiegervater, wissen Sie. Er hatte einen Taschenlampentick.« Dreyer tippte sich vielsagend an die Stirn. »Überall sind hier Taschenlampen, in jedem verdammten Raum mindestens eine. Muss eine Art Kindheitstrauma sein. War vielleicht mal zu lange im Dunkeln, der Gute.«

»Ein seltsamer Tick.« Warning machte sich augenblicklich daran, die Schubladen eines antiken Sideboards aufzuziehen. Schnell wurde er fündig und nahm die schwere Stabtaschenlampe an sich.

»Was haben Sie denn damit vor?«, wollte Dreyer wissen und blinzelte ihn träge an.

»Ich werde mich auf die Suche nach Ihrer Frau und meiner Patientin machen. Ich nehme an, Sie wollen mich nicht begleiten?«

»Nein«, lallte Derek. »Ich bleibe hier sitzen und warte auf die Polizei. Irgendwann müssen die ja mal hier auftauchen.«

»Kommt ganz drauf an, was Sie denen erzählt haben«, erwiderte Warning und ließ die Taschenlampe probehalber einmal aufblitzen.

»Dass sich verrückte Einbrecher in meinem Haus herumtreiben, was wohl sonst?« Derek Dreyer warf ihm einen verwunderten Blick zu.

Warning grinste verhalten. »In diesem Fall könnte ich es verstehen, wenn sich die Beamten ein bisschen Zeit lassen. Wissen Sie, manche Dinge erledigen sich ganz von allein, wenn man nur fünf Minuten später am Ort des Geschehens eintrifft. Die Polizisten haben auch keine Lust, ins offene Messer zu laufen.«

»Alles Feiglinge und Verrückte. Sogar meine Frau ist verrückt geworden, dabei war sie mal ein wirklich patentes Mädel! Aber seit der Junge verschwunden ist, geht alles drunter und drüber.«

»Denken Sie mal kurz nach. Begann wirklich alles mit dem Verschwinden von Paul?«, fragte Warning und hoffte, dass Nachdenken für Dreyer noch im Rahmen seiner Möglichkeiten lag.

Sein Gegenüber runzelte die Stirn und schwieg einen Moment. »Nein. Eigentlich begann der Ärger schon mit dem Einzug in dieses Haus. Valerie wollte ursprünglich gar nicht hierher, aber ich bestand darauf. Ist doch großartig, wenn einem der Schwiegervater einfach so sein Haus überlässt oder nicht?«

»Großartig, ja. Und welcher Ärger genau begann hier in diesem Haus?«

»Valerie meinte, das Haus würde sie nervös machen. Sie sagte, sie fühle sich beobachtet. Völliger Unsinn. Dann wurde sie immer zerstreuter. Ständig verlegt sie Dinge und kann sie nicht wiederfinden. Na ja, Frauen und ihre Hormone, verstehen Sie?« Dreyer stellte sein leeres Glas auf dem Tisch ab und griff nach dem, das er eigentlich

Warning zugedacht hatte. Er nahm einen großen Schluck. »Und nun ist sie völlig verrückt geworden. Holt uns diesen Teddy Soundso ins Haus und glaubt auch noch den ganzen Blödsinn, den der Kerl verzapft!«

Jetzt war Warning ganz Ohr. »Was für einen Blödsinn hat denn dieser Teddy verzapft?«

»Na, diesen ganzen Mist über Monster und Kobolde und schwarzes Ungeziefer. Alles Blödsinn, wenn Sie mich fragen. Aber Valerie glaubt ihm jedes Wort. Und die verrückte Alte glaubt auch an diesen Mist.«

Dreyers Aussprache wurde zunehmend undeutlicher. Weinerlich fuhr er fort: »Sie haben die Wände kaputt gemacht. Ist das zu fassen? Haben einfach Löcher reingehauen! Ohne Rücksicht auf Bilder oder Möbel, und jetzt frage ich Sie: Würde ein normaler Mensch so etwas tun? Nein. Das würde er nicht. Alles Verrückte hier.«

Warning hatte genug gehört. Er war mehr denn je davon überzeugt, einer großen Sache auf der Spur zu sein. Dem möglichen Beweis, dass längst nicht alle seiner Patienten ärztliche Behandlung nötig hatten. Es gab seltsame Wesen, vergessene Geschöpfe, die die breite Öffentlichkeit scheuten. Monster existierten wirklich.

»Gut, Mister Dreyer. Dann bleiben Sie hier sitzen und warten Sie auf die Polizei. Ich werde mich derweil auf die Suche nach Ihrer Frau machen.«

»Viel Glück«, rief Dreyer ihm nach, während der Arzt schon wieder durch den Flur ging und kurz vor einer gut bestückten Golftasche stehen blieb. Er musste nicht lange überlegen, schulterte sie und ging zurück in die Küche, wo Jig noch immer vor dem Loch in der Wand wartete.

»Ich werde jetzt da hineingehen, Jen… Jig. Willst du mich begleiten oder lieber hier die Stellung halten?« Warning sah das Mädchen erwartungsvoll an.

Jig schüttelte den Kopf. »Ich hab es mir überlegt. Ich möchte nicht noch einmal zurückbleiben. Ich werde Ada vertrauen, wenn sie sagt, dass diese Erfahrung gut für mich ist.«

»Vertrauen.« Er lächelte. »Das wäre ja mal was ganz Neues für dich, Jig.« Er wusste nur zu gut, dass dieses Mädchen nichts und niemandem vertraute. Weder dem Brötchen auf ihrem Teller noch der aufgehenden Sonne. Dummerweise hatte sich die Kleine einen ungünstigen Moment für ihren Sinneswandel ausgesucht. »Ich will ganz ehrlich zu dir sein. Ich habe keine Ahnung, was uns in diesem Loch erwartet. Miss Ada wusste es, ich glaube, an ihrer Seite wärst du sicherer gewesen als bei mir. Für mich ist das hier alles genauso neu wie für dich.«

Jig knetete einen Augenblick lang ihre Unterlippe, bevor sie antwortete: »Ich könnte Ihnen die Golftasche tragen. Wir suchen die anderen und bringen ihnen die Golftasche.«

Es war, als ob sie Warnings Einwand gar nicht zur Kenntnis genommen hätte, und Warning war sich nicht sicher, ob er das Richtige tat, als er die Golftasche von der Schulter nahm und sie Jig hinhielt. »Wenn du dir völlig sicher bist, dass du dort hineinwillst, dann lass uns aufbrechen. Bevor die Polizei auftaucht und lästige Fragen stellt.«

Er kroch durch das Loch in der Wand und Jig schob die Golftasche hinterher. Während er die Taschenlampe anknipste und sich umsah, folgte Jig. Als das Mädchen auf dem Gangboden lag, griff sie noch einmal mit beiden Händen nach etwas, das sich in der Küche befand.

»Was machst du da?«, fragte Warning und richtete den Lichtkegel auf sie.

»Ich mache die Tür hinter uns zu. Wegen dem dicken Mann und der Polizei.«

Warning bezweifelte, dass Jigs Vorsichtsmaßnahme einen Sinn hatte, denn Dreyer würde die Polizisten natürlich in die Küche führen und irgendeiner würde das nur notdürftig verborgene Loch hinter der jetzt schlecht sitzenden Rückenlehne sicherlich bemerken, aber er sagte nichts. Wenn Jig sich wohler fühlte, wenn sie Dreyer und die Polizei ausgeschlossen glaubte, bitte sehr.

»Wohin gehen wir jetzt, Doktor Warning?«

Warning blickte den Gang hinauf und hinunter. Beide Richtungen sahen für ihn völlig gleich aus. »Es scheint egal zu sein. Gehen wir dort entlang.« Er deutete, ohne es zu wissen, in die Richtung, die auch Ada, Teddy und Valerie gewählt hatten.

August 1979

ADA

Zu Adas bescheidenem Reich gehörte ein eigenes Bad mit Wanne, in die sie Valerie augenblicklich steckte, nachdem sie den Monstern knapp entronnen waren. Sie selbst wusch sich Blut und Dreck notdürftig am Waschbecken ab, warf ihren verschmutzten Morgenmantel in die Wäsche und schlüpfte in Jeans und Bluse. Dann verarztete sie ihre Wunden, so gut ihr das möglich war.

Draußen war es hell geworden. Es würde nicht mehr lange dauern, bis irgendwer nach ihr und Valerie suchte, wenn sie nicht freiwillig in Erscheinung traten.

Sorgenvoll blickte sie auf Sebastian hinab, der apathisch auf der Badematte lag und noch immer kein Wort gesprochen hatte. Seine Augen erstrahlten unverändert in aggressivem Rot.

»Nun sprich endlich wieder, du blödes Baby!«, schimpfte Valerie und warf einen Schwamm nach dem Jungen. »Wir haben dich schließlich gerettet, Ada und ich.«

Der Schwamm, der dicht neben dem Gesicht des Dreijährigen aufschlug und duftendes Badewasser verspritzte, beeindruckte diesen überhaupt nicht.

»Was ist denn nur mit ihm los?« Valerie zog den Stöpsel aus der Wanne.

»Ich habe nicht die leiseste Ahnung«, antwortete Ada und strich dem Jungen zaghaft über die Wange. »Er kommt mir überhaupt nicht mehr wie Sebastian vor. Um genau zu sein, kommt er mir nicht mal mehr wie ein Kind vor.«

Sebastian legte den Kopf schief und blickte Ada aus roten Augen an. Ein leises Fiepen kam über seine Lippen und jagte ihr eine Gänsehaut über den Rücken.

»Sebastian? Kannst du mich hören?«, fragte sie und strich ihm liebevoll über die Wange. Er reagierte nicht. »Vielleicht sollten wir einen Arzt rufen.«

»Ja, und seine Mutter, damit wir ihn los sind.« Das Mädchen angelte nach einem Handtuch, das neben der Badewanne lag.

»Aber was sollen wir sagen, wo er so plötzlich wieder herkommt?« Ada half Valerie, aus der Wanne zu steigen.

»Wir sagen einfach, wir haben ihn im Garten gefunden. Er redet ja sowieso nicht, also kann er uns auch nicht verpetzen.«

Keine üble Idee, doch Ada blieb unschlüssig.

Valerie sah sie fragend an. »Du willst doch nicht die Wahrheit sagen, oder? Die glaubt uns keiner. Du kannst ja mal das Tor aufmachen und nachsehen, ob das Moor noch da ist. Ich wette mit dir, es ist schon wieder weg.«

»Dann öffnest du eben ein neues Tor, du hast doch schon so viele gefunden.«

Valerie schüttelte den Kopf, dass die Tropfen nur so flogen. »Die Erwachsenen wollen von diesen Sachen doch nichts wissen! Sie werden trotzdem sagen, dass wir spinnen. So machen sie es nämlich immer.«

Ada stimmte ihr insgeheim zu. Der Mensch sah eben nur das, was er sehen wollte. Würde sie Lisa dieses Kind zurückbringen und ihr eine Geschichte von Schwarzen Schraten erzählen, war das ihr sicheres Ticket in eine geschlossene Anstalt. Und was, wenn sich hinter den Toren, die sie als Beweis öffnen wollte, wirklich nur gemauerte Wände verbargen, wie es schon einmal der Fall gewesen war?

»Wir warten einfach noch ab. Vielleicht normalisiert sich ja alles wieder«, entschied Ada und reichte Valerie eine Haarbürste.

Dabei fiel ihr Blick auf die zerschundenen Beine des Mädchens. Deutlich hoben sich nahe dem rechten Fußgelenk zwei dunkelrote Punkte von der blassen Haut ab.

»Was ist das denn?« Ada bückte sich, um die eigenartige Verletzung genauer zu betrachten.

»Das? Ach, da hat mich irgendwas gebissen.«

»Muss aber ganz schön tief gewesen sein. Was war es denn, was dich gebissen hat?«

Valerie krauste die Stirn. »Ich weiß nicht mehr. War wohl nicht so wichtig.«

»Und wo ist das passiert?«

»Irgendwo in den Tunneln.«

»Hm.« Ada befühlte die verkrusteten Blutpunkte.

Valerie zuckte zurück. »Autsch!«

»Entschuldige. Wir sollten diese Punkte in den nächsten Stunden vielleicht aufmerksam beobachten. Nicht dass du noch eine Blutvergiftung bekommst.«

»Okay, aber was machen wir denn jetzt mit diesem Baby?«

Ada beugte sich zu Sebastian hinunter. »Ich lege ihn erst einmal in mein Bett. Er scheint sehr müde zu sein. Vielleicht sehen die Dinge nach einem kurzen Schläfchen schon ganz anders aus.«

Tatsächlich fielen Sebastian langsam die Augen zu und Ada hob ihn hoch und trug ihn in ihr Bett. Als sie ihm einen Kuss auf die Stirn drückte und dabei betete, es möge alles wieder gut werden, bemerkte sie einen schwachen Duft nach Obst, der von dem Jungen ausging und der sie an die Schrate erinnerte. Ihr schauderte.

Sie richtete sich auf und rief Valerie, die gerade im Bad mit Adas Parfümfläschchen experimentierte, zu: »Ich werde jetzt hinunter in die Küche gehen und nach dem Rechten sehen. Bleib bitte hier bei Sebastian und mach ordentlich Krach. Nicht dass die Schrate meinen, ich hätte ihn in meinem Bett verloren und sie könnten ihn sich zurückholen.«

»In Ordnung«, erscholl es durch die halb geöffnete Badezimmertür. »Aber wenn das Baby dann wieder aufwacht, ist es nicht meine Schuld!«

Einen Atemzug später krähte Valerie auch schon ein Kinderlied.

Ada atmete tief durch. Eigentlich fühlte sie sich nicht bereit für einen Auftritt auf der Erdgeschossbühne. Am liebsten wäre sie neben

Sebastian sitzen geblieben und hätte seinen Schlaf bewacht. Doch sie musste sich zumindest kurz blicken lassen, bevor jemand auf die Idee kam, sie hier zu suchen, und dabei den apathischen Jungen entdeckte.

Also öffnete sie die Tür und stieg die Stufen der Treppe hinab. Im Haus war es totenstill. In der Küche lehnte Lisa an der Arbeitsplatte, in den Händen einen Becher Kaffee.

Noch bevor Ada etwas sagen konnte, ergriff Lisa das Wort. »Ich werde ab morgen wieder in meiner eigenen Wohnung schlafen. Die Reporter und ihre Fotografen haben sich verzogen. Und die Polizei auch.«

Bei den letzten Worten begann sie hemmungslos zu weinen. Kaffee schwappte auf den Fußboden und auf ihre Sandaletten, doch Lisa schien es nicht zu bemerken.

Ada trat vor und legte einen Arm um die Frau. Gern hätte sie Lisa ihren Jungen jetzt zurückgegeben, aber der Gedanke an die roten Augen hielt sie zurück. Erst musste sie selbst ganz sicher sein, dass das, was sie Lisa zurückgeben wollte, wirklich noch ein Kind war und nicht irgendetwas anderes, vielleicht Bösartiges. Sollte sich herausstellen, dass Sebastian irgendwie mutiert war, würde es wohl das Beste für Lisa sein, wenn sie ihn nie mehr wiedersähe.

»Er ist ein Monster«, stieß Lisa in diesem Augenblick leidenschaftlich hervor.

Ada zuckte zusammen. Dann schluckte sie hastig und machte sich bewusst, dass Lisa unmöglich von ihrem Sohn sprechen konnte. »Wen meinst du damit?«, fragte sie vorsichtig.

»Na, Martin Holt natürlich! Unseren Chef, der sich hinter seinen Büchern verschanzt und sich einen Dreck um alles schert. Dabei dachte ich, er würde mich und Sebastian wirklich mögen. Ich dachte sogar, er würde mehr für mich empfinden. Wie konnte ich nur so dumm sein?« Ein erneuter Sturzbach an Tränen folgte diesen Worten.

Ada fühlte sich hilflos.

»Dabei hätte ich es wissen müssen«, stieß Lisa wütend hervor. »Ich habe doch gesehen, wie wenig er sich aus seiner eigenen Tochter macht. Wie konnte ich da glauben, es könnte bei uns anders sein?«

Ada überlegt kurz, ob es Sinn machte, Mister Holt zu einem klärenden Gespräch mit Lisa zu bewegen. Der Mann war ihrer Meinung nach zwar leicht beziehungsgestört und ein Ignorant, aber ein Monster war er nicht. Möglicherweise ließ er sich doch dazu herab, sich um die verzweifelte Lisa zu kümmern. Sie platzierte die Frau auf einem Küchenstuhl und goss ihr noch einmal Kaffee nach.

»Warte hier. Ich will mal sehen, was ich tun kann.«

»Du kannst gar nichts tun. Du konntest ja noch nicht einmal auf mein Kind aufpassen«, fauchte Lisa und vergrub das Gesicht in den Händen.

Ada biss sich auf die Lippen. Die Worte taten weh, doch sie entsprachen nun einmal der Wahrheit. Betroffen lief Ada zu Mister Holts Bürotür und klopfte an. Keine Antwort. Aber so leicht würde sie es ihm nicht machen. Entschlossen drückte sie die Klinke hinunter und trat ein.

Mister Holt schlief in seinem Bürostuhl und schnarchte leise. Er war unrasiert und hatte Schatten unter den Augen. Ada ging auf den großen Schreibtisch zu, vor dem sie vor nicht allzu langer Zeit nervös auf ihre erste Anstellung gehofft hatte, nahm ein schweres Buch und ließ es auf die Tischplatte knallen.

Martin Holt riss die Augen auf und sog scharf die Luft durch die Nasenlöcher ein. »Himmel, Ada! Was ist denn mit Ihnen passiert?«

Das war nicht unbedingt die Reaktion, die sie erwartet hatte, doch dann erinnerte sie sich an die Schwellungen und Schrammen in ihrem Gesicht, die sie sich zwischen den Wänden zugezogen hatte.

Sie winkte ab. »Nur ein paar äußerliche Blessuren, die sind völlig unwichtig. Lisa hingegen leidet innerlich. Und zwar ganz furchtbar. Sie hat ihren Sohn verloren und ist verzweifelt. Und Sie sind der Mensch, der ihr jetzt Halt geben könnte. Sie mag Sie nämlich. Aber Sie verstecken sich hier hinter Ihrer Arbeit! Haben Sie das nach dem Tod Ihrer Frau genauso gemacht? Arme Valerie, kann ich dann nur sagen. Erstaunlich, dass sie ein so normaler Mensch ist, was man von ihrem Vater nur schwerlich behaupten kann.«

Martin Holt hatte ihrer Strafpredigt mit ausdrucksloser Miene gelauscht. Jetzt stand er auf und legte Ada die Hände auf die Schultern. Ernst blickte er auf sie herab.

»Miss Ada, ich kann Ihren Ärger verstehen, aber die Situation ist sehr schwierig für mich. Ich bin nicht gut im Händchenhalten, ich bin gut in meinem Beruf und der beansprucht mich gerade sehr. Sie hingegen sind feinfühlig und wortgewandt. Es wäre mir eine große Hilfe, wenn Sie sich um Lisa und Valerie kümmern würden. Sie werden diese Krise besser meistern, als ich es je könnte, da bin ich sicher.«

Er lächelte schief und Adas Augen wurden zu schmalen Schlitzen. »Sie sind ein Feigling, Mister Holt. Sie haben Angst vor den Gefühlen Ihrer Mitmenschen.«

»Sagte ich das nicht gerade?« Er schien leicht verwundert darüber, dass sie ihm weiterhin so wenig Verständnis entgegenbrachte.

»Zumindest habe ich das gemeint. Kümmern Sie sich bitte darum, Ada. Das ist das Beste für alle Beteiligten.«

Ada rümpfte die Nase. »Also gut. Aber nur, was Valerie angeht. Für Lisa sind Sie zuständig. Wenn Sie nicht wissen, was Sie ihr sagen können, dann sagen Sie einfach nichts. Trinken Sie einen Kaffee mit ihr und halten Sie ihre Hand. Wischen Sie ihre Tränen ab und lassen Sie sie reden. Das kann doch nicht zu viel verlangt sein!«

Martin Holt seufzte und gab nach. »Ich kann es ja mal versuchen.«

»Sie finden Lisa in der Küche. Ich kümmere mich derweil um Ihre Tochter.«

Damit drehte sich Ada um und wollte das Büro verlassen. Da spürte sie wieder Martin Holts Hand auf ihrer Schulter und wandte sich ihm noch einmal ungnädig zu. Erneut fiel ihr die Müdigkeit in seinem Gesicht auf.

»Miss Ada, ich war nicht immer ganz aufrichtig zu Ihnen. Werden Sie mir das verzeihen können?«

Sie war überrascht. »Ich wüsste nicht, was ich Ihnen verzeihen sollte.«

Er nickte. »Und ich hoffe, Sie werden es niemals erfahren. Aber falls doch, hoffe ich, Sie können mir vergeben.«

Ada wusste nichts zu erwidern und wandte sich irritiert ab. Doch schon im Hausflur kreisten ihre Gedanken wieder um Sebastian. Sie hatte für Lisa getan, was sie konnte. Jetzt musste sie in ihr Zimmer zurückkehren und nachsehen, ob es etwas gab, was sie für deren Sohn tun konnte.

15

Wer bist du und was bist du?

August 2019

DOKTOR WARNING

Als Warning und Jig die Bücherhöhle erreichten, verschlug es beiden die Sprache. Jig, die sich zuerst wieder fasste, begann die Buchrücken laut vorzulesen, während er den Raum als Ganzes auf sich wirken ließ, den Ohrensessel und das Beistelltischchen.

»Es macht fast den Eindruck, als wäre dein schwarzes Vieh, wie du es nennst, ein äußerst zivilisiertes Wesen. Es interessiert sich für Literatur«, bemerkte er, während Jig unbeirrt fortfuhr, die Buchtitel zu studieren.

Ein edel wirkender Kugelschreiber auf dem Tisch erweckte sein Interesse und er las die Gravur. Nachdenklich hielt er inne. Lisa Smalls Kugelschreiber hier zu finden, nachdem der Fall nun vierzig Jahre zurücklag, schien ihm kein gutes Omen zu sein.

Er erinnerte sich, dass Lisa Small sehr bald nach dem Verlust ihres Kindes den Job bei Martin Holt gekündigt und dieses Haus verlassen hatte. Wenn man dem Internet glauben durfte, lebte sie heute fast hundert Kilometer nördlich und hatte, aus einer kurzen Ehe mit einem Seemann, eine Tochter, die inzwischen erwachsen war. Soweit er wusste, war Lisa Small niemals hierher zurückgekehrt, was seinen Eindruck bestätigte, dass dieser Kugelschreiber hier seit vierzig Jahren lag. Und es wirkte fast, als wäre sein Platz auf dem Tisch eine Art Ehrenplatz.

In diesem Moment unterbrach Jig ihre Aufzählung von Büchern. »Doktor Warning ...«, flüsterte sie, und er erkannte am Klang ihrer Stimme, dass sie etwas Bemerkenswertes entdeckt hatte.

Als sich Warning zu ihr umdrehte, sah er sie vor einem Bücherregal stehen, ein einzelnes Blatt Papier in den Händen.

»Was hast du da?«, fragte er, trat neben sie und warf einen Blick auf ihren Fund.

Es handelte sich um eine Kinderzeichnung, die seiner Meinung nach einen schwarzen, aufrecht gehenden Hund auf Stelzen zeigte. In der rechten unteren Ecke hatte jemand mit ungelenken Buchstaben »VH« geschrieben.

Jig deutete mit ausgestrecktem Zeigefinger auf den seltsamen Hund. »Das ist es. So hat es ausgesehen.«

Warning erschauerte. Das Ding auf dieser Zeichnung, so ungenau sie auch sein mochte, war definitiv keine ihm bekannte Lebensform. Sein Blick wanderte zurück zu dem Kürzel am Bildrand und er musste sofort an Valerie Dreyer, geborene Holt, denken. Vermutlich hatte sie dieses Bild als kleines Mädchen angefertigt.

War dieses schwarze Wesen also schon seit vierzig Jahren in diesem Haus? Und Valerie Dreyer hatte die ganze Zeit von seiner Existenz gewusst?

»Aber das ergibt doch gar keinen Sinn«, murmelte der Arzt und rieb sich die Stirn. »Wenn das Ding wirklich der Entführer beider Jungen ist, dann muss sie doch auch das gewusst haben, oder?«

Jig sah ihn fragend an. »Beider Jungen?«

»Paul Dreyer ist nicht das einzige Kind, das in diesem Haus verschwunden ist«, klärte Warning sie auf. »Und diese Zeichnung lässt vermuten, dass Misses Dreyer schon vor vierzig Jahren gewusst oder zumindest geahnt haben könnte, wer damals Sebastian Small entführte. Warum hat sie geschwiegen? Warum ist sie überhaupt in dieses Haus zurückgekehrt? Was macht dieses Ding denn mit den Jungen? Und warum wirkte Valerie Dreyer auf mich in unseren Gesprächen so vollkommen ahnungslos?«

»Winkelnattern«, erwiderte Jig lakonisch, faltete die Zeichnung zusammen und steckte sie in die Hosentasche ihres Jogginganzugs.

»Was soll denn das sein?«, fragte Warning irritiert.

»Na, ich vermute mal eine Art Schlange, die hier ebenfalls ihr Unwesen treibt. Ihr Biss verursacht Gedächtnislücken. So habe ich es zumindest vorhin verstanden, als darüber geredet wurde.«

Warning konnte es nicht fassen, dass ausgerechnet Jig so ruhig über etwas sprach, das ihn augenblicklich in Alarmbereitschaft versetzte. Wie konnte sie morgens Angst vor den Nebenwirkungen eines Müslis haben und jetzt hier gelassen neben ihm stehen?

Jig, die seine Gedanken zu erraten schien, murmelte: »Ich hätte eigentlich ganz gern die ein oder andere Gedächtnislücke.«

Warning unterdrückte ein Stöhnen, packte das Mädchen bei den Schultern und schob es sanft zu dem Ohrensessel, in dem es bereitwillig Platz nahm.

»Ich persönlich finde Gedächtnislücken weit weniger reizvoll.« Streng blickte er in ihre großen Augen. »Außerdem bezweifle ich, dass man sich aussuchen kann, was man vergisst. Bevor wir jetzt auch nur einen einzigen Schritt weitergehen, möchte ich daher lieber ganz genau von dir erfahren, was du noch so Wissenswertes aufgeschnappt hast.«

VALERIE

»Hallo, Valerie«, flüsterte ihr jemand von hinten ins Ohr.

Verzweifelt wehrte sie sich gegen die Hand, die sich ihr auf den Mund presste und sie unerbittlich rückwärts durch die Dunkelheit zog. Sie zappelte, keilte aus und schlug um sich, doch es war vergebens. Ihr Entführer, von dem sie vermutete, dass er keinesfalls ein Schrat war, war kräftiger als sie und schleifte sie unbeirrt weiter durch die Gänge. Plötzlich und ohne Vorwarnung wurde sie mit dem Kopf voran in eine weiche Masse gestoßen. Ein ekelhafter Geruch wie von alten Socken stieg ihr in die Nase.

»Setz dich. Fühl dich wie zu Hause.«

Sie hob den Kopf und schnappte nach Luft. Das Geräusch eines Streichholzkopfes, der über die Zündfläche kratzte, erklang und eine einzelne Flamme erhellte den Hinterkopf eines ihr fremden Mannes. Valerie erkannte, dass sie quer über einem Sitzsack lag, einem roten Sitzsack, der ihr aus Jugendtagen noch gut in Erinnerung war. Es war einmal ihr eigener gewesen. Sie hatte geglaubt, er wäre längst Rattenfutter geworden.

Gleich mehrere Kerzen in einem hohen Leuchter wurden entzündet, dann drehte sich der Fremde zu ihr um.

Valerie entfuhr ein Schrei. Im Gesicht des dunkelhaarigen Mannes glühten rote Augen. Er war definitiv kein Schrat. Zumindest sah er völlig anders aus als das Ding, das kurz zuvor durch ihre Küche geschlichen war, und er hatte auch keine Ähnlichkeit mit der Kreatur von ihrer alten Kinderzeichnung.

Er war groß und trug eine enge Hose, wie sie vor vielen Jahren modern gewesen sein mochte. Ein ebenfalls zu enges weißes Herrenhemd spannte sich über seinem Brustkorb. Auf Schuhe schien er keinen Wert zu legen.

»Wer sind Sie? Und was machen Sie in meinem Haus?«, rief Valerie, nachdem sie sich von ihrem Schrecken erholt hatte.

Er blickte sie mit seinen glühenden, aber ausdruckslosen Augen an. »So viele Jahre sind vergangen. Und jetzt bist du wieder da. Du hast dich verändert, Valerie. Du bist hübsch geworden. Die Frisur steht dir gut.«

Valerie erschauerte. Schon wieder stand sie einem Fremden gegenüber, der sie besser zu kennen schien als sie sich selbst. Nur diesmal war es nicht der freundliche Teddy Blunt, sondern eine Ausgeburt der Hölle mit teuflischen Augen. Auf keinen Fall würde sie ihn reizen und es lieber mit Freundlichkeit versuchen.

»Entschuldigung, aber sind wir uns hier drinnen schon einmal begegnet? Ich kann mich leider nicht an Sie erinnern.«

Er lachte kurz und abrupt auf, aber eine Antwort erhielt sie nicht.

Valerie betrachtete sein Gesicht mit den roten Augen noch einmal eingehender, die hohen Wangenknochen, die schmalen Lippen.

Nein, eigentlich war sie sich ganz sicher, ihm noch nie begegnet zu sein. Winkelnattern hin oder her, den Klang seiner Stimme und seine Aussprache hätte sie nicht vergessen. Dieser Fremde sprach in einem seltsamen Singsang, betonte dabei die Silben der Wörter häufig falsch. Valerie bezweifelte, dass er Engländer war, konnte seinen Akzent aber nicht zuordnen. War er vielleicht Skandinavier?

Sein Alter zu schätzen, empfand sie ebenfalls als schwierig. Das Gesicht war blass und faltenlos, er war glatt rasiert und trug das dunkle Haar eine Spur zu lang.

Das Rot seiner Augen allerdings rief plötzlich in Valerie eine Erinnerung wach. Eine kleine Momentaufnahme ebendieser Augen in einem kleinen Gesicht. Sie konzentrierte sich auf das Bild in ihrem Kopf, hoffte, dass die Erinnerung klarer werden würde. Aber sie entglitt ihr immer wieder.

»Warum hast du mich belogen, Valerie?«

Auch dieser Satz war von ihm zwar richtig formuliert, aber komplett falsch betont worden. Valerie brauchte dadurch länger, um seine Bedeutung zu erfassen.

Belogen? Bei welcher Gelegenheit sollte sie ihn belogen haben?

Sie rieb sich die Stirn und versuchte krampfhaft, die Leere dahinter mit verschüttetem Wissen zu füllen, fand aber nichts. Ein hilfloser Schrei der Wut und Verzweiflung kam ihr über die Lippen.

Er war kaum verklungen, da traf sie die Hand des Fremden hart im Gesicht. Valerie verstummte augenblicklich und schmeckte Blut auf ihren Lippen. Wer oder was immer er war, er pflegte einen lang gehegten Groll auf sie. Wenn sie doch nur eine Ahnung hätte, was sie ihm angetan hatte.

»Du hattest es mir versprochen und ich habe dir geglaubt. Du wolltest zu mir zurückkommen. Stattdessen habt ihr versucht, mich zu töten. Und jetzt bist du tatsächlich wieder hier. Bist du hier, um mich endgültig loszuwerden? Oder sie?«

»Ich bin wegen Paul hier«, flüsterte Valerie und wischte sich mit dem Handrücken das Blut aus dem Gesicht. »Ich will nur meinen Sohn zurück und dann verschwinde ich wieder. Ich will niemandem etwas Böses.«

Der Fremde starrte sie ausdruckslos an. Dann lächelte er plötzlich, doch das Lächeln erreichte die roten Augen nicht. »Dein Paul ist ein niedlicher kleiner Junge. Ich habe ihn gesehen. Für die Schrate muss er eine große Versuchung gewesen sein. Und als du mal nicht aufgepasst hast, war dein Paul plötzlich weg, richtig? Das kennen wir ja schon.«

Valerie hätte den Fremden am liebsten bei den Schultern gepackt und kräftig durchgeschüttelt, doch sie hielt sich zurück. Das Blut in ihrem Mund erinnerte sie daran, dass vor ihr eine sehr unbeherrschte Person stand.

»Wo ist mein Junge? Bitte bringen Sie mich zu ihm.« Sie sah ihn flehend an. Wenn dieser Kerl ein Herz hatte, musste es doch zu erweichen sein. »Er ist mein einziges Kind.«

Die nächsten Worte des Fremden klangen bitter. »Das war ich auch mal. Ein einziges Kind. Hat es für mich etwas geändert? Nein. Warum sollte es etwas für Paul ändern? Weil du mich darum bittest?«

Valerie blieb ihm die Antwort schuldig. Alles, was dieser Mann sagte, verwirrte sie nur noch mehr und sie wollte, dass er es begriff. »Ich habe keine Ahnung, wovon Sie da reden, alles, was mich interessiert, ist mein Sohn.«

Da ließ er sich vor ihr in die Hocke nieder und sah ihr gerade ins Gesicht. Valerie erkannte, dass er hätte schön sein können, wenn nur diese Augen nicht wären. Ein richtig schöner Mann.

»Du willst also zu deinem Paul?« Seine Worte klangen herausfordernd. »Ich könnte dich hinführen. Aber ich habe keinen Grund dazu. Willst du mich überreden? Dann gib dir Mühe, überrede mich.«

Valerie starrte ihn an. Ihr wurde noch unbehaglicher zumute. »Überreden? Wie meinen Sie das? Was erwarten Sie denn von mir?«, fragte sie vorsichtig und rutschte ein Stück tiefer in den Sitzsack.

Dieser Kerl glaubte doch nicht, dass sie sich seine Hilfe mit körperlicher Zuneigung erkaufen würde, oder? So schön war er nun auch wieder nicht.

Seine roten Augen verengten sich zu schmalen Schlitzen. »Eine Entschuldigung wäre ein guter Anfang. Was hältst du davon?«

Valerie atmete erleichtert auf. Eine Entschuldigung? Das war kein Problem. Sie würde sich für alles entschuldigen, ja sogar für ihre eigene Existenz, wenn es sie zu Paul bringen konnte.

»Ich entschuldige mich aufrichtig für alles, was ich Ihnen jemals angetan habe, ohne zu wissen, worum es sich dabei im Detail gehandelt haben soll.« Sie verstummte und wartete auf eine Reaktion des Fremden.

Dieser ließ sich jetzt vor ihr in einen Schneidersitz sinken und ein Lächeln breitete sich auf seinen Lippen aus. Valerie versuchte herauszufinden, ob es ein freundliches oder ein böses Lächeln war, doch sie kam mit seiner Mimik und seiner Körpersprache nicht besonders gut zurecht. Egal wie gut er sie zu kennen glaubte, ihr war er vollkommen fremd.

»Das war eine nette Entschuldigung, wirklich gelungen. Nicht jeder hört so freundliche Worte von seinem eigenen Mörder.«

»Also, ich habe ganz sicher noch nie jemanden umgebracht. Auch Sie nicht, denn Sie leben ja noch«, widersprach Valerie heftig.

Ohne jede Vorwarnung sprang der Fremde wieder auf die Füße und stürzte sich auf sie. Seine Knie waren plötzlich auf ihren Schenkeln, seine Hände legten sich um ihren Hals. Langsam drückte er ihr die Luftröhre zu und zischte: »Das ist nicht dein Verdienst, du elendes Biest. Ja, das bist du. Du bist das Biest von uns beiden. Du bist es immer gewesen.«

ADA

Als es Ada und Teddy endlich gelungen war, die Schrate durch gewitzte Manöver abzuschütteln, standen sie einander atemlos im Moor gegenüber und erkannten sofort, dass sie nur noch zu zweit waren.

»Wo ist Valerie abgeblieben?«, stieß Ada hervor. »Es kann doch wohl nicht sein, dass mir dieses Mädchen immer wieder verloren geht, sogar noch als erwachsene Frau.«

»Nicht du hast sie, sondern sie hat uns verloren«, korrigierte Teddy und hielt sich die Seiten. Er rang noch immer nach Atem. »Sie hätte uns nur zu folgen brauchen.«

Ada lehnte sich an einen toten Baum und wartete, bis die Seitenstiche bei ihr nachgelassen hatten. »Wir müssen nach ihr suchen. Komm schon, Valerie irrt hier irgendwo durch den Morast.«

»Wenn die Schrate sie nicht längst kassiert haben«, gab Teddy zu bedenken.

»Das wollen wir mal nicht hoffen.« Ein Schauer lief ihr über den Körper. »Friedhofswächter sind die übel gelauntesten Schrate von allen.«

»Es ist vermutlich keine clevere Idee, einfach nach ihr zu rufen, oder?« Teddy sah sich um und drehte sich dabei um die eigene Achse.

»Da werden sich die Schrate aber freuen«, spottete Ada. »Sie fürchteten schon, unsere Spur verloren zu haben.«

Auch sie drehte sich in alle Richtungen, versuchte irgendwo in den Nebelschwaden die Silhouette eines Menschen zu entdecken, doch sie wurde enttäuscht. Von Valerie fehlte jede Spur.

»Schleichen wir also den Weg zurück, den wir hergekommen sind.« Teddy wirkte nur mäßig begeistert.

Vorsichtig, sich weiter nach allen Seiten umschauend, machten sie sich auf die Suche nach Valerie. Ada konnte die Schrate noch immer kreischen hören, doch der Nebel hatte ihre Gestalten verschluckt. Bald wurden ihre Schreie leiser und verstummten schließlich ganz. Man hatte ihre Spur endgültig verloren.

»Jetzt sind wir in etwa dort, wo unsere wilde Flucht vor den Wächtern ihren Anfang nahm«, stellte ihr Begleiter fest und deutete auf eine Baumwurzelformation, die ihm anscheinend im Gedächtnis geblieben war.

Ada sank der Mut. Auch hier gab es keine Spur von Valerie. Vielleicht war sie doch den Schraten zum Opfer gefallen, vielleicht lag ihr Körper schon vom Schlag einer Sense enthauptet in irgendeinem Wasserloch.

Da reckte Teddy plötzlich den Hals und schnüffelte in der Luft herum, als ob er etwas witterte.

»Was riechst du?«, fragte sie mit gerunzelter Stirn. »Erzähl mir nicht, dass es hier nach Schrat oder Moder stinkt, das wäre jetzt wirklich keine große Überraschung.«

Teddy schüttelte den Kopf. »Schon, schon, aber das meine ich nicht. Ich rieche außer Schrat und Verfall noch etwas ganz anderes. Es riecht nach … nach …« Er brach ab.

»Jetzt mach es nicht so spannend.« Ada spürte, wie sie ärgerlich wurde. Seit Valeries unerlaubter Entfernung von der Truppe war sie nicht mehr zu Scherzen aufgelegt.

Da bückte sich Teddy unvermutet und hob einen Gegenstand aus dem Gras auf.

»Aha! Wusste ich es doch. Es riecht nach Käsefüßen«, rief er stolz und schwenkte Valeries Schuh wie eine Trophäe.

Ada sah ihn missbilligend an und schwieg.

»Ach, komm schon, Miss Ada. Ein kleiner Scherz muss auch in Krisensituationen erlaubt sein.«

»Ich lache später, in Ordnung?« Mit prüfendem Blick inspizierte sie das scharfblättrige Kraut, in dem sie beide gerade standen. »Wir haben also ihren Schuh. Ist sie etwa auf einem Bein weitergehopst? Sicher nicht. Jeder vernünftige Mensch trägt entweder zwei Schuhe oder gar keinen. Wo ist also der zweite?«

»Dieser hier lag einfach so herum und der andere macht wahrscheinlich gerade das Gleiche.« Teddy schob sich den gefundenen Schuh in den Gürtel und schnüffelte erneut.

Ada bog Sträucher und Gräser auseinander und hielt nach weiteren Hinweisen Ausschau. »Auf jeden Fall sollte irgendwo ein zweiter Schuh zu finden sein. Valerie ist ja nicht Cinderella.«

Es vergingen keine zwei Minuten, da entdeckte Teddy erneut etwas Interessantes. »Ich habe zwar keinen zweiten Schuh, dafür aber den Eingang zu einem Tunnel gefunden!« Nur einen Augenblick später musste sich Teddy korrigieren. »Oh! Ich habe doch einen zweiten Schuh gefunden! Er steht auf einem Baumstumpf gleich neben dem Tor.«

»Was ist sie doch für ein kluges Mädchen. Sie hat uns eine Spur gelegt«, flüsterte Ada und lächelte stolz. »Mein kleines, kluges Mädchen.«

August 1979

ADA

Als Ada in ihr Zimmer zurückkehrte, saß Valerie noch immer vor dem Bett auf dem Fußboden und trällerte Kinderlieder. Vermutlich fürchtete sie den Besuch der Schrate, wenn es im Zimmer zu leise wurde.

»Wie geht es Sebastian?«, wollte Ada wissen.

Diese Frage ließ das Mädchen augenblicklich verstummen. Mit dem ausgestreckten Finger deutete diese auf die Bettdecke, unter der sich der Körper eines schlafenden Kindes abzeichnete.

»Keine Veränderung?«

Valerie schüttelte den Kopf. »Er schläft nur. Und die Schrate haben sich auch nicht blicken lassen. Vielleicht wollen sie ihn gar nicht wiederhaben. Vielleicht ist er irgendwie kaputt.«

Ada ließ sich auf der Bettkante nieder und betrachtete das schlafende Kind. Da fiel ihr auf, dass sich sehr wohl etwas verändert hatte: Sebastians vorhin noch pausbäckiges Gesicht wirkte jetzt eingefallen und blass. Die Haut zwischen Lippen und Nase wies einen bläulichen Schatten in Form eines Dreiecks auf, das Ada nie zuvor aufgefallen war. »Da stimmt was nicht. Ich habe gerade ein ganz ungutes Gefühl.«

»Jetzt erst?«, fragte Valerie und krauste die Nase.

Ada ignorierte diesen Einwurf. »Valerie, hol mir doch bitte einmal das Büchereibuch, du weißt schon, welches.«

»Was denn für ein Büchereibuch?«, wollte Valerie wissen.

Ada blickte das Mädchen überrascht an. Machte sie Scherze? »Na, das über die vergessenen Kreaturen, natürlich. Was soll denn diese Frage?«

»Wie sieht es aus?« Valerie schien ehrlich interessiert.

Ada aber schwankte zwischen Ärger und Sorge. War mit der Kleinen nicht alles in Ordnung oder trieb sie nur einen Scherz mit ihr? Rasch legte sie Valerie eine Hand auf die Stirn. Sie war kühl.

»Es ist das besonders bunte und schillernde Buch und es ist sehr dick. Ich denke, du wirst es auf deiner Fensterbank finden.«

Valerie flitzte davon, und Ada sah ihr besorgt nach. In dem Moment gab Sebastian ein leises Röcheln von sich und Ada wandte ihm wieder ihre gesamte Aufmerksamkeit zu. Seine Hautfarbe sah wirklich ungesund aus.

Während sie auf Valerie wartete, wuchs ihre Unruhe. Wo blieb sie nur? Nach einer gefühlten Ewigkeit erschien das Mädchen wieder neben ihr an der Bettkante.

»Ich habe doch fast vergessen, was ich in meinem Zimmer wollte. Komisch, nicht?« Valerie spielte gedankenverloren mit einer ihrer schwarzen Locken.

Komisch fand Ada das überhaupt nicht. Sie fand es eher unheimlich. Den prüfenden Blick abwechselnd auf Sebastian und Valerie gerichtet, öffnete sie das Werk von Richard Blunt und Morten Hill und blätterte darin herum. Schließlich fand sie die Seite wieder, die sich mit den Schwarzen Schraten beschäftigte, und entdeckte, wonach sie gesucht hatte.

»Unter dem Einfluss der Schwarzen Schrate macht das Kind bald eine sehr unerfreuliche Entwicklung durch. Für die unglücklichen Eltern sind diese Kinder verloren.« Ada starrte Valerie an. »Was hat Richard Blunt damit gemeint?«

»Vielleicht das da?«, schlug Valerie vor und deutete auf Sebastian, dessen Glieder unruhig zu zucken begonnen hatten.

»Ja, aber warum? Was passiert denn mit ihm?«

Ratlos sah Ada auf den Jungen und dachte an Lisa, die unten in der Küche saß und sich nach ihrem Kind sehnte.

Mit einem Knall schlug sie das Buch zu. »Ich gehe jetzt zu Lisa und sage ihr, dass Sebastian wieder aufgetaucht ist und einen kranken Eindruck macht. Alles andere wird sich finden.«

Sie erhob sich und ging auf die Tür zu.

Da erklang hinter ihr ein Röcheln und Valerie rief: »Ada? Ich glaube, Sebastian kriegt keine Luft mehr.«

Sie machte kehrt und eilte zurück. Der Junge japste jetzt tatsächlich wie ein Fisch auf dem Trockenen und in Ada stieg dunkel eine Erinnerung auf, legte den Keim eines Verdachts. Noch einmal öffnete sie ›Vergessene Kreaturen‹ und überflog die Seiten.

Dann las sie laut: »Stoffwechsel und Atmungssystem scheinen sich von dem unsrigen zu unterscheiden, was die Gaszusammensetzung der Atemluft zwischen den Wänden beeinflusst. Für die Schrate ergibt sich dadurch ein Vorteil, der Mensch jedoch sollte sich bewusst machen, dass ein längerer Aufenthalt zwischen den Wänden unangenehme Folgen haben kann.«

»Was bedeutet das?«, fragte Valerie und sah Ada aufmerksam an.

»Sebastian war vielleicht schon zu lange bei den Schraten und leidet nun an den sogenannten unangenehmen Folgen.«

»Geht das vorbei?«

Statt einer Antwort zitierte Ada noch einmal aus dem Buch. Ihre Stimme kippte leicht, als sie wiederholte: »Für ihre Eltern sind die geraubten Kinder verloren.«

Valerie schnupperte. »Riecht er deshalb so seltsam? Irgendwie fruchtig, meinst du nicht?«

Ada beugte sich über das keuchende Kind und schnupperte. Valerie hatte recht, der Junge roch nach Zitrusfrüchten. Ein Duft, der sie sofort an die Schrate erinnerte.

»Verdammt, verdammt, verdammt«, flüsterte Ada und wischte sich hastig über die Augen.

Valerie sah verängstigt aus. »Und was machen wir jetzt, Ada?«

»Wir müssen einen Test durchführen«, antwortete sie und blickte Valerie traurig an. »Öffne bitte das Tor für uns.«

»Welches Tor?«

»Das, durch das wir hier hereingekommen sind, Süße. Was ist nur los mit dir?«

Valerie sah sich einen Moment ratlos um. Dann lief sie zu Adas Erleichterung auf die Wand zu und riss das Tor auf. Die Ziegelwand, die dahinterlag, wirkte schmutzig und schlecht verputzt. Erneut hatten die Schrate einen Weg in ihre Welt verschlossen.

»War ja klar«, seufzte Ada und vergrub das Gesicht in den Händen. »Valerie, sieh bitte nach, ob es in diesem Zimmer noch ein weiteres Tor gibt. Es ist wichtig.«

Gehorsam ging das Mädchen die Wände ab und fixierte dabei die grün gemusterte Tapete.

Ada beobachtete sie. »Hattest du mir nicht erzählt, dass du bereits viele Tore gefunden hast und in manchen Zimmern sogar zwei waren? Weißt du nicht mehr, wie viele Tore sich hier in meinem Zimmer verstecken? Oder hast du hier gar nicht danach gesucht?«

Valerie machte einen verwirrten Eindruck, als sie sich jetzt zu Ada umwandte. »Hab ich das erzählt? Ich weiß nicht mehr so genau.«

In diesem Moment nahm das Röcheln des Jungen eine beängstigende Lautstärke an. Ada machte sich Sorgen, dass Sebastian ersticken würde, noch bevor sie ihre Theorie überprüfen konnte.

Doch in diesem Moment rief Valerie: »Ich habe eins! Sieh mal: Es ist im Muster der Tapete versteckt.«

Ada sah nichts außer Wand und war ein bisschen erleichtert. Zumindest ihre Begabung, die Tore finden zu können, schien Valerie nicht zu verlassen, auch wenn ihr Gedächtnis gerade zu wünschen übrig ließ.

Sie fragte sich, warum Valerie plötzlich so vergesslich war. Beide waren sie gleich lang zwischen den Wänden gewesen. Warum verspürte sie selbst keinerlei Beeinträchtigungen? Ada erinnerte sich klar und deutlich an jeden Augenblick zwischen den Wänden.

Begleitet von einem scharrenden Geräusch zog Valerie ein quadratisches Stück Tapete von der Wand und ließ es auf den Boden fallen, was Ada dazu veranlasste, ihre Überlegungen auf später zu verschieben. Mitten in der Wand gähnte jetzt ein schwarzes Loch.

»Es ist ziemlich klein«, stellte Ada fest. »Aber für unsere Zwecke müsste es reichen.« Sie schlug die Bettdecke zurück und hob das schwer atmende Kind auf. Rasch trug sie Sebastian auf das Loch in der Wand zu, schob das kraftlose Bündel Mensch hindurch und kroch dann selbst hinterher. »Valerie, zünde bitte die Kerze auf meinem Nachttisch an und reich sie mir herein. Das Feuerzeug liegt gleich daneben.«

Die Kleine tat, wie ihr gesagt worden war, und machte Anstalten, ebenfalls in das Loch zu kriechen.

Doch Ada schob sie zurück. »Warte draußen. Ich werde mit Sebastian nur eine Weile hierbleiben und atmen. Wenn sich sein Zustand bessert, wissen wir, dass er sich an die Luft hier drinnen angepasst hat und sie zum Leben braucht. Ich befürchte, das ist es, was die Autoren von ›Vergessene Kreaturen‹ mit ihren Worten gemeint haben. Dass die Kinder nach einer Weile außerhalb dieser Gänge nicht mehr lebensfähig sind.«

»Aber was machen wir denn dann? Du kannst doch nicht für immer mit ihm da hocken«, rief Valerie und streckte den Kopf durch die dunkle Öffnung.

Nein, das konnte Ada natürlich nicht. In diesem Falle schien es nur eine einzige Lösung zu geben.

16

Aus Kindern werden Monster

August 2019

DOKTOR WARNING

»Gib mir lieber deine Hand. Diese Stufen sind sehr steil«, flüsterte Doktor Warning Jig zu, die sogleich gehorchte.

Ihr gemeinsamer Weg hatte sie bereits tief in ein Labyrinth aus Tunneln geführt und jetzt hatten sie eine besonders unwegsame Stelle erreicht, die sie auf eine tiefere Ebene zu bringen schien.

Jig erweckte den Eindruck, gerade mal wieder einen Anfall von Panik niederkämpfen zu müssen. Er konnte den Sturm, der in ihr tobte, von ihrem Gesicht ablesen.

»Dies ist ein böser Ort, Doktor. Er ist voll von diesen seltsamen Viechern. Ich kann sie hören, wir sind ihnen schon ganz nah.«

Warning hielt inne und lauschte, doch er hörte nichts. Sicherheitshalber schwenkte er den Lichtkegel seiner Lampe über Wände und

Fußboden. Das Einzige, was er dabei entdecken konnte, waren zwei pelzige Würmer, die sich in die Fugen drückten.

Ganz wie Jig es ihm geraten hatte, stieß er einen hohen Pfiff aus und beobachtete, wie sich das Fell zu sträuben begann. Hundepfeifen mochten effektiver sein, aber ein Pfiff durch die Zahnlücke zwischen seinen unteren Schneidezähnen hatte sich ebenfalls als wirkungsvoll erwiesen. Wozu so eine Lücke doch alles gut sein konnte.

»Hier ist niemand, Jig.« Bewusst gab er seinen Worten einen beruhigenden Klang. »Und ich kann auch nichts hören.«

»Das war ja klar. Alles wie immer«, murmelte das Mädchen und ließ die Schultern hängen. »Nur ich höre die seltsamen Wesen.«

Warning lauschte bei diesen Worten noch angestrengter, doch es blieb dabei. Er hörte nichts. Dafür stiegen seine Chancen, etwas zu sehen, mit jedem Schritt.

Bald würde er eines dieser Wesen zu Gesicht bekommen, Wesen, die er bisher als reine Fantasiegestalt abgetan hatte. Heute war der Tag, der seine Vorstellung von der Realität total auf den Kopf stellte. Sein Leben, seine Arbeit, sein Weltverständnis erlebten hier an diesem seltsamen Ort eine Revolution und er war bereit, sie zuzulassen. Er würde sich nicht gegen den Gedanken sperren, dass es Dinge auf dieser Welt gab, die nicht mit der Einnahme von Medikamenten zu bekämpfen waren.

Irgendwo in der Ferne registrierte sein Gehör plötzlich ein misstönendes Jaulen.

Er blieb stehen. »Hast du das gerade auch gehört?«

»Es beruhigt mich sehr, dass Sie das fragen«, flüsterte Jig und machte den Eindruck, als ob sie fröre.

»Was kann das gewesen sein?«

»Da ist jemand sehr wütend, fürchte ich«, antwortete Jig und lauschte schon wieder dem Gejaule, das jetzt an Lautstärke zunahm.

Warning war überrascht. »Wirklich? Wie kommst du denn darauf?«

Seiner Meinung nach hätte der Laut alles Mögliche bedeuten können. Ein Schmerzenslaut oder auch ein Hilferuf, alles schien ihm realistisch.

»Er hat es doch selbst gerufen. Haben Sie ihn denn nicht verstanden?«

Ungläubig drehte er sich zu Jig um. »Er hat gerufen, dass er wütend ist?«

Jig nickte heftig.

Warning blieb nichts anderes übrig, als Jig einfach Glauben zu schenken. Als das Geräusch verklang, tastete er sich vorsichtig weiter über den unebenen Boden des Ganges.

Da ließ ein weiterer Schrei im Dunkeln Jig zusammenfahren.

»Wir sollten vielleicht lieber die Richtung wechseln.« Ihre Stimme vibrierte vor Furcht. »Wer immer da vorne schreit, er ist richtig, richtig zornig.«

»Was genau schreit er denn?«, fragte Warning und bemühte sich ebenfalls, Einzelheiten zu verstehen, doch für ihn blieb es nur eine Ansammlung von Vokalen.

»Es ist wegen der Eindringlinge, die sich immer weiter vorwagen. Damit meint er entweder uns oder die anderen drei. Und er fragt sich, wo der große Rote schon wieder steckt und was er gerade treibt.«

»Das hast du alles verstanden?« Warning konnte es nicht fassen.

Er musste die Möglichkeit in Betracht ziehen, dass Jig tatsächlich mehr hören konnte als ein Durchschnittsmensch, und das ließ ihre Symptome, die sie in seine Klinik gebracht hatten, in einem ganz neuen Licht erscheinen. Hatte Ada Lippnik wirklich klug gehandelt, als sie Jig mit an diesen Ort nehmen wollte? Verfügte das Mädchen über ein besonderes Talent, das es nur selbst erkennen und akzeptieren musste?

»Etwas kommt jetzt durch diesen Tunnel genau auf uns zu, ich kann die Schritte hören«, flüsterte Jig eindringlich und verlangsamte ihre Schritte.

Der Arzt zog sie an ihrer Hand hinter sich her. Egal, ob das Ding nun gut oder schlecht gelaunt war, er wollte es jetzt endlich mit eigenen Augen sehen. Da erreichten sie eine Weggabelung.

»Nach rechts oder links? Wohin würdest du jetzt gehen?«

»Links, das ist ungefährlicher« war die Antwort, so leise, dass Warning sie kaum hören konnte.

»Gut. Dann stellen wir uns in den linken Gang und sehen uns an, was da aus dem rechten hier gleich angelaufen kommt, in Ordnung?«

»Eigentlich nicht«, murmelte Jig. »Wer weiß schon, in welche Richtung dieses Ding gerade will? Vielleicht stellen wir uns ihm gerade in den Weg. Das möchte ich nur ungern.«

Der Arzt ignorierte ihre Bedenken, betrat den Tunnel zu seiner Linken und löschte das Licht seiner Taschenlampe. Doch es schien heller zu werden. Ein gelbes Leuchten nahm stetig zu und jetzt hörte auch er das Getrappel von Füßen.

Er sah die Umrisse einer Gestalt mit spitzen Ohren, der weitere Kreaturen folgten. Sie kamen auf ihren langen, dürren Beinen aus dem rechten Gang gelaufen und verschwanden in jenem, in dem er nur Augenblicke zuvor noch mit Jig gestanden hatte. Ihre Bewegungen hatten etwas Befremdliches. Sie erinnerten ihn an Kreaturen aus Science-Fiction-Filmen. ›Star Wars‹ vielleicht?

»Sie sehen zum Fürchten aus, nicht wahr?« Jigs Stimme war kaum noch zu hören.

Warning selbst hatte zu atmen vergessen und holte es jetzt hastig nach. Da war er also: der lebende Beweis, dass es mehr Dinge zwischen Himmel und Erde gab, als seine Schulweisheit ihn träumen ließ. Er fühlte sich zwischen Glück über diese Erkenntnis und Furcht vor dem Neuen hin- und hergerissen.

»Ich denke nicht, dass es gut ist, hier noch länger herumzustehen«, flüsterte Jig. »Wir sollten besser schnell Miss Ada und die anderen finden.«

»Ja.« Warning erkannte, wie recht Jig damit hatte. »Bei ihnen werden wir sicher sein. Diese Leute wissen, wie man mit solchen Kreaturen umgehen muss. Auch wenn ich diesbezüglich bereits meine Vermutungen habe.«

Damit zog er aus der Golftasche auf Jigs Rücken einen der Schläger und umfasste ihn mit festem Griff. Jetzt fühlte er sich besser.

VALERIE

Valerie wurde die Luft knapp, vor ihren Augen tanzten rote Sterne. Sie glaubte, ihr letztes Stündlein wäre gekommen, als der Fremde seinen Griff um ihre Kehle plötzlich lockerte.

Sein Gesicht hatte sich zu einer Grimasse verzogen, als er von ihr abließ. »Das ist zu einfach. So will ich es nicht. Kannst du dich nicht ein bisschen mehr wehren?«

Sie rang nach Luft, rieb sich den schmerzenden Hals und schloss für einen Moment die Augen. Nein, wenn es Gegenwehr war, was er von ihr erwartete, dann würde er diese nicht bekommen. Jetzt erst recht nicht.

»Was habe ich Ihnen denn getan, dass Sie mich hassen?«

Ihre Stimme war kaum mehr als ein Flüstern, doch er antwortete prompt.

»Du hast mich wirklich vergessen? Das passt zu dir. Tot und begraben war ich für dich hier drinnen. Aber ich habe überlebt, wie viele andere auch. Wir haben gelitten, aber wir überlebten. Zuerst wollte ich nicht glauben, dass du es warst, die uns das angetan hat. Du und dieses Kindermädchen! Aber wer außer euch beiden wusste denn von uns hier drinnen? Niemand. Und doch wollte ich es nicht wahrhaben. Aber die Zeit verging und du kamst nie zurück. Und da war ich mir plötzlich sicher, dass ihr beide versucht habt, mich und meine Familie zu töten! Du hast dein Versprechen gebrochen. Da habe ich versucht, euch dort draußen zu vergessen, aber bei mir hat es nicht so gut geklappt wie bei dir. Stattdessen wurde der Hass auf euch immer stärker.«

Doch während er von Hass sprach, veränderte sich der Gesichtsausdruck des Mannes. Seine Wut schien so plötzlich zu vergehen wie eine Kerzenflamme im Wind.

Sein Gesicht strahlte eine seltsame Ruhe aus, als er fortfuhr. »Als ich von deiner Rückkehr in dieses Haus hörte, erfuhr ich, dass du ein Baby bekommen würdest, und da ahnte ich, dass unser

Wiedersehen bevorstehen könnte. Die Dinge würden sich wiederholen. Und du würdest kommen, um dein Kind zurückzuholen. Genauso ist es jetzt geschehen. Du warst mutig genug, dein Kind in diesem Haus aufziehen zu wollen, also bist du auch mutig genug, wieder hinter die Wände zu gehen. Zu mir.«

Valerie schüttelte heftig den Kopf. »Nie wäre ich wieder in dieses Haus gezogen, wenn ich von diesen Monstern gewusst hätte. Glauben Sie wirklich, ich hätte mein Kind derart in Gefahr gebracht? Aber wer rechnet denn mit so was? Ich dachte, meine instinktive Abneigung gegen dieses Haus sei nur das Echo meiner kindlichen Fantasien. Hätte ich eine Ahnung von alldem hier gehabt, wäre ich nie zurückgekehrt. Eher hätte ich den alten Kasten niedergebrannt!«

Sie biss sich auf die Lippen und wünschte, die letzten Worte wären ungesagt geblieben. Jetzt würde seine Wut erneut zurückkehren und nichts würde ihn noch davon abhalten, sie umzubringen. Aber zuvor musste er einfach ihre Frage beantworten.

»Sagen Sie mir endlich, wer Sie sind«, bat sie, ohne ihn anzublicken.

»Ich kann nicht glauben, dass du das nicht weißt.«

Sekunden verstrichen nach diesen Worten und als Valerie die Stille nicht mehr ertrug, hob sie den Kopf, um ihn erneut zu betrachten.

Er schien ihr so blass, als wäre seine Haut noch nie der Sonne ausgesetzt gewesen. Als hätte er sein ganzes Leben an diesem dunklen Ort verbracht. Aber das war doch nicht möglich, oder? Das konnte doch nicht …

»Ich bin das Kind, das die Schrate vor langer Zeit entführt haben. Ich war damals drei Jahre alt. Das Kindermädchen und ein älteres

Kind waren auf dem Sofa eingeschlafen. Doch ich lag auf dem Boden herum, als ob ich vergessen worden wäre. Ich war niedlich und klein, also wollten sie mich. So wurde ich ihr Eigentum. Ein kleines niedliches Haustier. Und warum auch nicht? Niemand wollte mich mehr, man hatte mich allein auf dem Fußboden zwischen all den Buntstiften zurückgelassen. Sie haben mich nur aufgeräumt. Ich kann mich noch immer an den Moment erinnern, als sich die schwarzen Krallen auf meinen Mund legten. Und ich erinnere mich an meine Angst. Ich habe nichts vergessen.«

»Sebastian?« Valerie wollte es nicht glauben. »Sebastian Small? Der Junge, der vor vierzig Jahren verschwand? Du warst die ganze Zeit hier im Haus? Hier zwischen den Wänden?«

Die Gedanken schwirrten in ihrem Kopf durcheinander. Vergeblich versuchte sie, Ordnung hineinzubringen, während Sebastian höhnisch auf sie herabblickte.

»Du hast also wirklich gedacht, dass es mich nicht mehr gibt? Dass ihr mich getötet hättet?«

»Überhaupt nichts habe ich geglaubt!« Valerie spürte Wut in sich aufsteigen. »Weil ich mich nicht mehr erinnern kann, das habe ich dir doch gesagt! Und warum bist du nicht einfach zu uns zurückgekommen? In vierzig Jahren muss sich doch mal die Gelegenheit zur Flucht ergeben haben. Warum gehst du nicht jetzt mit mir zusammen zurück?«

»Weil ich nicht mehr zurückkehren kann«, schrie Sebastian und seine glühenden Augen starrten Valerie hasserfüllt an. »Ich konnte es schon damals nicht mehr. Eure Hilfe war für mich zu spät gekommen.«

August 1979

ADA

Seit fast einer Stunde kauerte Ada jetzt schon in dem engen Gang, hielt Sebastian in ihren Armen. Im flackernden Schein der Kerze beobachtete sie die Gesichtszüge des Jungen. Valerie vertrieb sich außerhalb des Ganges die Zeit mit dem Singen von Kinderliedern und fragte gelegentlich nach, wie es Ada und Sebastian gehe.

Adas Antwort war seit einer Stunde die gleiche: »Es ist eng, es ist gruslig, aber wir halten es noch aus.«

Seit einer Weile hatte Ada den Eindruck, dass sich Sebastians Zustand stetig verbesserte. Der Junge röchelte nicht mehr, schien leichter zu atmen als zuvor in ihrem Zimmer. Ada meinte, erkennen zu können, dass seine Gesichtsfarbe gesünder aussah und dass das Leben in seine roten Augen zurückkehrte. Doch noch immer sprach er kein Wort.

Ada war so elend zumute. Es hatte keinen Zweck, sich länger etwas vorzumachen, Sebastian ging es besser, weil sie hier mit ihm in diesem Tunnel saß.

»Hallo, ihr da drinnen«, hörte sie Valerie rufen, die mal wieder ihren Kopf durch das Loch steckte und guter Laune zu sein schien. »Wollt ihr nicht mal wieder herauskommen?«

Das Kindermädchen schenkte ihr ein gequältes Lächeln. Nichts würde sie lieber tun. Doch so einfach war es eben nicht.

»Valerie, ich möchte, dass du in meinem Zimmer bleibst und dort auf mich wartest. Ich muss hier drinnen etwas erledigen. Mach dir keine Sorgen, ich finde schon wieder zu dir zurück.«

Sie hatte kaum zu Ende gesprochen, als das Mädchen auch schon in lautes Protestgeschrei ausbrach. »Ich will aber nicht allein hierbleiben! Das ist tausendmal schlimmer, als noch einmal in die Tunnel zu gehen. Bitte, Ada, lass mich mitkommen.«

»Diesmal nicht.« Ada versuchte streng zu klingen.

»Was hast du denn vor? Ist es wegen Sebastian?«

Ada klang müde, als sie antwortete. »Ja. Ich denke, ich weiß, was mit ihm los ist und was er braucht, um ein gesundes Kind zu sein.«

»Wirklich?« Valeries Stimme klang beeindruckt und neugierig zugleich.

Ada richtete sich, so weit sie konnte, in dem niedrigen Gang auf, Sebastian noch immer an sich gedrückt. »Ich muss ihn zurückgeben.«

»Aber seine Augen sind noch immer rot. Ob Lisa das mögen wird?« Valerie machte Anstalten, durch das Tor zu klettern.

»Ich werde ihn nicht an Lisa zurückgeben, sondern an die Schrate.«

»Warum denn?« Valerie klang jetzt bestürzt. »Wir haben uns doch so angestrengt. Jetzt haben wir ihn endlich wieder und du willst ihn den Monstern einfach überlassen?«

»Was soll ich denn machen?« Ada wusste, dass sie jämmerlich klang. »Er könnte sterben. Er kann bei uns nicht mehr richtig atmen, hier drinnen aber geht es ihm gut. Es muss irgendwie mit der Luft zusammenhängen. Sie wird hier drinnen anders zusammengesetzt sein und er hat sich bereits angepasst. Er gehört jetzt hierher.«

Ada erinnerte sich daran, wie Sebastian von dem Schrat angepustet worden war.

Da hatte sie nicht verstanden, was es bedeutete, jetzt aber war sie sicher, dass es um mehr ging als um ein unbekanntes Ritual. Der

Atem der Schrate war mit dem eines Menschen nicht zu vergleichen und ihr Lebensraum ein gänzlich anderer. Vermutlich ging es nur um kleine Abweichungen im Sauer- oder Stickstoffgehalt, aber was wusste sie schon von solchen Dingen? Sie wusste nur, was sie im Buch über die vergessenen Kreaturen gelesen hatte: Das Kind ist für seine Eltern verloren.

Das also hatten die Autoren des Buches damit gemeint. Sebastian war außerhalb dieser Wände nicht mehr lebensfähig. Sie waren zu spät gekommen.

»Dann leg ihn doch einfach hier ab«, schlug Valerie vor. »Wie Moses im Binsenkörbchen. Und dann machen wir das Tor wieder zu. Sie finden ihn bestimmt.«

Ada schüttelte den Kopf. »Es geht ihm besser, aber noch lange nicht gut. Er spricht kein einziges Wort. Ich werde ihn nicht einfach hier liegen lassen. Ich bringe ihn zu den Schraten, damit sie ihm das geben, was er jetzt braucht.« In Adas Erinnerung stieg das Bild vom Schrat auf, der den in seinen Armen liegenden Sebastian angepustet hatte. »Sie müssen ihm ihren Atem schenken. Und du bleibst, wo du bist.«

Ada marschierte los, ohne sich noch einmal nach Valerie umzudrehen. Bald wurde der Gang breiter und höher. Die Kerze in der einen Hand, die andere an Sebastians Rücken gelegt, beschleunigte sie ihre Schritte.

Je eher sie Sebastian zu seiner neuen Familie gebracht hatte, desto schneller würde sie wieder hier herauskommen. Auf keinen Fall wollte sie selbst erleben, wie sich ihre Atmungsorgane einer Metamorphose unterzogen und ihre Augen rot wurden. Sie musste sich beeilen.

VALERIE

Sie wartete genau so lange, bis sie den Schein von Adas Kerze hinter der ersten Biegung verschwinden sah. Dann kletterte sie in das Loch, knipste Adas Feuerzeug an und folgte ihr. Plötzlich gabelte sich vor ihr der Weg.

»Verdammt«, entfuhr es Valerie und sie stampfte trotzig mit dem Fuß auf. »Jetzt geht das schon wieder los.«

Doch da entdeckte sie an der Wand des rechten Ganges einen dicken dunkelroten Pfeil. Prüfend strich Valerie mit einem Finger darüber. Als sie ihn wieder fortnahm, war ihre Fingerkuppe rot verschmiert. Es war das Rot von Adas Lippenstift. Ihre Freundin hatte Vorsichtsmaßnahmen ergriffen, um sich nicht hinter den Wänden zu verirren.

Valerie grinste zufrieden. »Und weiter geht's.«

Gerne hätte sie wieder gesungen, um sich selbst ein wenig Mut zu machen, aber das getraute sie sich nicht. Ada würde sie zurückschicken, wenn sie sie entdeckte, und das wollte Valerie auf keinen Fall riskieren. Sie wollte dabei sein, bis zum Schluss.

ADA

Ada marschierte vorwärts und versuchte, nicht nachzudenken. Schon gar nicht darüber, ob sie das Richtige tat oder nicht.

An jeder Weggabelung zückte sie den Lippenstift aus ihrer Brusttasche und markierte gewissenhaft ihren Weg. Ohne Valeries Talente musste sie zu dem Tor zurückfinden, durch das sie hereingekommen war. Mit den Markierungen würde ihr das hoffentlich gelingen.

Während sie durch die Gänge lief, versuchte sie, irgendetwas wiederzuerkennen, doch sie stieß auf nichts, was sie an ihren letzten Besuch in den Gängen erinnerte. Bis plötzlich ein gutes Stück vor ihr das helle Licht einer Taschenlampe aufblitzte und gleich darauf wieder verschwand.

Augenblicklich erinnerte sich Ada daran, das seltsame Licht schon einmal gesehen zu haben, als sie mit Valerie in einem der Tunnel gekauert hatte. Sie ging schneller und überlegte, wer hier außer ihr und Valerie noch durch die Gänge schlich. Als ihr niemand einfallen wollte, verlangsamte sie ihren Schritt.

Was, wenn hier noch weitere Monster zu Hause waren? Möglicherweise war der Besitzer der Lichtquelle noch gefährlicher als die Schrate?

Ihre Überlegungen wurden jäh unterbrochen, als sie um eine Kurve bog und sich Auge in Auge mit einem Schwarzen Schrat wiederfand, der reglos in der Dunkelheit auf sie gelauert hatte.

Langsam, ohne den Schrat aus den Augen zu lassen, ging Ada vor ihm in die Hocke und legte den Jungen auf dem kalten Steinboden ab. Dann richtete sie sich genauso langsam wieder auf und tat einen halben Schritt zurück.

Da trat hinter dem Schrat ein weiterer hervor.

17

Blut und keine Tränen

August 2019

DOKTOR WARNING

Die beiden Schrate waren so plötzlich vor ihm und Jig im Gang aufgetaucht, dass Letzterer keine Zeit blieb, hysterisch zu werden. Im Licht der Taschenlampe starrte Warning fasziniert auf die glänzende schwarze Haut und die spitzen Ohren. Jig neben ihm stand wie vom Donner gerührt, unfähig, die Flucht zu ergreifen.

Auch die Schrate wirkten überrascht. Sie verhielten sich abwartend. Als einer von ihnen seine krallenartige Hand auf Warning richtete, hob dieser den Golfschläger in seinen Händen, als bereitete er sich auf den Abschlag vor. Die Kreaturen reagierten mit einem Wimmern, schienen aber nicht bereit, sich zurückzuziehen. Dies hier war ihr Terrain.

»Haben sie nur geheult oder auch noch etwas gesagt?«, raunte Warning seiner Begleiterin zu.

»Sie halten den Schläger für eine Waffe, Doktor«, wisperte Jig. »Und das macht uns wohl automatisch zu ihren Feinden. Ich fürchte, es war keine gute Idee, die Golfschläger hierherzubringen.«

Warning lächelte grimmig. »Es war vermutlich eine sehr gute Idee, wenn Leute wie Ada Lippnik davon Gebrauch machen.«

»Aber sie machen doch gar nichts, sie verhalten sich ganz friedlich«, widersprach Jig und schien sich ein wenig zu entspannen.

»Und das ist der einzige Grund, warum ich noch nicht zugeschlagen habe.« Der Arzt hob den Golfschläger etwas höher. »Siehst du ihre Krallen? Mit einer Ohrfeige könnten sie uns die Haut abziehen. Nein, ich traue ihnen nicht über den Weg. Sag den beiden, dass sie uns passieren lassen sollen.«

»Wie denn?«, fragte Jig überrascht, was Warning daran erinnerte, dass die Kommunikation nur in eine Richtung funktionierte.

Jig verstand zwar die Schrate, konnte sich ihnen aber nicht mitteilen. Das war vertrackt.

Warning machte einen Schritt vorwärts, um sein Anliegen zu verdeutlichen, doch die Schrate wichen nicht zurück. Also entschloss er sich, selbst den Rückzug anzutreten.

»Komm mit mir«, flüsterte er Jig zu. »Wir werden einen anderen Weg zu Miss Ada finden.«

Die Schrate gaben ein finsteres Grollen von sich.

»Ich glaube, sie ist hier drinnen nicht sehr beliebt«, flüsterte Jig und klang wieder ängstlich.

»Wer? Ada Lippnik?«, fragte Warning.

Die Worte waren kaum verhallt, als einer der Schrate unvermittelt einen Satz nach vorn machte, seine Krallen um Warnings Hals legte und den Kopf des Arztes blitzschnell gegen die Tunnelwand schlug, noch ehe dieser seinen Schläger zum Einsatz bringen konnte.

Warning hörte das Knacken seines eigenen Kieferknochens. Er sah Blitze und Sterne, die vor seinen Augen explodierten, und hörte Jig schreien. Seine Beine gaben unter ihm nach. Langsam rutschte er an der rauen Tunnelwand herab und die heranrollende Schmerzwelle raubte ihm sein Bewusstsein.

ADA

Ein Schrei ließ Ada zusammenzucken. Mit fragendem Blick drehte sie sich zu Teddy um.

Dieser nickte. »Ich denke dasselbe wie du. Das war nicht der Schrei eines Schrates, sondern der Angstschrei einer Frau.«

»Meinst du, dass es Valerie gewesen ist?«

»Ich bin mir nicht sicher.« Er hielt inne und legte den Zeigefinger an die Lippen.

Ada hob den Kopf und lauschte. Ihre Ohren waren nicht mehr so gut wie in jungen Jahren, aber nach ein paar Sekunden hörte sie Schritte, die sich ihnen zu nähern schienen. Einen Augenblick später bemerkte sie hinter Teddy den zuckenden Schein einer Taschenlampe und hörte den schnellen Atem eines menschlichen Wesens. Sie kniff die Augen zusammen.

»Das ist nie und nimmer Valerie«, bemerkte Teddy und runzelte die Stirn.

»Woher weißt du das?« Ada hob vorsichtshalber das Nudelholz wie einen Hammer in die Höhe.

»Valerie hat doch ihre Schuhe als Wegweiser im Moor zurückgelassen. Sie läuft barfuß. Die Person, die da auf uns zukommt, trägt Schuhe.«

»Es ist Jig!«, entfuhr es Ada, als sie die zarte Gestalt des Mädchens hinter dem Lichtkegel erkannte.

Jetzt sah sie auch die Golftasche, die auf ihrer Schulter unruhig auf und ab hüpfte. Ada schob Teddy beiseite, breitete die Arme aus und Jig warf sich hinein.

»Oh, Miss Ada, sie haben ihn umgebracht!«

Ada schlang die Arme um den mageren Körper und warf Teddy einen fragenden Blick zu. Der zuckte ratlos mit den Schultern.

»Wer hat wen umgebracht?«, fragte Ada und strich Jig beruhigend über das Haar.

»Doktor Warning!« Jig hob den Kopf und blickte sie mit weit aufgerissenen Augen an. »Die Schrate haben Doktor Warning getötet!«

»Doktor Warning? Wie kommt der denn hierher?«, rief Teddy aus.

»Das haben wir mit Sicherheit Derek zu verdanken.« Ada schüttelte missbilligend den Kopf und hielt Jig jetzt ein Stück von sich weg, um sie genauer betrachten zu können. Das Mädchen schien unverletzt. »Bist du dir völlig sicher, dass Doktor Warning tot ist?«

Jig nickte. Dann überlegte sie kurz und schüttelte den Kopf. »Es sah so aus. Sie haben seinen Kopf gegen die Mauer geschlagen, dann ist er langsam daran heruntergerutscht und hat dabei eine blutige Spur auf den Steinen hinterlassen.«

»Und was geschah danach?«, wollte Ada wissen.

»Dann bin ich weggelaufen.« Jig drückte sich an Ada und wollte ihr Gesicht an deren Schulter verbergen.

Doch Ada schob sie erneut von sich. »Du musst dich jetzt zusammenreißen. Bring mich dorthin. Vielleicht können wir dem Mann noch helfen.«

»Aber dort sind diese Monster!«

»Möglich, aber das darf dich und mich nicht davon abhalten, Doktor Warning zu helfen.«

Jig schniefte und wischte sich mit zitternden Händen über die Augen. Dann deutete sie in den Gang. »Es war irgendwo dort. Ich weiß nicht mehr genau.«

Ada seufzte. »Irgendwo dort ist hier leider keine gute Ortsangabe.«

»Ich will nicht zurückgehen.« Jig bebte noch immer vor Angst. »Was, wenn wir den Schraten begegnen? Sie haben Warning angegriffen.«

»Wir werden schneller zuschlagen als sie.« Entschlossen drehte Ada Jig herum und tauschte ihr Nudelholz gegen ein Siebener Eisen aus der Golftasche.

Teddy griff sich sogleich den Driver, und ihre Truppe setzte sich in Bewegung. Ada ließ Jig vorangehen, obwohl sie sich dagegen sträubte. Doch zu ihrer eigenen Überraschung fand diese tatsächlich den Weg zurück.

Nur wenige Augenblicke später stießen sie in einem verlassenen Gang auf die leblos am Boden liegende Gestalt Doktor Warnings.

Jig blickte sich panisch um. »Wo sind die Monster hin?«

»Sie sind weg, das sollte dir genügen.« Teddy legte Jig beruhigend einen Arm um die Schultern, während sich Ada neben Warning auf die Knie niederließ und nach seinem Puls tastete.

Sorgenvoll untersuchte sie danach den Kopf des Mannes. Die rechte Seite war blutverklebt, ein Brillenglas gesplittert und aus einem Mundwinkel lief ein dünner Blutfaden. Die Verletzung sah böse aus, doch tot war der Doktor nicht.

»Sein Puls ist kräftig und er atmet regelmäßig. Ich glaube nicht, dass er sich in Lebensgefahr befindet, aber wir sollten ihn hier rausbringen. Er muss medizinisch versorgt werden.«

Teddy gab ein Stöhnen von sich. »Was wird dann aus Valerie und ihrem Jungen? Wir verlieren wertvolle Zeit, wenn wir ihn bis zum

Tor in der Küchenwand zurückschleppen. Mal abgesehen davon, dass ich mir nicht mehr ganz sicher bin, ob ich es wiederfinde.«

»Wir haben gar keine Wahl«, widersprach Ada. »Ich kann nicht beurteilen, wie schwer seine Verletzungen sind. Möglicherweise hat er einen Schädelbruch.«

Entschlossen erhob sie sich und reichte ihren Golfschläger an die verdatterte Jig weiter. Mit einem Stöhnen packte sie Warning unter den Achseln. Jetzt gab auch Teddy seinen Driver an Jig weiter und klemmte sich die Beine des Doktors unter die Arme.

Ada kommandierte ruhig und sachlich. »Jig geht voran und warnt uns, sobald auch nur eine Schratnasenspitze zu sehen ist. Wir folgen ihr bis zum nächstgelegenen Ausgang.«

»Und wie willst du den finden?«, fragte Teddy und ächzte, als sie sich mit ihrer schweren Last langsam in Bewegung setzten.

»Mit Glück. Wie immer«, antwortete Ada und stöhnte ebenfalls unter Warnings Gewicht.

Sie kamen nur langsam voran. Immer wieder mussten sie pausieren, damit Teddy seinen schmerzenden Rücken strecken und Ada die Wände nach einem Ausgang absuchen konnte. Doktor Warning erlangte das Bewusstsein nicht zurück, was alle sehr beunruhigte.

Bei einer dieser Pausen entdeckte Ada eine ungewöhnliche Verzierung an der jetzt grauen Tunnelmauer. Es war ein Pfeil, der in die Richtung wies, aus der sie kamen.

»Hier bin ich schon einmal gewesen«, sagte sie und deutete triumphierend auf den vierzig Jahre alten Wegweiser. »Das ist mein Lippenstift. Gute Qualität, er hat nicht einmal an Farbe verloren. So was wird heute gar nicht mehr hergestellt.«

»Ist vermutlich auch besser so, wer weiß, was die Farbe so haltbar macht? Und inwiefern wird uns dieses Kunstwerk jetzt weiterhelfen?«, fragte Teddy.

»Wir folgen den Pfeilen in umgekehrter Richtung, landen hinter meinem Zimmer und hoffen, dass das Tor von damals noch existiert.«

Teddy sah auf Doktor Warning herab. »Du hast deine Pfeile nicht zufällig nummeriert, damit man weiß, wie weit es noch ist?«

»Sonst noch Wünsche?«

Unter Stöhnen schleppten sie den Doktor weiter.

Bei ihrer nächsten Verschnaufpause wandte sich Ada an Jig. »Ich verstehe noch nicht, was eigentlich genau passiert ist. Hat Warning die Schrate zuerst angegriffen?«

»Die Schrate sagten, dass wir Feinde seien. Und dann hat Warning deinen Namen genannt. Da hat der Schrat zugepackt und ihn gegen die Wand geknallt.« Jig sprach hastig und mit sich überschlagender Stimme.

Das Mädchen schien über Unmengen an Adrenalin zu verfügen, die sie konstant in einem Zustand der Aufregung hielten.

Teddy warf Ada einen amüsierten Blick zu. »Du scheinst hier richtig beliebt zu sein.« Dann jedoch riss er erstaunt die Augen auf, als ihm bewusst wurde, welche Ungeheuerlichkeit Jig gerade von sich gegeben hatte. »Die Schrate haben was getan?«

»Zugepackt und Doktor Warning gegen die Wand geschlagen«, wiederholte Jig.

»Nein, nein. Das meine ich nicht. Du hast behauptet, dass die Schrate zu euch gesprochen haben.«

»Haben sie ja auch. Aber Doktor Warning konnte sie nicht verstehen.«

Teddys Augen traten jetzt fast aus den Höhlen.

Ada musste bei seinem Anblick unwillkürlich lachen. »Ich habe doch schon erwähnt, dass das Mädchen Stimmen hört.«

»Ja, aber sie hat die Schrate verstanden.« Teddy schüttelte fassungslos den Kopf.

»Die Kleine ist eben äußerst talentiert.«

»Und sie ist wegen Schizophrenie behandelt worden?« Teddy tippte sich bedeutsam an die Stirn und warf dem noch immer bewusstlosen Warning einen geringschätzigen Blick zu.

»Bin ich denn nicht schizophren? Ganz sicher?« In Jigs Stimme klangen Zweifel und Hoffnung mit.

Ada lächelte ihr aufmunternd zu. »Bei Schizophrenie nehmen die Stimmen immer Bezug auf die Situation des Kranken. Deine Stimmen sprachen aber nur von sich selbst. Ich habe mir gleich gedacht, dass hinter dieser angeblichen Krankheit die Gabe des Hörens steckt. Du bist ein Lauscher. Jemanden wie dich kann ich in meiner Truppe gut brauchen.«

»Truppe?« Jig sah zu Teddy hinüber. »Du hast eine Ein-Mann-Truppe?«

»Ich habe im ganzen Land Freunde, die ich gern als meine Truppe bezeichne. Die meisten von ihnen waren einmal meine Schützlinge. Jeder von ihnen kann eine Sache etwas besser als seine Mitmenschen. Hören, sehen …«

»Und riechen«, fiel ihr Teddy ins Wort und tippte sich an die Nase.

Ada nickte ihm zu. »Von Zeit zu Zeit ist es nötig, dass ich auf die Hilfe meiner Freunde zurückgreife. Wie jetzt auf Teddys.«

»Und auf Valerie?«, fragte Jig.

Ada spürte ein warmes Gefühl in sich aufsteigen. »Jahrelang war Valeries Gabe verschüttet und somit nutzlos. Wenn sie sich jetzt wieder erinnert, dann kann sie mir eine große Hilfe sein. Es gibt noch andere Häuser wie dieses, viele vergessene Kreaturen und nicht alle sind so harmlos wie Moffat, der kleine Brownie in Warnings Klinik. Wenn Valerie will, wird sich ihr eine ganz neue Welt öffnen.«

»Und mir auch?«, flüsterte Jig.

»Wenn du es willst«, betonte Teddy. »Ada zwingt niemanden, ihr zu helfen. Aber wer könnte einem Abenteuer wie diesem schon widerstehen?«

Warning gab ein leises Stöhnen von sich und erinnerte sie alle daran, dass Abenteuer wie dieses auch gefährlich sein konnten. Ohne einen weiteren Kommentar nahmen sie ihren Weg wieder auf.

VALERIE

Eine lang verschüttete Erinnerung krabbelte träge durch Valeries Gedächtnis und ließ ein Bild vor ihrem inneren Auge entstehen. Das Bild eines kleinen Jungen mit roten Augen, der unbewegt auf einer Badezimmermatte lag. Und jetzt war er zum Mann geworden.

Vierzig Jahre hatte er in den Wänden verbracht? Kein Wunder, dass seine Aussprache so seltsam war. Seit Kleinkindertagen hatte er mit keinem Menschen mehr gesprochen. Doch sein Wortschatz war unter diesen Gesichtspunkten nahezu beeindruckend, er musste einen Zugang zu Bildung gehabt haben.

»Wir sind zu spät gekommen«, erinnerte sich Valerie wieder. »Als ich den Weg hinter die Wände entdeckte und Ada dich bei den Schraten fand, waren vier Tage vergangen. Deine Augen waren rot und leuchteten wie die Rücklichter eines Autos. Du konntest kaum atmen, als wir dich hier herausholten. Du warst etwas anderes geworden, kein Mensch, kein Schrat, etwas ganz Eigenes. Ada sah ein, dass wir dich den Schraten zurückgeben mussten, damit du am Leben bleiben konntest.«

Sebastians Miene blieb ausdruckslos. »Und ihr habt mich auch zurückgebracht. Aber nur, um mich zusammen mit den Schraten ermorden zu können. Wir waren nicht mehr als Ungeziefer für euch. Schädlinge in den Wänden.«

Während seiner Worte hatte Valerie beobachten können, wie Sebastian erneut in Wut geriet. Jetzt kam er mit schnellen Schritten auf sie zu, packte ihre Haare und zog ihr den Kopf in den Nacken. Valerie schrie vor Schmerz auf. Seine Unbeherrschtheit ängstigte sie. Sie machte sich bewusst, dass dieser Mann nie eine Erziehung genossen hatte. Sein Verhalten konnte nur dem eines Schrates entsprechen. Sie musste sehr vorsichtig sein.

»Ich weiß nichts von einem Mordversuch an dir oder den Schraten, das musst du mir glauben!« Tränen stiegen ihr in die Augen. Sie blinzelte sie fort und gab die einzige Erklärung ab, von der sie hoffte, dass sie Gewicht hatte. »Durch den Biss der Winkelnatter habe ich alles vergessen.«

Zu ihrer Erleichterung lockerte er den Griff und brachte sein Gesicht ganz dicht an ihres. Sie konnte seinen Atem riechen. Er roch angenehm nach Orangen.

»Der Biss der Winkelnatter muss nicht bedeuten, dass man sich nie mehr erinnert.« Er stieß sie zurück in den Sitzsack. »Ich werde dein Gedächtnis auffrischen.«

Valerie strich sich mit zitternden Händen das Haar aus dem Gesicht und versuchte, ihr klopfendes Herz zu beruhigen.

»Bald nachdem ihr mich zurückgebracht habt, habt ihr vergiftete Köder in den Gängen ausgelegt. Wir sollten leckeres Essen finden und daran zugrunde gehen.« Sebastian war bei diesen Worten vor Valerie auf und ab gegangen. Jetzt hielt er inne und sah sie auffordernd an. »Schrate teilen untereinander bereitwillig ihre Beute. So wie ich ihnen allen gehörte, so gehörte auch das Essen uns allen. Viele starben einen qualvollen Tod, das Moor musste vergrößert werden, so viele Leichen gab es zu bestatten. Andere waren tagelang krank. Was habt ihr verwendet? Rattengift?«

Fieberhaft durchsuchte Valerie ihr Gedächtnis nach einer Erinnerung. Tatsächlich tauchten weitere Bruchstücke auf, aber es waren nicht die erwarteten von Giftködern.

»Ich erinnere mich daran, wie Winkelnattern aussehen. Sie hat mich ins Bein gebissen. Deshalb habe ich hier diese zwei dicht nebeneinandersitzenden runden Narben. Ich habe mich immer gefragt, wobei ich mir die wohl geholt habe. Hier, schau mal!«

Valerie reckte ihr Bein in die Höhe und zeigte ihm die beiden weißen Punkte oberhalb des Knöchels, die durch das dünne Nylon schimmerten.

»Wir reden hier nicht über deine Narben, kannst du das nicht begreifen?«, antwortete Sebastian unbeeindruckt, griff nach ihrem Fußgelenk und drückte zu, bis Valerie schmerzhaft das Gesicht verzog. »An deinen Schmerz kannst du dich also wieder erinnern, aber was ist mit meinem? Das Gift fällt dir nicht wieder ein?«

Valerie erwog kurz zu lügen und zu behaupten, wieder alles zu wissen, nur damit er ihr Bein losließ. Tatsächlich aber konnte sie sich an diesen Teil der Geschichte überhaupt nicht erinnern.

Also schüttelte sie den Kopf. »Ich weiß nichts von Gift oder Ködern. Vielleicht war ich ja gar nicht dabei. Vielleicht hat Ada es allein getan.«

Sebastian schien einen Augenblick zu überlegen. Dann kam er ihrem Gesicht so nahe, dass sich ihre Nasenspitzen berührten. »Aber an dein Versprechen, das du mir gegeben hast, an das erinnerst du dich noch, oder?«

August 1979

ADA

Niemand rührte sich, nicht die Schrate, nicht Ada und schon gar nicht der kleine Junge auf dem Boden des Ganges. Schließlich war sie es, die zögerlich zwei weitere Schritte rückwärts machte. Dabei deutete sie mit dem Finger auf Sebastian und hoffte, dass die Schrate den Sinn ihrer Worte und Gesten erfassen konnten.

»Ich bringe euch den Jungen zurück. Er ist jetzt ein Teil eurer Welt und ich akzeptiere das. Ich bitte euch nur darum, dass ihr euch um ihn kümmert. Es geht ihm nicht gut. Der kurze Aufenthalt bei uns hat ihn krank gemacht.«

Die beiden Schrate spitzten die Ohren und streckten ihre Hundeschädel vor. Sie schienen ernsthaft bemüht, Ada zu verstehen. Einer gab einen schrillen Pfeifton von sich, der in ihren Ohren schmerzte.

Dann beugte sich der Schrat zu dem Jungen hinunter, hob ihn auf und blies seinen Atem in das kleine Gesicht.

Sofort kam Leben in Sebastian, und Ada weinte fast vor Erleichterung, als sie hörte, dass er ein fröhliches Glucksen von sich gab. Sie hatte richtig gehandelt. Der Junge mochte für seine Mutter verloren sein, doch er würde leben. Und ›leben‹ bedeutete, immer noch eine Chance zu haben. Ganz egal was: Etwas würde aus ihm werden.

Schritt für Schritt zog sie sich zurück. Sie konnte jetzt nur noch heimkehren in ihre Welt vor den Wänden, um dort gut auf Valerie aufzupassen. Da stieß sie im Rückwärtsgehen gegen etwas Weiches.

»Aua!«

Es war Valerie.

Verärgert wandte sich Ada zu dem Kind um, das auf einem Fuß herumhüpfte und sich den anderen hielt. »Was machst du hier? Habe ich dir nicht klipp und klar gesagt, dass du in meinem Zimmer warten sollst?«

Die Schrate, die bei Valeries plötzlichem Erscheinen zunächst einen Meter zurückgesprungen waren, erkannten, wer da gekommen war, und beäugten das Mädchen mit einer Mischung aus Neugier und Faszination. Ada griff nach Valeries Schulter und hielt sie fest, um deutlich zu machen, dass dieses Kind keineswegs verloren gegangen oder ohne Obhut war.

»Aber ich muss doch wissen, wie es Sebastian geht. Hat es geklappt?«

Ada sah Valerie streng an. »Noch vor einer Viertelstunde wolltest du ihn wie Moses im Binsenkörbchen aussetzen und jetzt interessiert dich plötzlich, wie es ihm geht. Du lügst sehr schlecht, kleines Fräulein.«

Valerie wurde rot. »Ich wollte beim Ende des Abenteuers dabei sein«, murmelte sie. »Es ist auch mein Abenteuer.«

Da wandte Sebastian, noch immer auf dem Arm des Schrates, den Kopf und sah sie beide mit seinen glühenden Augen an.

»Es tut mir so leid, Sebastian«, flüsterte Ada. »Ich hätte besser aufpassen sollen. Es ist alles meine Schuld.«

Valerie schwieg.

»Mama?« Seine Stimme klang dünn, doch er sprach endlich wieder.

Der Schrat kitzelte Sebastian mit einer Kralle hinter dem Ohr. Es sah fast liebevoll aus. Möglicherweise gab es Schlimmeres als ein Leben hinter den Wänden. Valerie schien das Gleiche zu denken.

»Ich werde Buntstifte und Papier herumliegen lassen, damit sie sie dir bringen. Ich kann auch Bilderbücher im Haus verlieren«, sagte Valerie unvermittelt. »Und ich werde dich hier besuchen.«

Letzteres würde Ada auf jeden Fall verhindern, aber sie schwieg, denn Sebastians Augen leuchteten bei Valeries Worten eine Spur intensiver.

»Versprich es.« Der kleine Junge streckte eine Hand in Valeries Richtung aus.

Valerie legte ihre rechte Hand aufs Herz und hob zwei Finger der linken für einen feierlichen Schwur. »Ich verspreche es. Ich komme wieder und besuche dich.«

Und während sich Sebastians Lippen zu einem glücklichen Kleinkindlächeln verzogen, gefror Ada bei diesen Worten das Blut in den Adern. Mühsam riss sie sich zusammen und griff gleichzeitig nach Valeries zum Schwur erhobener Hand.

»Wir werden jetzt gehen«, sagte sie und schob sich wieder ein paar Zentimeter rückwärts.

Die Schrate rührten sich nicht.

»Ja, wir gehen jetzt. Aber ich komme wieder! Ganz bestimmt!«

Als Ada rückwärtsgehend um die erste Kurve gebogen war, konnte sie Sebastian nach seiner Mama weinen hören. Es brach ihr fast das Herz. Doch gleich hörte sie das gesangähnliche Jaulen eines Schrats und Sebastian verstummte.

Sie werden ihn wieder fröhlich pusten, dachte Ada, drehte sich um und rannte, mit Valerie an der Hand, den Gang hinunter.

Nur fort von hier. Fort aus der Dunkelheit, die jetzt Sebastians Zuhause war.

18

Ein anderes Leben

August 2019

VALERIE

Valerie konnte sich beim besten Willen an kein Versprechen erinnern, das sie ihm einmal gegeben hatte. Als sie ihm auf seine Frage danach die Antwort schuldig blieb, warf er ihr einen bitterbösen Blick zu und begann wieder, vor ihr auf und ab zu gehen, wobei er mit Bitterkeit in der Stimme zu ihr sprach.

»Obwohl ich noch sehr klein war, habe ich noch einige Erinnerungen an die Welt da draußen. Ich weiß also sehr genau, was ich verloren habe. Hier gibt es nur die Tunnel und das Moor. Kaum Bücher oder Spielzeug, keine Freunde und keine Mutter. Aber die Schrate verwöhnten mich, so weit es ihnen möglich war.«

Er ist die Katze, dachte Valerie. *Das ehemals süße Haustier der Schrate, das nun erwachsen geworden ist. Und mein Paul ist ihr neues Kätzchen. Wenn ich ihn nicht finde, wird Paul so werden wie Sebastian.*

Die Vorstellung verursachte ihr Übelkeit.

»Sie brachten mir täglich Geschenke«, fuhr Sebastian fort und wanderte weiter hin und her. »Aber sie können ein Haushaltsgerät nicht von einem Spielzeug unterscheiden. Also spielte ich mit dem, was sie mir gaben. Mein bester Freund war ein grüner Schlips.« Sebastian lächelte kurz, wurde aber gleich wieder ernst. »Einmal überließ mir ein Schrat ein Buch. Ein Lesebuch für die erste Klasse.«

»Das habe ich überall gesucht«, entfuhr es Valerie unwillkürlich. »Ich habe furchtbaren Ärger bekommen, als es einfach weg war. Mein Vater verpasste mir drei Tage Fernsehverbot.«

»Du hattest drei Tage Fernsehverbot? Wie tragisch!«, fauchte er und Valerie presste schnell die Lippen aufeinander.

Natürlich war ihre Bestrafung ein Witz gewesen im Vergleich zu dem, was Sebastian durchmachen musste.

»Das Buch half mir, nicht ganz zu verblöden.« Er tippte sich vielsagend an die Stirn. Und nicht ohne Stolz fuhr er fort: »Ich habe mir das Lesen und Schreiben selbst beigebracht. Viel später, als dein Vater dieses Haus verließ, blieben seine Bücher zurück. Die Schrate brachten sie mir nach und nach. Ich richtete mir eine Bibliothek ein. Jetzt konnte ich wenigstens über die Welt da draußen lesen und meinen Sprachschatz erweitern. Klinge ich für dich etwa wie ein Dreijähriger?«

Sie schüttelte hastig den Kopf.

»Nein.« Er zog eine Grimasse. »Ich war mir selbst ein guter Schüler. Hier drinnen bei den Schraten sprach niemand mehr mit mir, also sprach ich mit mir selbst. Ich konnte mir meine Muttersprache erhalten. Ich lese laut, und zwar immer.«

Valerie versuchte sich vorzustellen, wie es sein musste, nur ein Zaungast im Weltgeschehen zu sein. Nicht nur Sebastians Erziehung, sein ganzes Leben war eine Art Fernstudium gewesen.

Er hielt inne, stand direkt vor ihr und sah auf sie herab. Valerie wäre gern im Sitzsack versunken, so stechend war der Blick seiner roten Augen.

»Als ich noch klein war, habe ich jeden Tag auf dich gewartet. Auf deinen versprochenen Besuch. Aber du kamst nie.«

»Ich hatte wirklich alles vergessen. Sonst wäre ich gekommen«, versicherte ihm Valerie.

»Ein einziges Mal habe ich mich vor die Wände gewagt. Da wusste ich noch nicht, was das mit mir machen würde. Ich wollte dich ja nur kurz besuchen.« Er brachte ein gequältes Grinsen zustande. »Durch eines der Tore landete ich im Vorratskeller und plumpste zwischen Einmachgurken und Kartoffeln. Ich dachte wirklich, was die Schrate können, kann ich auch. Ich dachte, dass ich es schon ein Weilchen dort draußen aushalten würde. Aber ich bin weder Schrat noch Mensch. Ich bin Sebastian und einzigartig.« Sein Lächeln erlosch. »Auf der Treppe nach oben wurde mir zuerst schwindelig, dann bekam ich keine Luft mehr. So muss es sein, wenn man ertrinkt, schätze ich. Die Luft dort draußen fühlte sich in meinen Lungen wie Sirup an. Auf halbem Weg brach ich zusammen. Als ich wieder zu mir kam, saß ein Schrat neben mir auf der Treppenstufe und blies mir seinen süßen Atem ins Gesicht. Da begriff ich, dass ich ohne sie nicht einmal für wenige Minuten überleben kann. Ich bin von ihnen abhängig, gehöre den Schraten. Ihr Atem hält mich am Leben.«

Er tat Valerie leid. »Hätte ich doch nur von dir gewusst. Dann wäre ich gekommen, ganz bestimmt.«

»Dein Kindermädchen hat es gewusst!«, schrie Sebastian und trat gegen ihren Sitzsack. »Sie hätte dich an mich und dein Versprechen erinnern können. Aber sie hat es vorgezogen, uns alle einfach umzubringen. Wenn du es nicht gewesen bist, dann hat sie es allein getan. Hier in diesen Gängen steht der Name Ada für Verrat und Tod. Niemanden hassen die Schrate mehr als die feigen Mörder, die uns das Gift brachten.«

Das Rot seiner Augen begann intensiver zu leuchten, als er fortfuhr. »Das Gift steckte in Pasteten und gefüllten Bonbons, die plötzlich einfach in den Gängen herumlagen. Zuerst dachte ich, du hättest mir ein Geschenk gemacht. Ich war überglücklich mit meinen Bonbons, doch dann begannen die Krämpfe. Und genau wie die Schrate habe ich zu hassen gelernt.«

»Ich habe das gewiss nicht getan. Ich kann nicht glauben, dass ich so etwas tun würde«, flüsterte Valerie und vergrub das Gesicht in den Händen. »Wenn ich etwas so Furchtbares getan hätte, würde es mir doch jetzt wieder einfallen, oder? Ada hat mir vermutlich verschwiegen, dass sie plante, euch endgültig loszuwerden.«

Valerie versuchte, sich vorzustellen, wie Ada heimlich vergiftete Köder herstellte. Ja, es schien denkbar und doch hatte diese Geschichte einen Haken.

»Ada mag darüber nachgedacht haben, das Haus schratfrei zu bekommen«, räumte sie ein. »Aber wie hätte sie die Köder hinter die Wände bringen sollen? Sie ist nicht besonders gut im Aufspüren von Schrattoren, musst du wissen. Sie verlässt sich da ganz auf mich.«

»Einer von euch beiden muss es gewesen sein«, stellte Sebastian fest. »Wer hätte es denn sonst tun sollen?«

ADA

Ada hatte das Gefühl, den gut genährten Doktor Warning keinen Meter weiter tragen zu können, als sie an eine Abzweigung gelangten, wo sich kein richtungsweisender Pfeil mehr finden ließ.

»Wunderbar! Das kann nur bedeuten, dass wir am Ziel sind. Irgendwo zwischen dieser Weggabelung und der letzten muss sich das kleine Tor befinden, das damals in mein Zimmer führte.«

»Wenn es überhaupt noch existiert.« Teddy ließ Doktor Warning unsanft zu Boden fallen und hielt sich mit beiden Händen den Rücken. Sein Gesicht war puterrot und Schweiß lief ihm von der Stirn. »In jedem Fall ist hier für mich Endstation. Ich trage diesen Herrn kein Stück weiter. Eher breche ich selbst ein Loch in die Tunnelwand.«

»Als ich das letzte Mal vor vierzig Jahren nachgesehen habe, war das Tor noch an seinem Platz. Gut, das liegt eine Weile zurück, aber die Hoffnung stirbt bekanntlich zuletzt.« Sie wandte sich an Jig. »Du bleibst hier bei Doktor Warning und weichst nicht von seiner Seite, während Teddy und ich die Wände absuchen. Keine Sorge, wir bleiben in Sichtweite.« Jig schien aufbegehren zu wollen, doch Ada schnitt ihr mit einer raschen Handbewegung das Wort ab. »Doch, das kannst du, du bist ein großes Mädchen.«

»Sei nicht so streng mit ihr«, mischte sich Teddy ein. »Jig hat einfach Angst davor, hier allein zurückzubleiben. Das ist doch verständlich.«

»Jig darf vor ihren Ängsten aber nicht davonlaufen.« Sie wusste, dass sie gerade wie eine strenge Lehrerin klang, aber es war ihr egal. »Wenn man sich einem Problem stellt, verliert es mit der Zeit seinen Schrecken. Anders wird man seine Dämonen nun einmal nicht los.«

Jig öffnete den Mund, um etwas zu sagen, schloss ihn aber wieder und hockte sich neben dem jetzt leise stöhnenden Doktor Warning auf den Boden des Ganges.

Ada nickte zufrieden und bedeutete Teddy, ihr einige Schritte auf dem Weg zu folgen, den sie gekommen waren. Sie entdeckte das Tor fast sofort, doch das blasse Quadrat an der Wand schien ihr sehr klein zu sein.

»Ach herrje.« Sie strich sich mit beiden Händen über Bauch und Hüften. »Ich glaube, ich habe zugenommen, seit ich zum letzten Mal durch dieses Tor geklettert bin.«

Teddy verdrehte die Augen. »Ada, da passt ja kaum ein Kind durch. Na gut, das wohl so gerade. Aber wie sollen wir beide denn da durchkommen?«

Ada hob ihren Golfschläger und klopfte einige Male gegen das Tor. Es öffnete sich bereitwillig und gab den Blick in ihr Schlafzimmer frei, das sich seit vierzig Jahren kaum verändert hatte. Ada sah ein, dass es wirklich ein ausgesprochen kleines Loch und sie nicht mehr das zarte Mädchen von damals war.

»Dann wird eben nur Jig hindurchklettern und Doktor Warning schieben wir hinter ihr her. Der Mann hat glücklicherweise in seinem Leben weniger Fett angesetzt als wir zwei. Jig muss dann nur noch dafür sorgen, dass der Arme nicht ungebremst auf den Teppich poltert. Es muss einfach klappen.«

Teddy schien nicht überzeugt. »Und was ist, wenn der Doktor stecken bleibt? Er ist ja auch nicht gerade eine Bohnenstange.«

Ada machte eine wegwerfende Handbewegung. »Darüber denke ich nach, wenn es so weit ist.«

DEREK

Als Derek Dreyer ein lautes Poltern im oberen Stockwerk des Hauses vernahm, erhob er sich vom Sofa und begann, nach der Ursache zu suchen. Sicher hatte es wieder irgendetwas mit diesen Verrückten zu tun, die sein Heim bevölkerten.

Der Sherry hatte neben seiner beruhigenden Wirkung leider auch andere entfaltet und so stellte er unsicher den Fuß auf die erste Treppenstufe. Mit einer Hand am Geländer, die andere an der gegenüberliegenden Wand, erreichte er den ersten Stock und betrat, seinem Bauchgefühl folgend, das Zimmer dieses unmöglichen Kindermädchens. Dort verlor er augenblicklich erneut die Beherrschung.

»Schon wieder ein Loch in einer meiner Wände! Jetzt reicht es mir aber. Wollen diese Irren vielleicht das ganze Haus einreißen?«

Dann fiel sein Blick auf den unter dem Loch liegenden Doktor Warning, dessen Blut bereits Spuren auf dem Teppich hinterlassen hatte.

»Was ist denn mit dem passiert?«, fragte er das dürre Mädchen, das am Schreibtisch stand und eines der wenigen noch funktionsfähigen Telefone im Haus in der Hand hielt. Mit zitternden Fingern wählte sie eine Nummer und antwortete ihm nicht.

»Was mit dem Mann passiert ist, will ich wissen«, wiederholte Dreyer und ging auf sie zu.

Das Mädchen wich vor ihm zurück.

In diesem Moment wurde am anderen Ende abgehoben und Derek hörte eine quakende Stimme durch den Hörer. Jig öffnete den Mund, schloss ihn wieder und sah einen Augenblick ratlos aus. Dann streckte sie plötzlich ihm den Apparat entgegen.

»Die Adresse«, stotterte sie. »Sie müssen dem Notruf diese Adresse nennen. Bitte. Doktor Warning braucht Hilfe.«

Derek sah zu dem am Boden liegenden Doktor hinüber und griff unwillig nach dem Hörer. Eigentlich konnte es ihm ja egal sein, was aus dem Arzt wurde. Er hatte sich nicht gerade durch besondere Liebenswürdigkeit ausgezeichnet. Andererseits blutete der Mann ihm den Teppich voll.

Derek hatte kaum die Adresse in den Hörer gebellt, als sich das Mädchen auch schon an ihm vorbeischlängelte, durch den Raum rannte und durch das Loch in der Wand sprang.

»Hiergeblieben«, rief er ihr nach, doch sie war schon im Dunkel hinter dem Loch verschwunden.

Derek schnaubte und wandte seine Aufmerksamkeit der Stimme im Hörer zu. »Hier liegt ein Mann am Boden und hat ein Loch im Kopf. Also machen Sie, dass Sie herkommen, dafür werden Sie ja schließlich bezahlt.«

Damit legte er auf, stieg über Warning hinweg und steckte probehalber den Kopf in das dunkle Loch hinein. Kaum zu glauben. Dahinter befand sich eine Art Geheimgang.

»Hallo? Valerie? Bist du da drin?« Derek hörte nichts außer dem Echo seiner eigenen Stimme. »Komm endlich da raus, verdammt noch mal!«

Als alles ruhig blieb, verschloss er das Loch mit der dazugehörigen Klappe und stieg verärgert die Stufen wieder hinunter, um die Sanitäter an der Haustür in Empfang zu nehmen.

VALERIE

»Solange ich ein kleiner Junge war, blieb alles gut. Doch dann wurde ich älter und verlor meinen kindlichen Charme. Du wirst zugeben müssen, dass ich heute nur noch schwerlich als niedlich durchgehen kann.« Sebastian hockte sich vor den Sitzsack und sah ihr gerade ins Gesicht.

Valerie studierte seine Züge im Schein der Kerzen und fand, dass er immer noch einen gewissen Charme besaß. Allerdings nicht den eines niedlichen Kindes, sondern den eines gefährlichen Raubtieres.

»Die Schrate lieben Kinder. Sie fühlen sich wohl, wenn sie ein Kind verwöhnen dürfen.« Seine eben noch ausdruckslose Miene verfinsterte sich. »Doch wenn aus den Kindern Erwachsene werden, werden sie ihrer überdrüssig. Geschenke und Zuwendungen blieben nach und nach aus. Ich wurde einsam. Und meine Wut auf die Schrate wurde genauso groß wie die Wut auf dich.«

Valerie versuchte sich vorzustellen, was sie an seiner Stelle getan hätte, aber es wollte ihr nichts einfallen. Seinen Zorn jedoch konnte sie problemlos nachempfinden. Man hatte ihn angeschafft wie ein Spielzeug und dann beiseitegelegt.

»Manchmal wäre ich gern gestorben, weißt du? Doch stattdessen wurde ich groß und kräftig.« Er ballte die Fäuste und verzog das Gesicht zu einer Grimasse. »Eines Tages brach ich einem der Schrate bei einer Rangelei den Arm. Ich war fasziniert von meiner Stärke, und auch die Schrate betrachteten mich plötzlich mit ganz anderen Augen. Ich wurde für sie zu einer Bedrohung und so begannen sie, mich zu fürchten. Aber sie versuchten nie, mich zu töten oder mich auf andere Weise loszuwerden. Sie fühlten sich mir wohl verpflichtet. Sie haben mich schließlich zu dem gemacht, was ich bin. Wenn sie mir jetzt Nahrung und Geschenke bringen, kann ich die Angst in ihren Augen sehen.« Er lächelte grimmig.

Valerie fühlte sich an Haustiere erinnert, die von ihren überforderten Besitzern abgegeben oder ausgesetzt wurden. Aus dem niedlichen, kleinen Kind war ein gefährliches Raubtier geworden. So weit hatten die Schrate nicht gedacht.

»Und obwohl du für sie keine gute Erfahrung warst, haben sie jetzt Paul entführt«, flüsterte Valerie.

»Die Schrate lernen nicht dazu.« Sebastian stieß ein boshaftes Lachen aus. »Sie unterscheiden sich gar nicht so sehr von euch Menschen.«

Valerie begriff, dass er sich wirklich nicht mehr als Mensch sah.

»Ich muss zu Paul«, erinnerte sie ihn vorsichtig. »Ich bin sicher, dass er mich schrecklich vermisst. Hast du deine Mutter nicht auch vermisst?«

Sebastians Augen wurden zu schmalen Schlitzen. »Meine Mutter war die schönste und liebste Frau auf der ganzen Welt. Und alles, was ich von ihr habe, ist ein Kugelschreiber mit ihrem Namen drauf. Was glaubst du, wie sich das anfühlt? Wir waren beide nur ein Opfer und jetzt ist dein kleiner Paul auch eines. Er wird wie ich werden. Nicht mehr lange und es gibt für ihn kein Zurück mehr. Ich kann nicht sagen, dass ich mich darüber freue.« Er schlang die Arme um die Knie. »Sosehr es mich auch noch immer freut, dich leiden zu sehen, so wenig bin ich scharf darauf, dass ein neues Kind mir auch das letzte bisschen ihrer Aufmerksamkeit stiehlt.«

»Du bist eifersüchtig auf Paul«, stellte Valerie fest und erkannte fast augenblicklich ihre Chance. »Dann hilf mir, ihn hier herauszubringen. Für dich mag es zu spät sein, aber für Paul ist es vielleicht noch früh genug. Hilf mir, dann bist du hier drinnen auch weiterhin der einzige deiner Art.«

Sebastian sah sie mit seinen roten Augen an. »Und was bekomme ich dafür? Möchtest du mir noch einmal versprechen, dass du mich besuchst?«

Er lehnte sich vor und kam ihr so nah, dass sie seinen Atem auf ihrer Haut spürte. Doch diesmal wich sie nicht zurück.

September 1979

ADA

Ein paar Wochen nach den Ereignissen zwischen den Wänden saß Ada im Garten auf einer Bank und beobachtete, wie die Mücken in der Spätsommersonne tanzten. Vor ihr erhob sich das dunkle Haus und warf seinen Schatten über die Rhododendren.

Im Gegensatz zu Valerie konnte Ada nicht vergessen, was geschehen war. Bei dem Kind hatte gleich nach ihrer Rückkehr in diese Welt ein Heilungsprozess eingesetzt. Oder zumindest versuchte sie sich einzureden, dass es so etwas war.

Valerie vergaß den durchlebten Schrecken in einem rasanten Tempo. Noch an diesem Morgen hatte Ada sie nach versteckten Toren gefragt, doch Valerie hatte sie nur verständnislos angeblickt. Jetzt kam sie über den Kiesweg gehüpft und sprang auf den freien Platz neben Ada.

»Liest du mir was vor?«

Auf Adas Knien lag ›Vergessene Kreaturen‹ von Richard Blunt und Morten Hill. Ada konnte nicht aufhören, darin zu blättern, zu faszinierend waren die dort abgebildeten Kreaturen und der Gedanke, dass sie alle tatsächlich irgendwo existierten.

Valerie nahm ihr das Buch ab und schlug eine beliebige Seite auf. »Das sind aber komische Bilder. Worum geht es in dem Buch?«

Ada blickte Valerie befremdet an. »Tu doch nicht so, als würdest du es zum ersten Mal sehen. Du kennst das Buch doch schon. Wir haben es gemeinsam aus der Bibliothek ausgeliehen.«

»Haben wir?« Valerie krauste die Nase. Dann grinste sie und zeigte ihre Zahnlücken. »Liest du mir trotzdem noch mal daraus vor?«

Kies knirschte. Ada und Valerie blickten gleichzeitig auf und sahen Lisa herankommen.

»Valerie? Dein Vater möchte dich sprechen.« Die Hände in den Taschen ihres weiten Sommerrocks vergraben, die nackten Füße in roten Ledersandalen, sah Lisa sehr jung und sehr zerbrechlich aus. Doch ihre Miene wirkte ruhig und gefasst. »Er denkt über einen Urlaub für euch beide nach und möchte dir ein paar Bilder im Reiseprospekt zeigen.«

Die Kleine sprang auf die Füße. »Einen Urlaub? Ich war noch nie im Urlaub! Das wird sicher großartig!« Mit wehenden Haaren rannte sie davon und war schon bald nicht mehr zu sehen.

Lisa setzte sich neben Ada auf die Bank, lehnte sich zurück und schloss die Augen. »Er bemüht sich«, flüsterte sie, und Ada wusste auch ohne Erklärung, dass von Martin Holt die Rede war. »Er hat mich sogar gebeten, ihn auf diese Reise zu begleiten.« Sie lächelte. »Aber das werde ich auf keinen Fall tun. Was ihn angeht, so bin ich aufgewacht. Er wird niemals irgendjemanden brauchen oder lieben. Er liebt seine Arbeit, das ist alles. Und ich habe kaum etwas von dem verstanden, was er da erforscht. Schon allein deshalb konnte ich für ihn nicht wirklich von Interesse sein, ich bin zu dumm.«

»Was willst du also jetzt machen?«, fragte Ada.

Lisa öffnete die Augen und sah sie ernst an. »Dich fragen, ob es Sinn hat, nach meinem Kind zu suchen.«

»Wieso fragst du mich das?« Ada fand es plötzlich sehr ungemütlich, hier draußen neben Lisa zu sitzen.

»Du weißt mehr darüber, als du mir sagst. Deine Augen verraten dich, wenn du mich ansiehst. In ihnen ist mehr als Mitleid. Da ist auch Schuldbewusstsein.«

Ada überlegte, in Lisas Gegenwart in Zukunft eine Sonnenbrille zu tragen, doch dann fasste sie sich ein Herz. Sie war Lisa etwas schuldig. Etwas, mit dem die junge Frau weiterleben konnte.

»Sebastian geht es gut und er hat dich sehr lieb. Aber er kann niemals zu dir zurückkehren. Niemand kann etwas daran ändern.«

Lisa begann am ganzen Körper zu zittern. »Wo ist mein Kind, Ada?«

Ada blickte hinüber zum Haus. Sebastian würde wohl für immer dort drinnen bleiben. Wenn Ada nachts nicht schlafen konnte, lauschte sie unbewusst auf Geräusche hinter den Wänden. Ein Kinderlachen oder auch ein Weinen, ein Schratkreischen oder Jaulen. Doch das Haus war nachts jetzt still.

Viele der Tore, die Valerie entdeckt hatte, hatten sich verschlossen. Doch die Gefahr würde immer da sein. Jederzeit konnte sich irgendwo die Wand öffnen und alles konnte von vorne beginnen. Solange auch nur ein Schrat in den Wänden lebte, würde Ada in diesem Haus keine Ruhe finden.

Lisa schien plötzlich keine Antwort mehr von ihr zu erwarten. »Ich werde von hier fortgehen«, flüsterte sie. »Ich muss neu anfangen, denke ich.«

Ada nickte. Sie wäre am liebsten selbst fortgelaufen. Aber sie würde Valerie nicht im Stich lassen.

In diesem Moment kam das Mädchen über den Kiesweg zurückgehopst.

»Acapulco!«, rief sie und ließ sich zwischen die Frauen plumpsen. »Wir fahren nach Acapulco, nur Papa und ich. Ihr bekommt dann auch alle Ferien, sagt Papa. Aber er meint, ihr habt sicher eigene Pläne. Hast du eigene Pläne, Ada?«

»Ich glaube schon«, antwortete Ada und lächelte. Das war doch eine gute Gelegenheit, nach Richard Blunt und Morten Hill zu suchen.

»Bist du ganz sicher, dass du nicht mitwillst?«, bohrte Valerie nach.

»Ganz sicher«, erwiderte Ada.

Lisa erhob sich abrupt und ging mit schnellen Schritten davon. Auch sie schien sich sicher zu sein, sie musste fortgehen und neu anfangen. Ada hielt das für eine gute Idee.

Sie sah Lisa nach, wie sie entschlossen und mit geradem Rücken davonmarschierte.

Dann wandte sie sich wieder Valerie zu. »Soll ich dir immer noch etwas vorlesen?«

Valerie nickte und griff erneut nach dem Buch mit dem schillernden Einband.

Sie blätterte eine Seite auf. »Die sehen komisch aus, Ada. Was sind das für Viecher?«

»Das sind Schrate, Valerie.«

»Nie gehört.« Valerie baumelte mit den Beinen. »Was machen Schrate denn so?«

19
VORRATSKAMMERN

August 2019

VALERIE

»Egal wie wütend du auch auf mich gewesen bist, lass mich nicht leiden, wie deine Mutter leiden musste. Das habe ich nicht verdient. Und Paul auch nicht«, flüsterte Valerie, während sie in Sebastians Gesicht sah.

Doch der stellte jetzt eine überlegene Miene zur Schau und genoss seine Macht. Er hatte begriffen, dass er ihre einzige Hoffnung war.

»Ich hätte meine Versprechen gehalten, wenn ich sie nicht vergessen hätte«, beteuerte sie noch einmal. »Die Winkelnattern sind schuld und Ada, denn sie hat zugelassen, dass ich alles vergessen habe«, fügte sie hinzu.

Ja, sie machte Ada Vorwürfe. Vierzig Jahre lang hatte ihre Freundin sie im Unklaren gelassen. Sicher wollte Ada sie auf diesem Wege schützen. Vor Erinnerungen, die für ein kleines Mädchen sehr belastend gewesen wären. So kam ihr der Biss der Winkelnatter damals gerade recht.

Einem Impuls folgend, griff Valerie nach Sebastians Hand, die sich neben ihr auf dem Sitzsack abstützte, doch er entzog sich ihr.

Valerie seufzte. »Ich hatte nie eine Wahl, verstehst du? Genauso wenig wie du. In diesem Punkt haben sich deine Welt hier drinnen und meine da draußen nicht unterschieden.«

Sebastian schien überlegen zu müssen. Er schloss die Augen und verhielt sich ganz ruhig. Wieder bemerkte Valerie, was für ein attraktiver Mann aus ihm geworden war. Zu schade, dass er, unerreichbar für alle Frauen, hinter diesen Wänden saß.

Seine Augen öffneten sich wieder, und er sah sie ausdruckslos an. »Ich soll dir also helfen? Warum? Um deinem Kind zu ersparen, was mir passiert ist? Ein Gefangener in den Wänden zu sein?«

»Das klingt doch nach einem guten Grund.« Valerie blickte mit angehaltenem Atem zurück.

Der Anflug eines Lächelns stahl sich auf Sebastians Gesicht. »Ich will ihn überhaupt nicht hierhaben, das stimmt. Dass er diesen Ort verlässt, läge auch in meinem Interesse. Warum sollte ich Paul den Schraten nicht einfach wegnehmen? Es könnte mir sogar Spaß machen. Sie regen sich so leicht auf.«

Valerie war sich nicht sicher, ob er mit ihr oder zu sich selbst sprach, aber sie nickte zustimmend. Jede Motivation seinerseits war ihr recht, solange das Ergebnis stimmte.

»Ich denke, ich kann dafür sorgen, dass du deinen Jungen zurückbekommst. Aber dafür schuldest du mir etwas, Valerie.« Er lachte. »Deine Schulden bei mir wachsen geradezu ins Unermessliche.«

Valerie hätte am liebsten laut gejubelt, beschränkte sich aber auf ein erneutes Nicken. Hoffentlich konnte sie die Rechnung, die er ihr dafür präsentieren würde, auch begleichen.

Jetzt war er es, der nach ihrer Hand griff und sie aus dem Sitzsack zog. Und er ließ sie auch nicht los, als sie dicht voreinanderstanden. Valerie wünschte sich ihre Schuhe herbei. Sie fühlte sich klein und unterlegen, wie er so auf sie herabsah.

»Es gibt da aber noch ein paar Bedingungen«, hörte sie ihn sagen. »Du wirst machen, was ich dir sage. Du wirst laufen, wenn ich ›Lauf‹ sage, du wirst still sein, wenn ich ›Still‹ sage.«

Valerie, die sich seiner Nähe und seiner Kraft nur allzu bewusst war, konnte wieder nur nicken.

»Bleib nah bei mir. Nur bei mir bist du sicher vor ihnen. Die Schrate halten nicht nur Ada für eine Mörderin, sondern auch dich. Wenn sie erkennen, wer du bist, werden sie dir keine Zeit für Erklärungen lassen.«

Valerie fuhr sich mit der Zunge über die plötzlich trockenen Lippen. »Aber ich bin jetzt vierzig Jahre älter. Ich sehe ganz anders aus.«

Um Sebastians Mundwinkel zuckte es. »Erkennen ist nicht nur eine Sache des Auges.«

ADA

»Die Schrate haben Doktor Warning also plötzlich angegriffen, nachdem er meinen Namen genannt hat?«, fragte Ada und warf Jig einen verwunderten Blick zu, während sie nebeneinander durch einen ungewöhnlich breiten Gang marschierten. »Das klingt ja fast so, als hätte dieses aggressive Verhalten etwas mit mir zu tun. Womit sollte ich das verdient haben? Gerade den Schraten in diesem Haus habe ich doch nie etwas zuleide getan. Sie hatten ja Sebastian als

Pfand. Was blieb mir anderes übrig, als mich still zu verhalten und sie zu verschonen?« Da sowohl Jig als auch Teddy schwiegen, ergänzte sie: »Dass ich ihnen Paul nicht kampflos überlassen würde, muss ihnen doch klar gewesen sein. Bei Sebastian haben wir auch alles Menschenmögliche versucht, um ihn zu retten.«

»Anscheinend ist dein Name für sie negativ besetzt«, vermutete Teddy, der hinter ihnen herlief. »Vermutlich hast du dich aus ihrer Sicht irgendwie danebenbenommen, damals oder heute.«

»Mein Benehmen war gewiss nicht schlechter als das der Schrate selbst, würde ich meinen.« Als plötzlich das Jaulen eines Schrates bis zu ihnen drang, hielt Ada inne und wandte sich wieder Jig zu. »Na? Was hat das deiner Meinung nach zu bedeuten?«

Jig runzelte die Stirn. »Ich glaube, sie suchen nach Eindringlingen. Sie wissen, dass wir in den Gängen sind. Das Böse ist zurückgekommen, sagen sie.«

»Das Böse? So eine Unverschämtheit«, schnaufte Ada. »Eine totale Verdrehung der Tatsachen, denn das Böse hat diese Gänge nie verlassen. Wer hat denn mal wieder ein Kind geklaut? Ich hätte die ganze Bande damals schon ausräuchern sollen. Ohne Rücksicht auf Verluste.«

»Du hast ihnen wirklich nichts getan?«, fragte Teddy und zog die Brauen hoch.

»Konnte ich doch nicht. Sebastian war ihre Lebensversicherung. Sonst hätte ich einen Weg gefunden, dieses Haus von Schraten zu reinigen, das kannst du mir glauben!« Ada stieß ihren Golfschläger wie einen Spazierstock auf den Boden, dass es knallte, und marschierte weiter.

»Du hättest sie alle getötet?«, fragte Jig erschrocken. Sie schien Mühe zu haben, mit Ada Schritt zu halten.

»Jig, mein Liebes. Es gibt eine Menge liebenswerter Kreaturen auf dieser Welt, aber Schwarze Schrate gehören nicht dazu. Sie können es sich einfach nicht abgewöhnen, Kinder zu stehlen. Verzeihung, aufzuräumen. Schwarze Schrate und Menschen können nicht zusammenleben, einer von beiden zahlt dabei drauf. Wer, meinst du, sollte das sein?«

Jig schüttelte den Kopf. »Das weiß ich nicht. Aber ich möchte die Entscheidung auch nicht fällen müssen. Es ist immerhin eine Lebensform.«

Ada ging langsam die Puste aus und so drosselte sie ihren Sturmschritt wieder auf ein moderates Tempo. Reden und marschieren gleichzeitig war inzwischen zu viel für sie.

Nach ein paar tiefen Atemzügen gab sie Jig die Antwort, die sie anderen und auch sich selbst schon häufig auf die Frage nach ihrer Moral gegeben hatte. »Es ist nicht einfach, der Held in strahlender Rüstung zu sein. Es klebt fast immer Blut am Schwert. Ich stand schon einige Male vor der Wahl, zu töten oder selbst unterzugehen. Nicht immer ging es dabei um räuberische Schrate, aber immer waren Menschen in Gefahr. Kinder oder deren Eltern, für die ich mich verantwortlich fühlte. Wenn ich einen Kampf vermeiden kann, Jig, dann tue ich es. Dann bleiben alle am Leben, Kreatur wie Mensch, glaub mir. Lieber würde ich die Schrate irgendwohin umsiedeln, in ein altes Bergwerk meinetwegen. Nach all den Jahren auf dem Schlachtfeld bevorzuge ich noch immer eine friedliche Lösung. Deshalb schleppe ich jetzt dieses dämliche Netz mit Orangen mit mir herum.« Sie deutete auf ihre Tauschware, die sie sich ans

Handgelenk gehängt hatte. »Vielleicht kann ich Paul eintauschen und irgendwie einen Weg finden, dass, wenn schon nicht die Schrate, dann doch die Menschen dieses Haus für immer verlassen. Wenn aber diese Hoffnung sterben sollte, dann stirbt sie eben. Dann kämpfe ich mit allen Mitteln um den kleinen Jungen. Und ich werde auch nicht zulassen, dass dir, Teddy oder Valerie etwas geschieht. Keiner von euch wird in einem ähnlichen Zustand wie Doktor Warning hier rausgetragen werden. Dann hätte ich die Toten und Verwundeten doch lieber aufseiten der Schrate.«

Sie packte den Griff ihres Golfschlägers fester.

»Und was ist mit Sebastian? Du weißt, dass er noch immer hier drinnen ist«, gab Teddy zu bedenken. »Bei ihrem ersten Alleingang wurde Valerie von einem Wesen mit roten Augen verfolgt. Wie sollen wir uns verhalten, wenn wir ihm plötzlich gegenüberstehen?«

Ada seufzte. »Das weiß ich noch nicht, weil ich nicht beurteilen kann, was aus Sebastian geworden ist. Sollte er bösartig sein, und die Chancen stehen nach all den Jahren in der Finsternis nicht schlecht, müssen wir uns auch gegen ihn zur Wehr setzen.«

Fast automatisch glitt eine ihrer Hände in die Tasche ihres Bademantels und tastete dort nach dem Taschenmesser. Es hatte eine beruhigende Wirkung, wie es so glatt und kühl in ihrer Hand lag, doch sie hoffte inständig, dass sie es für mehr auch nicht brauchen würde. Noch bestand eine klitzekleine Chance, dass aus Sebastian so etwas wie ein anständiger Kerl geworden war, oder nicht?

Da hörte sie irgendwo in der Ferne erneut ein Jaulen. Es schien ihr aus vielen Schratkehlen gleichzeitig zu kommen und nahm an Lautstärke zu.

»Etwas ist geschehen, aber was?« Erneut sah Ada Jig fragend an.

Diese übersetzte zögernd: »Der Rote hat das Kind geraubt. So oder so ähnlich wird es wohl heißen.«

Adas Lippen verzogen sich zu einem Lächeln und ihre Finger lösten sich vom Griff des Messers. »Das klingt doch recht vielversprechend, findet ihr nicht?«

»Nein.« Teddy schüttelte den Kopf. »Dafür weiß ich zu wenig über das, was dort vor sich geht. Und wo steckt eigentlich Valerie? Kann mir das mal einer sagen?«

VALERIE

Valerie war Sebastian und seinem Kerzenleuchter, den er wohl nur ihr zuliebe vor sich her trug, bis in einen Gang gefolgt, dessen Wände über und über mit Fotos beklebt waren. Im Schein der flackernden Kerzen konnte Valerie nicht umhin, einen Blick auf die Bilder zu werfen. Sie sah sich selbst als junges Mädchen, mal mit, mal ohne Ada, als trotzige Teenagerin und als junge Frau. Sie sah ihren Vater altern und verbittern, sie sah zahllose Weihnachtsbäume und Grillabende kommen und gehen.

»Was ist das hier für ein Ort?«, flüsterte sie ihm zu.

»Meine Galerie.« Stolz schwang in seiner Stimme mit und er hob den Leuchter höher, damit sie auch wirklich alles bewundern konnte. »Ich habe sie selbst gestaltet. Die Schrate haben auch ein paar Fotoalben aufgeräumt, als dein Vater fortging. Ich habe sie studiert, auseinandergenommen und die Bilder hier angebracht. Sie zeigen mir, was ich versäumt habe. Es ist lange her, aber ich habe die Sonne nicht vergessen. Und auch Weihnachten nicht.«

Valerie ließ die Bilderpracht auf sich wirken. Wie musste es sich anfühlen, nie mehr die Sonne zu sehen, nie wieder Weihnachten zu feiern, nicht mehr Teil der Welt zu sein, in dem Bewusstsein, dass all diese Dinge nur eine Wand weiter immer noch existierten? Sie hoffte von Herzen, dass ihrem Sohn dieses Schicksal erspart bleiben würde.

Unversehens stolperte sie in eine Schlafstatt bestehend aus Decken und Kissen und sehr vielen Büchern.

Sebastian bemerkte ihren Blick. »Ich verbringe viel Zeit hier. Bilder und Bücher lassen mich am Leben teilhaben. Durch sie kann ich das Leben anderer leben und mir ausmalen, wie meines hätte sein können.«

Valerie schluckte und wechselte rasch das Thema. »Ich dachte, wir wären auf dem Weg zu Paul.«

»Das sind wir auch. Er ist ganz nah. Hier befinden sich die Magazine der Schrate, ihre Vorratskammern. Hier können sie Paul verwöhnen und mit allem füttern, was ihre Lager hergeben. So haben sie es mit mir gemacht, also wird auch er hier sein. Gleich dort drüben.« Er deutete auf einen verschlossenen, rosafarbenen Vorhang am Ende des Raumes.

»Paul!«, entfuhr es Valerie und ihre Füße liefen ganz automatisch los.

Doch Sebastian hielt sie zurück. »Mein Spiel, meine Regeln. Halte dich hinter mir.«

Auch wenn es ihr schwerfiel, ließ Valerie Sebastian vorangehen und zitterte vor Aufregung, als dieser den Vorhang mit einem Ruck herunterriss. Dahinter befand sich ein rundes Loch in einer Mauer, durch das er jetzt kletterte. Sie folgte ihm augenblicklich und fand sich in einer Art Höhle wieder, die nicht nur von Sebastians Kerzen und dem Rot seiner Augen erhellt wurde. Ein gelber Schimmer tauchte alles in ein warmes Licht.

Ihr Blick fiel auf den gelbäugigen Schrat, der zwischen Kisten und anderen Behältnissen kauerte und dabei ein Bündel an sich presste, das in Valerie Erinnerungen an einen blau gestreiften Strampler weckte.

Das Bündel gab keinen Laut von sich und Valerie bemerkte eine kleine Hand, die auf der glatten Brust des Schrates lag. Sie umklammerte einen matschigen Schokoriegel.

Wie von unsichtbaren Kräften gezogen setzte sich Valerie wieder in Bewegung. Sie wollte nur noch zu Paul, doch Sebastian hielt sie erneut zurück.

Einen Augenblick später drang ein Fauchen aus seiner Kehle, das so hasserfüllt klang, dass Valerie erschrak.

Auch der Schrat zuckte zusammen und presste sein vermeintliches Eigentum noch fester an sich. Valerie konnte Pauls Gesicht nicht erkennen, glaubte aber einen leisen Protestlaut gehört zu haben.

Sebastian gab jetzt ein aggressives Kreischen von sich, woraufhin sich der Schrat hastig umsah. Offensichtlich war er auf der Suche nach Verstärkung oder einem Ausweg aus seiner Lage.

Da griff Sebastian eine der Kerzen aus dem Leuchter und warf sie nach dem Schrat, der mit einem Quieken aus der Flugbahn sprang. Weitere Kerzen folgten und verloschen am Boden, bis ein plötzliches Aufflackern verriet, dass eine von ihnen auf leicht entflammbarem Material gelandet war.

Während der Schrat vor ihnen einen verzweifelten und fast rührenden Versuch startete, die Flammen durch Auspusten zu löschen, sprang Sebastian vor und entriss ihm das Kind.

Der Schrat protestierte unter Geheul, versuchte Paul wieder an sich zu bringen und gleichzeitig die Flammen zu löschen, als sein Blick auf Valerie fiel und dort ungewöhnlich lang verweilte. Der gelbe Schein der Schrataugen nahm an Intensität zu.

Valeric, der vom Rauch schon die Augen tränten, ahnte, dass sie soeben erkannt worden war und das trotz all der Jahre, die seit ihrem letzten Besuch in den Wänden vergangen waren. Jetzt schien ihr der richtige Zeitpunkt für eine Flucht gekommen.

Sie streckte die Hände nach Paul aus.

Keine Sekunde zu früh, denn Sebastian drückte ihr den Jungen ohne ein weiteres Wort in die Arme.

In diesem Moment warf der Schrat den Kopf in den Nacken, stieß sein wohl lautestes Geheul aus und riss beide Arme in die Luft. Für einen kurzen Moment glitzerte etwas am Ellbogen des Schrates und spiegelte die immer höher schlagenden Flammen.

Ein Armband, schoss es Valerie durch den Kopf. Und noch während sie mit ihrem Sohn im Arm die Kammer durch das Loch in der Wand verließ, überfiel sie eine Erinnerung. Diesen Schrat kannte sie und auch sein Armband. Es hatte einmal ihr selbst gehört.

»Lauf, Valerie! Lauf um dein Leben!«, hörte sie Sebastian schreien und genau das tat sie jetzt auch.

Hinter ihr loderten die Flammen höher und der Rauchgeruch folgte ihr durch die jetzt dunkle Galerie. Paul hatte seine Ärmchen um ihren Hals geschlungen und brabbelte vor sich hin. Ihm schien die Aufregung nichts auszumachen, nicht einmal die plötzliche Ankunft seiner Mutter hatte ihn beeindruckt.

»Jetzt wird alles wieder gut, alles«, flüsterte Valerie und bog, als sie vor sich das Leuchten mehrerer Schrataugen bemerkte, die sich schnell näherten, in vollem Lauf nach rechts ab.

Während sie ziellos weiterrannte, hörte sie, wie auch diese Schrate zu schreien begannen.

Valerie konnte sich gut vorstellen, was ihre Rufe bedeuteten: Vorräte in Flammen, Kind gestohlen, das Mädchen ist zurückgekehrt, Sebastian ist ein Verräter.

Sebastian. Was würden die Schrate jetzt mit ihm machen? Er mochte sich ja für stark genug halten, um einem Schrat den Arm zu brechen, aber jetzt hatte er eine Armee von Schraten gegen sich aufgebracht. Würden sie ihn genug fürchten, um ihn am Leben zu lassen?

Mittlerweile war es um sie und Paul völlig finster geworden. Nichts spendete ihr Licht, und Valerie musste ihr Tempo verlangsamen, wollte sie nicht riskieren, frontal gegen eine Wand zu laufen.

Auf einmal flammte wenige Meter vor ihr eine Taschenlampe auf.

»Schau mal, was ich hier habe«, rief eine jetzt schon vertraute Stimme und ließ den Lichtkegel kreisen. »So was kannst du gut gebrauchen, oder?«

Erleichtert blickte sie in Sebastians rußgeschwärztes Gesicht und sah das vergnügte Funkeln in seinen roten Augen.

»Das war das Beste und Aufregendste, was sich seit Jahrzehnten hier ereignet hat.« Er lachte vergnügt. »Wie geht's deinem Sohn, ist er in Ordnung?«

ADA

Ada und ihre Begleiter waren von den Schreien der Schrate bis in Sebastians Galerie geleitet worden. Während Ada den Fotos an den Wänden keine Beachtung schenkte, stieß Teddy plötzlich einen überraschten Laut aus. Wie angewurzelt blieb er stehen und deutete mit der Taschenlampe auf eines der Bilder.

»Aber das ist ja …«

Ada, die genau wusste, was Teddy entdeckt hatte, unterbrach ihn. »Sehr richtig. Aber dafür haben wir jetzt wirklich keine Zeit. Das klären wir später.«

Sie zog Teddy am Arm mit sich, der seinen Blick nur unwillig von dem Bild löste und hinter ihr her stolperte.

»Du hast es also gewusst?«, stieß Teddy hervor, als sie durch ein Loch in einen völlig verqualmten Raum gelangten.

Hier musste bis vor wenigen Augenblicken ein Feuer gewütet haben.

Ada hustete, drückte sich den Kragen ihres Bademantels vor Mund und Nase und sah sich um. Kein Lebenszeichen fand sich zwischen den noch rauchenden, zu einer undefinierbaren Masse verkohlten Überresten. Weder Schrate noch Menschen waren hier. Da entdeckte sie einen zweiten Ausgang, fast verborgen von etwas, das wohl einmal eine Picknickdecke gewesen sein konnte. Rasch bedeutete sie Jig und Teddy, ihr auf diesem Weg zu folgen.

Letzterer ließ sich von dem beißenden Rauch nicht beeindrucken, hielt sie am Ärmel ihres Bademantels zurück und wiederholte seine Frage: »Du hast es wirklich gewusst?«

Ada stieß einen Seufzer aus. »Ja, ich habe es gewusst. Aber ich hatte ihm mein Wort gegeben, es niemandem zu verraten. Habe ich auch nicht. Doch ich habe dir immer wieder gesagt, dass du nach dem Falschen suchst und er dir nichts über das Schicksal deines Vaters sagen kann. Du wolltest nicht auf mich hören und hast weiter deine Zeit verschwendet, erinnerst du dich?«

»Du hättest mir sagen müssen, dass Morten Hill nicht sein wirklicher Name ist.« Teddy klang tief verletzt. »Ich habe jeden Kieselstein nach diesem Mann umgedreht.«

»Dabei hattest du doch selbst schon die Vermutung, dass es sich bei dem Namen um ein Pseudonym gehandelt haben muss.« Als sie in seinen Augen las, wie sehr sie ihn mit ihrem Schweigen verletzt hatte, verspürte Ada plötzlich einen Anflug von schlechtem Gewissen. »Es tut mir leid. Ich kann es eben nicht immer allen recht machen.«

September 1979

ADA

Nachdem Ada Valerie zu Bett gebracht hatte, machte sie noch einen abendlichen Spaziergang durch den Garten. Er war zweifellos das Schönste am ganzen Besitz. Verschlungene Wege, verschwiegene Winkel und überall grünte und blühte es. Nur ein einziges Beet, dicht am Kiesweg hinter den großen Rhododendren, stellte eine Ausnahme dar. Dort wuchs gar nichts und es sah aus, als hätte jemand die Erde frisch umgegraben.

Ada befühlte den trockenen Sand und ließ ihn durch die Finger rieseln. Sie erinnerte sich genau, was hier noch vor Kurzem gewachsen war: eine kleine Gruppe Dachwurze. Pflanzen der gleichen Gattung wie die, die Valerie vor nicht allzu langer Zeit so lieblos aus der Erde gerissen hatte.

War auch dieses frisch umgegrabene Beet Valeries Werk? Warum hätte das Mädchen so etwas tun sollen? Warum hätte irgendjemand die Dachwurze entfernen sollen? Es erweckte ja fast den Eindruck, als wären sie geerntet worden.

Ada runzelte die Stirn und sah zum Haus mit seinen erleuchteten Fenstern hinüber. Bald würde es Nacht sein. Schon spürte sie die erste Kühle des Abends auf der Haut und einen Hauch von Feuchtigkeit in der Luft.

Es war an der Zeit, hineinzugehen. Vielleicht würde sie sich heute einmal zu Martin Holt setzen. Vielleicht brachte sie ihn sogar dazu, ihr zuzuhören, bevor er mit Valerie nach Acapulco aufbrach.

Natürlich konnte sie ihm nicht alles erzählen, was sich in der letzten Zeit zugetragen hatte, aber vielleicht würde es ihr ja endlich gelingen, ihn davon zu überzeugen, dass Valerie weder fantasierte noch log.

Für einen Moment malte sie sich einen gelungenen Dialog am prasselnden Kaminfeuer aus, doch dann verwarf sie den Gedanken wieder. Martin Holt war in den letzten Tagen noch unnahbarer gewesen als jemals zuvor. Er verließ sein Büro nur noch zum Kaffeeholen und machte, wenn man ihm mal zufällig auf dem Flur begegnete, einen übernächtigten und verwahrlosten Eindruck. Was immer ihn beruflich so sehr beschäftigte, es ließ ihm kaum Zeit zum Schlafen oder Duschen.

Ada fröstelte. Sie hatte die Haustür kaum hinter sich geschlossen, als ihr Magen ein beleidigtes Knurren von sich gab. Das Abendessen lag schon eine Weile zurück und Ada beschloss, sich in der Küche mit einer kleinen Leckerei zu versorgen, bevor sie sich in ihr Zimmer zurückziehen würde. Sie wusste, dass sich irgendwo im Kühlschrank noch der Rest eines Schokoladenkuchens versteckte. Sie hatte eine Schwäche für Schokolade und ahnte, dass ihr diese Vorliebe irgendwann an den Hüften hängen bleiben würde. Doch im Moment war sie jung und schlank und konnte einfach keiner Versuchung widerstehen.

Als sie die Küche betrat, hatte sie gleich das unbestimmte Gefühl, dass etwas nicht stimmte. Sie ließ den Blick durch den Raum wandern und er blieb zuallererst an der leeren Obstschale hängen. Dort hatten sich nur wenige Stunden zuvor noch ein halbes Dutzend Äpfel und ein paar unreife Bananen befunden.

Das Zweite, was ihr auffiel, waren die leeren, schmutzigen Schüsseln im Spülbecken. Sie hatten kurz zuvor noch die Reste des Mittagessens enthalten, doch die kleinen Pasteten schienen einen Abnehmer gefunden zu haben.

Ada fragte sich, ob die Schrate hinter den Wänden heute eine Party schmissen, und öffnete die Kühlschranktür.

Beim Anblick der leeren Fächer schnappte sie überrascht nach Luft. Nicht nur der Schokoladenkuchen hatte sich spurlos verflüchtigt, auch alle Vorräte hatten sich davongemacht.

Verärgert schlug sie die Kühlschranktür zu. Es war ihr egal, ob die Schrate auf Raubzug gewesen waren, beseelt von der irrigen Annahme, die Menschen hätten ihre Lebensmittel im Kühlschrank verloren, oder ob Martin Holt einem Fressanfall erlegen war. Sie war hungrig.

Geräuschvoll öffnete sie die Vorratsschränke und schloss sie enttäuscht wieder. Auch hier hatte sich der Bestand an Essbarem stark dezimiert.

Schließlich riss sie eine offene Packung Salzkräcker an sich und schlug schmollend die letzte Schranktür zu. Als sie die Küche wieder verließ, nahm sie einen eigenartigen Geruch im Hausflur wahr.

Sie dachte angestrengt nach, konnte ihn aber nicht zuordnen. Er roch würzig und auch ein wenig streng.

Langsam schnüffelte sie sich durch den Flur und blieb vor der Tür des Arbeitszimmers von Martin Holt stehen. Hier war der Geruch deutlich stärker, fast schon penetrant.

Ada klopfte kurz an und trat gleichzeitig ein.

20

Sieg und Niederlage

August 2019

VALERIE

Mit Sebastian waren auch die Schrate zu ihr gekommen. Eine ganze Horde an Verfolgern setzte ihnen mittlerweile nach und ließ Valerie kaum Zeit, nach einem Tor in den Wänden Ausschau zu halten. Mit jeder Sekunde, die verstrich, holten die Schrate auf.

Plötzlich blieb Sebastian, der vor ihr hergelaufen war, stehen und winkte Valerie an sich vorbei. »Hinter der nächsten Kurve findest du in der rechten Mauer ein Tor. Öffne es und geh zurück in deine Welt. Ich werde die Schrate aufhalten, so lange ich kann.«

Valerie verspürte plötzlich den Drang, bei Sebastian zu bleiben und ihm beizustehen. Doch Paul in ihren Armen begann leise zu wimmern und erinnerte sie daran, dass sie nicht für sich allein entscheiden konnte.

»Aber was werden sie mit dir machen, wenn sie dich kriegen?«

Sebastian grinste schief. »Hau schon ab, Valerie. Und vergiss nicht: Du schuldest mir was.«

Pauls Wimmern steigerte sich zu einem Heulen, und Valeries Gedanken kehrten zurück zum Wesentlichen. Sie musste hier raus, so schnell wie möglich.

Während sie den Gang hinunterrannte, blieben Sebastian und das Leuchten seiner roten Augen hinter ihr zurück. Bald konnte sie den Weg vor sich nur noch erahnen und wäre fast gegen eine Wand gelaufen. Sie hatte die besagte Abzweigung erreicht.

Ihre Finger flogen über die rauen Steine und Fugen voller Spinnweben zu ihrer Rechten. Irgendwo hier verbarg sich der Weg in die Freiheit. Hinter sich im Gang hörte sie Kampfgetümmel. Hatte Sebastian etwa gerade geschrien?

Sie suchte weiter. Mit der einen Hand hielt sie Paul an sich gedrückt, mit der anderen befühlte sie jeden Quadratzentimeter Mauer.

Und schließlich fand sie es. Eine dünne, senkrechte Fuge. Sie grub ihre Fingernägel hinein, warf sich gegen die Mauer und stürzte sich durch den hellen Spalt, der sich auftat.

Mit einem Bauchklatscher landete Valerie neben Derek auf der ledernen Wohnzimmergarnitur. Paul heulte vor Empörung laut auf, als er auf den Fußboden kullerte.

»Wurde auch Zeit, dass du dich hier mal wieder blicken lässt.« Mit schleppender Stimme fuhr ihr Mann fort: »Du musst die Polizei anrufen und ihnen bestätigen, dass das ganze Haus voller Löcher ist. Zwei Beamte waren hier und haben mir kein Wort geglaubt, nur weil eines dieser Löcher, die ich ihnen zeigen wollte, einfach wieder weg war. Die denken vermutlich, ich bin total betrunken. Sag mal, ist das unser Paul, den du da mitgebracht hast?«

Valerie hatte sich derweil vom Sofa runtergerollt und ihren Sohn wieder auf den Arm genommen.

Kopfschüttelnd blickte sie auf ihren Mann. »Natürlich nicht, Derek. Ich schleppe hier einfach wildfremde Kinder an. Und ganz nebenbei: Du bist total betrunken. Jetzt reiß dich bitte zusammen und halte das Tor über dir geschlossen, so gut du kannst. Ich bringe derweil unser Kind in Sicherheit.«

Damit lief sie aus dem Wohnzimmer.

Hinter sich hörte sie Derek rufen: »Und wo soll das sein? In Sicherheit?«

»Nicht hier in diesem Haus«, rief sie zurück. »Und jetzt halt endlich das Tor zu!«

Valerie war eingefallen, dass Ada und Paul von den Schraten sogar bis in den Garten verfolgt worden waren. Was also sollte die Kreaturen jetzt davon abhalten, auch ihr bis ins Haus oder noch weiter nachzulaufen? Sebastian würde dem Ansturm kaum lange standhalten. Und Derek? Tja, der war eben Derek.

Als sie mit Paul in den Garten trat, konnte sie im hell erleuchteten Wohnzimmerfenster beobachten, wie Derek von den Schraten, die über ihm aus der Wand sprangen, überrannt wurde. Sein Körper stürzte auf den Wohnzimmertisch, dessen Glas unter seinem Gewicht krachend zerbarst. Noch hier draußen klang es in Valeries Ohren wie ein Schuss.

Sie sind völlig außer Rand und Band, dachte sie und hielt ihr Kind ganz fest. *Nichts kann sie jetzt noch aufhalten. Sie wollen Paul um jeden Preis zurück.*

Valerie wandte sich von dem Geschehen im Haus ab und rannte blindlings durch den nächtlichen Garten. Als sie das hohe Kreischen hinter der Haustür hörte, wusste sie, dass sie die Straße und ihr Auto nicht schnell genug erreichen würde. Sie warf sich unter den nächstbesten Rhododendron und presste Paul eine Hand auf den Mund. Mit klopfendem Herzen lag sie auf der Erde und wartete.

Da rannte schon der erste Schrat an ihr vorbei, machte am Gartentor kehrt und versuchte sein Glück in einer anderen Richtung. Bald darauf erschienen ein zweiter, ein dritter. Sie alle hasteten mit ihren langen Beinen an dem Rhododendron vorbei, unter dem Valerie kauerte.

Bald wimmelte es im nächtlichen Garten von schwarzen Echsen mit Hundeschädeln, deren Augen unheilvoll leuchteten. Je mehr von ihnen kamen, desto besonnener wurden die Schrate. Sie liefen weniger herum und kreischten nicht mehr. Die meisten von ihnen standen jetzt still wie schwarz glänzende Denkmäler im Mondschein und lauschten.

Durch die Blätter des Rhododendrons beobachtete Valerie die steil aufragenden, spitzen Ohren eines Schrates vor dem Nachthimmel. Man wartete darauf, dass sie einen Fehler beging.

Valerie wünschte sich verzweifelt, dass die Schrate auf die Idee kamen, sie jenseits des Zaunes zu suchen, doch keiner von ihnen machte Anstalten, das Grundstück zu verlassen.

Sie entfernen sich nur ungern von ihrem Bau, vermutete Valerie. Und in ihr wuchs die Hoffnung, doch noch zu entkommen, wenn es ihr nur gelang, bis auf die Straße hinauszulaufen.

Da gab Paul ein leises Wimmern von sich. Erschrocken sah Valerie, wie sich vor ihr, nur wenige Schritte vom Rhododendron entfernt, zwei Schratohren aufstellten und langsam näher kamen. Schon fiel das gelbe Licht der Augen auf sie. Der Schrat hatte sie gefunden.

Valerie spürte den nahen Zusammenbruch. Sie konnte nicht mehr. Sie wollte, dass dieser Albtraum endlich ein Ende nahm.

»Bitte nicht. Er ist doch mein Kind. Er gehört mir und nicht euch. Er hat euch nie gehört.«

Unbeeindruckt streckte der Schrat seine Arme aus und griff nach Paul. Dabei ließ er Valerie nicht aus den Augen. Eine Sekunde später traf etwas Hartes seinen Schädel und verursachte dabei ein unappetitliches Geräusch.

Valerie schrie auf, als der Schrat die leuchtenden Augen weit aufriss, bevor sie ihm zufielen und er vor ihr zur Seite kippte. Hinter ihm stand, den Golfschläger hoch erhoben, Ada im Mondlicht und starrte mit unbewegter Miene auf den Schrat zu ihren Füßen.

»Sie wollen einfach nicht verhandeln. Wie immer.«

Bei diesen Worten des alten Kindermädchens verlor Valerie endgültig ihre Selbstbeherrschung und brach weinend zusammen, den jetzt ebenfalls heulenden Paul an ihre Brust gepresst.

»Komm schon, Kleines, oder willst du da unten sitzen bleiben?«, hörte sie Ada sagen.

Unter Tränen und mit zitternden Knien kroch Valerie unter dem Busch hervor und ergriff, sich aufrichtend, Adas Hand. Vor der Haustür entdeckte sie Jig, die mit einem Netz voller Orangen auf einen Schrat eindrosch, und Teddy Blunt, der den Golfschläger schwang und einige Schrate damit zurück zum Haus trieb.

»Was ist mit Sebastian?«, wollte Valerie wissen.

»Sieht nicht gut aus, ist aber am Leben.« Ada lächelte. »Es steckt ein guter Kerl in ihm, und vierzig Jahre bei den Schraten konnten daran nichts ändern.«

»Er hat mich und Paul gerettet.«

»Ich weiß.« Ada nickte. »Jig hat es uns erzählt. Sie kann dem Geheul der Schrate tatsächlich einen Sinn entnehmen. Wir sind eurer Spur gefolgt und Sebastian zu Hilfe geeilt, als ein paar aufgebrachte Schrate über ihn herfielen. Für Diplomatie war es auch da mal wieder zu spät.«

»Was für ein seltsames Leben führst du nur, Ada. Fast wünschte ich, wir wären uns nie begegnet«, stöhnte Valerie und beobachtete, wie Teddy einen Schrat von den Füßen holte.

»Dabei fing doch hier alles an.« Adas Stimme klang sanft. »Mit dir und den Schraten in diesen Wänden.« Sie sah sich um und ergänzte: »Vielleicht sollte es hier auch enden. Ich sollte darüber nachdenken, in Rente zu gehen. Aber wem hinterlasse ich dann mein Wissen und meine Golfschläger? Dir oder Jig?«

Valerie schüttelte den Kopf. »Mir bitte nicht. Wenn ich das nächste Mal eine Gedächtnislücke habe, werde ich mich einfach an ihr erfreuen und mich nicht bemühen, sie zu schließen.«

Um Adas Mundwinkel zuckte es. »Geh zurück in die Tunnel, such dir eine Winkelnatter und dein Wunsch wird wahr.«

Valerie warf ihr einen bösen Blick zu und sah zu Jig hinüber, die noch immer wild mit dem Orangennetz um sich schlug und dazu aus Leibeskräften brüllte. Ein Schrat, der versucht hatte, sie zu packen, ergriff vorsichtshalber die Flucht und rannte in Richtung Haus zurück.

»Jig hat die Erfahrung auch gutgetan, sieh nur, wie wütend das kleine Mädchen werden kann. Wut ist viel besser als Angst.« Ada stützte sich auf ihren Golfschläger und wirkte recht zufrieden. Doch ihr Lächeln erstarb, als sie Teddys Blick auffing, der sie vorwurfsvoll anschaute. Sie seufzte. »Verflixt. Allen kann man es wirklich nicht recht machen.«

September 1979

ADA

Was Ada so fassungslos machte, waren nicht die Erde auf dem Schreibtisch von Martin Holt, das Fleischermesser, der Mörser und die Überreste zerkleinerter Dachwurze auf der Arbeitsfläche. Es waren auch nicht die aufgerissenen Lebensmittelpackungen, die leeren Teller und Schüsseln. Es war das aufgeklappte Gemälde, das hinter Martin Holts Schreibtisch an der getäfelten Wand gehangen hatte und jetzt samt einem Stück der Vertäfelung quer in den Raum hineinragte.

Dort, wo das Gemälde einmal gehangen hatte, gähnte nun ein dunkles Loch in der Wand.

In Adas Kopf spielten die Gedanken Sackhüpfen. Sie versuchte, sich zu konzentrieren und alles in einen logischen Zusammenhang zu bringen, doch es wollte ihr nicht gelingen. Mit wackeligen Knien ging sie um den schweren Schreibtisch herum und steckte den Kopf durch das Loch in der Wand.

Ein Schratgang, leidlich sauber, wenn man von Spinnweben und Staub absah. Sie nahm auf Martin Holts Bürostuhl Platz und betrachtete das seltsame Sammelsurium vor sich auf der Arbeitsplatte.

Die Dachwurze waren klein geschnitten und im Mörser zerrieben worden. Die daraus entstandene Masse, die zweifellos die Ursache des schwach harzigen Geruchs in diesem Raum war, befand sich nicht mehr auf dem Schreibtisch. Genauso wenig wie die Lebensmittel, die sich in den aufgerissenen Packungen und Schüsseln befunden haben mussten. Alles war hier gewesen und nun verschwunden.

Genau wie Martin Holt. Der einzig logische Gedanke war, dass er den Raum mitsamt der Dachwurzpampe und den Lebensmitteln verlassen hatte. Und jetzt kam das geöffnete Tor in ihrem Rücken ins Spiel.

War Martin Holt zu einer Expedition zwischen die Wände aufgebrochen? Der Mann, der nicht einmal dazu zu bewegen gewesen war, sich ein Tor im Zimmer seiner Tochter auch nur anzuschauen? Der Mann, der seine eigene Tochter für eine notorische Lügnerin hielt?

Ada versuchte, ihre Beobachtungen und alles, was sie von Mister Holt wusste, zusammenzubringen, konnte es aber einfach nicht glauben. Der seriöse Wissenschaftler passte überhaupt nicht zu dem Bild, was jetzt von Martin Holt entstand.

»Es hilft nichts«, sagte sie laut zu sich selbst. »Ich brauche mehr Informationen.«

Kurz entschlossen rüttelte sie an den Schubladen des Schreibtisches. Zwei waren verschlossen und ein Schlüssel nicht zu entdecken, doch die dritte ließ sich ohne Schwierigkeiten aufziehen. Sie enthielt einen ganzen Wust handgeschriebener Notizen und vergilbter Zeitungsausschnitte.

Ada griff mutig hinein, hob den Stoß auf und legte ihn sich zur Durchsicht auf den Schoß. Dann blickte sie noch einmal zur Schublade, um sich zu vergewissern, ob sie alles herausgenommen hatte.

Und da lag es. Am Boden der Schublade. Ein Buch mit einem bunt schillernden Umschlag. Ein Buch wie jenes oben in Adas Zimmer. ›Vergessene Kreaturen‹ von Richard Blunt und Morten Hill.

Mit zitternden Fingern nahm Ada das Buch aus der Schublade und schlug es auf. Gleich auf der ersten Seite befand sich eine handgeschriebene Widmung.

»Vielen Dank für alles. Richard«, murmelte Ada und blätterte kurz in den Seiten, doch das Buch schien keine weiteren handschriftlichen Einträge zu enthalten. Sie legte es vor sich auf die schmutzige Schreibtischplatte und las das oberste Blatt auf ihrem Schoß.

Zwei Stunden später saß sie noch immer in Mister Holts Bürostuhl, hatte ihn jedoch herumgedreht und fixierte mit starrem Blick die dunkle Öffnung in der Wand. Es hätte keinen Sinn gehabt, ihm dort hineinzufolgen, um ihn im endlosen Gewirr der Gänge zu suchen. Sie hätte sich nur verirrt. Aber irgendwann musste er ja wiederkommen und sie würde ihn hier erwarten. Was sie dann mit ihm machen würde, wusste sie noch nicht so genau. Schließlich hatte auch der größte Verbrecher ein Recht auf Verteidigung. Sie würde ihm also zuhören, auch wenn es ihr schwerfiel.

Bald sah Ada den Lichtkegel einer Taschenlampe im Torausschnitt aufblitzen.

Er war es auch damals, dachte sie. *Er war das Licht, das ich in den Gängen gesehen habe.*

Nur einen Augenblick später erschien die hagere Gestalt von Martin Holt im Tor und erstarrte.

»Miss Ada!« Er geriet sichtlich außer Fassung.

Ada saß mit starrer Miene in seinem Stuhl und blickte ihn an. »Mister Holt, wie nett. Aber kommen Sie nur herein und schließen Sie die Tür hinter sich.«

Er kletterte tatsächlich ungelenk aus der Wand und drückte das schwere Gemälde, das einen Herrn in viktorianischer Kleidung zeigte, wieder an seinen Platz. Es fügte sich mühelos in die Wand ein und verbarg den Weg zwischen die Wände vollständig.

»Ich nehme an, Ihr Experiment ist beendet. Denn das war es doch wohl.«

Mister Holt nahm die Brille von der Nase und wischte sie mit einem Zipfel seines Rollkragenpullovers sauber. »Touché. Sie haben mich erwischt. Aber glauben Sie mir, alles, was in den letzten Wochen in diesem Haus geschehen ist, ist für die Wissenschaft von unschätzbarem Wert. Wenigstens für einen Teil der Wissenschaft. Nicht dass ich dafür einen Lehrstuhl in Oxford erhalten werde, obwohl ich ihn natürlich verdient hätte.«

»Sie haben also von Anfang an gewusst, was hier hinter den Wänden haust. Sie bestanden darauf, mit Ihrer Frau und Ihrem Kind hierherzuziehen, obwohl beide diesen dunklen Kasten instinktiv ablehnten. Hatten Sie zunächst geplant, Ihr eigenes Kind zu opfern? Sollte Valerie Ihnen demonstrieren, wie die Schrate mit einem Kind verfahren? Wie es sich unter ihrem Einfluss verändert?«

Martin Holt rang die Hände. »Es bedurfte nun einmal eines Kindes, um die Schrate auf den Plan zu rufen.«

»Dank Ihres Privatzoos in diesen Wänden konnten Sie jederzeit das Verhalten der Schrate in ihrer natürlichen Umgebung studieren, doch das reichte Ihnen nicht.« Ada merkte, wie ihre Fassade zu bröckeln begann. Sie hatte vorgehabt, während dieses ganzen Verhörs beherrscht und überlegen zu erscheinen, doch jetzt fing ihre Unterlippe merklich an zu zittern. »Sie waren bereit, das Leben Ihrer eigenen Tochter aufs Spiel zu setzen. Doch dann kam Ihnen der Zufall zu Hilfe. Ihre Schreibkraft hatte nicht nur einen kleinen Sohn, sondern auch ein unzuverlässiges Kindermädchen. Zum Schutz von Valerie stellten Sie mich ein und hofften, dass ich meine Arbeit gut machen würde. Sebastian jedoch lief immer mal wieder sich selbst überlassen durchs Haus. Und immer, wenn er da war, war Valerie sowieso sicher, denn Schrate nehmen sich immer das jüngste Kind im Haus, nicht wahr?« Sie hielt eine handschriftliche Notiz in die Höhe, der sie diese Information entnommen hatte.

Martin Holt versuchte ein Lächeln. »Ich glaubte, ich wäre erfahren genug, um das Experiment rechtzeitig abbrechen zu können. Ich dachte, es sei ein kalkulierbares Risiko. Ich wollte den Jungen rechtzeitig zurückholen. Er hätte einfach irgendwann im Garten gestanden und dummes Zeug von schwarzen Monstern gefaselt. Niemand hätte ihm geglaubt. Außer meinen Kollegen. Sie hätten das Gerede des Jungen einordnen können. Ein Beleg meiner Studien. Zu gegebener Zeit hätte man an die Öffentlichkeit gehen und alles darlegen können. Doch leider kam alles anders.«

»Sie hatten sich geirrt, was die Zeitspanne der Mutation anging«, mutmaßte Ada.

Holt nickte. »Ich dachte, Blunt würde sich irren und eine Anpassung der Atemwege würde Monate in Anspruch nehmen. Doch die ersten Symptome traten bereits nach wenigen Tagen auf! Ich wollte das Experiment abbrechen, den Jungen zurückholen, doch die Schrate hatten bemerkt, dass sich etwas in ihren Gängen tat. Sie brachten den Jungen an einen anderen Ort, und ich verschwendete wertvolle Zeit damit, ihn wiederzufinden.«

»Und dann kamen wir Ihnen zuvor.«

»Genau. Ich ahnte allerdings schon, dass auch Sie zu spät gekommen waren. Als Sie den Jungen dann nicht an Lisa zurückgaben, nachdem Sie ihn aus den Wänden geholt hatten, wusste ich, dass mein Experiment ein Menschenleben gefordert hatte. Das ist natürlich eine üble Sache.« Er stieß einen tiefen Seufzer aus. »Der Junge ist nach Ihrem Rettungsversuch gestorben, oder? Er muss erstickt sein, als Sie ihn zurückbrachten. Was haben Sie mit seiner Leiche gemacht? Ich würde sie gerne sehen, sie kann mir noch immer viel über die Schrate und ihre Welt erzählen.«

Ada schüttelte den Kopf und verzog keine Miene, als sie antwortete: »Sebastian lebt. Ich habe ihn wieder hinter die Wände gebracht. Besser ein Leben bei den Schraten als gar keines.«

Martin Holt wurde blass. »Er ist noch dort drinnen?«

Ada nickte wieder. »Dort bei Ihren tödlichen Fallen. Das war es doch, was Sie gerade in die Gänge gebracht haben, richtig? Den Tod.« Ada zerrieb die Überreste eines Dachwurzes zwischen den Fingern. »Dachwurz soll schützen. Und er schützt nicht nur vor Blitzschlag und dem Bösen. In der Medizin kennt man den Dachwurz als Mittel gegen degenerative Veränderungen von Haut und Schleimhaut. Aber Sie haben nicht so viele Köder ausgelegt, weil Sie ihn als Heilmittel einsetzen wollen. Sie haben entdeckt, dass der Dachwurz deswegen vor Bösem schützt, weil er für den Organismus der Schrate ein tödliches Gift darstellt. Alte Legenden und Mythen können so hilfreich sein, wenn man sie zu lesen versteht, richtig?«

»Dachwurz tötet die Schrate schnell und zuverlässig. Es ist eine humane Art der Schädlingsbekämpfung«, versetzte Martin Holt schwach.

»Erzählen Sie mir nicht, es gibt eine Studie über das Vergiften von Schraten. Sie können nur vermuten, dass sie nicht leiden müssen.« Ihre Stimme bebte und verriet, wie aufgewühlt sie innerlich war, auch wenn sie noch immer versuchte, überlegen zu wirken. »Aber Sebastian ist kein Schrat. Sie wissen gar nicht, was er jetzt ist. Sie haben nicht einmal ein Wort dafür. Kann er diesen Anschlag überleben?«

Holt fuhr sich durch das schüttere Haar. »Das weiß ich nicht. Ich bin nur ein Wissenschaftler, der zu weit gegangen ist. Oh mein Gott, das wollte ich nicht!«

»Wenn ich Sebastians Tod verursacht hätte, hätte es sich besser angefühlt, stimmt's?« Jetzt gab sie sich keine Mühe mehr, ihre Wut und ihren Abscheu, den sie beim Anblick ihres Arbeitgebers empfand, zu verbergen. »Es wäre zwar immer noch Ihr fehlgeschlagenes Experiment gewesen, aber eigentlich nur ein schrecklicher Unfall. An Ihren Fingern hätte kaum Blut geklebt. Schratblut, ja. Im Dienste der Wissenschaft. Doch jetzt sieht es anders aus, Mister Holt. Sie haben mit Sebastians Leben gespielt und ihm zum Dank den Tod geschickt. Jetzt können Sie Ihre geniale Abhandlung über Schrate nicht mehr veröffentlichen, ohne dafür in den Knast zu gehen.«

Martin Holt hörte ihr nicht mehr zu. Er riss das Gemälde wieder von der Wand und kletterte zurück ins Dunkel. »Ich muss sie einsammeln«, keuchte er, bevor das Echo seiner Schritte hinter den Wänden verklang.

»Viel Glück, Mister Morten Hill. Obwohl die Schrate Ihre Präsente vermutlich längst vertilgt haben«, flüsterte Ada und sah noch einmal auf den Autorenvertrag auf ihrem Schoß hinunter, in dem Martin Holts Pseudonym vermerkt war.

Martin Holt und Morten Hill waren ein und dieselbe Person. Und was für eine. Würde man ihr auch nur ein Wort glauben, hätte sie ihn der Justiz übergeben.

Ada strich über den Einband des Buches. Ob Richard Blunt auch ein skrupelloser Wissenschaftler war? Ob er ebenfalls ein Vater war, dessen Kind Gefahr lief, für Experimente missbraucht zu werden? Sie würde es herausfinden.

21

Abschiede

August 2019

ADA

»Sind sie weg?«, fragte Ada und trat neben Teddy.

»Ich weiß nicht«, antwortete dieser und blickte sich im dunklen Garten um. »Wenn uns in den nächsten Sekunden niemand in den Nacken springt, wahrscheinlich schon.« Er sah Ada nicht an.

»Teddy, es tut mir wirklich leid«, begann sie ihre Abbitte und tastete nach seiner Hand. »Ich habe Martin Holt vor langer Zeit versprochen, niemandem von seinem Pseudonym, Morten Hill, zu erzählen. Er wollte mit all diesen Dingen nichts mehr zu tun haben. Der Fehlschlag des Experimentes ›Schrathaus‹, wie er es nannte, hat aus ihm einen gebrochenen Mann gemacht. Er hatte doch mehr Gewissen, als ich zunächst annahm. Ich glaube fast, er überließ den Schraten und Sebastian seine Bücher und Fotos mit voller Absicht. Als Wiedergutmachung sozusagen. Lisa Small besorgte er damals einen neuen Job und eine neue Wohnung, Valerie schickte er auf teure Schulen, und mir gab er die Adresse deines Vaters, denn meine Neugier war geweckt und sollte mich, wie wir heute wissen, nie wieder loslassen. Aber Martin Holt kam nie mehr zur Ruhe. Er wollte in Australien ein neues Leben beginnen und irgendwas Harmloses erforschen. Pixies, glaube ich.«

Teddy grinste gequält. »Die gibt es da doch gar nicht.«

Ada grinste ebenfalls. »Deswegen ist es ja ungefährlich.« Sie drückte seine Hand kräftig und gab sie dann frei. »Jedenfalls wollte ich nicht, dass du ihn kontaktierst und ihn nach deinem Vater fragst, und ich will es auch jetzt noch nicht. Lass ihn in Ruhe. Martin Holt ist fertig mit der Welt. Und die Welt ist fertig mit ihm. Er müsste jetzt so Mitte siebzig sein. Ein einsamer alter Mann.«

Ada glaubte fest an das, was sie sagte. Sie konnte sich gut an den Martin Holt erinnern, der er nach dem Abbruch seines Experiments geworden war. Nie wieder hatte er eines der Tore geöffnet, nie mehr nach den Schraten gesehen oder nach Sebastian gesucht. Als Ada sein Haus Jahre später verließ, gestand er ihr, dass er, solange er nicht sicher wusste, dass der Junge gestorben sei, doch wenigstens noch die Hoffnung hatte, kein Mörder zu sein.

Ada musste bei der Erinnerung an diese Worte lächeln. Er war wirklich nicht Sebastians Mörder gewesen. Ob sie es ihn doch auf irgendeinem Weg wissen lassen sollte?

Valerie hatte den kleinen Paul immer noch fest an sich gepresst, atemlos Adas Erzählung gelauscht.

Jetzt flüsterte sie: »Das Experiment ›Schrathaus‹? Mein Vater hat das alles hier geplant?«

Ada schüttelte den Kopf. »Das Experiment ›Schrathaus‹ fand vor vierzig Jahren statt. Mit den aktuellen Ereignissen hatte er nichts zu tun.«

»Aber er hat mir und Derek dieses Haus überlassen, ohne uns zu warnen!«, entfuhr es ihr, und eine Reihe von Emotionen, von denen Wut noch die freundlichste war, spiegelte sich auf ihrem Gesicht wider.

»Und was empfahl er euch, bevor er abreiste?«, fragte Ada.

Valerie wurde rot. »Er riet uns, den alten Kasten zu verkaufen. Am besten an einen anderen alleinstehenden Mann wie ihn. Er meinte, die Immobilie tauge nicht als Heim für eine Familie. Aber Derek war dagegen. Er meinte, das Haus sei irgendwie klassisch und sehr repräsentativ. Ich habe mich von ihm überreden lassen, obwohl mein Gefühl mich warnte. Ich habe Derek wohl zu viel entscheiden lassen in den letzten Jahren.«

Wie aufs Stichwort erschien Derek Dreyer im Garten. »Wie schön. Der Junge ist wieder da und alle Monster sind erledigt. Wie wäre es also, wenn wir jetzt wieder zur Normalität zurückkehren würden? Valerie, sag deinen Freunden Auf Wiedersehen und komm mit dem Jungen ins Haus. Wir müssen die Polizei anrufen und Bescheid sagen, dass Paul wieder da ist.«

Valerie starrte ihren Mann an. »Du kannst in dieses Haus zurückkehren, Derek, doch unser Sohn wird nie wieder über diese Schwelle getragen, das schwöre ich. Und ich werde nur noch ein letztes Mal hineingehen, um meine persönlichen Sachen zu holen. Das alles hier, inklusive unserer Ehe, war ein Fehler. Du hörst in den nächsten Tagen von meinem Anwalt.«

Mit diesen Worten gab sie Paul an Ada weiter, die ihn erleichtert in die Arme schloss, und schritt auf das dunkle Haus zu.

»Anwalt? Was denn für ein Anwalt«, rief ihr Derek entgegen.

»Vielleicht einen, der auf Scheidungen spezialisiert ist. Legst du großen Wert auf das Haus?«, rief Valerie ihm zu.

VALERIE

Valerie brauchte nur eine knappe Stunde, um das Nötigste für sich selbst und Paul in zwei Reisetaschen zu verstauen. Als sie den Stecker ihres Laptops aus der Steckdose zog, fiel ihr Blick auf eine senkrechte Linie in der Wand neben der Steckdose. Vorsichtig drückte sie dagegen und ein weiteres Tor, groß genug, um aufrecht hindurchzugehen, öffnete sich.

Valerie dachte einen Augenblick nach, dann ging sie zurück zu ihrem Schreibtisch, klappte den Laptop zu und schob ihn in den Gang.

Das Kabel reichte nicht sehr weit. Sie stellte das Gerät auf dem Boden vor sich ab und flüsterte leise: »Sebastian? Bist du hier irgendwo? Ich will mich von dir verabschieden.«

Niemand antwortete. Alles blieb ruhig. Valerie klappte den Laptop auf und öffnete das Schreibprogramm. Mit fliegenden Fingern schrieb sie eine Nachricht.

Sebastian,
ich werde nie vergessen, was du für mich getan hast und was ich dir schulde. Vielleicht habe ich eines Tages die Chance, es dir zu vergelten, ich werde mich auf jeden Fall darum bemühen. Im Augenblick darfst du zwar nicht zurück in diese Welt, aber ich habe einen Weg gefunden, die Welt zu dir zu bringen. Sie steckt in diesem Kasten. Du kannst ihn nicht mitnehmen, denn er braucht Strom, um dir die Welt zu zeigen, aber es steht dir

offen, ihn hier in diesem Gang zu nutzen. Ich bin mir sicher, du wirst sehr bald herausfinden, was für Möglichkeiten in diesem Ding stecken.

Ich werde dich nie wieder vergessen, aber jetzt muss ich gehen und mein Kind von hier fortbringen. Danke für alles.

Valerie

PS: Wenn ich alles richtig verstanden habe, dann war es nicht Ada, die euch vergiften wollte. Es war mein Vater. Er hat uns alle benutzt.

Valerie drückte auf Speichern und wollte gerade aufstehen, als sie seinen Atem ganz dicht an ihrem Ohr spürte. Sie fuhr herum. Sebastian hockte hinter ihr, das Haar zerzaust, das Gesicht zerschrammt und ein Auge zugeschwollen.

»Mein Gott! Was haben sie mit dir gemacht?«, entfuhr es Valerie und sie betastete vorsichtig sein Gesicht.

Er zuckte nicht zurück. »Das heilt wieder. Du solltest mal die Schrate sehen. In Zukunft werden sie noch mehr Respekt vor mir haben. Zwischen den Wänden passiert bald nur noch, was ich will.«

Er blickte an Valerie vorbei auf den Bildschirm. »Martin Holt also. Wer hätte das gedacht? Pech für mich, dass meine Mutter diesen Job bekam.«

Valerie sah den Schmerz in seinen Augen. Und noch ehe sie wusste, was sie tat, nahm sie sein schönes Gesicht in ihre Hände und presste ihre Lippen auf seine. Eine Ewigkeit schien zu vergehen, bevor sie sich wieder voneinander lösten.

»Mein erster Kuss«, flüsterte er und öffnete die roten Augen.

Sie antwortete: »Und mein bester.«

Valerie lächelte und Sebastian schmunzelte verlegen.

Dann wurde er wieder ernst und strich ihr zärtlich das Haar aus dem Gesicht. »Werde ich dich jemals wiedersehen?«

»Das weiß ich nicht. Ich weiß sowieso nicht viel, wie ich in den letzten Stunden erfahren durfte. Woher soll ich also wissen, wie es für mich weitergeht? Aber Paul muss fort von hier. Er kann hier nicht bleiben.«

Sebastian nickte. »Ich würde dich so gerne begleiten.«

»Vielleicht kannst du das ja eines Tages. Vielleicht finden wir einen Weg. Du darfst nur nicht aufgeben, versprichst du mir das? Und halte diese schwarzen Biester ja schön kurz, sie haben es nicht besser verdient.«

Sebastian blickte zu Boden. »Ist ein bisschen schwierig, jemanden kurzzuhalten, auf dessen Atem man angewiesen ist.«

Noch einmal strich Valerie ihm über das zerzauste Haar und sie versanken in einem letzten Kuss.

»Brauchst du noch etwas?«, fragte sie ihn, als seine Lippen die ihren verließen. »Ich meine Jod oder Pflaster oder so etwas?«

Er schüttelte den Kopf. »Davon gibt es reichlich hier zwischen den Wänden. Du lässt ziemlich viel herumliegen, weißt du das? Seit deiner Rückkehr in dieses Haus haben die Schrate eine Menge nützlicher Dinge aufgeräumt.«

Sie lächelte. Dann ging sie, ohne sich noch einmal umzudrehen. Zurück in der vertrauten Welt vor den Wänden bröselte sie eine kleine Delle für die Zuleitung des Laptops in das Tor und schloss es. Um sicherzugehen, dass Derek das verräterische Kabel nicht sofort bemerken würde, schob sie ihren Schminktisch davor. Mit etwas Glück würde Sebastians Verbindung zur Außenwelt eine Weile unentdeckt bleiben.

ADA

Zwei Stunden später stand Ada am Krankenbett von Doktor Warning. Sie hatte sich, auf die Nachfrage einer Schwester hin, ohne zu zögern, als seine Schwester ausgegeben und war als Einzige zu ihm hineingelassen worden, während Teddy, Jig und Valerie mit Paul in der Wartehalle Platz nehmen mussten.

Warnings Kopf war bandagiert, aber das Gesicht ausgespart worden. Er war bei Bewusstsein. Seine blutverkrusteten Lippen formten eine Art Lächeln.

Sie zog sich einen unbequemen Plastikstuhl ans Krankenbett heran und fasste nach der Hand des Mannes. »Es tut gut, sie lebend anzutreffen, und ich werde Ihnen nicht allzu viele Vorwürfe machen, weil Sie sich so leichtfertig hinter die Wände gewagt haben.«

Das Lächeln des Arztes wurde breiter, verzog sich dann aber zu einer schmerzverzerrten Grimasse.

»Wie die Schwester mir sagte, wird Ihr gebrochener Kiefer Sie noch eine ganze Weile am Reden hindern. Doch wenn Sie wieder sprechen können, rate ich Ihnen, sich gut zu überlegen, mit wem Sie sich über die Ereignisse der letzten Stunden unterhalten wollen. Sie könnten sonst sehr schnell Patient in Ihrer eigenen Klinik werden.«

Warning schloss für einen Moment die Augen, als müsste er darüber nachdenken.

Ada fuhr fort. »Da Sie ein Mann von Einfluss sind und immer noch schreiben können, habe ich zwei Bitten an Sie.«

Der Arzt öffnete die Augen wieder und machte mit der Hand eine auffordernde Geste.

Ada legte los. »Was Sie gesehen haben, dürfte Beweis genug sein, dass ich nicht in Ihre Klinik gehöre. Paul ist wieder da, die Suche wird eingestellt werden, aber das bedeutet ja nicht zwangsläufig meine Rehabilitation, nicht wahr? Würden Sie also bitte dafür sorgen, dass man mich nicht als entflohene Geisteskranke im ganzen Land sucht? Das wäre wirklich reizend von Ihnen. Ein paar Briefe, ein nettes Gutachten und ich bin zufrieden. Wäre das möglich?«

Warning machte eine wegwerfende Handbewegung und nickte dann. Es sollte wohl ›Kleinigkeit‹ oder etwas Ähnliches bedeuten.

»Sehr gut.« Ada atmete erleichtert aus. »Dann betrachte ich das als erledigt und komme zu meiner zweiten Bitte: Könnten Sie Jigs Eltern kontaktieren und mich Ihnen eindringlich empfehlen? Als Kindermädchen, meine ich? Die Kleine braucht keinen Klinikaufenthalt und keine Tabletten und das wissen Sie sehr genau. Ich kann Jig helfen, ihren Fähigkeiten gegenüber eine positive Einstellung zu entwickeln. Gut, sie ist vielleicht ein wenig zu alt für ein Kindermädchen, aber wenn Sie mit den Eltern sprechen, könnte ich Jig die Hilfe geben, die sie braucht.«

Warning versuchte, bedächtig mit dem Kopf zu wackeln, zuckte aber zusammen und verzog vor Schmerz das Gesicht.

»Versprechen Sie mir, Ihr Möglichstes zu tun?«, drängelte Ada.

Er nickte schwach und drückte Ada die Hand.

Erleichtert stand sie auf. Jetzt erst war dieses Abenteuer für sie abgeschlossen.

»Es war mir ein Vergnügen, Sie kennenzulernen, Doktor Warning. Ach ja, und das hätte ich fast vergessen.« Sie griff in ihre Tasche und zog ein paar Geldscheine hervor. »Die soll ich Ihnen von Mister Blunt geben. Für das Kellerfenster. Sie werden schon merken, welches, wenn Sie in Ihre Klinik zurückkehren.« Sie legte die Geldscheine auf seinen Nachttisch. »Vielleicht sehen wir uns mal wieder.«

Warning riss die Augen auf und hob abwehrend die Hände.

Ada lächelte nachsichtig. »Wenn die Schmerzen nachlassen, denken Sie hoffentlich anders darüber.« Sie ging zur Tür und öffnete sie. »Alles Gute und nehmen Sie sich vor den Wänden in Acht. Man weiß nie, ob sich eine mal ganz plötzlich öffnet.«

Warning rollte die Augen, was Ada nicht so recht deuten konnte. Sie verließ das Krankenzimmer.

Im Wartesaal traf sie die anderen wieder. Paul war auf dem Arm seiner Mutter eingeschlafen.

Valerie sah ihr mit nervösem Blick entgegen. »Es ist genau wie bei Sebastian damals. Er ist viel zu ruhig. Sind wir schon wieder zu spät gekommen?«

Ada strich ihr beruhigend über den Arm. »Seine Augen sind blau und er atmet regelmäßig und problemlos. Er ist nur erschöpft. Paul hat viel durchgemacht, was erwartest du?«

Valerie versuchte ein Lächeln. »Es wird ein paar Tage dauern, bis ich mein Glück fassen kann. Ich habe mein Kind wieder.«

Ada nickte. »Ja, du hattest mehr Glück als Lisa Small. Und wohin wirst du jetzt mit ihm gehen?«

»Valerie und Paul kommen erst einmal mit zu mir«, eröffnete Teddy ihr mit einem Lächeln und schulterte seine Golftasche. »Ich habe Platz genug, und die beiden können bei mir auf dem Land zur Ruhe kommen.«

Ada hob eine Augenbraue. »Oh, oh, Valerie. Weißt du, worauf du dich da eingelassen hast? Der Familiensitz der Blunts ist eines der dunkelsten Herrenhäuser des ganzen Landes und nicht frei von … nennen wir es mal vorsichtig Ungeziefer.«

»Es gibt dort doch nicht etwa Schrate?«, fragte Valerie alarmiert.

Ada schüttelte beruhigend den Kopf. »Nein, Schrate nicht. Aber andere seltsame Wesen, denen du bisher noch nie begegnet bist, vermute ich.«

Valeries Miene verriet ein kurzes Zögern. Doch dann zuckte sie mit den Schultern. »Das schaffen wir schon, solange dieses Ungeziefer meinen Sohn in Ruhe lässt. Teddy wird auf uns aufpassen. Wo könnte ich sicherer sein als an seiner Seite?«

»An meiner«, erwiderte Ada lächelnd und legte einen Arm um Jig. »Komm, Kleine. Wir beide holen jetzt deine restlichen Sachen aus der Klinik. Und dann würde ich auch ganz gerne mal aus diesem Bademantel herauskommen.«

Über die Autorin

Miriam Rademacher, Jahrgang 1973, wuchs auf einem kleinen Barockschloss im Emsland auf und begann früh mit dem Schreiben. Heute lebt sie mit ihrer Familie in Osnabrück, wo sie an ihren Büchern arbeitet und Tanz unterrichtet. Sie mag Regen, wenn es nach Herbst riecht, es früh dunkel wird und die Printen beim Lesen wieder schmecken. In den letzten Jahren hat sie zahlreiche Kurzgeschichten, Fantasyromane, Krimis und ein Bilderbuch für Kinder veröffentlicht.

Kontakt:
www.facebook.com/miriam.rademacher.54

Dank

Ich danke dem Knacken, dem Wispern und dem Rascheln. Ich danke all den Geräuschen, die mich in meiner Kindheit das Gruseln lehrten. Ihr habt diese Geschichte möglich gemacht. Aber bitte: Bleibt in euren Wänden.

Mehr von Miriam Rademacher …

Miriam Rademacher

Banshee Livie (Reihe)

Jugendroman, Urban-Fantasy

Klappentext:

So hat sich Livie ihren Tod nicht vorgestellt. Sie bekommt einen Job, der aus Heulen und Scharade besteht, einen altklugen Kollegen mit sexy Stimme, aber ohne Gesicht, und eine staubige Dachkammer ohne Internetanschluss. Livie ist jetzt die Banshee von Schloss Harrowmore und hat in ihrer Rolle als Schutzgeist die Aufsichtspflicht über eine der tollpatschigsten Familien Englands. Als dann auch noch ein nachtragender Dämon auftaucht, um eine uralte Rechnung zu begleichen, ist Livies Tod endgültig aufregender, als es ihr Leben jemals war.

Miriam Rademacher

Harrowmore Souls (Reihe)

Jugendroman, Urban-Fantasy

Klappentext:

Seltsame Dinge ereignen sich in der ländlichen Idylle Cumbrias im Nordwesten von England. Immer wieder werden dort verwirrte Menschen auf den Landstraßen aufgegriffen, denen nichts als das Hemd auf dem Leib und keinerlei Erinnerung geblieben ist.
Gibt es eine übernatürliche Ursache für das Phänomen?
Die Anwaltskanzlei ›Harrowmore Souls‹, die von Allison Harrowmore und ihrem Partner Conny Bligh geführt wird, erhält den Auftrag, diese Frage zu beantworten. Als ihr Weg die beiden selbst ernannten ›Anwälte für Geister‹ in das bescheidene Mayflower Hotel führt, sind sie der grausamen Wahrheit bereits gefährlich nahe gekommen …

Weitere Titel aus unserem Fantasy-Programm

J. K. Bloom
Wächter der Runen (Band 1)
28. September 2018, Sternensand Verlag
528 Seiten, broschiert

High Fantasy
Als Taschenbuch und E-Book

Fanny Bechert
Elesztrah (Band 1): Feuer und Eis
3. November 2016, Sternensand Verlag
468 Seiten, broschiert

High Fantasy
Als Taschenbuch und E-Book

B. E. Pfeiffer
Die Weltportale (Band1)
27. Juli 2018, Sternensand Verlag
624 Seiten, broschiert

High Fantasy
Als Taschenbuch und E-Book

Carolin Emrich

Elfenwächter (Band 1): Weg des Ordens

15. Januar 2017, Sternensand Verlag

308 Seiten, broschiert

HIgh Fantasy

Als Taschenbuch und E-Book

C. M. Spoerri

Die Legenden von Karinth (Band 1)

25. September 2016, Sternensand Verlag

448 Seiten, broschiert

High Fantasy

Als Taschenbuch, Hardcover und E-Book

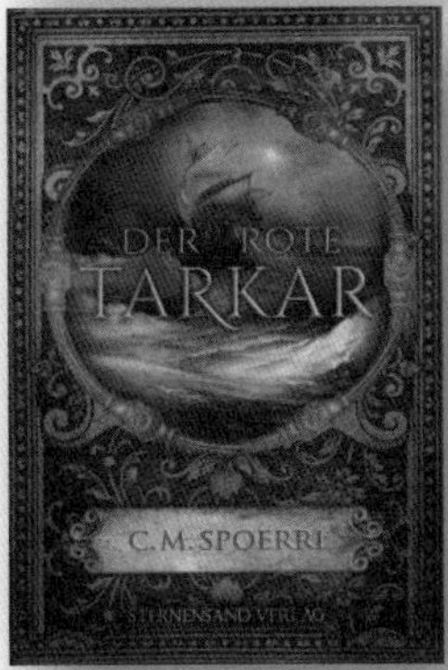

C. M. Spoerri

Der rote Tarkar

16. März 2018, Sternensand Verlag

370 Seiten, broschiert

High Fantasy

Als Taschenbuch und E-Book